LOS SELLOS OSCUROS

Título original: *Dark Sigils. Was die Magie verlangt*

1.ª edición: junio de 2024

© Del texto: Anna Benning, 2024
Publicado por primera vez en 2022, en Alemania,
por Fischer Kinder- und Jugendbuchverlag GmbH
© De la traducción: María Reimóndez, 2024
© De esta edición: Fandom Books (Grupo Anaya, S. A.), 2024
Valentín Beato, 21. 28037 Madrid
www.fandombooks.es

Diseño de cubierta: Max Meinzold

ISBN: 978-84-18027-95-6
Depósito legal: M-8761-2024
Impreso en España - Printed in Spain

Reservados todos los derechos. El contenido de esta obra está protegido por la Ley, que establece penas de prisión y/o multas, además de las correspondientes indemnizaciones por daños y perjuicios, para quienes reprodujeren, plagiaren, distribuyeren o comunicaren públicamente, en todo o en parte, una obra literaria, artística o científica, o su transformación, interpretación o ejecución artística fijada en cualquier tipo de soporte o comunicada a través de cualquier medio, sin la preceptiva autorización.

ANNA BENNING

LOS SELLOS OSCUROS

Traducción de María Reimóndez

FAND✪M BOOKS

*Para mis padres, gracias por colmar
mi vida de posibilidades.*

Será con sangre, dicen;
la sangre llama a la sangre.

WILLIAM SHAKESPEARE, *Macbeth*

ALIUS Y ETAS
Los dados del destino

Propiedad de la familia Tremblett
Linaje de los primeros portadores
Manipulación del tiempo

ANIMA

El anillo de las almas

Propiedad de la familia Coldwell
Proyección de ilusiones

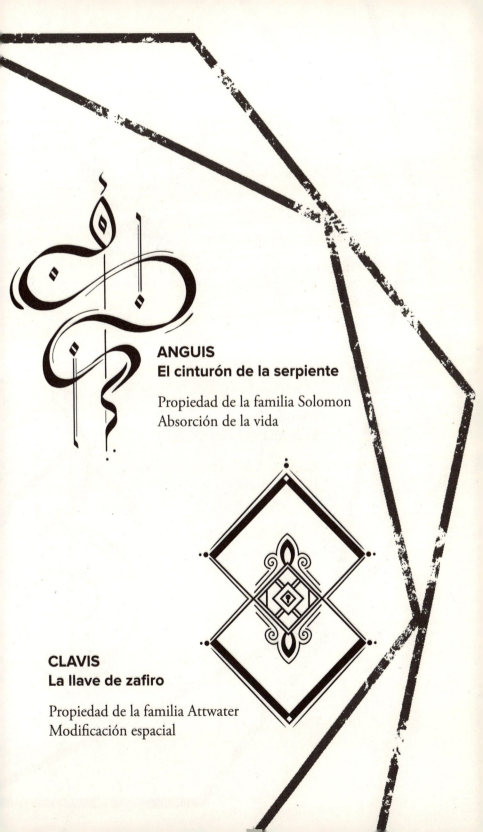

ANGUIS
El cinturón de la serpiente

Propiedad de la familia Solomon
Absorción de la vida

CLAVIS
La llave de zafiro

Propiedad de la familia Attwater
Modificación espacial

DIVINUS
El espejo de los ángeles

Propiedad de la familia Lacroix
Estimulación de la voluntad

IGNIS
El brazalete del dragón

Propiedad de la familia Harwood
Destrucción de la magia

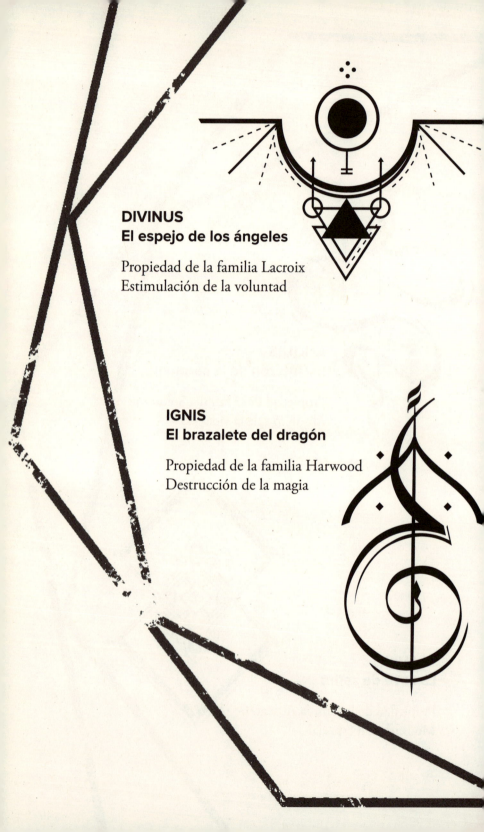

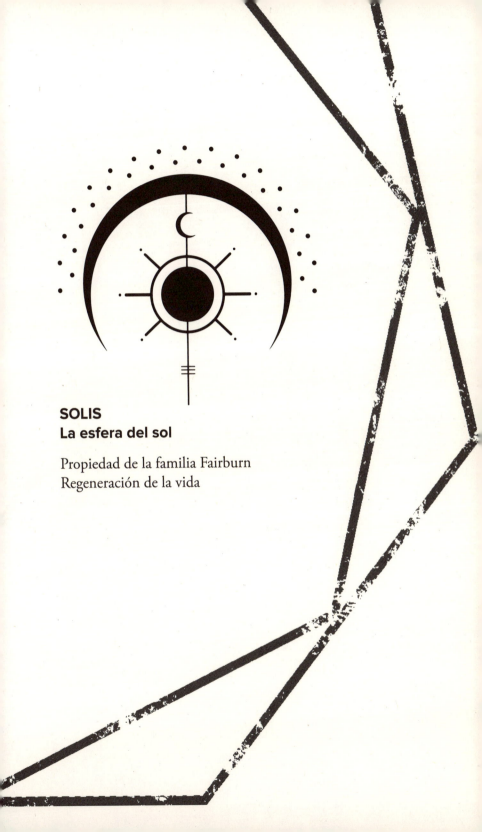

SOLIS
La esfera del sol

Propiedad de la familia Fairburn
Regeneración de la vida

PRÓLOGO

Hubo un tiempo en que la magia solo existía en nuestros sueños. Yo no llegué a conocerlo, un mundo *sin* magia, quiero decir. Pero la gente aún habla de ello hoy en día. De cómo en aquel entonces creían saber lo que era la magia: una como la de las películas. Como la de los cuentos y los libros. Una fuerza misteriosa y, en general, positiva que obraba milagros.

Pero la magia no es así.

La magia de verdad es oscura y seductora, un líquido de resplandor azul más valioso que el oro y más adictivo que la droga más potente. Hace ya quince años que la magia entró en nuestro mundo. Provocó una fascinación contagiosa que hizo sucumbir primero a los ricos y privilegiados. Habrían vendido su alma por una gota de magia. Cuando alguien poderoso anhela algo así, los escrúpulos pasan a un segundo plano.

Hoy en día, la magia es parte de nuestra vida. Está por todas partes, en todos los continentes, en todos los países y ciudades.

Hay quien mata por poseerla.

Otros mueren tras conseguirla.

Y algunos, como yo, luchamos con ella para sobrevivir.

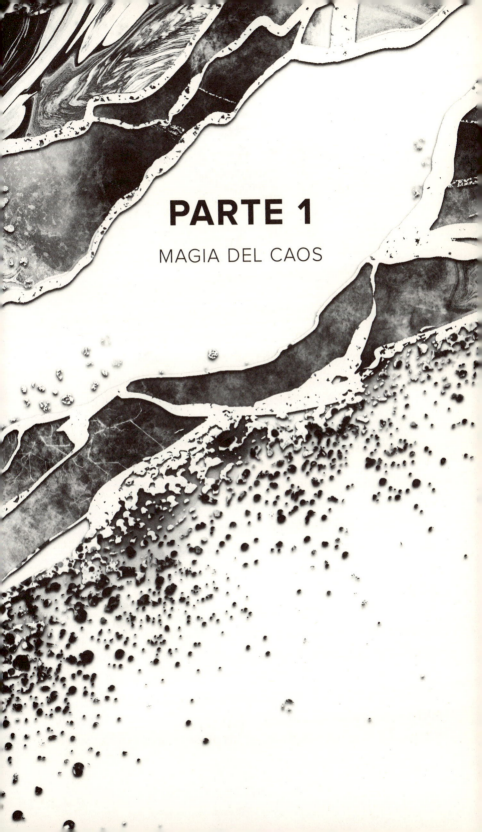

PARTE 1
MAGIA DEL CAOS

1

No quedaba ni un asiento libre en las gradas. Un escalofrío me recorrió la espalda al comprobarlo: fue franquear la entrada y sentirme asediada por el ruido. Aplausos, gritos, abucheos. Me sobrecogió una súbita sensación de soledad. Aunque la mano de Lily estaba bien aferrada a la mía, sabía lo que me esperaba.

Y sabía que debía enfrentarme a ello sola.

—¡Qué pasada! —gritó Lily. Casi no la oía, pero le leí los labios fácilmente. Se inclinó hacia mí—. Tenías razón. ¡Esto no tiene nada que ver con los combates *amateur*!

Y tanto que no. Contemplé el enorme hangar, apodado «heptadomo» por su cúpula heptagonal. Los construían en el espacio que antes habían ocupado campos de fútbol... cuando a la gente todavía le interesaba el fútbol.

Era la primera vez que entraba en una estructura así. Desde el metro, una interminable escalinata mecánica nos había hecho ascender piso tras piso hasta llegar a las gradas. Ahora estábamos tan arriba que teníamos una vista panorámica de todo el tinglado. Allá abajo, rieles de focos iluminaban ya las siete arenas de lucha independientes. Las paredes del heptadomo eran de cristal oscuro, las luces intermitentes de los proyectores danzaban sobre las superficies. Por encima de nosotras se cernía un cielo de tarde otoñal en el que todavía podían distinguirse algunos retazos de rojo y naranja.

Hundí la mano que tenía libre en el tejido de mi capa verde oliva y cerré los ojos para concentrarme. Para lograrlo, me dejé invadir por el aroma que me rodeaba. El heptadomo estaba repleto de un olor agridulce, pesado y muy intenso, una mezcla de cenizas y azúcar.

El aroma de la magia.

De inmediato, un hormigueo inquieto me recorrió la piel sin que pudiera evitarlo. Mi organismo sabía que se aproximaba la siguiente dosis de magia y, por más que me empeñara en negarlo, mi cuerpo la deseaba.

La parte racional de mi cerebro aborrecía la magia.

El resto de mi cuerpo no.

Las siete arenas heptagonales que estábamos mirando ya estaban ocupadas. En todas se enfrentaban parejas de contrincantes. Veía cómo se recrudecía su magia durante los combates, pero me obligué a no dedicarles demasiada atención.

Me pondría todavía más nerviosa.

—¿Ray? —Los ojos castaño oscuro de Lily me miraron con preocupación. Aunque la gente que nos rodeaba nos empujaba todo el tiempo hacia delante para buscar sus asientos, ella seguía de pie, firme—. Todavía estamos a tiempo de irnos y buscar otra solución.

Le sonreí. Lo decía en serio, eso me quedaba claro. Sabía que saldría conmigo del heptadomo si eso era lo que yo deseaba. Volveríamos de nuevo a los suburbios, a la central eléctrica derruida en la que nos habíamos criado, a seguir trabajando para Lazarus Wright. Formaríamos parte de su banda el resto de nuestras vidas: «Nightserpents hasta la muerte». Pero eso, poco a poco, día a día, acabaría anulando nuestra humanidad.

—No, ya que estamos aquí, quiero llegar hasta el final —dije, y asentí decidida. Mejor acabar con el tema de la inscripción cuanto antes, no fuera a ser que me lo pensara dos veces.

La zona en la que teníamos que apuntarnos quienes íbamos a combatir se encontraba en una entreplanta entre las gradas y, de camino, examiné al público que nos rodeaba. Aunque el gallinero era bastante más barato que las filas inferiores, donde los espectadores podían estar sentados, por todas partes se veía gente bien vestida y enjoyada. Todo el mundo contemplaba fascinado hacia el fondo del recinto, hacia las arenas, y solo algunos nos echaron un vistazo fugaz, para luego desviar la mirada al detectar los lamparones y los rotos de nuestra ropa.

Me empecé a sonrojar de la vergüenza.

—Deberíamos habernos puesto otra ropa —grité por encima de una oleada de aplausos, a lo que Lily me respondió con una sonrisa de oreja a oreja e inclinó la cabeza hacia mí.

—¿Para qué? Es mejor que te subestimen.

En eso tenía razón. Pero tampoco hacía falta aparecer con la falda deshilachada y unas mallas llenas de agujeros. Con mi aspecto habitual habría bastado: una chica larguirucha, paliducha y castaña que parecía un cachorrillo a la caza de un ratón. Lily tan solo se había recogido el cabello negro y encrespado con un lazo en una coleta alta. ¿Formaría parte de una estrategia? Porque, a pesar de su rostro de una hermosura que dejaba sin aliento y de su sonrisa inocente, Lily no había nacido ayer, eso había que reconocérselo.

Volvió a apretarme la mano y tiró de mí escaleras abajo. Noté su piel cálida contra la mía y me dejé contagiar por su confianza. De todas las personas que había conocido en mi vida, Lily había sido la que más había creído en mí, desde siempre. O, para ser más concreta, desde el día que, con seis años, anuncié que iba a robar chocolate del almacén del orfanato, y que además sería suficiente para repartirlo entre todos los niños. Lily no dudó de mí ni un segundo… y con razón.

Ella siempre había sido mi sostén, mi alma gemela. Además de ser la única que sabía lo que me traía entre manos hoy. Cuando entrara en una de las siete arenas heptagonales para pelear, dentro de nada, ella estaría de pie en la banda, gritando mi nombre hasta quedarse ronca.

Una parte de mí seguía sin poderse creer que lo hubiéramos conseguido. En los últimos meses había ido ganando todos mis combates *amateur*, acumulando suficientes puntos para pisar por primera vez, aquel día, un recinto profesional.

Había llegado el momento.

Nunca había deseado aquella vida. Pero eso no importaba. Lo que importaba era que Lily y yo teníamos que largarnos del orfanato lo antes posible. Para eso necesitábamos dinero, y en los combates profesionales a veces se hacían apuestas millonarias. Quien salía a la arena también se beneficiaba, si bien en una pequeña proporción, pero Lily había hecho los cálculos: por mi aspecto, nadie apostaría por mí. Eso quería decir que tanto el porcentaje que me correspondería como el premio en sí serían más elevados. Según los cálculos de Lily, una victoria en mis circunstancias implicaría una prima de diez mil libras. Diez mil libras que se traducirían en dos billetes que nos llevarían lejos de aquella vida insoportable y de los insoportables suburbios.

Una vida lejos de Lazarus Wright.

—Se accede por aquí. —Lily y yo acabábamos de encontrar la entrada a la zona de participantes; una sala austera que estaba separada de las gradas por paneles de cristal. Nos pusimos a la cola tras un fornido señor calvo que nos impedía ver la mesa de inscripciones.

Oteé por la ventana. ¿Cuánto público habría realmente? El heptadomo de Brent, al noroeste de Londres, era uno de los más pequeños, y aun así podía albergar a tres mil personas o más. Nunca había luchado delante de tanta gente. Las peleas *amateur* tenían lugar sobre todo en almacenes reformados para ese fin. Solo al avanzar en la liga de combates era posible acceder a un heptadomo.

Mi nerviosismo iba en aumento. Lily no me había soltado la mano ni un segundo y, mientras pasaban los minutos, me di cuenta de que empezaban a temblarme ligeramente los dedos.

«Ay, no», pensé, y cerré los ojos. «Calma», imploré a mis manos y al resto de mi cuerpo. Tenía que recomponerme, ese día precisamente no me podía permitir de ninguna manera tales debilidades. Pero mis palabras de advertencia no cambiaron nada.

Nunca lo hacían.

Lily parecía haber notado el temblor, a pesar de tenerme la mano agarrada con fuerza, porque me miró primero a mí y luego bajó la vista a nuestros dedos entrelazados.

—¿Va todo bien? —me susurró y, aunque asentí, su mirada pareció preocupada—. ¿Segura? ¿Te has tomado los bloqueadores?

«Sí, me los he tomado. Dos pastillas, esta misma mañana. Pero ya casi no hacen nada frente a los temblores, solo me cansan». Esa habría sido la respuesta honesta, pero en ese momento no nos ayudaría a ninguna de las dos, así que le dije:

—Por supuesto. Seguro que en nada se me pasa.

Lily iba a contestar cuando, de repente, una mujer que estaba detrás de nosotras soltó un gritito. Llevaba el pelo teñido de rojo brillante y tenía la boca igualmente pintada de rojo, además del maquillaje oscuro de los ojos. Pero lo más llamativo eran sus tatuajes: de cuello para abajo estaba recubierta de números siete. Al percatarse de nuestra mirada confusa, exclamó:

—¡Hoy han venido algunos Superiores!

«¿Superiores?». Rápidamente, volví a mirar hacia las gradas. Intenté diferenciar a los Superiores del resto del público, lo cual no tenía mucho sentido, porque tenían el mismo aspecto que cualquier persona normal. Pero en ese momento, la mujer de los tatuajes en el escote señaló en dirección a la tribuna. Allá, separado del resto del público, podía verse a un grupo de personas que claramente pertenecían a otra clase: estaban sentadas mientras un camarero les servía unas bebidas justo en ese momento. Vestían chaquetas oscuras con el cuello alzado y miraban con indiferencia hacia las arenas de combate. A sus espaldas, de pie, podían distinguirse algunas personas uniformadas.

—¿Qué pintan aquí? —oí preguntar a Lily.

—Hace un par de días empezaron los rumores —los ojos de la mujer brillaban ávidos— de que se llevarían con ellos a los mejores luchadores.

Lily miró primero a la mujer y luego a mí. En sus ojos pude leer sus pensamientos como si los hubiera dicho en alto. «¿Se los llevarían con ellos? ¿Al Espejo?».

—¡Vaya tontería! —masculló, y apreté los labios mientras la mujer me lanzaba una mirada iracunda.

—De tontería nada. En los últimos meses ya ha pasado un par de veces. Parece ser que los Superiores han seleccionado a algunos luchadores y les han ofrecido irse a vivir al Espejo.

—¿Y se ha vuelto a saber de ellos? —preguntó Lily.

—No. ¿A cuento de qué? Allá arriba seguro que les dan tanta magia como deseen.

La mujer levantó el mentón. Se notaba que haría cualquier cosa para causar buena impresión a los Superiores. Igual que todos y cada uno de los luchadores de la exhibición, seguramente. Cualquiera querría marcharse, a cualquier precio, a ese mundo que estaba por encima del nuestro. Al mundo en el que la magia era ilimitada.

Desde que el Espejo se hizo visible, de vez en cuando nos visitaban algunos Superiores, pero solo se reunían con políticos y empresarios para acordar el suministro de la magia. Una chica como yo, que vivía en los suburbios, en los barrios pobres de la ciudad, nunca antes había visto a un Superior. Tampoco es que me interesara. Vale, el Espejo era fascinante. Tan fascinante como lo son todas las cosas que se ven pero no se tocan. Un mundo en espejo, allá arriba, en el cielo. ¡A cualquiera le hubiera parecido increíble!

Pero los Superiores en sí no me interesaban lo más mínimo. Querían quedar de generosos ante nuestros gobiernos con su magia, pero su único objetivo era que dependiéramos de ellos en unos pocos años. Quienes vivíamos en los suburbios, por no hablar del resto de la humanidad, no sacábamos ningún beneficio del asunto. Permitían que nos empobreciéramos por culpa de su magia. Que renunciáramos a todo por unas miserables gotitas; que nos fuéramos desangrando poco a poco.

Para mí, con eso ya estaba todo dicho sobre los Superiores.

2

Por fin había terminado el calvo. Se hizo a un lado y llegamos a la mesa de inscripciones.

Un tipo escuálido con gafas nos miró aburrido. Llevaba un traje que no pasaba por su mejor momento y una camisa blanca. En la mesa que tenía delante podía verse el dibujo de un heptágono, el logotipo de la Federación de Sellos de Combate.

—¿Nombre? —me preguntó.

Inspiré hondo.

—Rayne Sandford.

Saqué de la capa la tarjeta de chip en la que estaban archivados los resultados de mis combates anteriores. El tirillas aquel la cogió con evidente desinterés, la metió en el lector y luego se dirigió a Lily.

—¿Acompañante obligatoria?

Lily contestó con la cabeza bien alta.

—Liliana Bellerose.

Él asintió y me volvió a mirar. No le sorprendió que acabara de cumplir diecisiete. A fin de cuentas, muchos participantes eran menores de edad. Los estudios indicaban que los cuerpos jóvenes absorbían y procesaban mejor la magia. Eso implicaba ataques más rápidos, defensas más robustas y posibilidades de beneficio más elevadas; razón suficiente para que Lazarus me enviara a mí antes que a los miembros mayores de su banda... y por supuesto antes que a Isaac, su huerfanito del alma.

—¿Y bien? —preguntó el hombre, impaciente—. ¿Qué va a ser?

—El brazalete.

Arqueó las cejas ante mi rápida respuesta. En su cara estaba escrito: «¿Un sello ofensivo? ¿Tú? ¿En serio?».

Seguramente esperaba que escogiera un medallón defensivo, o como mucho un anillo de proyección de ilusiones. Cualquier cosa menos un brazalete ofensivo. A fin de cuentas, eran el tipo de sellos que más riesgo implicaban.

—Esos chismes reparten fuerte —me había aclarado Isaac después de que Lazarus lo obligara a acompañarme a mi primer combate profesional—. Pero no ofrecen ninguna protección. Muy poca gente puede controlar un brazalete.

Bueno, pues entre esa gente estaba yo. Y no necesitaba protección.

El tirillas me observó unos segundos más, luego abrió una de sus tres cajas y me la puso delante. Contenía innumerables brazaletes de todo tipo, semejantes a los que ya me había puesto cientos de veces. Algunos eran de plata, otros de oro; unos eran muy simples, otros, más extravagantes. Solo se parecían en la placa heptagonal que todos tenían en el centro.

El sello.

Tenía un pirograbado que en pocos minutos se llenaría de magia. Lo evalué con ojo crítico. Era un círculo dividido por dos líneas, una vertical y otra diagonal. Conocía ese grabado, todos los brazaletes ofensivos lo tenían. Sin embargo, de inmediato detecté las imprecisiones en el dibujo y el trazo un tanto titubeante.

En cuanto el hombre me ofreció impaciente el brazalete, le quise echar mano de inmediato, pero Lily negó firme con la cabeza.

—Quiere uno bueno.

—Señorita, los grabados de los sellos son todos iguales. No es vuestro primer combate, ¿no? Estos chismes están todos homologados.

—Para nada. —Lily levantó el mentón—. Y mi amiga quiere uno bueno.

Incrédula, me quedé mirando a Lily. ¿De qué iba todo eso? Mi amiga sacó un saquito del bolsillo de la falda y lo puso con el puño cerrado sobre el mostrador.

Los ojos del hombre se entornaron hasta convertirse en meras líneas mientras se acariciaba reflexivo la barbilla. En ese momento, se hizo visible uno de sus tatuajes: en la parte inferior de la muñeca derecha vi cómo le despuntaba un ojo estilizado y abierto. La pupila, en vez de redonda, era heptagonal.

La mirada del hombre seguía pasando de Lily al saquito y del saquito a Lily. Como no contestaba, ella se inclinó sobre el mostrador y lo observó desde arriba con los ojos entornados.

—Escúchame bien: sé que tienes sellos mejores. Aquí dentro hay trescientas libras. Queremos uno bueno.

«¡Trescientas libras!». Era más de lo que nos pagaba Lazarus por todo un trimestre. ¿Cómo podía jugarse Lily tanto dinero?

El hombre volvió a frotarse el tatuaje con reticencia antes de esconderse detrás del mostrador y volver a aparecer con una caja estrecha que contenía más brazaletes, anillos y medallones, a cada cual más bonito. Me mordí el labio para que no se me notara la sorpresa. Hasta ahora me había enfrentado en doscientos siete combates profesionales. ¡Doscientos siete! Y me había tragado aquello de que todos los sellos eran iguales.

El hombre se aferró a la cajita.

—Estos imitan los poderosos sellos del Espejo. Son réplicas carísimas, ¿lo entendéis? No encontraréis nada mejor en ningún sitio.

Mi mirada pasaba de un sello a otro. Había un anillo con una esfera negra sostenida por dos manos. Otro tenía una banda atravesada con la cabeza de una serpiente en la parte superior. Junto a ese vi un brazalete de cobre dorado cuyo hueco para instalar la placa del sello estaba rodeado por un estilizado dragón con las alas abiertas a ambos lados.

Un escalofrío inexplicable me recorrió el cuerpo y abrí la boca sin pensármelo más.

—Este.

El hombre emitió un gruñido.

—Habéis tenido suerte, hoy estoy de buenas —rezongó—. Pero quiero el sello de vuelta en el mostrador en cuanto termine tu combate, bombón. ¿Entendido?

Me guardé un comentario por lo de «bombón» y cogí el sello. En el mismo instante que mis dedos tocaron el brazalete, supe que el hombre me había dado el mejor sello que había tenido entre las manos en mi vida. El dragón tenía un aspecto fascinante, con las amplias alas abiertas y con la placa para el sello justo donde debería latir su corazón. El grabado también era perfecto: cero imprecisiones. Las líneas seguían un trazado impoluto. Nunca había visto nada semejante.

—El soporte y el sello constituyen una unidad —me había explicado en su día Lazarus, en uno de sus pocos momentos de buen humor. Estábamos de pie en el tejado de la central eléctrica tras mi primera victoria en un combate *amateur*, contemplando desde abajo los rascacielos de los suburbios—. En principio da igual dónde se monte la placa con la magia. No importa si es en un anillo, un medallón o un brazalete. No importa la aleación: oro, plata o lo que sea. Pero cuanto mejor encajen ambas partes, cuanto mejor refleje el soporte el carácter del sello, mejor fluirá la magia luego a través de tu cuerpo.

Lily le pasó el saquito con el dinero al tipo responsable de las inscripciones y, después de que este hubiera contado los billetes furtivamente tras el mostrador, la seguí, caminando a su lado.

—¿Cómo lo has sabido? —le susurré.

Lily sonrió.

—Le oí comentar a Issac que se rumoreaba que había una organización clandestina en los heptadomos que distribuía sellos mejores a algunos luchadores. Le oí también decir que se llamaban «el Ojo», y que a algunos de sus miembros se les podía sobornar si se tenía el dinero suficiente. Me estaba marcando un farol.

—¿Y no dará el cante?

—¡Qué va! Los brazaletes son todos distintos. Y en cuanto al grabado... Ya lo has oído: «Estos chismes están todos homologados».

Pasé el dedo gordo con reverencia por el sello del dragón. Encajaba conmigo a la perfección, en todos los sentidos.

—Pero... —empecé—. El dinero. ¿Qué pasa si pierdo?

—No vas a perder.

La voz de Lily no albergaba ninguna duda.

—Y con la prima de ganadora me lo podrás devolver sin problema.

Eso era cierto. Trescientas libras a cambio de nuestra nueva vida.

Poco me parecía.

La siguiente fase del proceso de inscripción era la que más odiaba. Aunque no era del todo cierto. Una parte de mí literalmente vibraba de expectación: notar correr la magia por tu flujo sanguíneo era una sensación incomparable.

Fuera de las arenas heptagonales, yo era Rayne Sandford, la chica de los suburbios a la que le temblaban las manos. Pero aquí era una luchadora que manejaba los sellos como nadie. Una de las mejores, ¡claro que sí!

Fuimos desde la mesa de inscripciones hasta la ventanilla en la que se dispensaba la magia. Ahora que iba a participar de forma oficial en un combate profesional, había que seguir un procedimiento. Una mujer de pelo muy corto me hizo un gesto impaciente para que me acercara. Retiré la tela de mi capa y extendí el brazo derecho hacia ella, ante lo cual levantó una de sus cejas bien depiladas. Al principio pensé que era por los visibles moratones que me había hecho en mi último combate, pero no: fijó la vista en el sello del dragón. Para demostrarle que todo estaba correcto, yo misma me lo puse y me lo ajusté a la muñeca. El frío metal brillaba sobre mi piel y, de nuevo, me provocó un escalofrío por todo el cuerpo. Una réplica de un sello muy poderoso, había dicho aquel hombre...

Eso tenía que ser una buena señal.

—¿Accedes, de forma voluntaria y en uso de tus plenas facultades, a que se te inyecte un grano de magia? —preguntó la mujer, y vi cómo, detrás de ella, una segunda esperaba con una tableta para que firmara mi consentimiento. La exoneración de responsabilidad obligatoria, por si la magia me provocaba algún daño excesivo.

—Accedo.

—¿Y tú te comprometes a acompañar a la participante hasta que se agote la magia?

Lily asintió, mirando a la cámara:

—Sí, me comprometo.

La primera mujer sacó una cajita. Presionó el pulgar contra un escáner de huellas digitales y, de inmediato, se abrió la tapa. Un resplandor frío nos cegó. Oficialmente era conocido como «azul invernal», por el destello blanco perla y la frialdad suave que emanaba siempre de la magia.

Si no supiera lo que era capaz de desatar aquello en una persona, hasta lo habría descrito como hermoso.

Siempre nos daban la misma dosis. No más de una gota por persona, un «grano»: sesenta y cuatro coma ocho miligramos, que costaban oficialmente trescientas cincuenta libras y que se guardaban en un vial de cristal heptagonal.

Mi mirada se clavó en el grano mientras la mujer lo extraía de la cajita. No podía evitarlo.

El anhelo de magia se manifestaba de múltiples maneras. En algunas personas, como Lazarus, era un profundo pozo sin fondo. En otras, un susurro incesante al oído. En mi caso, sin embargo, ese anhelo era como una serpiente que se aovillaba en mi subconsciente y esperaba. Normalmente ni me percataba de que estaba ahí. Pero ahora, la serpiente se había estirado y siseaba con expectación mientras yo extendía el brazo despacio. La serpiente sabía a la perfección lo que iba a ocurrir. Y ya había sido paciente durante mucho tiempo.

Sin dudar más, la mujer inyectó el grano en mi sello. Sentí la presión de la aguja a través del brazalete, pero no hice ninguna mueca. Luego, el grano resplandeciente y azul fluyó hacia mi interior y comenzó el intercambio: la sangre se mezcló con la magia hasta que mi cuerpo quedó totalmente unido al sello.

Me quedé sin aliento y agradecí tener cerca a Lily. Había pocos momentos en la vida en los que una se hiciera tan consciente de su cuerpo; la frialdad de la magia se transformaba en una ola de calor que lo iba incendiando célula a célula. Sentía cada partícula de piel, cada vello, cada gota de sangre que corría por mis venas. Como si mi cuerpo estuviera preso de una fiebre que transformaba cada célula en un fuego invisible.

La sensación no tardó en desvanecerse. Observé el vial. El grabado del sello estaba totalmente rodeado de magia azul invernal que iluminaba aquellas líneas claras y finas cuyo significado, en realidad, nunca me había interesado. Lo único que me interesaba era que la magia cargara el sello con lo que fuera necesario para ganar el combate.

Bajamos unas escaleras hacia la zona en la que había que esperar a que terminara el sorteo de las parejas. Nos dejamos caer en los bancos de madera, y Lily me quitó con cuidado la mochila de los hombros.

—¿Va todo bien?

«Mejor que bien», susurró una voz en mi interior. La magia me había calmado un poco el temblor de las manos, y sentía cómo todo mi ser se preparaba para usar el poder que se condensaba ahora en mis extremidades.

—Sí.

Le sonreí y me apoyé en ella mientras transcurrían los minutos. Finalmente sonó la señal, un gong estruendoso que informaba de la nueva ronda de combates. Siete, cada uno con dos participantes. Tensa, eché un vistazo hacia arriba, hacia el marcador en el que se iluminó mi número de inicio: mi combate tendría lugar en el cuarto heptágono, y mi contrincante se llamaba Dorian Whitlock.

¡Vaya mierda! El nombre no me sonaba de nada, lo cual quería decir que el tipo debía de llevar tiempo en la liga profesional. Conocía a casi todos los *amateurs,* no en vano había estado peleando por casi todo Londres. Lazarus nos dejaba cambiar de barrio a barrio a mí, a Isaac y a algunos otros, porque cada promotor solo podía registrar una cierta cantidad de luchadores por año. Nadie quería complicarse la vida por que un participante se desplomara por una dosis de magia demasiado alta. Que mi tarjeta de chip acumulara combates de diferentes promotores semana tras semana y que mi cuerpo estuviera cubierto de moratones no les importaba.

Así que era un profesional. Pues nada. La probabilidad de que me tocara enfrentarme a otro principiante era muy reducida. Ahora solo me quedaba esperar que Dorian Whitlock tuviera un punto débil... y que yo lo encontrara antes de que fuera demasiado tarde.

En pocos minutos empezaría la acción, así que adelanté un pie y me balanceé ligeramente. Luego me adentré en la zona de combate al lado de Lily.

Los siete heptágonos estaban rodeados de superficies vacías a las que solo podían acceder los árbitros y los acompañantes. Caminamos hasta el mío y constaté, con terror, que se hallaba justo debajo de la tribuna de los Superiores. Ninguno me estaba mirando, pero en cuanto comenzara el combate, sin duda lo harían.

Me empezó a entrar otro tipo de nerviosismo. A mí me daba igual lo que pensaran de mí los Superiores. Ese día, mi objetivo solo era acumular el máximo dinero posible. Aun así, todo mi cuerpo se tensó al saber que aquellas personas, a las que pertenecía la magia y que la usaban a diario, iban a estar observando cómo la manejaba yo. Seguramente toda esta parafernalia nuestra les parecía ridícula.

Pero daba igual. No podía permitirme ninguna inseguridad, me estaba jugando demasiado. Así que hice acopio de todo mi valor y di un paso hacia la luz que arrojaban los focos del techo del heptadomo.

—¿Rayne?

Fue la voz suave de Lily la que me hizo detenerme, y supe lo que iba a decir... porque lo decíamos siempre antes de un combate.

—Somos Inferiores.

Abracé a Lily y absorbí su aroma floral hasta la médula.

—Y a mucha honra —añadí, antes de entrar en la arena y dejar atrás a Rayne Sandford.

3

Mi contrincante todavía no estaba en la arena. En cuanto atravesé la línea, apareció ante mí el árbitro con una mirada seria. Era un hombre un tanto orondo y calvo, que llevaba unas aparatosas gafas sobre la nariz con las que, a modo de cámara térmica, seguiría nuestras firmas de magia durante todo el combate. Tras mostrarle mi sello para que lo verificara, me informó de las normas de seguridad que ya me sabía de memoria.

Recibir una estocada era una sensación parecida a que te rociaran con una mezcla de agua hirviendo y vidrio hecho añicos. Se suponía que los sellos que utilizábamos en los combates profesionales estaban algo debilitados, pero, aun así, hacían daño.

El árbitro esperó hasta que asentí y confirmé haber entendido todo para retirarse.

Miré fijamente a la línea exterior del heptágono. La arena parecía tan pequeña... La superficie de los combates *amateur* era casi el doble de grande. Aquí me tocaría controlar la magia de mi sello con más precisión que nunca.

Volví a observar la tribuna de los Superiores. En las paredes inferiores se reproducían imágenes del heptadomo y, cuando una cámara los enfocó, por fin pude verlos de cerca.

Había tres asientos. En el de la derecha divisé a una chica pálida con una melena azul que le caía hasta los hombros en elegantes rizos. Llevaba una chaqueta también azul y tenía cara de aburrimiento, como si hubiera preferido estar en cualquier lugar antes que allí.

A la izquierda estaba sentado un chico de tez oscura con el pelo corto y negro. Vestía una chaqueta de brocado lila y hablaba con un segundo tío que estaba sentado en medio. El cabello rubio platino de este enmarcaba unos rasgos finos, casi aristocráticos. Observaba el recinto serio mientras su mirada escaneaba todo el lugar sin que su cuerpo se moviera ni un milímetro. A diferencia de la chica del pelo azul, no parecía ni aburrido ni irritado, sino más bien... cansado.

Los camareros revoloteaban nerviosos a su alrededor, y tras ellos podían verse algunos hombres y mujeres de uniforme gris oscuro. Eran guardas o... soldados. En cualquier caso, llevaban el pelo rapado al cero y un tatuaje de un heptágono bien visible en la frente.

Tomé aire y me concentré en la sensación de calor que emitía el brazalete de cobre dorado de mi muñeca. «Todo va a salir bien». Me conocía todos los gestos que se necesitaban para activar la magia. Mi cuerpo era una prolongación del sello. Su magia reconocería el más mínimo movimiento de mi mano y reaccionaría.

El temblor había desaparecido totalmente de mis dedos.

Estaba lista.

En ese momento, mi contrincante entró en el heptágono. Era un joven de unos veinte años, delgado pero musculoso, con el pelo negro y una sonrisa torcida en los labios.

«Dorian Whitlock», recordé que se llamaba. Tenía un cierto parecido con aquel cantante coreano que le gustaba tanto a Lily, pero en su caso llevaba un corte de pelo en el que destacaba una especie de cresta, además de una enorme cantidad de *piercings* en las orejas. Vestía ropa suelta: un pantalón amplio y una camisa sencilla. Me observó brevemente y su mirada pareció quedarse clavada en el agujero que tenía en la media izquierda. Su sonrisa se hizo más amplia. Tal vez pensaba lo mismo que cada una de las personas que se agolpaban en las gradas o que estaban sentadas allá arriba, en sus tribunas: «Esta estúpida con su faldita va a caer a la primera».

Mejor así, mejor que todos apostaran en mi contra. Eso haría que mi prima de vencedora fuera todavía mayor.

Dorian estiró el brazo para que el árbitro identificara su sello. Había escogido un amuleto, un sello defensivo. Mal asunto: significaba que el combate iba a durar mucho. A los que llevaban amuletos les encantaba atrincherarse y dejar que corriera el reloj mientras su oponente se agotaba lanzando un ataque tras otro. Pero yo no iba a caer en esa trampa.

Mi mirada se desvió hacia la izquierda. Lily, instalada en la banda con nuestras dos mochilas, ya había examinado a mi oponente. Se mordía el labio inferior, como hacía siempre que estaba preocupada.

Eché un vistazo a las imágenes que se proyectaban en la columna heptagonal situada en medio de la cúpula. Hasta entonces casi todo habían sido anuncios, pero ahora se iluminaban los puntos que cada contrincante tenía acumulados de combates anteriores. Yo acababa de salir de la liga *amateur*, así que al lado de mi nombre aparecían los puntos de inicio: exactamente 7 000. En el caso de Dorian, eran 14 530.

El doble.

«Joder».

El árbitro echó un vistazo a su reloj y levantó una mano. El ruido se fue apagando en todo el recinto. En las otras arenas, las demás parejas también se preparaban para combatir.

Los focos se giraron hacia nosotros. No me atrevía ni a respirar. Menos mal que Dorian no podía escuchar cómo el corazón me latía nervioso contra las costillas. A mí me daba la sensación de que hacía un ruido ensordecedor, tan fuerte que llegaba incluso a la tribuna de los Superiores.

Una vez más, me concentré. La magia del sello del dragón se extendía por todo mi cuerpo, mis dedos hervían de ganas de lanzar los gestos correctos. Casi me parecía poder sentir las líneas y círculos que estaban grabados en la placa. Era mucho más fuerte que todos los sellos que había portado hasta entonces.

Lo iba a conseguir. A fin de cuentas, la semana pasada había noqueado a Isaac Moselby con solo tres gestos. Al muy gallito todo el mundo lo tenía por uno de los mejores luchadores *amateurs* de los suburbios.

Sonó un gong estremecedor. El sonido vibró por todo el heptadomo. Dorian Whitlock hizo una leve reverencia sin dejar de sonreír, y yo le imité. Empecé la cuenta atrás. Siete segundos entre un gong y el siguiente. Ahí empezaba todo. Los combates duraban un máximo de siete minutos. Si en ese tiempo ninguno de los dos era capaz de vencer a su rival, se procedía al desempate, cosa que yo debía evitar a toda costa: mis manos no podían controlar la magia con precisión durante tanto tiempo. Incluso si ahora parecían tranquilas, el temblor podía reaparecer en cualquier momento. Tenía que dejar a Dorian Whitlock fuera de combate lo más rápido posible. Por eso nunca me planteaba usar amuletos defensivos. Atrincherarme no me valía de nada. O acababa con mi contrincante durante la primera ronda, o ya no había nada que hacer.

Bajaron la iluminación de los proyectores de nuestro heptágono, la oscuridad se apoderó de las gradas. Me incliné y estiré los dedos en dirección al suelo en una pose neutra. Dorian clavó su mirada en mí, también él tenía las manos a ambos lados. En sus labios, una sonrisa segura de su victoria.

Entonces sonó el gong por segunda vez.

Mi mano derecha salió disparada hacia delante. Era el gesto más fácil de todos y el que requería menos magia: la estocada. De inmediato, una niebla de color azul invernal se desprendió de mis dedos. Restalló como el trueno hacia mi contrincante, más rápido de como solían hacerlo otros sellos a los que estaba acostumbrada. Pero Dorian se cubrió a tiempo con ambas manos, hizo aparecer un escudo mágico con forma de semicírculo parpadeante, y mi ataque rebotó.

Hasta ahí, todo totalmente previsible.

Probé con otras dos estocadas, porque solía funcionarme encajar una justo en el momento en que mi contrincante no estaba especialmente alerta. Y luego, una vez perdía el control, lancé otra más con la esperanza de ganar la partida.

Pero Dorian estaba alerta. Me esquivó con habilidad e invocó otro escudo cuando pasé rozándole, y mi magia se hizo añicos.

¡Vaya mierda! Cuando alguien peleaba como Dorian, no había manera de ser lo suficientemente rápida como para atravesar los escudos de su amuleto defensivo. Tenía que sorprenderlo con un ataque.

Escuchaba al público gritar enfervorizado desde las gradas, y la potente voz de Lily desde la banda; pero me obligué a ignorar todo el ruido.

Dorian avanzaba con pasos laterales lentos por el borde del heptágono. Yo hice lo mismo, para mantener las distancias.

Era hora de sacarlo de su zona de confort.

Levanté la mano en la que el sello continuaba brillando con un azul intenso. Mientras siguiera así, la magia me obedecería a pies juntillas. Si la luz empezaba a parpadear... entonces sí tendría que preocuparme.

Moví la mano hacia abajo con un gesto abrupto y luego avancé veloz. Parecía como si mi cuerpo hubiera sido catapultado, atravesado por un impulso hacia delante. Durante unos pocos segundos fui más rápida de lo que debería haber sido posible. De inmediato, lancé un segundo gesto. Empecé a dar golpecillos con los dedos en distintas direcciones. Unos puntos diminutos iluminaron el aire: minas, mi gesto favorito. Consumían una gran cantidad de líquido azul, sí, pero también eran muy efectivas. Casi ni se veían, y si te alcanzaban, ya no había escudo que valiera.

Dorian tardó unos segundos en tocar una y hacerla explotar. Le oí gruñir de dolor.

Me disparó una estocada, y luego dos más. Dorian las había lanzado tan seguidas y con tanta habilidad que no las iba a poder esquivar, o por lo menos no echándome a correr.

Abrí los dedos hasta hacer aparecer en el suelo una plataforma redonda y azul, y salté con precisión sobre ella.

Me catapulté unos metros hacia mi contrincante. Iba flotando por el aire, dispuesta a arrojar una estocada, cuando de repente una niebla azul invadió todo el heptágono.

¿Pero qué coño era eso? ¡No veía nada!

La gente que portaba medallones podía usar los gestos defensivos con mucha más fuerza. Si hubiera sido yo la que hubiera conjurado esa niebla mágica, no habría sido capaz de inundar con ella ni la mitad de una superficie tan grande. Sin embargo, con el sello de Dorian, la niebla era tan densa que casi me cegaba por completo.

El público tampoco podía ver el combate. Los únicos que podían vernos, gracias a sus gafas de alta tecnología (o, por lo menos, distinguir nuestras firmas de magia), eran los árbitros.

Disparé tres estocadas mágicas a la nada, pero no oí nada: no había alcanzado a Dorian. Entonces percibí un movimiento a mi izquierda. Cerré los puños. Tenía que darle sí o sí. En cuanto distinguí una silueta, dibujé una línea recta de arriba abajo con la mano:

estasis. No era un gesto fácil de ejecutar: la línea debía alcanzar exactamente al objetivo, si no, la magia perdía potencia, y lo único que se conseguía era desperdiciarla. Me salió a la primera: paralicé a Dorian por completo. El efecto solo iba a durar un par de segundos, pero sería suficiente. Apreté los puños, los separé como si estuviera retirando la vaina de una espada e inicié un movimiento de barrido hacia delante. Unas cuchillas mágicas azules aparecieron a mi alrededor, zumbaron hacia mi oponente y... se hicieron añicos.

Solo en ese momento me di cuenta de que Dorian estaba totalmente cubierto por una capa protectora. No era un escudo normal: parecía haberse acorazado. Un gesto tan potente consumía mucha magia. Pero, por ahora, lo había salvado.

Sin duda, había subestimado lo superior que era el nivel de los combates del heptadomo comparado con el de los *amateur*. Aterrada, me percaté de que la luz azul invernal de mi sello iba perdiendo intensidad. Apenas me quedaba magia. El grano estaba prácticamente agotado. Si llegaba a ese punto, se habría acabado todo. Quien se quedara sin magia antes sería declarado perdedor del combate.

El sello de Dorian no podía estar mucho mejor: la niebla costaba casi medio grano; de hecho, él también parecía estar vacilando antes de volver a atacarme. Nos movíamos en círculo, evaluándonos. La respiración me resonaba con fuerza en los oídos. Tenía que ganar a Dorian Whitlock. «¡Diez mil libras!».

«Hazlo por Lily».

«Hazlo para no tener que volver a ver a Lazarus Wright».

De repente, algo me arrastró con tal fuerza que ni siquiera el gesto antigravedad que utilicé pudo salvarme. Algo había tirado de mí. Caí de bruces al suelo, respirando con dificultad.

¡Una inmovilización mágica! Dorian me había atado los brazos y las piernas con finas cuerdas azules. Y como la inmovilización era un gesto defensivo, su sello lo hacía mil veces más fuerte.

De pronto apareció delante de mí. Tenía el pelo negro revuelto y se le había enrojecido la piel allí donde mi magia le había alcanzado. A pesar de eso, sonreía.

—Buena pelea, Rayne Sandford —me consoló, aunque el combate aún no había llegado a su fin.

Su arrogancia me cabreó tanto que cerré los puños. Solo tenía una oportunidad. Así que golpeé con fuerza el suelo, desesperada, y mi sello emitió una ola de magia que se disparó en todas las direcciones. Un gesto rotundo... con un alto precio. Era el último que sería capaz de ejecutar, dado que la magia de mi sello ya empezaba a titilar y pronto se agotaría. ¡Tenía que funcionar!

Pero la inmovilización que me atrapaba era más fuerte. La ola de magia se disolvió.

—Lo siento, en serio. —Dorian inclinó la cabeza y se arrodilló ante mí.

«Yo también», pensé, o más bien casi exclamé, mientras los ojos se me llenaban de lágrimas. A lo lejos, me pareció escuchar gritar a Lily. Gracias a sus gafas, estaba claro que el árbitro sabía lo que estaba pasando. Ahora empezaría a contar los siete segundos, si es que no había comenzado ya.

Siete segundos sobre la lona y habría perdido.

Me comenzaron a temblar las manos con tal intensidad que el hormigueo que sentía en los dedos empezó a quemarme. Mi último gesto debía de haberme dejado tocada de verdad, porque el calor se me iba extendiendo por el flujo sanguíneo, desde el brazo derecho hacia el resto del cuerpo. Iba a perder. Ese combate, las trescientas libras de Lily, cualquier posibilidad de reconducir nuestras vidas. Si perdía, en un par de días Lazarus se enteraría de que tenía licencia para competir en la liga profesional, y entonces sí que haría todo lo posible para que nunca pudiéramos abandonar la ciudad.

Era nuestra única posibilidad.

«¡Levántate y pelea!».

El pensamiento se asentó en mi mente. Me tensé hasta que sentí que me vibraba todo el cuerpo. Un dolor punzante me recorrió el brazo, y de repente pasó algo que no había visto en toda mi vida: la última gota de azul invernal que quedaba en mi sello se transformó en algo tenebroso, oscureciéndose más y más hasta volverse totalmente negra.

La poca magia que quedaba en mi cuerpo salió al exterior en oscuras bocanadas que atravesaron mi piel. Deshizo como si nada la inmovilización que me apresaba, e incluso la niebla empezó a disiparse lentamente; era como si aquella nube negra hubiera disuelto toda la magia a nuestro alrededor.

—¿Qué co...? —gruñó Dorian.

El pánico se apoderó de su mirada, hizo un gesto de protección apresurado, pero los hilos de magia negra lo calaron como si su escudo nunca hubiera existido, con tal ímpetu que fue a dar con sus huesos en el suelo. La magia se derramó sobre su cuerpo y más allá, para, finalmente, esfumarse.

Dorian se quedó desplomado, inconsciente, y por un terrible segundo pensé que lo había matado. Me arrastré hasta él y le tomé la mano. Su cara estaba perlada de sudor y su pulso era débil, pero estaba vivo. Me separé de él y, al dejar caer su mano, descubrí un tatuaje que se vislumbraba por debajo de su manga. Era el mismo que le había visto al hombre de las inscripciones: un ojo con una pupila heptagonal.

Esa organización clandestina de la que había hablado Lily... ¿Pertenecería Dorian a ella?

El aire que nos rodeaba se fue aclarando a medida que se disipaba la niebla. Aturdida, miré hacia los monitores de la columna central. Se había activado la cuenta atrás de siete segundos. Seguí los dígitos mientras apretaba las manos contra mi cuerpo. ¿Se habría percatado alguien de algo? No, el árbitro que había aparecido a mi lado solo observaba a Dorian, tendido en el suelo, comprobando si sería capaz de levantarse.

No lo hizo.

Cuando hubieron transcurrido los siete segundos, todo sucedió al mismo tiempo: un aplauso prendió a mi alrededor, primero dubitativo y luego frenético, porque, obviamente, nadie alcanzaba a entender cómo podía haber ganado una niñata como yo; el árbitro levantó mi mano todavía temblorosa y me declaró ganadora; Lily, infringiendo todas las normas, vino corriendo al centro del heptágono para abrazarme. No dejaba de saltar, sonriendo de oreja a oreja.

—¡Lo has conseguido! —gritaba una y otra vez, y me besaba las mejillas. Dejé que me diera un largo abrazo, mientras el personal sanitario entraba corriendo en la arena para ocuparse de Dorian Whitlock.

Miré hacia arriba, hacia la tribuna de los Superiores. La chica del pelo azul y el chico de la chaqueta lila charlaban, pero el rubio se había quedado sentado estoicamente en su asiento. La única diferencia era que ya no parecía cansado. Más bien al contrario: mientras sus acompañantes conversaban a su alrededor, él me miraba fijamente. A mí. Como si pudiera adentrarse en mi mente y arrebatarme todos mis secretos.

Y esos ojos… analíticos, penetrantes, curiosos… me inmovilizaron con una magia totalmente diferente.

4

Las próximas veinticuatro horas iban a ser las más difíciles de mi vida, pero empezaron como cada mañana, con el mismo juego cruel.

Lazarus estaba sentado en su escritorio, asignando tareas. Primero, a los miembros de la banda que lo acompañaban desde hacía años; luego, a los recién llegados, y muy al final, a nuestro grupo: los cuatro últimos huérfanos que quedábamos. Nos obligaba a estar diez minutos haciendo cola ante él por el simple placer de ignorarnos. Con toda la calma del mundo, sujetaba su intercomunicador (la fina pantalla a través de la cual organizaba toda su vida) como si tuviera que confirmar algún detalle superimportante antes de poder prestarnos atención.

Yo no tenía ni idea de por qué seguía siempre aquella puta rutina. ¿Se creía muy original? ¿Era una demostración de poder? ¿O simplemente quería comprobar cuánto tardaba en que se me hincharan las narices y saltara por encima del escritorio para meterle una buena hostia? Fuera por lo que fuere... ese sería el último día que me tocaría aguantar a Lazarus Wright. Me lo había prometido a mí misma.

En silencio, miré de reojo a mi alrededor. Lily estaba en la cola, justo a mi lado, con expresión neutra, pero yo la conocía lo suficiente para saber que estaba nerviosa. El día anterior habíamos llegado como si nada a nuestra habitación del orfanato. Por dentro, nos sentíamos como si flotáramos. Y no solo porque hubiera ganado un combate en un heptadomo, sino porque nadie se había percatado de que Lily y yo habíamos estado en Brent. Nadie sabía que había entrado en la liga profesional, nadie sabía nada de mi prima de ganadora... Y así debía seguir siendo hasta el día siguiente.

Porque para entonces la Federación de Sellos de Combate ya habría transferido el dinero a mi tarjeta de chip, y podríamos así poner en marcha la segunda parte de nuestro plan. Hasta entonces, no podíamos permitirnos ningún fallo. Si no, todo habría sido en vano. Y conocía a Lazarus. La más mínima sospecha de que tramábamos algo bastaría para que no nos perdiera de vista.

Por eso aquel día me obligué a estar todavía más quieta de lo normal, a pesar de lo mucho que me dolían los brazos y las piernas; aunque eso no era nada raro tras un combate, por alguna razón esa vez el dolor era más intenso de lo habitual.

Con un escalofrío, recordé la magia negra que se había liberado de mi interior. Las bocanadas de vapor oscuro, el frío... No tenía ni idea de qué había sido aquello.

Aunque eso no era del todo cierto. En los suburbios hacía tiempo que corrían rumores de que se estaba extendiendo una epidemia. Una enfermedad de la magia. Oficialmente se había desmentido su existencia, pero la realidad era que había gente que la contraía y moría. Además, cada vez se veían más figuras tiradas por las esquinas, con el cuerpo cubierto de venas oscuras. Se decía que la enfermedad empezaba poco a poco, y que iba extendiéndose hasta que la gente simplemente se caía redonda y moría. Solo que... eso no era lo que me había pasado a mí en la arena, ¿no? Vale, la magia se había vuelto más oscura, pero había salido de mí a raudales. Me había rescatado y había desaparecido sin dejar rastro.

Fuera lo que fuera lo que hubiera pasado, no había ningún motivo para preocuparse. Se lo contaría a Lily en cuanto estuviéramos lejos de Londres. En ese momento nos teníamos que centrar en nuestra huida.

Volví a echar un vistazo de reojo, esta vez a mis otros dos compañeros. Isaac y Enzo miraban al frente, la personificación de dos soldados perfectos. Isaac se había ido tatuando todo el torso y, aunque estaba tan delgado como nosotras, la tinta lo hacía parecer mucho más amenazador. Por el contrario, Enzo era el típico mazado descerebrado, aunque su firme intención de impresionar a Lazarus era igualita a la de Isaac.

Antes, cuando vivían más niñas y niños en el orfanato, Enzo, Isaac, Lily y yo éramos amigos. Pero mientras que a nosotras los abusos de Lazarus nos habían llevado a querer huir cada vez más desesperadamente, ellos dos tomaron el camino contrario; se habían acostumbrado a la vida de los Nightserpents. Y desde que gané a Isaac en un combate de sellos, estábamos en permanente pie de guerra. Yo amenazaba con arrebatarle su puesto de número uno de Lazarus en las arenas, y eso él no lo podía permitir.

En ese momento nos llegó un gruñido desde el escritorio. Lazarus parecía estárselo pasando en grande con algo que le llegaba por el intercomunicador. Se estiró y puso las piernas sobre la mesa sin dignarse a mirarnos. Me empezaron a temblar las manos. ¿Estaba de coña? Llevábamos allí plantados casi un cuarto de hora.

—¿Qué te pica, petardilla? —gruñó de pronto, mientras dejaba el intercomunicador a un lado.

Cerré los puños. El apodo me ponía de los nervios. «Se enciende como un petardo», había dicho sobre mí una vez Isaac, y desde entonces Lazarus me llamaba «petarda» a todas horas.

—¿Y bien? —prosiguió.

—Nada, solo estaba pensando —dije, una respuesta breve. Había aprendido que las respuestas cortas eran las que ofrecían menos posibilidad de ataque.

—¿Pensando? —Lazarus emitió un sonido despectivo—. Que estés *pensando* nos cuesta demasiado dinero. —Su mirada se dirigió con desaprobación a mis manos temblorosas—. Mejor vete a hacer unos ejercicios de relajación y desconecta. Estoy harto de estarte comprando todo el tiempo pastillitas para esos temblores tuyos.

Isaac se rio por lo bajo, lo cual no hizo más que llenarme de ira. Lazarus sabía igual de bien que yo que mis betabloqueadores costaban una ínfima parte de lo que él necesitaba para satisfacer su adicción a la magia. Era *él* quien se compraba a todas horas aquellas malditas monedas, los *happy-uppers,* y quien se las pegaba al brazo a la mínima oportunidad. Su dormitorio, que me tocaba limpiar a mí, estaba lleno de aquella mierda, y más de una vez me había encontrado a Lazarus atontado en el suelo, riéndose como un lelo.

—No le des más vueltas —masculló Lazarus—. Es un rollo psicológico, nada más.

—De eso sabes tú bastante —le dije, y los ojos de Lazarus se entornaron hasta convertirse en dos líneas.

Lily susurró mi nombre, una clara advertencia, pero ya era demasiado tarde. Lazarus se levantó de la silla, dio la vuelta al escritorio y me agarró por el cuello.

—Ándate con cuidado, petarda. Todavía me perteneces. Y mi paciencia no es infinita.

Apretó tan fuerte que me costó tragarme un gemido de dolor apagado. Presionaba sus dedos gordos justo encima del localizador que me había implantado en la nuca, bajo el nacimiento del pelo. Era el símbolo personal de nuestra banda, una «prueba de confianza», había dicho Lazarus entonces. Además, muy convenientemente, enviaba una alarma a su intercomunicador en cuanto alguien cruzaba los límites de la ciudad. O si alguien intentaba arrancárselo.

Yo lo había intentado dos veces.

Lazarus se apartó de mí, y lo miré directamente a la cara. Era increíble lo mucho que su adicción a la magia lo había ido cambiando a lo largo de los años. Antes, Lazarus tenía, por lo menos superficialmente, un aspecto agradable, incluso atractivo. Pero no ahora. Las ojeras, las arrugas... La magia lo estaba consumiendo poco a poco y se notaba, por mucho que el Gobierno defendiera que no provocaba adicción. Tal vez fuera cierto en cuanto a una adicción física, pero el ansia por la felicidad que ofrecían los *happy-uppers* se había cincelado desde hacía tiempo en el rostro de Lazarus. Y cada vez lo volvía más imprevisible.

—¿Me has oído, petarda? —preguntó, respirándome en la cara.

Sentí la mano de Lily en la mía y supe lo que me quería recordar. «No te dejes provocar. No te arriesgues ahora. Porque se dará cuenta de lo que tenemos entre manos».

—Alto y claro —dije. Sentía la bilis en la garganta.

Satisfecho, Lazarus se volvió a sentar, sonriente. Se repanchingó, y luego empezó a pasarnos lista con la mirada.

—Venga, os toca ir al mercado de Cable Street, en concreto al traficante de grano de la segunda planta. Hay que aligerarle un envío que tiene para nosotros.

Hizo un gesto para que Isaac se acercara y le transfirió algo por el intercomunicador. Seguramente dinero.

—Nos hace precio de amigos, claro está. Si tiene dudas, le aclaráis que se puede dar con un canto en los dientes por tenerme como comprador, ¿entendido?

Asentimos. Un mal presentimiento se me iba asentando cada vez más en el estómago. Iba a ser uno de *esos* encargos. Justo hoy.

Sabía perfectamente de qué envío hablaba Lazarus. Se trataba de magia. La quería para una de las legendarias fiestas que organizaba cada poco tiempo en la ciudad. Pero al día siguiente, todo eso habría quedado atrás…

—Agarrad los granos y desapareced sin llamar la atención —nos indicó Lazarus—. Y más os vale no cagarla.

—No te preocupes, Laz. —Isaac me observó lleno de satisfacción—. Hoy no se va a pasar nadie de la raya.

Ya casi estábamos en la puerta cuando Lazarus nos volvió a llamar:

—Por cierto, Lily, hazme un favor y no te pongas mañana por la noche el mismo vestidito de flores de siempre, ¿vale? Nuestros clientes esperan algo más exclusivo de tu parte.

En silencio, Lily y yo volvimos a nuestra habitación para prepararnos para la salida. El espacio en el que dormíamos desde hacía unos años estaba en el sótano de la antigua central, entre turbinas inservibles.

Aunque ponía un pie delante del otro, por dentro me sentía paralizada. «Nuestros invitados esperan algo más exclusivo de tu parte», había dicho Lazarus. Sus palabras retumbaban en mi cabeza. En momentos así, me preguntaba cómo nuestra vida podía haberse vuelto tan horrible.

Recordaba perfectamente la época en que el orfanato era un lugar limpio, agradable y en paz. No importaba que estuviera ubicado en un barrio empobrecido de Londres, lejos del centro tornasolado de la ciudad. Gracias a Mimzy, la antigua directora, siempre nos habíamos sentido como en casa. Nos hacía galletas de canela, nos leía libros y jugaba al escondite conmigo y con Lily por el hangar derruido de la antigua central todo lo que le aguantaban las piernas. Íbamos al colegio y llevábamos una vida tan normal como era posible en los suburbios.

Pero entonces, hacía cinco años, Mimzy murió, y su hijo apareció de la nada. Al principio sentimos alivio, porque Lazarus rescató el orfanato del cierre, pero al cabo de pocos meses Lily y yo nos percatamos de lo que se cocía en realidad: Lazarus había escogido el orfanato como nuevo centro de operaciones de su banda, y con los Nightserpents nuestra vida se fue convirtiendo poco a poco en un infierno.

Los huérfanos éramos para Lazarus un recurso y, a la vez, el mejor camuflaje que podría haberse imaginado. Nuestra presencia había evitado redadas y controles, y así él pudo seguir afianzando su poder.

Actualmente, Lazarus era el rey secreto de los suburbios, y en el orfanato hacía tiempo que, quitándonos a Enzo, Isaac, Lily y yo, no vivía ningún huérfano.

Al llegar a la habitación, Lily llenó una mochila y, en vez de ponerse unos vaqueros, se ajustó una falda que le caía suave sobre las caderas. Se peinó y, con ayuda de un espejo de mano, se puso algo de colorete sobre la tez morena. Estaba preciosa. Lo era, tanto que antes siempre fantaseaba con que llegaría a ser una modelo famosa y que participaría en desfiles en París. En otra época, su belleza me había parecido un regalo..., pero en realidad representaba un peligro terrible.

—Como sigas así, te va a salir humo por las orejas. —Lily me sonrió a través del espejo, estaba claro que se había dado cuenta de cómo la miraba—. Piensas tan en alto que escucho tus pensamientos desde aquí. No tienes que preocuparte por mí, Ray, de verdad.

—¡Claro que me preocupo por ti! Ya has oído lo que ha dicho Lazarus.

Lily miró en dirección a la puerta para cerciorarse de que estábamos solas, y luego se acercó a mí.

—Sí, ¿y? Mañana por la mañana llega el dinero. Para cuando empiece la fiesta, nosotras ya estaremos lejos de la ciudad. —Como no le contesté, me rodeó con sus esbeltos brazos—. Todo va a salir bien. Ya hemos conseguido lo más difícil. Lo que hiciste ayer fue increíble. ¡Tu oponente tenía casi 15 000 puntos, y aun así lo noqueaste! La gente estaba fuera de sí. —Se retiró y su sonrisa orgullosa dio paso a un ceño fruncido—. ¿Te pasa algo? Antes parecías agotada. ¿Todavía te duran los efectos secundarios de la magia?

Bufé.

—Tendré efectos secundarios mientras tenga que seguir respirando el mismo aire que Lazarus.

Lily volvió a sonreír, pero en su rostro permanecieron las arrugas de preocupación. Ella solo había dejado entrar en su cuerpo un único grano de magia. Lazarus quería comprobar si tenía perfil de luchadora. Pero daba igual que probara con un anillo, con un medallón o con un brazalete: a Lily no le sentaba bien la magia. Al principio me sentí aliviada. En mi inocencia, me había alegrado pensar que Lily nunca tendría que salir a una arena... hasta que me di cuenta de lo que significaba. Si Lily no participaba en los combates, no ganaba dinero, y eso era totalmente inaceptable para Lazarus. Todo el mundo debía contribuir. Isaac y yo combatíamos con los sellos, Enzo ayudaba en los robos, y Lily... A Lily, Lazarus le asignó sus malditas fiestas.

Eran el último grito entre la gente rica del centro de Londres, pagaban un riñón por asistir. Iba la típica *jet set* adicta a la adrenalina y la aventura de la que carecían sus acomodadas vidas de lujo. La lista de asistentes era totalmente exclusiva, y el lugar en el que se celebraban las fiestas se mantenía en secreto absoluto hasta el último momento.

No tenía ni idea de lo que iba a exigirle Lazarus a Lily. Si se tenía que poner guapa solo para bailar y ligar con la gente para que compraran suficientes granos o... o si tenía que hacer otras cosas. Tampoco nos íbamos a quedar a averiguarlo. Para entonces ya habríamos desaparecido de la ciudad.

Lily pegó su frente a la mía:

—Solo veinticuatro horas más —me susurró. Luego se insinuó en sus labios una sonrisa descarada—. He estado pensando que deberíamos quemar el sillón de Lazarus antes de marcharnos. Y su despacho, de paso.

Me invadió una carcajada inesperada.

—Explotaría de la ira.

—Sería nuestro regalo de despedida de los suburbios. —Se echó su bolsa al hombro, y yo cogí la mía—. Por cierto, los Superiores no se llevaron a nadie al Espejo —me contó de camino al exterior.

—¿Eh?

—En el combate. He estado pendiente. No ha salido nada en las noticias.

Ah, ya. Recordé a la mujer de la cola de inscripción, la que estaba cubierta de tatuajes de sietes. Esperaba su invitación al paraíso del Espejo. Qué sorpresa que no le hubiera salido bien.

—¡Qué mala suerte! —dije—. La tía esa se ha quedado sin fuentes de magia y arcoíris de los que gotean granos mientras ella se admira en el espejo con su nueva chaqueta de brocado.

Lily quiso replicar, pero le dio la risa. Encubrió su carcajada con un delicado carraspeo.

—¡Estás como una cabra!

—Ya. —Me arrimé a ella con cariño—. Sea como sea, si todos los Superiores llevan unas pintas tan ridículas como los que asistieron al combate, me alegro de verdad de que nuestra huida no nos conduzca allí.

Una sonrisa suave se asentó en los labios de Lily. Justo antes de llegar a las escaleras que se dirigían a la planta baja, extendió el dedo meñique hacia mí, y yo lo enganché con el mío.

—Inferiores y orgullosas de serlo.

—Inferiores y orgullosas de serlo —contesté yo, y luego ascendimos.

Antes, Lily y yo soñábamos a menudo con el Espejo, fantaseando con cómo serían las cosas allá arriba. Ahora todo era distinto. Básicamente, porque el Espejo era culpable de que la gente como Lazarus tuviera tanto poder. Gracias al Espejo, unos pocos podían aprovecharse sin piedad de las desigualdades del mundo. Por eso, mi ira hacia los Superiores crecía año a año. ¿Les importaba lo que su magia provocaba en nuestro mundo? ¿O les éramos totalmente indiferentes?

No era la primera vez que me acordaba del tío rubio platino. El día anterior había estado sentado en la tribuna del heptadomo al lado de los demás Superiores y, tras el combate, se me había quedado mirando desde allá arriba. Su expresión tensa, la mirada impasible... Aunque, debido a la niebla, era imposible que hubiera visto la magia negra, parecía que sabía lo que había ocurrido.

Y parecía que lo había dejado de todo menos frío.

5

Inspiré profundamente al notar que el olor a cenizas y azúcar que invadía la central eléctrica iba siendo sustituido por aire fresco.

El orfanato se encontraba entre numerosas torres; enormes complejos residenciales que en los últimos años habían surgido como champiñones en los suburbios, desde los Tower Hamlets a Newham, pasando por Hackney. Entre ellos, la central, a pesar de lo grande que era, parecía un grano de arena entre montañas.

Nos montamos en uno de los *jeeps* oxidados de Lazarus e Isaac nos condujo por las calles de los suburbios. Él y Enzo se iban riendo de algo mientras Lily y yo nos manteníamos en silencio en los asientos de atrás. Pasamos rápidamente por delante de los bloques de innumerables pisos que se agolpaban por todas partes en largas hileras, luego, por los primeros centros comerciales y supermercados. Todo daba la impresión de estar derruido y sucio. No era como en el centro de Londres, donde la atmósfera vibraba de magia, y a las tiendas de ropa de los Superiores se les pegaban glamurosos locales nocturnos en los que, gracias a la magia, podía suspenderse la gravedad.

El mercado no quedaba muy lejos, tal vez a quince minutos. Mientras recorríamos las calles, no podía evitar mirar hacia arriba. Las vistas no eran muy diferentes de a las que estaba acostumbrada; a fin de cuentas, el Espejo estaba literalmente encima del centro de Londres, y uno de sus ensanches llegaba incluso hasta los suburbios.

Finas siluetas plateadas se troquelaban contra el cielo y alcanzaban desde el Museo Británico hasta South Lambeth, pasando por Hyde Park hasta Tower. Veinte kilómetros cuadrados sobre los que se cernían aquellos extraños contornos en las nubes. El Espejo apenas quedaba a un par de kilómetros de los pisos más altos.

Por supuesto, el Espejo no solo existía en Londres. También París tenía su versión espejada, igual que Berlín, Roma, Madrid y muchas otras ciudades de todos los continentes.

Los científicos opinaban que existía una barrera mágica que nos impedía ver correctamente el mundo de allá arriba. Porque tras aquel resplandor (esto lo sabíamos por los pocos políticos y empresarios de alto rango a los que se les había permitido visitar el Espejo) se elevaban edificios de verdad, ciudades de verdad con personas de verdad: los Superiores.

Poco se sabía del Espejo: existía desde mediados del siglo XVII, es decir, desde hacía unos cuatrocientos años, pero durante mucho tiempo había permanecido invisible para nuestro mundo. Hacía solo quince años, es decir, en 2027, que el Espejo había aparecido sin más en el cielo, como por arte de magia.

La buena de Mimzy nos hablaba a menudo de aquella época, que nosotras solo habíamos vivido de muy pequeñas y que por lo tanto no alcanzábamos a entender. En aquel momento, el miedo a un ataque había sido enorme. Los países se habían armado para una guerra, algo que enseguida se reveló como innecesario: cuando los Superiores se mostraron, quedó claro que eran personas como las de nuestro mundo, que simplemente se habían trasladado con su magia de la Tierra al Espejo.

Los Superiores nunca revelaron de dónde provenía esa magia. Solo sabíamos que debía existir desde mucho antes que el Espejo. Quizás desde hacía miles de años.

El mercado se situaba a la orilla del Támesis, por eso olía a una mezcla de moho y humo de los buques contenedores que se balanceaban sobre el río a una cierta distancia. Isaac aparcó el *jeep* justo a la salida del edificio, porque más valía prevenir que lamentar. Al bajarnos, nos recibió una fresca brisa otoñal, pero mientras que Lily se congelaba, a mí me resbalaba una gota de sudor por la frente. En mi interior notaba un calor casi insoportable que no tenía nada que ver con el tiempo; era uno de los efectos secundarios del grano de magia.

Al acceder al mercado, un edificio enorme con fachadas de ladrillo desmoronadas y ventanas grises cubiertas de polvo, nos adentramos en un remolino de voces. No era la primera vez que estaba aquí, Lazarus nos enviaba a veces a robar a Cable Street porque era fácil moverse entre el gentío sin llamar la atención. Los puestos del mercado y demás negocios se distribuían en tres plantas. De las estructuras de acero colgaban lámparas con pantallas de papel que cubrían todo de una luz difusa. El olor a comida de los numerosos puestos que se encontraban entre las tiendas flotaba por los pasillos abarrotados de gente.

—Venga —declaró Isaac, y nos lanzó una mirada de advertencia—. Todo el mundo sabe lo que hay que hacer. Y cuidadito con intentar algo raro.

Lily y yo le hicimos un corte de mangas sincronizado. Aun así, lo seguimos por el pasillo.

Sí, sabíamos perfectamente qué papel desempañaba cada una. Lily había venido a distraer a la gente, porque como era tan guapa, les parecía simpática. Justo lo contrario de lo que transmitíamos Isaac, Enzo o yo misma.

A mí me habían puesto a hacer de señuelo una vez, y se me dio fatal. En vez de embelesar a la gente, había iniciado una pelea que había dado al traste con todo el plan. Desde entonces, los dos chicos y yo éramos responsables de lo gordo, mientras que Lily encandilaba a todo el mundo con su sonrisa.

Subimos por una de las escaleras hasta el segundo piso. Nos cruzamos con gente sentada en los bancos, con los brazos llenos de *happy-uppers* y las correspondientes sonrisas atontadas. Llevaban un tremendo colocón.

Pasamos por delante de un soporte en el que estaba instalado un gran monitor que retransmitía las noticias. Parecía que nuestro primer ministro y la alcaldesa de Londres se volvían a reunir con representantes del Espejo, o por lo menos eso era lo que se transcribía en la parte inferior de la pantalla.

Nunca se decía con quién se reunían ni qué se negociaba exactamente. De hecho, no se sabía casi nada del sistema de gobierno del Espejo, solo que había estructuras administrativas como ayuntamientos, consejos y semejantes, como en nuestro mundo. Pero todas las ciudades Espejo estaban bajo el mandato de un único jefe de Estado: el Señor del Espejo.

Si se hacía caso a los rumores, ese tal Señor tenía en su poder siete sellos especialmente poderosos cuya magia era tan potente que se habían utilizado para crear el propio Espejo. Pero ¿era verdad? Nadie lo sabía. En todos aquellos años, ni el Señor del Espejo ni los siete sellos se habían dignado nunca mostrarse ante la humanidad. No existía ninguna imagen de él, ni siquiera una descripción.

—¿Rayne?

Era Lily quien me llamaba. Asentí y me uní al resto.

El vendedor al que nos había enviado Lazarus se encontraba en la parte trasera del mercado. Su negocio era un puesto acristalado que había cubierto con unas lonas para protegerse de miradas indiscretas.

La vida de los vendedores de granos era peligrosa, porque ofrecían el producto más ansiado del mundo. Por eso, la entrada del negocio estaba protegida por dos vigilantes, que primero nos miraron con desconfianza, para luego franquearnos el paso. Conocían a Lazarus y el poder de los Nightserpents, así que sabían que era mejor no tocarnos un pelo.

Seguí a los demás al interior de la tienda. Nunca había estado allí, y tuve que pararme un momento al ver al tipo que atendía el mostrador. Vaya cuadro. Seguro que se creía muy moderno con su chaleco de cuello alzado y sus gafas heptagonales apoyadas en la nariz. Estaba claro que era uno de aquellos superfans de los Superiores, igual que la mujer tatuada con sietes del heptadomo. Por muy fan que fuera, la ropa de aquel tío poco tenía que ver con la que llevaban los Superiores de verdad, porque ellos se vestían con tejidos tan hermosos que parecían haber sido cosidos por elfos, y que tenían nombres como «brocado de medianoche». El chaleco de ese tipo estaba hecho de puro plástico. Hasta crujía en cuanto se movía.

Isaac levantó la mano con una sonrisa alegre.

—Venimos en nombre de Lazarus Wright.

El tipo tragó saliva de manera sonora mientras su nuez subía y bajaba. Tenía el mostrador de venta en una zona separada, protegido por un cristal antibalas o algo semejante.

—Un momento —murmuró, y luego desapareció en el interior de un segundo habitáculo por una puerta lateral.

Isaac empezó a dar golpecillos impacientes en el suelo con el pie izquierdo, mientras echaba un vistazo a través de los agujeros de la tela hacia el exterior, hacia el mercado. No dejaba de tocarse el brazo derecho, donde, además de los tatuajes, llevaba una gran cantidad de pulseras, todas distintas. Estaba feliz por algo, pero yo no tenía ni idea de por qué.

—Agarramos la caja y nos largamos, ¿no? —pregunté, desconfiada, ante lo cual Isaac bufó.

—Claro. Relájate.

El vendedor regresó, sus pasos rechinaban por el roce del plástico. Casi se me salieron los ojos de las órbitas al observar la enorme caja de cartón que puso sobre el mostrador. ¿Estaba llena de granos?

Lily se estremeció. Yo también me había percatado: lo que se estaba cociendo no era un envío de magia habitual.

—Pago por adelantado —exhortó el hombre, y en ese momento me dio muchísima lástima. A pesar de que el cristal antibalas amortiguaba ligeramente su voz, su miedo era inconfundible.

Isaac chasqueó la lengua. Puso su intercomunicador en la terminal de pago que había acercado el hombre al otro lado del panel de cristal.

—Por supuesto. Ese es el trato.

La cara del vendedor se inundó de alivio. Seguramente había temido que le fuéramos a robar. Pero al ver el importe que Isaac acababa de introducir, se quedó pálido. Respiró con dificultad, parecía no saber qué decir.

—Esto... esto no es...

—¿Sí? —preguntó Isaac inocentemente, mientras Enzo se acercaba a él y se apoyaba en el cristal antibalas con todo el peso de su cuerpo.

Eso provocó el efecto intimidatorio deseado. El hombre retrocedió y carraspeó, nervioso.

—Siempre me complace hacer negocios con el señor Wright, de verdad. Pero el importe ni siquiera cubre mis costes de compra.

Isaac hizo un gesto imperceptible hacia nosotras. Intercambié una mirada con Lily. «Solo una vez más».

Mientras yo me preparaba en la salida, Lily se acercó a Enzo.

—Escuche, señor...

—Farnsworth.

—Señor Farnsworth —Lily le sonrió, y el vendedor la miró encandilado. Era el efecto que siempre producía cuando se metía en aquel papel. Desprendía seguridad y parecía poco amenazante. Que fuera tan guapa también ayudaba—, es mejor que lo vea como una inversión a largo plazo. El señor Wright es un cliente fiel, y su influencia en los suburbios está en alza. Esto no se trata solo de una caja de magia. Le está ofreciendo algo más importante: su amistad. Y eso sí que no tiene precio.

El vendedor volvió a tragar saliva, miró a Enzo, a Isaac y de nuevo a Lily. A mí me ignoró.

—Entonces... ¿entonces debo asumir que la próxima vez el pago corresponderá al precio de mercado? No podré... no podré mantener mi negocio si no...

—Claro. —Isaac golpeó el cristal con los nudillos de la mano derecha—. ¿Y si vamos acabando? Tenemos algo de prisa.

El hombre seguía reticente. Su mirada se dirigía a la puerta que llevaba al mercado. Seguramente estaba considerando llamar al servicio de vigilancia. Pero, por supuesto, sabía que así perdería la protección de los Nightserpents. Enzo se enderezó, cruzó los brazos y, justo entonces, escuché el rechinar del cristal: se estaba abriendo una apertura, a través de la cual el vendedor empezó a hacer pasar con cuidado la caja.

A partir de ahí, las cosas sucedieron muy rápido. Isaac levantó una mano y elaboró un gesto que yo conocía bien; una línea recta de arriba abajo: estasis. Era el movimiento con el que debería haber vencido a Dorian Whitlock en el combate el día anterior. Debería...

El vendedor cayó de bruces al suelo mientras Lily se tapaba la boca con la mano para no emitir ningún sonido.

—Isaac —mascullé entre dientes para no alertar al personal de vigilancia—, ¿qué coño haces? ¡Esto no era parte del plan!

Isaac extendió el brazo, y vi por primera vez que entre sus habituales pulseras llevaba un sello.

—¿Estás loco? —Corrí hacia él—. Es ilegal. Los sellos de combate solo se podían utilizar en las arenas. ¡Nunca fuera!

Isaac solo sonrió, enseñando todos los dientes.

—Denúnciame si quieres.

Después, escurrió su delgado cuerpo por la apertura del cristal a prueba de balas a través de la cual el vendedor quería darnos la caja. Nos pasó otro contenedor de granos de magia, que Enzo recogió con una amplia sonrisa.

Miré fijamente la caja que tenía delante. Con cuidado, levanté la tapa. Me quedé de piedra al constatar la barbaridad de granos que contenía. La magia brillaba con su luz azul invernal, tal y como lo había hecho ayer en el heptadomo. Pero de alguna manera me parecía que, en comparación, no era tan intensa. Este azul parecía... más tenue.

—¿Qué tipo de fiesta es esa para la que Lazarus necesita tanta magia?

—Nada especial, es solo que el edificio del heptadomo es grande —dijo Isaac, desenfadado—. Tenemos prevista cinco veces esta cantidad.

Pestañeé. Lily también parecía haberse quedado sin palabras. Acabábamos de comprender de qué hablaba: en pleno centro de Londres estaban construyendo un nuevo recinto, que supuestamente iba a ser el más grande de Europa. Un proyecto de cara a la galería en el que se suponía que se celebrarían torneos internacionales en el futuro. La obra estaba paralizada por no sé qué movidas burocráticas, pero parte del edificio ya estaba en pie.

Era demasiado arriesgado, incluso para Lazarus.

—¿Y si aparece la policía?

Isaac me sonrió. Él y Enzo habían apilado las dos cajas; aunque eran muy grandes, la magia no pesaba mucho. El brillo alegre en los ojos de Isaac me resultaba demasiado conocido: estaba ansioso por sentir el cosquilleo de los granos.

—Deja que nosotros nos preocupemos de eso. Va a ser una noche brutal; a ver si os sirve para relajaros un poco. Con lo nerviosas que se os nota, hasta podría pensarse que guardáis algún secretillo.

Reprimí el temblor que amenazaba con delatarse en mis manos tras las palabras de Isaac. Era imposible que sospechara; ni de la competición profesional ni de nuestro plan de fuga. A fin de cuentas, yo llevaba la tarjeta de participante de la Federación de Sellos de Combate siempre encima.

Pero la sonrisa de Isaac se hacía cada vez más amplia y, justo antes de aturdir al personal de seguridad con un gesto mágico y salir pitando con las cajas junto con Enzo, todavía tuvo tiempo para guiñarme un ojo con picardía.

6

Con mucho cuidado, saqué la cajita de debajo de la cama y la abrí. En los últimos años, había ido guardando en ella mis posesiones más preciadas. Encima de todo estaban las cartas que durante un tiempo mi madre me había escrito en sus viajes. Debajo de ellas se encontraban las joyas que me había dejado al irse: un par de anillos y cadenas normales y corrientes, así como el reloj de mi abuelo, a quien nunca había conocido.

Sin embargo, el verdadero tesoro se ocultaba en el fondo de la cajita: una foto. Dos personas desconocidas me miraban, y parecían tan jóvenes y tan increíblemente felices que cada vez que las veía sentía un pellizco.

Mis padres.

A mi madre ya se le notaba algo la barriguita. Mi padre sonreía abiertamente y le pasaba el brazo por los hombros. No parecía el tipo de hombre que fuera a dejar a su familia tirada. Sin embargo, lo hizo. Según recordaba de los relatos de mi madre, solo unos días después de haberse sacado esa foto, mi padre desapareció sin más. La desesperación llevó a mi madre a entregar a su única hija al orfanato para poder lanzarse a buscarlo.

Observé la foto un rato y luego la devolví a la cajita, que volví a guardar en su escondrijo bajo la cama.

Ahí se iba a quedar, junto con el resto de las cosas que me recordaban a mi vida en Londres. No me llevaría nada: era una decisión que había tomado la noche pasada. Esas dos personas de la foto no eran mi familia. Lily sí.

—¿Ha llegado ya el dinero? —preguntó mi amiga, que ya había preparado su mochila y estaba sentada, nerviosa, en la cama.

Puse la tarjeta de chip sobre mi intercomunicador, como había hecho innumerables veces en la última hora. Nada, la prima seguía sin aparecer.

El nerviosismo amenazaba con apoderarse de mí. Volví a recordar la magia negra que había dado la vuelta al combate a mi favor. ¿Y si el árbitro se había dado cuenta de que a mi sello le había pasado algo raro? ¿Y si la Federación había anulado mi victoria?

Justo cuando iba a ponerme de pie para meter de cualquier manera el resto de mi ropa en la mochila, un dolor punzante me atravesó la muñeca. Me llevé la mano al pecho, sin poder contener un gemido.

Lily me miró sorprendida.

—¿Estás bien?

—Sí, claro.

Envolví la mano en la camisa, pero el dolor no desaparecía. Más bien al contrario: parecía moverse. Arrancó de cada dedo y luego se extendió hasta mi codo. Con cuidado, retiré la manga de la capa. Me quedé de piedra: unas finas líneas negras habían aparecido en la piel del antebrazo. Se ramificaban desde el punto de inyección de los granos hacia el exterior como delgadísimas venas.

Volví a cubrir la mano con la capa antes de que Lily pudiera verlas, pero se me había quedado el susto impreso en la cara.

—De claro, nada —dijo Lily—. ¿Qué pasa? ¿Tienes temblores?

—No, yo... Estoy bien.

Lily clavó su mirada en mí como si con observarme tiempo suficiente fuera a lograr leerme la mente.

—Sabes que me lo has prometido, ¿verdad? Que en cuanto notaras los primeros síntomas de adicción a la magia, me lo dirías.

—No es adicción.

—Ray —dijo Lily con suavidad.

Negué firmemente con la cabeza mientras pensaba: «Calma. Solo tenemos esta oportunidad de huir. Ya se me pasará. No significa nada».

Con dedos titubeantes, volví a poner la tarjeta ante el intercomunicador. Y entonces... cambió el mensaje.

—Ha llegado —susurré, y Lily se puso a brincar a mi lado. No me lo podía creer. Se había actualizado mi cuenta. El dinero había sido transferido, tal y como lo habían prometido, y eso significaba que...

Había llegado el momento.

Mientras Lily y yo salíamos de la central sin nada más que nuestras mochilas, empezaron a temblarme las manos de forma súbita y feroz. Llegó un punto en que ya casi no las podía controlar. Intentar contener el temblor no servía de nada: fingir que no existía era casi tan imposible como tratar de no pestañear durante una hora. El temblor ganaba. Siempre.

La quemazón que sentía en la piel también iba a peor, pero ignoré el dolor con una voluntad férrea. Sin embargo, cada vez estaba más asustada.

¿Y si era realmente la enfermedad de la magia que se había extendido por los suburbios? No sabía casi nada sobre ella, ni sobre lo rápido que te afectaba ni si se podía hacer algo para detenerla. Nunca había oído que hubiera cura ni tratamiento alguno.

Me obligué a dejar de lado todas las preocupaciones. Debíamos concentrarnos en lo que teníamos por delante. Lo demás no importaba.

El piso del tipo que nos iba a quitar el localizador por dos mil libras estaba en Newham, a casi seis kilómetros de la central. Desde allí solo se tardaban unos minutos en llegar en taxi a Stratford International, donde tomaríamos el tren rápido a Dover. Habíamos planificado minuciosamente nuestra ruta; desde Dover podríamos llegar a cualquier parte, incluso a la Europa continental.

Con paso rápido, caminamos por delante de los enormes rascacielos, y atravesamos por delante de parques infantiles oxidados con areneros en los que se veían más botellines de cerveza que otra cosa. Cuanto más nos acercábamos a Newham, más personas sin hogar veíamos por las calles. La mayoría miraba desorientada al cielo, totalmente ida. Algunas estaban más escuchimizadas que el palo de una escoba.

Cerré los puños, aceleré el paso y me negué a pensar en lo que había descubierto en mi muñeca.

«Céntrate», me decía una y otra vez. Al girar la esquina encontramos la casa a la que íbamos justo delante de nosotras. Nos dirigimos a ella, y dejé que mis manos desaparecieran en mi capa para que no se viera cuánto se agitaban. Ese era el último obstáculo. Luego seríamos libres.

Nos apretujamos en el minúsculo ascensor de la torre para llegar al piso 34. Rápidamente localizamos el apartamento que nos habían indicado. Lily llamó y, de inmediato, escuchamos el ruido del cerrojo al descorrerse. Empujé la manilla hacia abajo y entramos. El espacio que se abría ante nosotras estaba totalmente a oscuras, pero, de pronto, se activó la luz. Yo me esperaba cualquier otra cosa, salvo a la persona que nos recibió, con una sonrisa de oreja a oreja.

—¡Petarda! —exclamó Lazarus—. Y Mary Lily. ¡Qué casualidad encontraros aquí, tan lejos de casa!

«Oh, no. No... no, no, no».

Los ojos se me llenaron de lágrimas. ¿Cómo podía haberse enterado? ¿Había rastreado nuestro localizador? ¡Pero si solo activaban la alarma cuando superábamos un radio que era mucho más amplio que Newham!

—Petarda —dijo Lazarus con compasión—, no pongas esa cara.

Sus palabras me resbalaban, pero mis manos se contraían y el calor me quemaba la piel.

Seguramente nunca habíamos tenido ninguna posibilidad. El control de Lazarus sobre nosotras no conocía fisuras. Había sido absurdo creer que podíamos huir de él.

En ese momento, Lazarus se puso de pie y avanzó hacia mí.

—¿Realmente pensabas que podrías ocultármelo? —dijo solamente. Pero con eso bastó: ese tonillo autocomplaciente, autosuficiente... fue la gota que colmó el vaso.

—¡Cállate la boca!

—Deberías saber que los Nightserpents lo compartimos todo. Igual que lo hago yo con vosotras.

—Te he dicho que te calles.

Mordí cada sílaba y miré a Lazarus con toda la ira que me había tenido que tragar en las últimas semanas.

Algo profundamente maligno se asentó en sus facciones.

—Me querías ocultar tu entrada en la liga profesional. Te querías quedar con la prima para ti solita, ¿no? No te imaginas lo que me ha dolido. Después de todo lo que he hecho por ti...

—Tú no has hecho una mierda por mí.

—Soy tu tutor legal. Casi tu padre. Y si yo decido que no puedes gestionar tanto dinero, entonces...

—¡Tú no eres mi padre!

La boca de Lazarus se transformó en una mueca que mezclaba la risa y el dolor.

—Más que el tipo que no quiso saber nada de ti.

Me habría abalanzado sobre él, pero Lily me detuvo agarrándome del brazo.

—¡No sabes nada de él! —resollé.

—Pues igual que tú —se burló Lazarus—. ¿Cómo era aquello? ¿No había dejado plantada a tu pobre madre embarazada? Tampoco es que fuera el padre del año, precisamente, ¿no? Y tu madre... Primero abandona a su única hija en un orfanato, luego deja de escribirle. Imagino que en algún momento te tuvo que quedar claro que ella tampoco iba a volver, petarda. Quien consigue dejar atrás Londres, se lo piensa bien antes de volver a poner un pie en esta ciudad de mierda. Ya va siendo hora de que aceptes que los Nightserpents son tu familia. Y debes reconocer las posibilidades que tienes a mi lado...

Retrocedí, pero Lazarus atrapó mi mano a mitad de camino. Tiró de mí bruscamente, agarró mi mochila, rebuscó en el bolsillo delantero y sacó mi tarjeta de participante de la Federación de Sellos de Combate. Mientras la escaneaba con el intercomunicador, empezaron a correrme las lágrimas por las mejillas.

—7380 puntos —dijo satisfecho, y luego sonrió—. Y 10.973 libras. Vaya, puedes estar orgullosa. —Me volvió a entregar la tarjeta—. Creo que entiendes que tengo que hacerme cargo de ese dinero, ¿no?

Pestañeé para quitarme las lágrimas de los ojos.

Nos lo iba a quitar todo. Claro.

—Y ahora escúchame bien, petarda —susurró—. Tú y Mary Lily vais a volver ahora mismo a la central como dos niñas buenas. Espero que ayudéis luego a Isaac en la fiesta y que me traigáis una suma importante a casa. —Me apretó la mano tan fuerte que oí cómo me crujían los huesos—. Y te digo una cosa:

como intentes volver a jugármela, no voy a ser tan comprensivo. Si por cualquier razón en las próximas semanas, meses o años no ganas dinero suficiente en las arenas, entonces la pequeña Lily tendrá que igualar el importe con su carita preciosa, y no me importa a cuántas fiestas vaya a tener que ir para conseguirlo. ¿Entendido?

Me estremecí. Y esa vez... esa vez no era por los temblores.

—Sí —susurré—. Entendido.

7

Lazarus había seleccionado a uno de los integrantes de los Nightserpents para acompañarnos a la fiesta. Era un tipo fornido con barba y ropas oscuras que iba un par de pasos por detrás de nosotras. Incluso sin su presencia no habríamos intentado escaparnos. ¿A dónde íbamos a ir? Había acabado todo.

Mis piernas se movían como las de un autómata. Nos habíamos cambiado rápidamente en el orfanato, y no habíamos intercambiado palabra en todo ese tiempo. Lily había escogido uno de sus vestidos más bonitos, mientras que yo me había puesto solo un top brillante, los vaqueros y la capa de siempre. El espejo me devolvió el reflejo de unos ojos verdes enmarcados en profundas ojeras y del pelo castaño que me caía estropajoso por los hombros. Mis pintas transmitían a la perfección cómo me sentía.

Ahora hasta me daban igual las líneas negras que me habían aparecido en la piel. ¿Qué importaba ya que tuviera o no aquella enfermedad? Era cierto lo que se decía: los suburbios asfixiaban con sus rascacielos cada año más altos, como si sus habitantes intentaran desesperadamente alcanzar el Espejo. Pero nunca se salía de ese agujero.

Poner un pie en el centro de Londres era como aterrizar en otro planeta. Ni rastro de los altos edificios derruidos de los suburbios, las patéticas tiendas, los parques marchitos, sus raquíticas escuelas y guarderías. En su lugar, a cada elegante edificio le seguía otro más majestuoso aún, y otro, y otro; no se veía por ninguna parte gente escuálida aferrándose a la felicidad de haber sentido la magia correr por sus venas hacía meses. Nada de epidemias en el centro de Londres, nada de venas negras. Lo cual era extraño, porque, a fin de cuentas, en ese barrio corría mucha más magia que en los nuestros, porque los ricos tenían dinero de sobra.

—¿Organizar una fiesta ilegal aquí? A Lazarus se le ha ido la olla —murmuró Lily.

Me pegué a ella cuando dos mujeres pasaron a nuestro lado. Llevaban unos chaquetones de brocado tan preciosos que al principio me planteé si serían Superiores. Pero luego recordé que en el centro de Londres había tiendas cuya ropa imitaba con gran exactitud la moda del Espejo.

Lily tiró de mí.

—Pero bueno —echó un vistazo al guarda que nos seguía y me dirigió una sonrisilla—, cuando se lo lleven esposado, por lo menos estaremos en primera fila.

Sé que Lily pretendía animarme con la broma, pero el miedo a lo que podía implicar aquella noche estaba claramente escrito en su rostro. Juntas, pasamos por delante de un alto edificio heptagonal: un cine, creo. Estaban poniendo *Mirror Magic*, una película recién estrenada, si bien el tema no era nada original: la enésima versión del día que apareció el Espejo.

Entre una cosa y otra, el sol se había puesto totalmente, y un frío viento otoñal recorría las calles. Unas luces coloridas emitían sus destellos desde todos los negocios posibles: discotecas, restaurantes, salas de juego. Y sobre todo aquello se cernía el Espejo; por las noches, su forma resultaba aún más reconocible gracias a sus contornos resplandecientes. Era como si el cielo estuviera saturado de millones de estrellas que durante siglos hubieran permanecido ocultas. Solo cuando te movías te dabas cuenta de que las luces doradas y brillantes estaban demasiado cerca y que creaban formas que flotaban entre las nubes.

—Ray. —De repente, Lily se paró a mi lado. No le importaba que el guardián de Lazarus estuviera ladrándonos que debíamos seguir caminando. Sin inmutarse, mi amiga me tomó del brazo—. Nada de esto es culpa tuya —me susurró al oído—. ¿Lo entiendes? Lo superaremos juntas. Como hacemos siempre.

La miré fijamente. Nos conocíamos desde hacía tanto tiempo que inmediatamente me percaté de lo que quería decirme. Tenía que controlarme, por ella. Si no, no sería capaz de soportar lo que iba a pasar esa noche en la fiesta.

Inspiré profundamente y enderecé los hombros para obligarme a sonreír.

—Vale —le susurré, mientras me juraba a mí misma no perderla de vista en las próximas horas bajo ningún concepto.

—Es para hoy —nos interrumpió el guardián de Lazarus, irritado—. ¡Venga, andando que es gerundio!

Señaló hacia delante, hacia el siguiente cruce, en donde se vislumbraba la obra que culminaría en un enorme heptadomo. En ese momento, eso sí, no era más que un armazón de acero del que apenas un tercio tenía ya la fachada exterior de cristal instalada. A la izquierda de la obra se elevaban tres rascacielos que pronto serían demolidos. Tras las ventanas estaban encendidas algunas luces solitarias a las que no les quedaba mucho.

Cruzamos juntas y llegamos a la explanada. Sobre el heptadomo se habían instalado focos que iluminaban desde arriba el interior de la obra. En los andamios descubrí una gran cantidad de cámaras, y de inmediato me imaginé la de drones de vigilancia que estarían sobrevolándonos. Por un instante me invadió la esperanza de que esa vez Lazarus hubiera ido demasiado lejos.

De que lo fueran a descubrir. Pero, por lo que lo conocía, seguramente habría untado a alguien, que a su vez habría untado a alguien más, y así saldría todo según lo previsto.

Hundí las manos todavía más en los bolsillos de mi capa y bajé la cabeza al pasar junto a un grupo de gente que se arremolinaba alrededor de una farola, claramente borrachos. Un puñado de chicas y chicos ricos con su ropa cara de marca. Uno de ellos se aferraba muerto de risa al brazo de su acompañante. Al acercarme y verlo de lado, me pareció reconocer a mi contrincante del heptadomo de Brent. El pelo oscuro en una cresta, los *piercings* de la oreja derecha... Pero no, era imposible. Le había alcanzado con tanta fuerza con mi magia que era improbable que estuviera de fiesta al día siguiente.

Nuestro guardián nos guio hacia la puerta de entrada. Estaba algo floja y, por los boquetes que se veían en los goznes, estaba segura de que alguien la había acribillado con ráfagas de magia. Tras atravesarla, el gorila giró a la izquierda y finalmente señaló un tramo de escaleras con un letrero que rezaba: «Solo personal autorizado».

Y entonces lo entendí. La fiesta se celebraba en el sótano. Por eso Lazarus estaba tan convencido de que no lo iban a pillar: seguro que ahí abajo no había cámaras.

Apenas había bajado el último escalón cuando oí los gritos y el júbilo del interior. Tampoco habían acabado de construir el sótano; era un solar de paredes y suelos sin revestir, y faltaban las particiones, así que se entraba directamente a una enorme sala corrida de techos bajos. Parecía un poco como entrar en un aparcamiento, salvo que ahí no había coches, sino cientos de personas bailando.

Lily me lanzó una mirada reveladora. Dejó su chaqueta en el guardarropa; yo me quedé con mi capa, a pesar del calor que hacía allí abajo. Entonces nos abrimos paso entre los primeros cuerpos que bailaban. El olor a azúcar, ceniza, alcohol y sudor se hacía más intenso a cada paso. Una chica que iba delante de mí llevaba un chaquetón largo y, por debajo, mallas hasta la rodilla y una blusa de seda diminuta. Su perfume mágico de imitación me dio arcadas. Di un paso hacia atrás y esquivé a duras penas a sus amigos, que al tirar de ella para que les sisguiera derramaron su bebida por todas partes.

No quería saber el dinero que habría metido Lazarus en montar ese circo. Un poco más al fondo podía verse un puesto de DJ y camareros con bandejas que iban ofreciendo bebidas. Con que le compraran los *happy-uppers* solo una cuarta parte de los presentes, habría cubierto con creces los costes.

La luz de la luna se adentraba en el sótano por algunas rendijas del hueco donde supuse que acabarían instalándose las escaleras. Detrás de cada una de las columnas de hormigón que se elevaban hasta el tejado se escondían parejitas acarameladas, mientras que en el centro de la sala la gente bailaba al ritmo de una música saturada de bajos. Desde nuestra llegada me había fijado en las numerosas figuras que desaparecían en los cuartos; asumía que serían los vestuarios cuando la obra estuviera concluida.

—Es peor de lo que pensaba —le susurré al oído a Lily, que levantó una ceja.

—¿Qué esperabas, que hubiera aprendido algo de las últimas fiestas? Para nada. En una hora se va a liar una buena.

¡Y tanto! Semejante cantidad de gente *contenta* a la que le corría la magia por las venas...

Eché un vistazo alrededor. Nuestro guardián nos había abandonado sin decir palabra, obviamente porque ya no era necesaria su presencia. Ahí abajo los Nightserpents lo controlaban todo, especialmente las salidas.

—Venga. —Lily me tomó de las manos. Con una sonrisa cálida tiró de mí hacia el centro de la pista.

—Lily...

Ella solo sonrió, puso ambas manos en mis caderas y empezó a bailar. Pero yo permanecí inmóvil.

—Ray —me miró seriamente—, encontraremos una solución.

Asentí. Mientras no apareciera Lazarus, cosa que, de darse, no ocurriría antes de la medianoche, Lily no tenía nada que temer. Para entonces ya se nos habría ocurrido algo. Seguro.

Poco a poco, comencé a moverme. Lily me daba vueltas en innumerables piruetas y yo le pasaba los brazos por los hombros. Todo el mundo bailaba a nuestro alrededor. La mayoría llevaba ropa que imitaba a la de los Superiores: chaquetones, parte seda fina, parte satén, y siempre con patrón en brocado.

Lily giraba a mi alrededor, luego yo la imitaba. Al bailar, casi era capaz de olvidar el dolor que palpitaba en mi brazo derecho y lo que nos deparaba la noche. Mientras nos abrazábamos y dábamos vueltas por la pista, mi mirada recorría la multitud. Por todas partes brillaba el azul invernal de los granos de magia; apestaba a azúcar y ceniza. A nuestra izquierda, el DJ pegaba saltos mientras la gente se agolpaba a su alrededor para hacerle peticiones. Y allí, un poco apartados...

Pestañeé una vez. Luego otra. Pero las tres figuras que estaban apoyadas contra la pared seguían allí.

Una chica con el pelo azul. A su lado, dos jóvenes: uno de cabello oscuro, otro de un rubio platino que con la luz casi parecía blanco.

Eran los tres Superiores que habían estado en la tribuna del heptadomo..., y los tres me estaban observando. La mirada del rubio era como un baño de agua helada; sus ojos, de un frío color gris claro, me estudiaban intentando disimular su curiosidad.

Justo en ese momento, Lily me hizo girar sobre mí misma. Aunque intenté volver a mi posición anterior rápidamente, cuando conseguí ver de nuevo el rincón, los tres habían desaparecido.

¡Mierda! ¿Me habría confundido? ¿Cómo era posible que hubiera Superiores de verdad en una fiesta ilegal en nuestro mundo?

De repente, se oyeron unos gritos de júbilo al fondo de la sala. Me di la vuelta, buscando a los tres Superiores, pero no los encontré por ningún lado. Finalmente, seguí a Lily, que se había acercado al origen del alboroto. Nos recibieron innumerables lucecitas azul invierno. Eran Isaac y tres de sus amigotes: habían marcado una especie de arena heptagonal en el suelo, aunque les había salido mal, dado que solo tenía seis lados.

Cada uno de ellos llevaba un brazalete con un sello en la muñeca y se lanzaban gestos mágicos entre sí.

O al menos lo intentaban.

—¿Estáis tontos? —gritó Lily, con razón.

Al verlos de cerca comprobé que Isaac, Enzo y los otros dos no solo portaban sellos malísimos, sino que tampoco sabían ejecutar correctamente los gestos. Isaac sí sabía, pero estaba demasiado colocado. Intentó lanzar una estocada, aunque las volutas azules tan solo chispearon.

Enzo gruñó.

—Tal vez deberías aprender de Sandford —dijo señalándome—. Es la reina de la liga *amateur*.

—Ya no solo de la *amateur*. —Isaac me lanzó una sonrisa ladeada—. Por cierto, ¡felicidades! Por tu éxito en el heptadomo, digo. ¡Ganadora de un combate profesional! Lazarus está tan orgulloso de ti…

Todos los presentes me miraron, pero en ese momento me daba lo mismo.

—Fuiste tú —le susurré—. Tú se lo contaste.

Isaac soltó una risilla. Claramente estaba hasta arriba de *happy-uppers*. Tenía los ojos vidriosos, y la sonrisa de oreja a oreja que se le había instalado en la cara parecía forzada. Iba puestísimo.

—¿Y qué si lo hice? —balbuceó—. ¿Pensabas que te ibas a poder quedar con el dinero? Ninguno de los nuestros puede. Lo compartimos todo, como niños buenos. En cualquier caso, te has convertido en su nueva gallina de los huevos de oro. Te va a enviar a pelearte a saco, y con el dinero que ganes nos comprará sellos buenos a los demás hasta que controlemos los suburbios.

Al acabar de hablar me puso delante un sello, un brazalete plateado y modesto, y lo meneó delante de mis narices.

—Olvídalo, Isaac —le dije, porque estaba claro que se había vuelto loco. Pero él se acercó sin inmutarse y me plantó el sello en la cara.

—Me debes la revancha, petarda.

—No me llames así —le dije, y le aparté la mano de un golpe.

La cara de Isaac se desfiguró de ira.

—¿Te crees demasiado buena para competir conmigo, o cómo va esto?

—Siempre lo he sido.

A nuestro alrededor se desataron las risitas. Se reían de Isaac. Él tensó los hombros y se alejó un par de pasos. Al principio creí que había recuperado la cordura, pero entonces se giró y estiró la mano para lanzar magia.

«Un gesto descuidado», fue lo último que pensé antes de ver pasar a toda velocidad la estocada por mi lado. A Lily se le escapó un grito. A mi alrededor, todo el mundo retrocedió del susto.

Instintivamente, moví las manos para realizar un gesto protector. No llevaba ningún sello, no me habían inyectado ningún grano: nada. La estocada debería haberme alcanzado con toda su fuerza.

Pero no lo hizo.

De mis manos salieron dos escudos de magia, no azul invernal, sino negro oscuro. La magia de Isaac rebotó en ellos, centelleó y se esfumó.

—¿Qué coño…? —exclamó.

Ahora estábamos solos, todo el mundo había huido excepto Lily.

—¿Ray…?

No tenía ni idea de lo que me había ocurrido. De repente estaba remangada y en el brazo derecho, del punto donde me habían inyectado antes del combate, irradiaban unas líneas negras.

Me estremecí. Era la misma sensación que había tenido en el heptadomo cuando la magia había pasado de azul a negro. No era una enfermedad. Algo de la magia que había usado durante el combate contra Dorian Whitlock debía de haberse quedado en mi cuerpo. ¡Pero eso era imposible! La magia se agotaba al cabo de un rato. Y, sin embargo, estaba claro que lo que había salido de mi cuerpo… era magia.

«No puede ser. Es totalmente imposible».

Alguna vez se oía hablar de accidentes causados por sellos de mala calidad. Incluso hubo un par de explosiones de magia con víctimas mortales. ¡Pero yo no llevaba ningún sello!

Un vapor negro empezó a salir en forma de lenguas de mi piel. Gemí y caí de rodillas. Empezaron a oírse gritos, percibí vagamente cómo la gente corría hacia las salidas.

—¡Dios mío, Ray! —Lily intentaba acercarse a mí, pero negué con la cabeza.

—¡Lárgate!

—¿Cómo?

—Lárgate, Lily. Márchate, yo…

Ya no era capaz de retener la magia en mi cuerpo. De repente, la sentía en cada célula, como si hubiera estado esperando a ese momento para salir de mí a borbotones. No podía permitir que nadie se me acercara.

Cada vez me quemaba más la piel. No podía ignorar más el dolor. El sudor me resbalaba por la cara; alcé las manos para observarlas, confusa y asustada. Nunca me habían temblado tanto.

«Que pare ya, por favor».

¿Por qué habría participado en el combate del heptadomo? Debería haberme quedado en la liga *amateur*, aunque cobrara poco.

Aquel vapor negro seguía brotando de mi piel, como bocanadas en forma de pequeñas lenguas. A mi alrededor, la sala se había quedado totalmente vacía. Solo Lily seguía allí. Intenté alejarla, pero ella insistió en quedarse a mi lado.

—¡Vete! —jadeé, pero Lily negó con la cabeza y elevó su intercomunicador.

—He hecho una llamada de emergencia, enseguida vienen a socorrerte.

¿A socorrerme? Las bocanadas oscuras se habían ido extendiendo. Empecé a arrastrarme, pero una fuerza invisible me aplastaba la espalda contra el suelo. Y entonces ocurrió. La magia se encabritó y explotó en una onda expansiva enorme que se extendió desde mi cuerpo en todas direcciones. Escuché cómo reventaba la madera, cómo derribaba mesas, cómo se hacía añicos el cristal. Las paredes de piedra se agrietaron. A lo lejos, un cacho del techo se desprendió. Gimoteando, apreté la mano contra el pecho, esperando amortiguar aquello de alguna manera. No sirvió de nada. Cada vez salían de mí más hilos de magia, un aluvión que hizo trizas el vuelo de mi capa. Tras un último chillido («¡Lily!»), el centellear de los focos se extinguió repentinamente, dando paso a una oscuridad total.

8

No tenía ni idea del tiempo que había estado allí tirada. Segundos. Minutos. ¿O más? Intentaba incorporarme una y otra vez, pero tenía todo el cuerpo como paralizado. La magia flotaba sobre mí, un extraño ente de hilos negros que se había ido extendiendo como una membrana.

«Lily». Las lágrimas me nublaron la vista. Se había ido todo a la mierda, así de simple. Inmediatamente percibí movimiento a mi alrededor y escuché pasos.

¡La llamada de emergencia! Los servicios sanitarios rescatarían a Lily. Tenían que hacerlo.

Tres siluetas entraron en mi campo de visión, y se me puso el corazón en la boca cuando se situaron justo a mi lado.

No eran ni personal sanitario ni asistentes a la fiesta. No... Eran los tres Superiores que había visto antes cerca de la pista de baile.

El joven del cabello oscuro se inclinó sobre mí. Era grande, muy musculoso, y tal vez algo mayor que yo, no podría decirlo con seguridad. Tras retirarse la capucha de su chaqueta lila, sus cálidos ojos de color ámbar me observaron con preocupación.

—Por todos los sietes —murmuró, y volvió a mirar hacia las ruinas de la obra—. Tenías razón. Es magia del caos.

Había dirigido sus palabras al otro chico, que también me miraba desde arriba, pero que se había quedado algo más lejos. Pelo rubio casi blanco, facciones finas, suaves labios carnosos y unas distintivas cejas oscuras. Llevaba una chaqueta negra sobre una camisa gris y pantalones del mismo color. Pero no era precisamente su aspecto lo que me inquietaba.

Desprendía un algo que me daba escalofríos por todo el cuerpo. Todo en él (la expresión de su rostro, su porte en general) rebosaba arrogancia y poder.

—¿Por qué no lo has evitado? —le preguntaba el del pelo oscuro, a lo que el del pelo blanco contestó con un suspiro.

—Ya estaba todo demasiado avanzado. El brote habría tenido lugar sí o sí.

«Pero no os quedéis ahí sin más. ¡Atended a Lily!», quería gritarles, pero la magia parecía no querer liberar mi cuerpo. No podía hablar, apenas me sentía capaz de respirar.

—Creo que no es consciente de lo que le ha pasado —comentó el del pelo negro—. Miradla. Y mirad lo que le ha hecho a la pequeña esa.

Un gemido atormentado se desprendió de mis labios. Oh, Dios... Oh, Dios... ¡Lily! No la habría...

—No te preocupes, tu amiga está viva. —El del pelo oscuro sonrió con ternura—. Solo está inconsciente.

Sentí un gran alivio. Por lo menos, hasta que el Superior sacó algo del bolsillo de su chaqueta y me lo puso tan cerca de la cara que al principio solo distinguí que era algo dorado.

—Atiende —me dijo—. Esto es muy importante. ¿Es este el sello que portabas anteayer en el heptadomo del Londres de Prime?

«¿El Londres de qué?».

Los borrosos puntos dorados fueron adoptando la forma de un brazalete de dragón. Entre sus garras estaba la placa del sello perfectamente grabada que tanto había admirado en el heptadomo.

Asentí, y de inmediato me sobresaltó una nueva sensación de calor que amenazó con dejarme sin aire.

—Os lo he dicho mil veces —hablaba la chica del pelo azul, que se había colocado justo al lado de mi cabeza, erguida, de brazos cruzados y con expresión despectiva—. Son las malditas imitaciones baratas.

—No sabemos si las réplicas han sido realmente el desencadenante.

El del pelo oscuro me puso una mano en la frente y frunció el ceño.

—No importa. Es casi un milagro que haya sobrevivido a un brote de este tipo, pero la magia del caos ya se ha desatado en su interior. Está literalmente ardiendo. Y va a empeorar.

—Dios bendito, Matt —gorjeó la chica con un tonillo cínico—. ¡Qué perspicacia! No nos habíamos dado cuenta —bufó—. La culpa es suya. Todo el mundo se cree que, por haber experimentado con un poco de magia, ya tiene capacidad para usarla en combate. La gente de aquí abajo no tiene ni idea de nada.

«Abajo». Lo decía como si fuera una enfermedad.

—Guardaos las disputas para más tarde, ahora no tenemos tiempo para estas tonterías —dijo el Superior del pelo casi blanco—. Ponedle los trites. Tenemos que marcharnos.

«¿Trites?». ¿Qué era eso? Pero el del pelo negro, Matt, ya estaba asintiendo y sacando algo del bolsillo de su chaqueta. Eran monedas heptagonales. *¡Happy-uppers!* Con unos grabados que no me sonaban de nada.

Instintivamente, negué con la cabeza al darme cuenta de lo que quería hacer ese tal Matt. De ninguna manera iba a dejar que me metieran happy-uppers unos Superiores desconocidos.

—Sé lo que estás pensando —dijo—. Pero, créeme, te ayudarán. Por lo menos hasta que hayamos descubierto cómo podemos mantenerte con vida.

«¿Mantenerme con vida?».

Debía de tener el pánico escrito en la cara, porque Matt añadió de inmediato:

—Podemos ayudarte. Lo que tienes… es muy peligroso. Estás infectada, y la enfermedad no debe expandirse aquí abajo. ¿Lo entiendes?

—No importa si lo entiende o no —siseó la chica, ante lo cual Matt le lanzó una mirada iracunda—. Nos la llevamos. No hay otra opción.

—Ya, pero tampoco hace falta que nos comportemos como gilipollas. Aunque ahí la que no tiene otra opción eres tú.

—Ja, ja, Matthew. Muy gracioso, de verdad.

Una nueva oleada de dolor me recorrió todo el cuerpo. ¡Que parara ya, tenía que parar!

Matt me puso una mano en la mejilla.

—Por favor, Rayne. No voy a hacerlo sin tu consentimiento.

«Rayne». Sabía mi nombre. Pero ¿cómo?

El dolor era tan fuerte que no me dejaba pensar. Así que asentí. Inmediatamente, Matt me pegó esos *happy-uppers* al antebrazo y sacó varios granos del bolsillo de su chaqueta. Destellaban con el azul más puro que hubiera visto nunca.

De inmediato, los granos entraron en las monedas. El calor se extendió a toda velocidad por mis vasos sanguíneos, pero solo lo sentí amortiguado. Igual que los dos brazos que se aferraban a mi cuerpo; tiraban de mí con tan poco esfuerzo como si yo no pesara más que una hoja de papel.

Era el Superior del pelo rubio platino. Pegó mi cuerpo contra el suyo y me clavó una mirada tan penetrante… como si intentara ver mi interior. Sin embargo, antes de que pudiera decirle nada sobre sus ojos, se echó a un lado de forma abrupta.

Al apartarse él, pude ver a Lily por primera vez, tirada en el suelo. Tenía los ojos cerrados y le corría la sangre por el rostro, sus rizos negros se extendían como una nube alrededor de su cabeza.

Dios mío.

Emití un sonido atormentado. ¿Qué había hecho? ¿Por qué no le había contado lo que había ocurrido en el heptadomo? ¿Por qué no la había advertido de que había descubierto las venas negras?

Sabía la respuesta: porque pensaba que solo me afectaría a mí. Porque no había previsto lo que se podía desencadenar.

—Li... ly —pronuncié, totalmente desesperada.

—Nos encargaremos de que la ayuden —aclaró el rubio brevemente—. No podemos hacer más por ella.

Dicho lo cual, miró a la Superior, que asintió de inmediato. Se dirigió a la salida de emergencia que estaba en la única pared del heptadomo que aún se mantenía en pie. La puerta estaba abierta, pero, en vez de atravesarla, la chica del pelo azul la cerró. Se sacó un colgante del escote y lo metió en la cerradura. Era una llave, una llave con una piedra brillante.

Emití un sonido aterrado. Por la piel de la joven se extendieron unos puntos de luz azul. Líneas finas, formas, símbolos. Como tatuajes, pero sin tinta. Al mismo tiempo, la puerta empezó a despedir un resplandor azul. Sus grabados en forma de enredaderas también se iluminaron.

¿Qué demonios pasaba?

Entonces lo entendí: iban en serio. ¿Qué había dicho Matt? «La enfermedad no debe transmitirse aquí abajo».

Querían llevarme con ellos. A donde vivían: al Espejo.

Me retorcí en los brazos del Superior de cabello blanco lo máximo que pude. De ninguna manera iba a dejar a Lily aquí sola. Pero su agarre era de hierro, no me podía liberar.

—Tranquila. —Matt apareció ante nosotros y me puso una mano cerca de la cabeza. Entonces me percaté de que llevaba un anillo con una perla negra que emitía una extraña luz—. El traslado suele ser difícil si no tienes práctica. Te lo haré más fácil.

En cuestión de segundos, una suave luz lila cubrió el brazo de Matt. Como en el caso de la chica, un patrón de símbolos se extendió por todo su cuerpo hasta el cuello. Sus ojos centellearon con una luz lila durante un instante, luego puso la mano sobre mi cara y un resplandor cegador me borró la visión.

—Deja que ocurra, Rayne. No pasa nada.

Sabía que me quería arrastrar a una ilusión. Había perdido algún combate de esa forma; los ilusionistas podían hacer aparecer imágenes, recuerdos lejanos o cualquier otra fantasía que hacía que olvidáramos totalmente la realidad.

Y ahora volvía a suceder.

El rostro del joven de cabello blanco fue lo último que vi. Sus ojos gris claro fijos en mí, con una extraña expresión, como presa de un dilema, como si por una parte estuviera totalmente decidido pero por otra supiera que estaba cometiendo el mayor error de su vida.

Al instante, me embargó un calor agradable que consumió todo lo demás. Estaba totalmente sola, y llevaba un vestido que se mecía en un campo de flores. Me rodeaba la luz, un cielo lleno de pacíficas nubes. Desesperada, intenté aferrarme al aquí y al ahora, a Lily, a las ruinas del sótano del heptadomo; pero no lo conseguía. La imagen era demasiado poderosa. La sensación de estar en el lugar apropiado y de no tener preocupaciones se impuso a mi raciocinio, y me dejé ir.

PARTE 2
LOS SIETE

9

Dos voces me sacaron de la ilusión. Dos voces y un sobrecogedor olor a azúcar y ceniza.

Al principio me sentí totalmente desorientada. Justo cuando me disponía a arrancar una margarita que florecía ante mí en una pradera, se esfumó ante mis dedos. En su lugar me encontré tumbada en una especie de camilla tapizada hecha del material más blando en el que me hubiera recostado nunca. Mis dedos recorrieron la superficie aterciopelada mientras intentaba sacudirme los últimos fragmentos de la ilusión. La luz del sol desapareció, y con ella, la sensación de calidez. Lo único que quedó en mi cabeza fue confusión.

Rápidamente me eché un vistazo de arriba abajo. Vaqueros, top brillante y zapatillas de deporte. Mi bolsa estaba en una silla a mi lado, solo me faltaba la capa.

—Nunca había visto un brote de magia del caos de este tipo en Prime —dijo una de las voces que me habían despertado.

—Bueno —contestó la segunda. Era más aguda, y no tan agradable como la primera—. En mi opinión, era solo cuestión de tiempo.

Giré la cabeza lentamente. Las voces que había estado oyendo pertenecían a unas figuras que vislumbraba de pie en el extremo opuesto del cuarto, al lado de una ventana estrecha. Unos destellos centelleaban ante mis ojos, y tuve que pestañear varias veces para llegar a ver con nitidez lo que me rodeaba. Allí estaba… la chica del pelo azul. Y a su lado, el joven que me había arrastrado a la ilusión. Matthew. Matt. Por lo menos, eso me parecía, visto el pelo corto y negro y la chaqueta de brocado lila oscuro. No alcanzaba a distinguir nada más; ambas figuras me daban la espalda.

Aturdida, eché un vistazo alrededor. Desde el exterior solo entraba una luz tenue, y la lámpara de techo estaba apagada. Había dos camillas más al lado de la mía, y entre ellas, sendas mesitas de noche. En la pared opuesta se veían tres sillas cuyos respaldos estaban decorados con heptágonos.

¿Dónde coño estaba? Desde mi posición era imposible reconocer lo que había más allá de la ventana. Y la sala en sí misma tenía pinta de hospital. O de…

Celda.

—El heptadomo ha quedado completamente derruido —comentó Matt—. Muchísima gente ha presenciado el brote de magia del caos. Va a ser difícil ocultarlo.

—¿Quién dice que vayamos a ocultarlo? —preguntó la chica del pelo azul, displicente—. Deberían tener miedo. Tal vez así el Ojo dejaría por fin de distribuir sellos que son demasiado poderosos para la gente de ahí abajo.

Un suspiro.

—Celine…, no creo que un par de réplicas de sellos por aquí y por allá hayan podido desencadenar un brote de esta magnitud.

—Pues entonces sabes tan poco como yo —respondió brusca la chica del pelo azul.

Luego reinó el silencio. No se escuchaba ningún ruido del exterior. Ni siquiera el tictac de un reloj. Las paredes estaban totalmente desnudas.

Lenta pero segura, la información que acababa de oír fue entrando en mi ofuscada mente. «Réplica». «Magia del caos». «Heptadomo derruido».

Noté cómo se me aceleraba la respiración. La fiesta.

«¡Lily!».

La magia negra había salido de mí a borbotones. *Yo había herido a Lily con ella.* La había dejado tirada, ensangrentada e inmóvil en el suelo. ¡Era culpa mía! Y luego... luego habían aparecido esos dos. Ellos y el tercer Superior de cabello blanco del que no había ni rastro.

«La enfermedad no debe transmitirse aquí abajo».

«El traslado suele ser difícil si no tienes práctica. Te lo haré más fácil».

Efectivamente, me habían traído al Espejo. Tenía que ser eso.

A la chica del pelo azul se le escapó un bufido. ¿Cómo acababa de llamarla Matt? Celine.

—¿Cuánto tiempo tenemos que quedarnos de canguros?

—Para alguien que nunca ha tenido que recorrer largos trayectos, eres tremendamente impaciente, ¿lo sabías?

—Que tú no tengas nada mejor que hacer que pasarte el día en Babia no quiere decir que al resto nos tenga que gustar.

—Ah, ¿y qué tienes tú mejor que hacer? ¿Seguir suspirando por Adam?

—¿Sabes qué, Matt? Que te puedes ir a tomar por donde no se pone el sol. —La chica resopló—. No tengo ni idea de por qué se le ha metido entre ceja y ceja traerla a Septem. Se ha infectado ella solita. Por lo que a mí respecta, se lo merece. Tendría que estar en un sanatorio. Y si trabaja para el Ojo, lo vamos a descubrir sí o sí.

Mi dispersa mente no conseguía seguir la conversación. «¿Infectada?». «¿Sanatorio?». «¿Ojo?».

En ese momento, un dolor palpitante empezó a extenderse por mi brazo derecho. Lo levanté para poder vérmelo, y tuve que apretar los labios con fuerza para no echarme a llorar al descubrir las líneas negras. Ahora eran un montón. Como una tela de araña, se habían ramificado en mi piel en todas direcciones. Recordé cómo habían danzado por mi brazo antes de que la magia oscura saliera a borbotones de mí. Ahora no se movían ni un milímetro.

Esa era la magia con la que había destruido la obra; el heptadomo completo. Y Lily... No tenía ni idea de lo que le había pasado a Lily.

Poco a poco, fui girando el brazo, y entonces descubrí las monedas heptagonales que habían colocado formando una línea perfecta sobre mi piel, de la muñeca al codo.

Ahora lo recordaba. ¡Me habían administrado *happy-uppers!* ¡Sin más!

El pánico estalló en mi interior. Con dedos temblorosos, tiré de una de las monedas, pero estaba firmemente adherida a mi piel. Así que clavé las uñas. El dolor se agravó, pero insistí.

«Como con las tiritas: mejor de golpe».

—En cualquier caso, le dieron un sello del Ojo —añadió Celine—. Porque la querían reclutar. Seguro que lo hacen en todos los heptadomos.

—Y si es así, ¿qué? —preguntó Matt.

—No podemos permitir que el Ojo se haga más fuerte. Si ha llegado a hacer copias de nuestros sellos, tenemos que acabar con él. Definitivamente.

Matt suspiró.

—Parece que te alegras.

—Deja de ser tan inocente —replicó Celine—. Si quieres saber mi opinión, hemos dejado pasar demasiado tiempo, así que el Ojo... ¡Ay, joder!

Se detuvo en medio de la frase, justo en el momento en que yo me arrancaba la primera moneda del brazo con un gemido atormentado. Y entonces entendí por qué había gritado: porque en cuanto quité la moneda, las líneas de mi brazo volvieron a moverse. Culebreaban y avanzaban como un aluvión.

«Ay, joder», pensé yo también.

Matt se lanzó a mí.

—Mierda, ¡no hagas eso! —exclamó, pero ya era demasiado tarde.

Mis manos temblaban con tal fuerza que ya ningún bloqueador del mundo podría controlarlas. Y la magia... salió a borbotones de mí y me envolvió a tal velocidad que perdí el conocimiento.

La misma sala austera. La misma camilla. Los mismos ojos castaños, la misma mirada preocupada.

La mano derecha de Matt me agarraba férrea el brazo. La moneda que yo me había quitado volvía a estar en su lugar, las líneas oscuras parecían haberse solidificado.

—No vuelvas... a hacer... algo así nunca —indicó Matt, tranquilo pero muy tajante, mientras Celine me lanzaba miradas asesinas desde atrás. A su lado vi una camilla volcada, la ropa de cama parecía hecha jirones.

¿Había sido yo?

—Créeme —Matt señaló las monedas de mi brazo—, no te haces ningún favor intentando quitártelas. Te están salvando la vida. —Me observó con mirada crítica—. ¿Lo has entendido?

Esperé a que se calmara mi respiración. Luego asentí. ¿Qué más podría haber hecho?

—Vale. —Matt sonrió, cariñoso. Se reclinó en la silla con su elegante chaqueta lila—. Entonces podemos hablar.

Vaya que sí. Hablar: buena idea. Tenía mucho que decir.

—¿Cuánto tiempo...? —empecé con una voz terriblemente ronca—. ¿Cuánto tiempo he estado atrapada en tu ilusión?

—Solo un par de horas.

¡Horas! ¡Dios mío! ¿Cómo podía mantener alguien una ilusión tanto tiempo?

Matt inclinó la cabeza: no parecía agotado en absoluto. Su rostro era exageradamente hermoso; su única tacha era una cicatriz que lo había dejado sin la mitad de la ceja izquierda.

—El traslado al Espejo puede ser bastante fuerte la primera vez —dijo—. En tu estado, quería ahorrarte el viaje. Sé que hay mucho que asimilar, pero intentamos ayudarte.

—¿Dónde está mi amiga? ¿Dónde está Lily?

—Se recuperará, no te preocupes.

«Que no me preocupe. Muy gracioso».

—Quiero verla. Por favor, ¡tengo que verla!

A fin de cuentas, él no tenía ni idea del peligro en el que se encontraba Lily. Lazarus no la iba a dejar en paz ni un minuto, sobre todo ahora que no estaba yo.

—La han llevado a un hospital —dijo Matt—. He asignado a alguien para que la atienda.

¿Un hospital? ¿En Londres?

—¿De verdad?

Matt asintió, e intenté calmar un poco los latidos de mi corazón. Si Lily estaba en un hospital, entonces estaba a salvo de Lazarus. O por lo menos eso esperaba.

Observé la habitación, cada vez más convencida de que se trataba de una celda.

«¿Por qué estoy aquí?». No dejaba de preguntármelo, aunque en el fondo sabía la respuesta. Había liberado algún tipo de magia peligrosa. Por eso los Superiores me habían traído a su mundo. Lo cual me llevaba inmediatamente a la siguiente pregunta: ¿qué tenía que hacer para poder irme?

—Escucha, Rayne, mi nombre es Matthew Coldwell —me explicó Matt con su voz cálida y amable. Luego señaló a la chica del pelo azul, que se había apoyado en la pared y nos miraba—. Esta persona tan simpática es Celine Attwater. Te hemos traído aquí porque te has infectado con magia del caos. Y es grave.

Mi pulso se aceleró. «Infectada». Ahí estaba de nuevo la palabra. Entonces era justo lo que me temía: me había contagiado de la enfermedad de la magia que invadía los suburbios. Parecía que los Superiores la llamaban «magia del caos».

—Te hemos administrado un inhibidor de magia. —Matt señaló las monedas que tenía en el brazo—. Bloquean la magia de tu cuerpo y mantienen a raya la infección. Por ahora. Pero antes de poderte ayudar de verdad, nos tienes que ayudar tú primero.

—¿Cómo?

—Explicándonos qué ocurrió exactamente en el heptadomo durante tu combate. Y después.

—No tengo ni idea de lo que ocurrió —susurré—. La magia se volvió loca y...

Antes de que pudiera acabar la frase, Celine se movió. Arrastró una de las sillas hacia mí con un chirrido insoportable y se dejó caer en ella con las piernas cruzadas.

«No hay duda de que el azul es su color favorito», se me pasó por la cabeza. Porque Celine no solo tenía el pelo azul, sino que también se había pintado de ese color los labios y las uñas, con las que ahora colocaba en el reposabrazos de la silla una estrecha cajita en forma de pirámide.

Matt suspiró.

—¿De verdad lo ves necesario? —preguntó, pero Celine solo se cruzó de brazos.

—¿Tienes tiempo para sus idas y venidas? Yo no —se inclinó hacia mí y me miró fijamente—. Vale, Rayne Sandford...

—Celine sacó una pulsera del bolsillo de su chaqueta y me la puso delante. Pestañeé. Era el sello del heptadomo. El brazalete del dragón—. Dime: ¿cómo te hiciste con este sello?

Tragué. ¿Se lo podía contar? ¿Me metería en más problemas?

Entonces empezó a moverse un péndulo que oscilaba dentro de la caja con forma de pirámide. No quería mirar, pero no podía evitarlo. Algo parecía atrapar mi mirada y mantenerla fija. El péndulo se movía de un lado a otro, siempre al mismo ritmo, y siempre con un clic suave, como el de un metrónomo.

—¿De dónde sacaste el sello, Rayne? —Celine repitió la pregunta y de inmediato su voz entró en mi cabeza… aunque no había movido los labios.

«Di la verdad».

Algo en mi interior se tensó… y se relajó. Entonces, las palabras abandonaron mis labios con la misma facilidad con la que oscilaba el péndulo.

—Mi amiga Lily le ofreció dinero a un hombre en el heptadomo. Había oído que se podía sobornar a los del mostrador de inscripción para conseguir un sello mejor que el del resto de participantes.

—¿Puedes describir al hombre que os lo vendió?

«Di la verdad».

—Era delgado, no muy alto… Tendría cincuenta y pico años. —Entonces lo recordé. Un pequeño detalle, pero tenía que contarlo sí o sí—. Tenía un tatuaje en la muñeca.

Matt y Celine intercambiaron una mirada de reconocimiento.

—¿Era un ojo con un heptágono en medio?

Imaginé que no era nada bueno. Pero a pesar de eso, tenía que contestar.

—Sí.

—¿Conocías a ese hombre de antes?

«Di la verdad».

—No.

—¿Entonces no perteneces al Ojo?

«Di la verdad».

—No sé qué es el Ojo.

Celine se detuvo y frunció el ceño como si mi respuesta la hubiera decepcionado.

—¿Por qué el brazalete del dragón? El hombre tenía más sellos, ¿no? ¿Por qué escogiste ese?

«Di la verdad».

—Porque... porque me parecía el adecuado.

Matt y Celine intercambiaron otra mirada, y luego Celine siguió disparando pregunta tras pregunta. Yo las fui contestando todas tan rápido como pude. Al poco rato, ya les había contado a ella y a Matt cómo había ganado el combate en el heptadomo y cómo luego había descubierto las pequeñas venas negras en mi muñeca. De hecho, incluso les hablé de cómo se había chuleado Isaac durante la fiesta y de cómo eso había activado la magia.

Aunque una parte de mí era consciente de que Celine me obligaba a decir la verdad, mi necesidad de obedecer era más fuerte que esa certeza.

Era el péndulo. En la caja había un sello, la luz azul invernal centelleaba bajo la madera. Interfería con mis procesos mentales y me obligaba a ceder a la orden silenciosa de Celine.

Me hervía la sangre. Me habría encantado hacerle un par de preguntas a ella. Empezando por: «¿Por qué me habéis seguido?». O: «¿Cómo se os ha ocurrido traerme al Espejo sin mi consentimiento?». O: «¿Alguien os ha dicho alguna vez que el brocado está pasado de moda?».

—¿Qué sabes de los sellos oscuros? —me siguió preguntando Celine sin inmutarse.

«Di la verdad».

—No sé qué es eso.

Su mirada se oscureció. Miró el péndulo con recelo, como si le estuvieran entrando dudas de si funcionaba correctamente.

Matt se puso a su lado y lanzó un profundo suspiro.

—Creo que ya basta.

—¡Es responsable de la destrucción de un heptadomo! —bufó Celine—. ¡De «ya basta» nada! Ha peleado contra Dorian Whitlock. ¡Eso tiene que significar algo!

«Dorian Whitlock». Parpadeé. Tardé un momento en ubicar el nombre. Mi contrincante en el heptadomo. ¿Por qué los Superiores conocían su nombre? ¿Y qué tenía él que ver con todo esto?

—¿No lo entiendes, Matt? —continuó Celine—. Ella es la prueba viviente de que Whitlock pone en circulación réplicas descaradas para intentar reclutar gente de Prime para su estúpida rebelión. —Clavó en mí sus fríos ojos azules—. Quería que te unieras a él, ¿verdad?

Se me aceleró el pulso ante el tono exigente de Celine, pero, al contestar, mi voz sonó clara y firme.

—No, para nada.

Celine dio un golpe en la mesa que estaba al lado del péndulo.

—¡Mientes! ¡Te has aliado con ese delincuente!

El péndulo oscilaba sin pausa, arrancándome la verdad.

—No había visto nunca a Dorian Whitlock antes de nuestro combate. Ni tampoco había hablado nunca con él.

—Celine, en serio... —Matt señaló el péndulo con la cabeza—. Sabes perfectamente que no puede mentir. Rayne es una chica de Prime totalmente normal que ha tenido mala suerte... como tú misma has dicho. Pensábamos que la cosa era más complicada, pero no es así. Seguramente el Ojo esté presente en todos los combates de los heptadomos, por eso Rayne dio con

Whitlock. Se encontró el sello por casualidad, y resultó que era más poderoso de lo que ella hubiera podido imaginar. Además, deja que sean nuestros médicos los que determinen cómo se produjo exactamente el brote y cómo podemos liberarla de la magia del caos. A partir de ahí, ya no habrá ningún motivo para seguir reteniéndola.

—¡Esa decisión no te corresponde!

—No —admitió Matt—. Pero seguro que Adam opina igual que yo.

«Adam». Debía de ser el Superior del cabello rubio platino. Recordaba muy bien cómo me había cogido en brazos en el solar del heptadomo.

—Nos pondremos en contacto con tu familia. —Matt me miró y sonrió para animarme antes de comenzar a caminar lentamente hacia la puerta.

«Me puedo ir», entendí. Volvería a ver a Lily, podría comprobar por mí misma si realmente estaba bien. Cuando me despertara al día siguiente, todo aquello no habría sido más que una horrible pesadilla.

Me invadió un tremendo alivio, que se disipó cuando Matt se detuvo y, de manera casual, preguntó:

—Tu padre se llama Lazarus Wright, ¿verdad?

No era una pregunta difícil, y habría podido zanjarla con una mentirijilla. Parecía que Matt se había informado sobre mí. Habría descubierto que Lazarus constaba oficialmente como mi tutor legal. Ahí podría haberse quedado la cosa.

Solo tenía que decir: «Sí, así es». Pero no era capaz. El péndulo seguía estando ahí. Oscilando. De izquierda a derecha, izquierda, derecha. El movimiento me taladraba la mente, y las palabras me salieron a borbotones.

—Lazarus no es mi padre.

Matt ya había llegado a la puerta, pero volvió a mirarme por encima del hombro.

—¿No? ¿Entonces quién es?

El péndulo me obligaba a pronunciar un nombre en el que no había pensado durante años. El nombre de un tipo al que nunca había conocido y por el que mi madre me había abandonado en el orfanato tanto tiempo atrás.

«Di.

La.

Verdad».

—Mi padre se llama Melvin —confesé en contra de mi voluntad. Pero el péndulo no se contentó con eso—. Melvin... Harwood.

En un abrir y cerrar de ojos, el rostro de Matt dejó de estar relajado. Un estremecimiento ligero pero evidente recorrió su esbelta figura. Abrió la boca y volvió a cerrarla varias veces. Incluso la expresión de Celine perdió aquella superioridad fría con la que me había obsequiado todo el tiempo. Ahora parecía realmente aturdida.

Lentamente, estiró los dedos de uñas color zafiro hacia la caja con forma de pirámide y detuvo el péndulo. La mano de Matt se deslizó como a cámara lenta de la manilla para quedar colgando mientras susurraba:

—Por todos los sietes...

10

No me explicaron nada; ni por qué el nombre de mi padre los había alterado tanto, ni qué pasaba con la magia del caos, ni por qué ellos habían aparecido en mi primer combate profesional. Tampoco me aclararon cuándo podría marcharme del Espejo. Al contrario, Matt se despidió sin más, diciendo que alguien me traería algo de comer en breve.

—Aquí no estás en peligro, Rayne —añadió—. Ten algo de paciencia, todo se aclarará.

Asentí, porque tampoco podía hacer otra cosa. Pero en cuanto la puerta se cerró tras Matt y Celine, me acerqué mi mochila. En el bolsillo delantero llevaba el intercomunicador…; estaba casi sin batería, pero tenía que intentar llamar a Lily. El indicador de red solo mostraba una raya; o sea, que no tenía conexión. ¡Mierda! Nunca me había preguntado si se podía llamar por teléfono desde el Espejo. Pero, claro, es que el Espejo no formaba parte de nuestro mundo; se cernía sobre él, pero tenía su propia gravedad, sus propias leyes físicas, y entre ellas no se encontraba la recepción de las ondas de telefonía móvil terrestre.

Resoplé con fuerza y lancé el intercomunicador de nuevo a la bolsa. Lo único bueno era que el localizador de Lazarus tampoco funcionaría. Por lo menos, eso esperaba.

Recorrí la sala con la mirada algo perdida. Me acerqué a la puerta, forcé la manilla, pero estaba cerrada con llave. No valía de nada golpearla ni tirar de ella. Había otra puerta al fondo de la sala, y esa sí se abría, pero solo daba a un baño.

Me habían encerrado. En algún lugar del Espejo, en algún lugar lejos de todo lo que conocía.

Frustrada, me encogí, abrazada a mí misma. Dubitativa, volví a mirar hacia la estrecha ventana. ¿Qué habría tras ella?

«No seas cagada», me decía una voz que sonaba sospechosamente parecida a la de Lily. «Nos pasamos toda la vida preguntándonos cómo sería, ¿y ahora te rajas?».

Así que inspiré hondo y caminé.

No pude evitar jadear en cuanto me puse al lado de la ventana. El edificio en el que me hallaba debía de ser superalto, porque, bajo él, la ciudad entera se extendía por todas partes.

Todo parecía estar bañado por un extraño resplandor azul invernal, como si la ciudad se hallara envuelta en una niebla de magia. Por todas partes se erigían altos edificios antiguos con fachadas ostentosas y tejados a dos aguas, y sobre ellos, otros… flotaban. Sus cimientos estaban rodeados por un halo mágico y se mantenían sin más en el aire, como si no hubiera nada más natural.

Contemplé unos minutos en estas construcciones voladoras y luego, muy despacio, alcé la vista.

Tuve que apoyarme en la ventana, porque allá arriba, en el cielo, estaba Londres. *Mi Londres.* El de toda la vida. Solo algunas manchas extrañas y oscuras obstaculizaban la visión. Tras ellas, el centro de la ciudad resplandecía con todos sus edificios suntuosos, los glamurosos teatros y bares. Incluso pude distinguir a lo lejos los rascacielos de Tower Hamlets y Newham.

Era idéntico a las descripciones del Espejo que habían hecho las pocas personas que lo habían visitado. Desde nuestro lado, el

Espejo eran solo unos contornos plateados en el cielo. Pero quienes vivían ahí podían ver con toda claridad nuestro mundo sobre ellos. Observé los coches que se desplazaban por el cielo, pequeños como hormiguitas. En un rascacielos habían construido una piscina en la azotea, en una de cuyas calles nadaba un puntito.

Me estaba mareando.

Las leyes físicas del Espejo no tenían ninguna lógica, eso lo sabía. En la tele ponían documentales al respecto a todas horas. Pero la sensación no era diferente a la de nuestro mundo. No hacía ni más frío ni más calor, el suelo seguía estando bajo mis pies y había aire para respirar. Me hubiera resultado difícil creer que había cambiado de lado, que ahora estaba en la ciudad que normalmente se adivinaba en el cielo, si no estuviera viendo los edificios de Londres del revés con mis propios ojos: con total nitidez, como si estuviera sobrevolando la ciudad en un avión cabeza abajo.

Me pasé los minutos siguientes mirando alternativamente el mundo que estaba sobre mí, *mi mundo,* y el mundo del Espejo. Intenté comparar los edificios entre sí. No podía abrirse la ventana, y por lo tanto mi visión era limitada, pero aun así localicé en el cielo el Museo Británico al oeste y el Parlamento junto con la Torre de Londres al este. Sin embargo, para mi sorpresa, la ciudad en la que me encontraba en este momento no era un reflejo perfecto de mi Londres: reconocí la curva del Támesis con claridad, pero los edificios eran totalmente diferentes. Este Londres, el Londres del Espejo, parecía haberse quedado un par de siglos atrás.

Intenté distinguir más cosas. ¿Habría coches por las calles? ¿O serían carros de caballos? ¿Habría centros comerciales como en nuestro mundo? ¿Escuelas? ¿Qué pinta tenían los Superiores que vivían aquí? Pero mis preguntas se quedaban sin respuesta: casi todo lo que tenía a mis pies desaparecía en la suave luz crepuscular únicamente interrumpida por las incontables manchas de azul brillante que desprendían las ventanas y puertas, y por la líneas igualmente azules que se colaban entre las fachadas de los edificios y recortaban su contorno contra el cielo.

Magia. Todo era magia, de eso no tenía la menor duda. La ciudad entera rebosaba poder.

Mis pensamientos volvieron a Lily y a los cuentos sobre el Espejo que nos contaban de pequeñas. Haber acabado aquí sin ella me parecía una broma de mal gusto. No nos habíamos separado desde que nos conocimos en el orfanato siendo unas crías. Ahora, en ese nuevo y desconocido mundo, me daba la sensación de que me habían arrebatado a mi otra mitad.

Me embargó la desesperanza. No entendía nada: la magia del caos, el combate en el heptadomo... Lo único que estaba claro era que, en cuanto les había dicho a Matt y Celine que mi padre era Melvin Harwood, se les había desencajado el rostro.

Estaba bastante segura de que esa era la razón real por la que me habían encerrado. La razón por la que la libertad de la que me había hablado Matt acababa de esfumarse de un plumazo.

No tenía ni idea de cuánto tiempo había transcurrido cuando alguien llamó a la puerta. El cerrojo hizo clac y, de inmediato, aparecieron un hombre y una mujer vestidos con un uniforme de servicio beis. El hombre era bajito y traía una bandeja de comida. La mujer llevaba el pelo gris recogido en un tirante moño alto y traía un montón de ropa. Ambos tenían heptágonos tatuados en la frente.

No se presentaron ni respondieron a ninguna de las preguntas con las que los bombardeé. Se limitaron a depositar la bandeja en una mesa y a esperar a que engullera un par de trozos de pan y queso y un racimo de uvas. Sus gestos permanecieron impertérritos, sus miradas, penetrantes.

Me imaginaba lo que se les estaba pasando por la cabeza, porque llevaba toda mi vida enfrentándome a ese tipo de miradas: «Esta pobre desgraciada no pinta nada aquí».

Desaparecieron sin mediar palabra, tal y como habían llegado, pero me dejaron bien clarito antes de irse que se esperaba que me cambiara de ropa. Mi primer reflejo fue tirar sobre la camilla deshecha las prendas que habían traído e ignorarlas, pero al final se impuso el sentido común. Me estaba congelando vestida de fiesta, así que, contrariada, cogí los pantalones negros y la camisa roja, ambos de un tejido sumamente elegante. Los pantalones me quedaban algo holgados, pero me los ajusté con un fino cinturón, que parecía más caro que cualquier cosa que me hubiera puesto nunca. Me eché la chaqueta por encima. El tejido era oscuro, el brocado floral flotaba sobre un rojo metálico y la capucha me caía sobre los hombros.

«Una auténtica chaqueta de Superior...».

Me volví a situar junto a la ventana. Mientras pasaban los minutos, tal vez las horas, una cosa me iba quedando clara: no había amaneceres en el Espejo. Nuestro mundo, suspendido sobre este, ocultaba el sol, de manera que el Espejo se había quedado atrapado en una eterna luz crepuscular. Mi cielo solo era asfalto, rascacielos y parques. No había nubes ni amanecer, nada que me ayudara a identificar el paso del tiempo.

En algún momento me pareció notar que algo centelleaba. Tardé un minuto en entender que habían sido las monedas de mi brazo. La luz azul parpadeaba sin pausa.

Me asusté. No en vano, había experimentado en mis propias carnes lo que pasaba cuando los inhibidores de magia dejaban de funcionar.

¿Debía pedir ayuda?

«Te están salvando la vida», había dicho Matt. Pero ahora la magia de los *happy-uppers* se estaba agotando.

En cuanto decidí ir hacia la puerta y aporrearla con todas mis fuerzas, ocurrió: la sala, que hasta entonces había estado gris y oscura, se iluminó con un resplandor mágico azul. Sobresaltada, grité. Pasó tan rápido que casi no tuve tiempo de procesar lo que vi.

La fuente de luz era la propia puerta, sobre la que se iban definiendo unas finas líneas azules muy parecidas a las que había visto en las fachadas de otros edificios del Espejo. El marco de la puerta dibujaba un rectángulo perfecto, mientras que en el centro se entrelazaba el grabado de dos rombos, uno sobre otro.

En ese momento, alguien atravesó la luz azul, aunque la puerta no se había abierto en ningún momento. Eran Matt y Celine.

—¿Qué tal? —dijo Matt, mientras el resplandor de la puerta se apagaba y la sala volvía a quedarse en penumbra. Me dirigió una sonrisa que parecía honesta, y noté cómo salía de mi cuerpo toda la tensión que había sentido hasta ahora. Mientras que Celine se quedaba callada al lado de la puerta, Matt se acercó y me señaló el brazo, que yo tenía apretado contra el pecho—. Déjame que te cambie los trites.

—¿Trites? —pregunté.

Matt emitió un sonido afirmativo. Traía un contenedor metálico que colocó en la mesilla de noche, al lado de la camilla. Me observó de reojo.

—En vuestro mundo los llamáis *happy-uppers*. Un nombre un poco... siniestro, sinceramente. Los trites no son drogas.

«Se nota que no has visto a Lazarus».

Matt abrió el recipiente, en el que guardaba más granos de magia de los que había visto en mi vida. ¡Joder!

También contenía monedas heptagonales con diferentes grabados. Matt sacó algunas y me las ofreció.

—Las monedas se pueden cargar con diferentes propiedades. Pueden hacer de analgésicos, pastillas para dormir..., pero también hay trites que proporcionan belleza, fuerza o inteligencia. Estos actúan como inhibidores; se encargan de congelar la magia de tu cuerpo. Así mantenemos a raya la magia del caos.

Sabía que las palabras de Matt deberían haberme asustado. Seguramente esperaba que le suplicara que me ayudara y que me aclarara qué era la magia del caos esa. Pero mi cabeza estaba demasiado ocupada buscando la manera más rápida de largarme de ese infierno de brocado.

—¿Cuánto tiempo tarda en desaparecer la infección? —pregunté.

—No sabría decirte. La magia del caos es imprevisible.

—Pero cuando esté curada... ¿me podré ir?

Matt desvió la mirada. Se calló un momento, volvió a sonreír y señaló mi brazo.

—Primero vamos a tratarte.

Suspiré y dejé que Matt equipara las monedas con nuevos granos de magia. Tuvo que cambiar dos de inmediato. Me impresionó comprobar que el grabado estaba literalmente derretido en ciertos lugares.

Matt pareció percatarse de mi gesto horrorizado.

—No te preocupes, nuestros trites son robustos. Y mucho más efectivos que los medicamentos que conoces. Inhibirán la infección.

Ahora sí que no pude evitar preguntar:

—¿Qué tipo de enfermedad es la magia del caos?

Matt hizo una mueca, cosa que parecía hacer siempre que intentaba evitar un tema.

—No es una enfermedad en sentido estricto. Es..., a ver, realmente, es magia mal usada. —Titubeó ostensiblemente—. La magia del caos puede tener diferentes orígenes. A menudo aparece cuando algo falla al fundirse la magia con un cuerpo humano. Puede ocurrir, por ejemplo, con sellos defectuosos, o cuando alguien ha tomado demasiada magia sin tener la experiencia necesaria. Independientemente del desencadenante, las consecuencias siempre son las mismas: la magia se torna oscura y se descontrola. No es de extrañar que haya tantos casos, teniendo en cuenta cuántas personas usan la magia cada día.

—En nuestro barrio corría el rumor de que había una enfermedad —dije en voz baja—. Que se te ponían las venas negras, como me ha pasado a mí. Nadie le ha puesto nombre, pero se muere gente todo el tiempo por su causa. ¿Es magia del caos?

—Bueno..., la verdad... —Matt volvió a hacer una mueca—. Asumimos que en ese caso los motivos son diferentes a los tuyos.

«¿Asumimos?».

Debía de tener la incredulidad pintada en la cara, pero Matt simplemente se levantó y desechó los granos usados en una papelera. Suspiré y dejé el asunto. Para cambiar de tema, dije, con la voz más firme posible:

—Exijo hablar con mi amiga.

—Y yo exijo irme de vacaciones a las Bahamas —intervino Celine por primera vez. Seguía apoyada en la puerta, que poco a poco había recuperado el aspecto de una puerta normal y corriente. Celine no dejaba de darle vueltas con impaciencia al sello en forma de llave que tenía en la mano. Era dorado, con una piedra de magia azul con arabescos en el mango—. ¿Vamos acabando?

—¿Puedes andar? —me preguntó Matt.

Vacilé. La pregunta relevante no era si podía andar.

—¿A dónde queréis llevarme?

—A una audiencia en el salón del trono. Está en este mismo edificio, solo que en otro piso.

Conseguí esconder en lo más profundo de mi ser el miedo que aquellas palabras habían despertado en mí. «Salón del trono». ¿Significaba eso que...?

Matt me tendió la mano, y yo dejé que me levantara. Volvió a sonreír, pero noté que solo lo hacía para tranquilizarme.

—Una audiencia...

—Sí. —Su sonrisa flaqueó, solo un poco, pero aun así me percaté—. El Señor del Espejo te ha convocado.

11

«**E**l Señor del Espejo te ha convocado».
La cabeza me daba vueltas. Celine metió la llave en la cerradura y la giró, y volvió a deslumbrarnos la intensa y mágica luz azul. La puerta se fundió en el resplandor hasta transformarse en un corredor: un corredor sin paredes, incluso el hormigón se había convertido en una nada sin fondo.

Mi parte racional se esforzaba por comprender lo que estaba pasando, pero no era capaz de seguir el ritmo. Solo volvía a oír una y otra vez las palabras «audiencia» y «Señor del Espejo».

¿El autócrata todopoderoso al que nadie de la Tierra había visto la jeta iba a decidir cuándo podría volver yo a mi mundo? Entonces, ¿era él quien había ordenado que me retuvieran? ¿Había estado en *su* cárcel?

Hasta ese momento me había mantenido firme, pero ahora... ahora sentía cómo me invadía el pánico. Mi mirada se detuvo en los brazos de Celine. Los tenía descubiertos hasta el codo, y volvían a relucir con aquellos símbolos de luz que le había visto en el heptadomo. Al parecer, solo aparecían cuando utilizaba su llave.

Una llave que claramente era un sello, igual que el anillo con el que Matt me había envuelto en una ilusión tan potente que no me había podido librar de ella durante horas. También había visto los símbolos de luz en su brazo. Pero, al contrario de los de Celine, los de Matt habían resplandecido de color lila.

«¿Quién coño es esta gente?».

—No te preocupes, no te va a pasar nada. —A mi lado, Matt señalaba el túnel mágico que había abierto Celine—. Simplemente atraviésalo, es la entrada directa al salón del trono.

—Claro —me reí seca—. ¿Por qué no debería una meterse en un agujero hacia la nada? Supernormal.

Matt se limitó a sonreír y, junto a Celine, me condujo por aquel pasillo hecho de vacío y magia azul.

La puerta que había abierto Celine con su llave parecía franquear una especie de portal a través del cual se podía ir de un lugar a otro. Entre ambos solo existían unos finos hilos de magia que mostraban los límites del corredor. Me imaginé como una funambulista que debía mantenerse en equilibrio sobre ellos. Estaba tan abstraída por lo que veía que, para cuando quise darme cuenta, habíamos llegado al final del túnel.

Era difícil de creer que siguiéramos en el mismo edificio de antes. Nada de lo que me rodeaba ahora era apagado ni gris, más bien al contrario. Un papel pintado azul marino con un estampado floral cubría las altas paredes, y todo estaba rematado en estuco dorado. Los muebles de madera oscura flanqueaban un largo pasillo, mesas de filigrana sostenían desbordantes floreros. Del techo colgaban lámparas de araña con cristalitos que reflejaban la luz; al mirar hacia arriba, casi me mareo.

También aquí podían verse líneas azules brillantes recorriendo paredes, suelos y techos azules brillantes que indicaban el camino. Como si todo el edificio estuviera entreverado de magia.

Dejé que Matt y Celine me guiasen por los pasillos. Las dimensiones de aquel palacio me resultaban imposibles de calcular.

Por una parte, todo el oro y las pinturas de las paredes me recordaban a las fotos que había visto del Palacio de Versalles; por otra, era... diferente. Más moderno, de algún modo. Desde las paredes, unos monitores de última tecnología mostraban un heptágono dorado que giraba lentamente. Y por todos lados iba reconociendo sellos en forma de grandes monedas que no tenía claro para qué servían.

Así que ahí vivía el Señor del Espejo con sus Superiores, a los cuales pertenecían Matt y Celine, y también Adam, supuse. Sin embargo, por los pasillos nos cruzamos con muy pocos cortesanos. Algunos me lanzaban miradas atónitas que desviaban de inmediato, como si no pudieran soportar tener delante a una desgraciada cualquiera del mundo inferior.

No me sorprendía. Incluso los ricos del centro de Londres, en comparación, parecían mendigos. Los tejidos que vestían esos Superiores eran tan increíblemente hermosos que no podía evitar admirarlos con la boca abierta. Sus texturas flotaban suaves y los estampados adoptaban nuevas formas cuando los mirabas, mientras que los colores parecían irisarse con cada paso. «Seguro que están hechos de pelo de unicornio», oí que me decía mi estupefacta a la par que histérica voz interior.

Y luego estaban las vistas, que podía contemplar a través de las ventanas que flanqueaban los pasillos. Ambos mundos estaban uno encima del otro, las puntas de sus rascacielos se extendían, aunque nunca se tocaban. En vez del omnipresente crepúsculo azul de antes, ahora la luz entraba a raudales desde el horizonte, intensa, e iluminaba los límites de la ciudad. ¿Qué era aquello? ¿Su versión de una puesta de sol? ¿Qué hora era realmente?

De nuevo, la desesperación me estremeció. ¿Cómo iba a descubrir nada ahí? Sería imposible abandonar el Espejo sin ayuda. No conocía las salidas ni tenía una llave como Celine.

—La ciudad en la que estamos se llama Septem —dijo Matt, que se había percatado de mi mirada hacia el exterior—. Está situada en el centro de Londres, no estás tan lejos de tu casa.

¿Qué no estaba lejos? Claro, quitando el par de kilómetros de aire y la insalvable barrera de magia…

Rebobiné en mi interior.

—¿Una ciudad dentro de una ciudad? ¿Como el Vaticano?

De inmediato, me pregunté si los Superiores sabrían de lo que hablaba. Pero Matt asintió:

—Justo. Como el Vaticano. Septem es la sede del Gobierno del Espejo. Aquí se toman todas las grandes decisiones que afectan a todas las ciudades. —Tocó una de las líneas de magia que había visto en la pared—. La torre del palacio está controlada por sellos, como todos los edificios del Espejo. Su magia puede reestructurar un edificio completo si es necesario. Toma el material y le da otra forma.

Fruncí el ceño.

—¿Qué quieres decir con eso de que le da otra forma?

—En otros tiempos, gran parte de los edificios de Septem recibían el nombre de «Palacio de Whitehall». Por lo que sé, en vuestro lado del mundo, en Prime, ese complejo desapareció a finales del siglo XVII a raíz de un incendio. Pero cuando se creó la copia, el palacio se reprodujo en el Espejo, igual que el resto de edificios. Nuestros antepasados, gracias a los sellos, volvieron a reconstruir el palacio, pero de tal manera que evolucione a lo alto y no a lo ancho. —Matt hizo alarde de su sonrisa ladeada—. En el Espejo andamos escasos de suelo, la parte espejada de Londres cubre únicamente el centro de la ciudad.

«Reconstruyen edificios con sus sellos», pensé impresionada. Mi mirada vagó de nuevo hacia las ventanas. «Un mundo lleno de magia», eso era lo que nos habían contado. Y era cierto que todo parecía tan increíblemente señorial y ostentoso que mi mente apenas podía procesarlo. El Espejo era justo como me lo había imaginado. Un paraíso decadente.

En ese momento, Celine se detuvo. También Matt. Habíamos llegado al final del pasillo, y ante nosotros se hallaba una enorme puerta doble. Al otro lado esperaban más figuras de uniforme gris, en formación, como una especie de barrera humana que me recordaba a los soldados que había vislumbrado en la tribuna de los Superiores en el heptadomo. Todos eran increíblemente grandes y musculosos, tenían la cabeza rapada, un heptágono tatuado en medio de la frente y diversas armas blancas y de fuego en el cinturón.

Al vernos, se hicieron a un lado y nos franquearon el paso.

«No has hecho nada malo», me repetí como un mantra, mientras Matt me agarraba del brazo derecho y tiraba suavemente de mí.

Hacia el salón del trono.

Así estaba la cosa: iba a conocer al Señor del Espejo. O, me corregí a mí misma mentalmente, me iban a llevar ante él. ¿Cómo lo había llamado Matt?

«Una audiencia».

Se me aceleró el corazón mientras preparaba mi defensa mentalmente. «Puedo explicarlo», empezaría. Y seguramente acabaría con: «Vuestra forma de gobierno es una ridiculez, ¿habéis oído hablar de la democracia?».

Tenía que dejarle bien clarito al Señor del Espejo que toda esa situación había sido un malentendido. Que yo no tenía nada que ver con Dorian Whitlock ni con esa extraña organización, el Ojo. Entonces, todo se solucionaría.

El salón del trono era enorme como una catedral. Estaba iluminado por todas partes con luz artificial, pálida y al mismo tiempo brillante, con un halo azul plateado.

Era una sala heptagonal. «Por supuesto», me burlé internamente. Pero no solo eso: en cada esquina destacaban siete pilares de mármol y, sobre ellos, los grabados de siete sellos diferentes, uno de los cuales reconocí de inmediato. ¿No eran aquellos los dos rombos que habían iluminado la puerta antes? ¿El grabado del sello de Celine?

En el otro extremo, por supuesto, estaba el trono: blanco, tallado en piedra y con un respaldo que se elevaba varios metros para acabar con un remate en forma de heptágono.

Estaba vacío, el Señor del Espejo se hacía de rogar. Aun así, ante tanto poderío, me costó mantener la compostura. Sobre todo al mirar por encima del hombro y percatarme de que aquellos soldados armados hasta los dientes habían dejado sus puestos al lado de la puerta y, ahora, nos rodeaban.

Observé insegura a Matt, que me lanzó una sonrisa tranquilizadora.

—Guardias de la magia —susurró—. El ejército del Espejo, por así decirlo. Pero no te preocupes, no tienes nada que temer de ellos.

Cerca de una de las salidas laterales se apostaban dos soldados más, también rapados al cero y con el heptágono en la frente: una mujer con una cicatriz que le cruzaba la parte derecha de la cara de arriba abajo y un hombre de rostro anguloso y larga perilla que me estudiaba sin reparos. Mantenían una conversación privada con una persona que reconocí de inmediato.

Era el Superior más joven, el del pelo blanco platino.

«Adam».

Al acercarnos, se giró, y durante un momento recordé lo mucho que me había alterado en nuestro último encuentro. También ahora su presencia exudaba algo que ponía la carne de gallina. Me miraba inquisitivamente, como un depredador acecha mientras su presa se adentra en su territorio, tomándose su tiempo para decidir si el intruso es lo suficientemente importante para atacarlo.

—Bienvenida a Septem, Rayne —anunció con una voz profunda y melódica que me había pasado totalmente desapercibida en los horribles minutos que habíamos vivido en el heptadomo—. Me llamo Adam Tremblett. Disculpa todo este trastorno. Teníamos que aclarar algunas cosas antes de levantarte la custodia.

Me quedé muda. Pero ¿quién se suponía que era ese tipo? ¿A qué se dedicaba, a crear buen rollo para que las prisioneras se comportaran ante el Señor del Espejo?

La mirada de Adam pasó a Matt.

—¿Has avanzado algo más?

Matt asintió.

—No ha sido difícil conseguir la información. Tenías razón, la cosa encaja. ¿Quieres verlo todo?

—Me encantaría —dijo Adam—. Pero me temo que no tenemos tiempo. Muéstrame el resumen.

—Vale. —Matt soltó mi brazo y extendió una mano en dirección a Adam. Yo apreté los labios para reprimir una exclamación de sorpresa cuando su anillo con la esfera negra se iluminó. En la piel de Matt resplandecieron de nuevo aquellos símbolos lilas, y unos segundos más tarde, Adam dejó de moverse. Matt debía de haberle inducido una ilusión, como había hecho conmigo. Pero ¿por qué? ¿Y qué información había recabado?

Tras un rato (o tal vez solo hubiera pasado un minuto), Adam inclinó la cabeza y abrió los ojos. Ese simple gesto hizo que cayera en otra cosa. No debía de ser fácil liberarse de una ilusión por voluntad propia. Para nadie.

Fuera lo que fuera lo que había visto Adam, no mostró ninguna reacción.

—Gracias —dijo simplemente, y volvió a fijarse en mí.

No me había dado cuenta de que había cerrado los puños, ni de hasta qué punto la ira hervía en mis venas. No hasta ese momento.

Aquella gente me había encerrado sin darme la más mínima explicación. Al contrario, se habían inventado no sé qué historias de «ojos» y de «magia del caos». ¿Y ahora? ¡Ahora se intercambiaban información delante de mis narices!

—Creía que la idea era traerme ante el Señor del Espejo —siseé, sin desviar mi mirada de Adam—. Así que, ¿de qué va todo esto? ¿Dónde habéis metido a ese déspota sonado que os gobierna? Tengo un par de cositas que decirle sobre cómo tratar a la gente que no formamos parte de su panda de esclavos de chaquetita de brocado.

Adam arqueó lentamente las cejas. Parecía realmente sorprendido. En la cara de los dos guardias que estaban a su lado se dibujaron casi de forma simultánea sendas sonrisas. Al hombre de la perilla parecía que le había alegrado el día, y la mujer de la cicatriz incluso se rio por lo bajo.

—Vaya —respondió Adam finalmente—. Si es tan importante para ti, podemos hablar más tarde sobre cómo trato a la población de tu mundo. Pero creo que primero tendríamos que explicarte por qué estás aquí.

12

Me quedé boquiabierta.
Él era el Señor del Espejo.

La leche. Le acababa de llamar «déspota sonado» a la cara al Señor del Espejo.

Me había quedado patidifusa. Siempre me había imaginado que el Señor del Espejo sería un hombre mayor. ¡No alguien que solo tenía dos o tres años más que yo!

Un montón de pensamientos cruzaban mi mente: el Señor del Espejo había estado en Londres. Y había presenciado cómo me había enfrentado a Dorian Whitlock en el heptadomo. Aquella tarde, su mirada me había traspasado. Desde su tribuna, allá en lo alto, me había observado como si pudiera ver directamente el interior de mi alma sin esforzarse. Y parecía que desde entonces me había tenido en su punto de mira.

Y ahora... ahora iba a decidir mi destino.

Antes de que pudiera hacer nada, como por ejemplo explicar de manera muy creíble que con «sonado» no había querido decir «loco» sino «famoso», oímos un golpe seco que provenía de la entrada del salón del trono.

Giré la cabeza y vi cómo los dos guardias que se habían quedado en la puerta de doble hoja se retiraban para franquear el paso a más personas. Primero entraron cuatro criados con uniformes de color beis. Tras ellos, un hombre con bastón.

A mi lado, Matt suspiró.

—¿Era necesario? —le masculló a Adam, ante lo cual él asintió.

—Tu padre es mi asesor más preciado. Debe ser informado antes de que se corra la voz.

A Matt se le acabó la alegría en cuanto el hombre llegó a nuestro lado. Era espigado, tenía el pelo rapado y llevaba un chaquetón de color lila con un brillo metálico. Se parecía tanto a Matt, con las mismas mejillas marcadas, la misma piel morena, los mismos ojos color ámbar, que no me habría hecho falta ninguna explicación para entender el vínculo que los unía.

La mirada del hombre pasó por mí sin detenerse para luego clavarse en Adam. Hizo una reverencia.

«Jo-der».

—Gracias por venir con tan poca antelación, Tynan —dijo Adam.

El padre de Matt asintió.

—Nuestra siguiente audiencia estaba prevista para la semana que viene, mi Señor.

—Lo sé. Pero tengo algo que comunicarte.

Tynan arqueó las cejas.

—¿Con respecto a…?

—Ignis. —Adam señaló hacia los criados que, ahora me percataba, se habían colocado delante de una de las siete columnas que rodeaban el salón del trono.

Al principio no comprendí qué pintaban ahí, pero entonces la columna se abrió. El grabado impreso en ella se iluminó. Eran dos líneas horizontales curvas que se atravesaban y que desembocaban en una espiral en la parte inferior. Los criados estaban tan pegados a la columna que no podía ver lo que había descubierto al abrirse.

—Hemos encontrado a un portador —dijo Adam—. A una *portadora*.

Tynan abrió los ojos como platos. Me dio la sensación de que, de repente, nos habíamos quedado sin aire en el salón del trono.

—Pero... ¿cómo? —consiguió decir el padre de Matt.

Adam levantó una mano y la extendió... hacia mí.

—Esta es Rayne Harwood.

«Sandford», estuve a punto de corregirlo, pero la palabra se deshizo en un remolino de confusión. ¿De qué coño hablaban estos dos?

Detecté cómo la incredulidad daba paso a una cierta diversión en la cara del padre de Matt. Se le escapó una sonrisilla mientras sacudía la cabeza.

—Melvin no tuvo descendencia.

—No que nosotros supiéramos —lo corrigió Adam.

En ese momento, Tynan me miró de arriba abajo con tanta atención que me incomodé y tuve que hundir los dedos en el brocado de la chaqueta. Pero al llegar a mi cara agitó con vehemencia la cabeza. Cualquier rastro de diversión abandonó definitivamente su rostro.

—Mi Señor... Melvin Harwood pudo haber sido muchas cosas, pero no era un mentiroso. Nunca nos habría ocultado a una hija. ¿Por qué, por todos los sietes? Sabía perfectamente la vida que habría llevado esa niña. ¡Habría sido una irresponsabilidad por su parte!

—Entiendo que es difícil de creer.

—¿Difícil de creer? —El padre de Matt se detuvo, carraspeó y tranquilizó su voz—. Mientras vivió, Melvin y yo fuimos amigos. Su temprana muerte fue una tragedia para muchos, y... —Me volvió a mirar. Se notaba que estaba buscando las palabras adecuadas—. Se le parece mucho, la verdad.

«¿Mientras vivió? ¿Su temprana muerte?». Entonces, eso quería decir que...

Sentí una punzada en el pecho, aunque nunca lo hubiera conocido. Ese hombre decía que mi padre había muerto, y además hacía ya mucho tiempo.

Adam asintió, como si ya hubiera imaginado que su asesor respondería eso. Luego se dirigió brevemente a mí.

—¿Qué sabes de los Siete, Rayne?

Su tono era tan tranquilo que parecía que estuviéramos hablando del tiempo. ¿En serio esperaba que respondiera? ¿Tenía que hablarle de toda aquella gente chiflada de mi mundo que se tatuaba sietes por todo el cuerpo sin saber lo que significaba realmente aquel número?

Parecía que no, porque prosiguió:

—Los Siete son los portadores de los primeros sellos que se forjaron. Sellos increíblemente poderosos que sostienen el Espejo. —Hizo un gesto con la mano en dirección a Celine—. Celine es una de ellos; porta la llave de zafiro. Y Matt, el anillo de las almas.

Matt me mostró con una parca sonrisa aquel anillo con su esfera negra, lo que provocó que pasara mi incrédula mirada de Adam a él, y de él a Celine.

Por fin iba entendiendo lo que me debería haber resultado obvio hacía rato. La llave de Celine abría portales en puertas físicas, y el anillo de Matt me había inducido una ilusión tan fuerte que no había podido liberarme de ella durante horas. Los siete sellos del Señor del Espejo de los que se contaban tantas historias en mi mundo... existían de verdad.

Con ellos se había construido el Espejo. Pero, por lo que parecía, no los portaba todos el Señor del Espejo, sino sus subordinados directos. Celine y Matt eran parte de ese grupo. Y los mitos que circulaban sobre ellos... eran ciertos.

—Estás aquí —continuó Adam— porque tu padre vivió en Septem, Rayne. En el Espejo. Pero Melvin Harwood no era un Superior común. Era uno de los Siete, ¿lo entiendes?

Era difícil expresar en palabras hasta qué punto *no* lo entendía.

Había fantaseado tantas veces con encontrar a alguien que hubiera conocido a mi padre... Pero ninguno de esos escenarios imaginarios sucedía en el Espejo. Y, definitivamente, no había previsto que mis primeras palabras para ese alguien fueran:

—¿Estáis de coña?

Tynan se quedó de piedra ante mi pericia expresiva, incluso Matt y Celine parecían perplejos. Solo Adam permaneció impasible. Volvió a hacer ese gesto aburrido con la mano, que provocó que los criados se retiraran en tropel.

La columna que habían ocultado hasta el momento estaba dividida en dos en la parte superior. Adam caminó hacia ella, y yo le seguí sin pensármelo mucho. De la nada había aparecido un recipiente de cristal con forma de campana. Debajo de él se encontraba el mismo brazalete con el dragón dorado que había portado en el combate en el heptadomo.

—Este es Ignis —comenzó Adam al llegar a su lado—. Uno de los siete sellos oscuros. Siete linajes han ido pasando estos sellos de generación en generación desde tiempos inmemoriales, de padres a hijos. Matt heredó el sello de las almas de su madre, y Celine, la llave de zafiro de la suya. Tu padre, a su vez, era el portador de este brazalete, pero falleció antes de que nos pudiera hablar de ti. Y por eso... —Adam me miró, solemne, con sus ojos grises— este sello ha tenido que esperar tanto tiempo por ti.

Las miradas de Celine, Matt y su padre eran como puñales. Incluso por la espalda, me parecía notar a los guardias de la magia mirarme sin pestañear. Y luego estaba Adam, cuyo rostro permanecía tan inexpresivo como una hoja en blanco. Eso era lo que más me alteraba de todo.

—El sello que portaste en el heptadomo era una réplica —explicó—. Una reproducción de tu sello, que es la única razón por la que lo escogiste. —Hizo un gesto en dirección a la campana—. Tócalo.

El tono autoritario de Adam me puso tensa. Tenía en la punta de la lengua un «Tócalo tú si quieres», pero me quedé con las ganas de decírselo, porque justo en ese momento todo el mundo empezó a moverse a nuestro alrededor. Matt, su padre y Celine se fueron a la otra punta del salón del trono, y Adam y yo nos quedamos a solas ante la columna.

Un susurro barrió de golpe todos los reproches que tenía previsto echarle en cara al Señor del Espejo. Un susurro incesante en el interior de mi cabeza que no se podía expresar con palabras pero que, a pesar de eso, inundaba mi cuerpo con una extraña calidez. Acompañó cada uno de los pasos que di, llevándome directamente a la campana de cristal.

El brazalete se parecía tanto al sello que había portado en mi combate profesional que podrían confundirse. Las mismas alas de dragón extendidas, el mismo tono dorado. La única diferencia era que ese carecía de placa en la que colocar el grano de magia. En su lugar, el dragón abrazaba una especie de núcleo de cristal del azul más intenso que había visto en mi vida, en ninguno de los combates a los que me había enviado Lazarus ni en cualquiera de los sellos que se habían agenciado los Nightserpents como botín. Esa magia parecía formar parte del brazalete del dragón. No veía ninguna ranura, ninguna forma de recargarla. Debía de ser eterna.

«Cógelo», decía una voz en mi cabeza. «Cógelo *ya*».

—Rayne. —Adam estaba justo a mi lado, su cercanía no me dejaba pensar con claridad. Por su actitud, estaba claro que sabía el poder que tenía y cómo utilizarlo. Se inclinó hacia mí, y un aroma frío asaltó mis sentidos. Era como el aire fresco de la mañana soplando sobre un lago en la montaña—. Rayne. Tócalo.

Bajo la atenta mirada de Adam, extendí la mano derecha. No quería escucharlo, pero un instinto profundo me obligaba a hacer lo que me pedía. Solo en ese momento me di cuenta de que la campana de cristal tenía *happy-uppers* pegados. O trites, como los llamaban aquí. Eran unos veinte o más: examiné sus símbolos y luego extendí el brazo, donde las monedas que Matt me había colocado poco antes todavía seguían activas.

Eran los mismos grabados. «Inhibidores de magia».

Adam se quedó de pie a mi lado, observando cómo tocaba el cristal, primero con cuidado y luego con toda la mano. Un calor me recorrió el brazo hasta las yemas de los dedos y, en cuestión de segundos, el mundo entero se desvaneció. Se hizo añicos.

Tras mis párpados explotó una supernova de colores. Me ardía el cuerpo, parecía que me vibraran los huesos, como si no fuera más que una masa de moléculas que se hubiera fundido en un único bloque.

«Aquí estás», parecía susurrarme el sello. «Por fin».

Respiraba con dificultad, con la mirada clavada en la campana de cristal. «Por fin», pensé yo también, como poseída. Así debía de sentirse Lazarus después de haberse puesto veinte *happy-uppers* de golpe.

La campana: tenía que levantarla. Tenía que liberar el sello, tenía que tocarlo.

De repente, el cristal se agrietó. Los grabados inhibidores de las monedas parpadearon y se apagaron; tanto los del cristal como los de mi brazo. Oí cómo todo el mundo contenía la respiración, pero a partir de ahí todo pasó demasiado rápido como para que pudieran reaccionar.

El brazalete del dragón empezó a liberar magia negra. Salía a borbotones, directamente hacia mí, vertiéndose por la grieta que se había abierto en el cristal. La magia se iba transformando en... brazos. Dios mío, ¿estaba alucinando? No: la magia se estaba convirtiendo en una figura que emitía unos estridentes sonidos inhumanos. Había conseguido sacar medio cuerpo de la campana e intentaba abrirse paso con los brazos. Entonces, apareció una cabeza de ojos blancos y brillantes que de inmediato se fijaron en mí, como si fuera la única persona presente.

Chillé y me caí hacia atrás. ¿Por qué coño no venía nadie a ayudarme? Matt, Celine y los demás observaban lo que ocurría con expresión tensa, pero sin acercarse, y Adam seguía de pie con la cabeza inclinada, expectante.

Era incapaz de formarme ninguna idea clara, más allá de saber que tenía que largarme lo más rápidamente posible. La cosa, fuera lo que fuera, rugía. De la grieta de la campana no dejaban de salir bocanadas y bocanadas de magia, hasta que finalmente se cayó de la columna y se hizo añicos en el suelo. Se formó una garra negra que se extendió hacia mí. Me atrapó por la pierna izquierda. Noté su tacto, frío como el hielo, como si acabara de hundirme en un lago helado. La criatura se parecía cada vez más a una figura humana, con dos brazos y dos piernas, solo que su cuerpo estaba hecho de bocanadas negras. Se inclinó sobre mí. Sus ojos eran un infierno penetrante y ardiente. «Se acabó», pensé sin aliento. «Vas a morir. Van a dejar que te mueras». Me había tapado con los brazos para defenderme, preparada para el dolor, cuando, de repente, brilló una luz.

Era Adam. Sus brazos se habían cubierto de brillantes símbolos blancos. Había tensado una especie de cuerda entre sus manos y ahora lanzaba un pequeño objeto al aire que hacía pasar alrededor de la figura de sombras.

Al rotar, la cuerda hizo un lazo alrededor de la criatura, que emitió un grito de muerte en cuanto Adam tiró de ella.

Al principio no comprendí lo que había ocurrido. Había pasado con una rapidez imposible de asimilar. La cabeza de la criatura se desprendió de su cuerpo y cayó al suelo, deshecha en humo negro.

Pero la cosa no había acabado. Seguía saliendo magia del caos a borbotones de la campana; quería unirse a la criatura y recomponerla. Intenté recuperarme para salir de la sala, pero Adam me agarró por el antebrazo con mano firme.

—No te muevas —me dijo, y entrelazó nuestros dedos.

Estaba tan desorientada que simplemente le dejé hacer, mientras observaba en silencio cómo, con la otra mano, me ponía delante un par de dados.

En su superficie dorada se distinguían grabados atravesados por magia. Adam los lanzó con un movimiento experto en el sentido contrario a las agujas del reloj hasta que se iluminaron y todo… se detuvo.

La criatura se congeló. El resto de las personas de la sala también parecían haber dejado de moverse. Incluso las partículas de polvo se quedaron suspendidas en el aire. Lo que pasó luego ocurrió justo delante de mis narices, pero, aun así, no lo entendí.

El tiempo retrocedió. Todo lo que había ocurrido en el último minuto volvió a pasar, solo que al revés. Adam tiró los dados en el sentido contrario, luego soltó mi mano y agarró a la criatura con la cuerda hasta que esta se recompuso. Una vez más, seguí la lucha entre ambos mientras mis manos y mis piernas se movían como ya lo habían hecho. Al final, Adam desapareció de mi campo de visión. La criatura volvió a arrastrarse por el suelo… en sentido contrario. Mientras, se fue descomponiendo lentamente en partículas de magia, hasta que estas se volvieron a introducir en gruesas bocanadas en la campana. La grieta del cristal se cerró, las monedas inhibidoras de magia se activaron. Solo una vez que estuve de pie delante de la campana, el tiempo dejó de retroceder.

No me moví, y dejé la mano totalmente quieta. El brazalete del dragón estaba intacto ante mí y nada, absolutamente nada, presagiaba el ser que por poco me había matado.

13

Adam se me acercó y me miró con complicidad.
—Retira lentamente la mano.

Aunque todo en mi interior se resistía, le obedecí. Desvié la mirada al otro extremo del salón del trono: Celine, Matt y su padre parecían tensos, pero no como si hubieran presenciado cómo una criatura había estado a punto de despedazarme.

¿Qué coño estaba pasando?

Adam miró el sello que descansaba detrás de la campana de cristal, y luego señaló mi brazo.

—¿Todavía notas algo?

—No. Se... se ha vuelto a tranquilizar. —Mi corazón latía tan desbocado que apenas podía respirar—. ¿Qué ha sido eso?

Adam estaba tan pancho, como si acabara de experimentar algo de lo más relajante, un paseíllo matutino.

—Una anomalía. Los llamamos «abismos», surgen cuando la magia del caos se concentra especialmente, como en tu caso.

Lo miré fijamente. En los brazos de Adam todavía se notaban los símbolos de luz blanca, y tenía los dados en la mano derecha. Estaban unidos por la cuerda con la que había decapitado a la criatura. En ese momento, les daba vueltas en la palma de la mano con movimientos expertos.

Los dados tenían que ser un sello. Igual que el anillo de Matt y la llave de Celine, el Señor del Espejo también poseía uno de aquellos sellos oscuros. Unos dados con los que, de alguna manera, había manipulado el tiempo hasta tal punto que, para Celine, Matt, su padre y los soldados, era como si los últimos minutos no hubieran existido.

Tan tranquilo, Adam guardó los dados en una funda de cuero negra que llevaba sujeta al brazo. Inexplicablemente, ese insignificante gesto transformó todo mi miedo en ira.

—Sabías lo que iba a pasar cuando tocara el cristal —siseé. Adam ni siquiera me lo discutió; solo asintió, como si fuera lo más lógico, rozando la arrogancia. No le importaba que casi me hubiera muerto del susto. Él había sacado en limpio lo que le interesaba, y eso era más que suficiente para los de su calaña.

¡Qué asqueroso, de verdad!

—Necesitaba una prueba —me contestó—. Si te hubiéramos puesto el sello y hubieras resultado no ser la hija de Melvin Harwood, habría tenido consecuencias terribles.

—¡Pero es que yo *no quiero* llevar ese sello! —Estaba tan cabreada que hasta se me escapó un gallo. Tal vez Lazarus no se había equivocado al ponerme aquel mote—. ¡Me habéis secuestrado, encerrado! ¡Mi mejor amiga resultó gravemente herida! Si te piensas que yo...

—No te queda más remedio, Rayne —me interrumpió el señor Asquerosito—. Eres la heredera legítima del brazalete del dragón. De eso no hay duda.

—¡Pero mi madre nunca estuvo en el Espejo! ¡Ni una vez! ¡Cuando nací ni siquiera era visible! ¿Cómo es posible?

Adam seguía impasible.

—Los portadores de los sellos oscuros suelen pasar un par de años en centros educativos exclusivos de vuestro mundo. Matt administró... ilusiones a varios profesores que todavía trabajan allí.

Parece que Melvin conoció a tu madre en el instituto sin decírselo a nadie. Y se llevó el secreto a la tumba. Si lo hubiéramos sabido, si hubiéramos sospechado siquiera de tu existencia, te habríamos buscado y traído con nosotros. Eres una Superior. Tu sitio está aquí, en Septem. Es tu legítimo derecho de nacimiento.

—Recomendaría no dar tantas explicaciones de forma tan precipitada —dijo Tynan Coldwell, que caminaba hacia nosotros—. Mi Señor —añadió con rapidez—, solo porque se le parezca... No sabemos...

—Ignis se ha lanzado sobre ella, lo he visto con mis propios ojos. —Adam se detuvo—. Si por motivos burocráticos prefieres comprobarlo mediante un análisis de sangre, podemos hacerlo. Pero, en cualquier caso, solo confirmará lo que ya sabemos.

¿Un *qué*?

—¿Y se supone que yo tengo algo que decir en todo esto o no? —pregunté, cruzándome de brazos para ocultar el temblor que atenazaba mis manos. Pero ya era demasiado tarde: Adam lo había visto.

—Ese temblor... Hace tiempo que lo sientes, ¿verdad? No es una enfermedad normal. Es tu cuerpo rebelándose porque quiere unirse al sello. —Señaló mi brazo derecho, en el que se veían todavía innumerables líneas oscuras—. Suponemos que la réplica que portaste en el heptadomo activó algo en ti. El brazalete del dragón estaba tan bien forjado y se parecía tanto al sello real, a *tu sello*, que tu cuerpo intentó unirse a él. Por lo que se ve, tu sangre sintió la llamada, pero el sello no pudo resistirlo. Por eso se generó una cantidad enorme de magia del caos. —Adam me observó atentamente y, al ver que no le respondía, continuó—: ¿Lo comprendes? Albergas magia en tu interior desde que naciste, y cada año se hace más peligrosa. Porque tu magia busca la magia de tu sello.

Miré el brazalete que descansaba bajo la campana. Las cartas de mi madre no me contaban gran cosa sobre mi padre, pero todavía recordaba algunos retazos: solo habían estado juntos un breve período de tiempo; a pesar de eso, mi madre siempre describía a Melvin Harwood como el amor de su vida. Seguro que ni siquiera sospechaba que fue un Superior. Todavía lo estaba buscando. En *nuestro* mundo. Por sus cartas más antiguas sabía que no había podido aceptar sin más su desaparición, y también que nunca había logrado localizar a su familia.

Me sentí mareada. Si todo eso era cierto, significaba que mi padre nunca me había abandonado intencionadamente. Había *muerto*. Y mi madre... me había dejado sola en un orfanato para nada. Porque llevaba años persiguiendo un fantasma.

Sentí cómo se me entumecía todo el cuerpo. El salón del trono exudaba poder y superioridad. Era el corazón del Espejo, y yo me sentía igual que en los minutos en los que Lily y yo nos habíamos atrevido a acercarnos demasiado al centro de Londres.

Ajena.

Pero había visto con mis propios ojos cómo había reaccionado el sello ante mí. Y lo sentía. Sentía que me pertenecía.

—No podemos perder más tiempo —oí que decía Adam, pero su voz sonaba muy muy lejana entre todo el murmullo de mi cabeza—. El ritual debe celebrarse lo antes posible.

—¿Qué ritual? —pregunté—. ¿De qué hablas?

La mirada de Adam se posó en mí: fría, controlada, el epítome de un joven poderoso.

—El ritual que te hará parte de los Siete. Portarás a Ignis, igual que lo portó tu padre y que lo portará tu descendencia después de ti.

«¿Mi descendencia después de mí?». A ese tío se le había ido la olla.

—¿Y si me niego?

Era la primera vez desde que conocía al Señor del Espejo que me pareció detectar una fugaz brecha en su controlada fachada. Los claros ojos grises de Adam albergaban algo que... Tardé unos minutos en ponerle nombre, porque era lo último que me habría imaginado.

Era curiosidad. Curiosidad abierta y sin límite.

Sin embargo, su voz sonó tan impasible como antes.

—Si te niegas, la magia del caos se extenderá por tu cuerpo. Cada día te encontrarás peor, y luego morirás.

14

Fue Matt quien me acompañó cuando abandoné el salón del trono. Me volvió a guiar por el majestuoso corredor, pero el estupor se había asentado de tal manera en mi interior que lo que me rodeaba me pasaba desapercibido.

Estaba totalmente aturdida. Las palabras de Adam daban vueltas y más vueltas en mi cabeza.

«Si te niegas, la magia del caos se extenderá por tu cuerpo. Cada día te encontrarás peor, y luego morirás».

¿Cómo había acabado en esa situación? ¿Cómo era posible? Era impensable que yo fuera una Superior, una de esas personas que siempre había detestado por lo que le hacían al mundo con su magia. Pero todavía más impensable era la idea de que aquel sello, uno de los siete más poderosos del mundo, me perteneciera, sin lugar a dudas, a mí.

Adam lo había llamado «Ignis». El nombre me sonaba de algo, pero… Siempre me había sentido atraída por los sellos montados en brazaletes, desde el día en que Lazarus dejó uno en el comedor del orfanato. Recuerdo habérmelo puesto y, aunque no contenía ninguna magia, sí había tenido aquella sensación, como si por primera vez hubiera estado… completa. Solo unos meses más tarde, llegó mi primer combate *amateur*.

Con un medallón, luego con un anillo, porque Lazarus pensaba que me pegaba más. Perdí las dos veces. Lazarus quiso borrarme de la lista de potenciales luchadores, pero entonces lo intenté con un brazalete... y gané de inmediato.

Sin embargo, nada que hubiera experimentado hasta entonces podía compararse con lo que había desatado en mí aquel simple roce a la campana de cristal. Había despertado algo dormido en lo más profundo de mi ser. Y, aunque de momento la incredulidad superaba cualquier otra sensación, en el fondo yo también estaba segura de que ese sello era parte de mí.

Lo quisiera o no.

Una hora antes habría aprovechado la primera oportunidad para largarme. Me habría dado igual que Matt y su anillo pudieran sumergirme de nuevo en una ilusión; hubiera echado a correr y habría intentado encontrar el camino de vuelta a Lily.

Pero ahora...

¿A dónde podría ir? ¿Qué ganaría escapando del Espejo? Si lo que había dicho Adam era cierto, mi huida sería también mi sentencia de muerte. El temblor de mis manos era solo el principio; mi cuerpo se iría marchitando, y la magia del caos se haría más y más fuerte en mi interior.

Hasta que, según las palabras literales del señor Asquerosito, me muriera.

Vagamente, registré que Matt me llevaba a una salida con muchos ascensores de cristal. Entramos en uno y ascendimos todavía más por aquel palacio abrumadoramente dorado. Desde ahí salimos a otro pasillo. Esa vez no nos cruzamos con ningún Superior, estábamos a solas con dos guardias, que nos acompañaban a una distancia prudencial desde que habíamos salido del salón del trono. Finalmente, Matt llegó al final del pasillo y se quedó plantado ante una gran puerta. Cómo no, tenía un heptágono grabado. Matt me observaba como si esperara que fuera a ponerme a gritar en cualquier momento. Honestamente, era una preocupación legítima.

—¿Otra celda? —pregunté en voz baja, lo cual le hizo soltar un suspiro.

—De verdad que siento haber tenido que encerrarte. No volverá a pasar, te lo prometo.

Con una sonrisa arrepentida, Matt abrió la puerta y descubrí ante mí un vestíbulo de color petróleo y cobre. A un lado se elevaban altas ventanas, mientras que al otro se abrían numerosas puertas en todas direcciones.

—Nuestros aposentos privados —aclaró—. Un ala para cada familia portadora.

Avancé lentamente. Era verdad que había siete puertas, y cada una mostraba su laborioso grabado correspondiente. Mi mirada pasó de un símbolo a otro. Representaban, hasta ahí llegaba, los siete sellos oscuros. En una puerta estaba grabada la llave de Celine. En otra, los dos rombos. En la siguiente, algo que parecía una serpiente estilizada...

O sea, que ahí vivían los Siete. El mismísimo Señor del Espejo, Matt, Celine, los otros tres portadores que no conocía...

Y yo. Por lo menos, era lo que se esperaba de mí.

Tras vacilar un momento, Matt me puso la mano en el hombro.

—Ya sé que al principio es difícil de asimilar..., pero eres una de los nuestros, Rayne. Si las cosas hubieran sido de otra manera, habrías crecido aquí. Igual que tu padre y sus antepasados.

Como no reaccioné, Matt me guio con cuidado hasta la última puerta, la que tenía el grabado que había visto antes en la columna del salón del trono. Con la línea horizontal que se curvaba ligeramente al final y la vertical que terminaba en espiral, parecía realmente un dragón.

—Bienvenida al ala de de Ignis —exclamó Matt antes de abrir la puerta, apoyándose en ella—. Bienvenida a casa.

Mis pies parecían moverse solos mientras deambulaba como un fantasma de una habitación a otra. Oía unos pasos ligeros que me seguían, pero no esperé a Matt, sino que avancé en silencio por mi cuenta.

La madera de color cobre suave dominaba todas las estancias, transformada en delicados muebles con patas en volutas. Todas las paredes eran de un verde azulado, y en cada rincón ardían velas, e incluso había flores frescas.

Era como si hubiera acabado sobre un escenario: en una obra de teatro de la que no sabía ni el título, pero de la cual, por algún absurdo giro del destino, había conseguido el papel principal.

O sea, que esos eran los aposentos de mi familia. Si no hubiera estado tan exhausta, me habría reído. Porque ahí no había nadie. El «ala de Ignis», como la había llamado Matt, estaba totalmente desierta.

«Si mi familia vive aquí, ¿dónde está?», me pregunté en silencio. Encontré la respuesta en cuanto doblé la siguiente esquina: daba a un pasillo semicircular, y en sus paredes colgaban una hilera de cuadros de marco dorado. Ante mí desfilaron los retratos de personas que me eran totalmente desconocidas, algunas de las cuales, a juzgar por sus ropas, habían vivido hacía cientos de años.

Había por lo menos veinte retratados, y todos llevaban el mismo sello.

El brazalete del dragón.

Matt se puso a mi lado. Seguramente había estado siguiéndome todo el tiempo a solo unos pasos de distancia.

—Estos son los anteriores portadores de Ignis —me dijo—. Vamos, por lo menos todos los que ha habido desde que existe el

Espejo. Lo cual es relativamente poco tiempo; los sellos oscuros tienen más de mil setecientos años.

«Mil setecientos años». Me quedé inmóvil, intentando asimilar la cifra. Luego seguí avanzando, sin dejar de mirar la pared. Me daba la sensación de estar moviéndome por control remoto, porque, a pesar de que solo quería gritar y bramar, me mantenía en silencio. Observé los cuadros uno por uno. En la parte inferior de cada marco, una placa indicaba el nombre de los retratados y las fechas de su nacimiento y muerte.

—Todas estas personas… ¿son antepasados míos?

—No todas. Tu linaje directo solo se remonta al siglo XIX, por lo que sé. Aunque la historia de las familias no es precisamente mi fuerte…

Matt señaló el retrato de una hermosa mujer. Tenía el cabello castaño y rizado, llevaba un collar de perlas alrededor del cuello y un vestido blanco con un chal rojo sobre los hombros. En su muñeca derecha descansaba el brazalete del dragón.

—Vivienne Harwood —me explicó Matt—. Fue la primera portadora de vuestro linaje. Mira —señaló la placa y, al acercarme, pude leer las fechas: «1807-1858».

Cada vez me sentía más aturdida. Mis pasos me iban llevando más lejos, por delante de los cuadros de personas que no había visto nunca y con las que no tenía el más mínimo vínculo, igual que con aquel lugar. Solo ante los dos últimos cuadros ralenticé el paso.

En el penúltimo aparecía un hombre con el cabello oscuro, casi negro, y una sonrisa cálida en los labios. Ese cuadro también estaba pintado al óleo y parecía antiguo a su manera, aunque las fechas de la placa indicaban algo diferente: «James Harwood. 1986-2023».

—Tu abuelo —dijo Matt.

Sentí un nudo en la garganta al ver la fecha de su muerte: 2023. Estaba claro que había muerto muy joven.

Con esfuerzo, logré mover las piernas y llegar al último retrato. Un joven me devolvió la mirada. Su cabello también era oscuro, aunque tenía un ligero toque cobrizo. Como el mío. Tenía la sonrisa pícara y los ojos verdes... Unos ojos a los que me enfrentaba en el espejo cada mañana. Era el mismo hombre de la foto que se había quedado enterrada en la central; el mismo hombre que, sonriendo abiertamente, estaba de pie al lado de mi madre embarazada y que yo había creído toda la vida que nos había abandonado por voluntad propia. En la imagen no podía ser mayor de...

Leí la placa: «Melvin Harwood. 2005-2025». Veinte años. Mi padre había tenido veinte años en algún momento. Y murió el año que yo nací.

Así que era todo cierto. Mi padre había vivido en ese lugar, con esa gente, y el brazalete que me daba tanto miedo era su legado para mí.

—¿Cómo murió? —susurré. Mi voz sonaba tan extraña como si de repente me hubiera transformado en otra persona.

Miré a Matt, que estaba apoyado en la pared en silencio, a mi lado, mientras se pasaba la mano por el pelo con un suspiro.

—La verdad es que no lo sé. Parece que pasó aquí, en Londres. Es algo que nuestros padres nunca comentan. —Me miró, compasivo; era evidente que estaba intentando escoger bien sus palabras—. Mi padre es muy... reservado. Nunca ha sido portador, yo heredé el sello de mi madre; pero él creció aquí, en el palacio, y fue muy amigo de tu padre, hasta que él empezó a portar a Ignis. Parece ser que pasaba mucho tiempo fuera de Septem y que se fue desviando cada vez más de sus obligaciones. Por eso nadie sabía nada de tu madre. Ni de ti.

Me froté la cara e intenté integrar todo eso, esa sala, la del trono y todo lo demás, en lo que había sido mi vida hasta ahora... Sin éxito. Me empezaron a temblar ligeramente las manos, y agarré el tejido de la chaqueta de brocado con todas mis fuerzas para intentar detener el proceso.

—¿Crees —pregunté con una voz empañada por la emoción— que nos hubiera traído a mi madre y a mí al Espejo si no hubiera muerto?

Matt asintió serio.

—Con total seguridad. Antes mi padre se ha expresado de manera extremadamente torpe e hiriente, pero en lo básico tenía razón: independientemente de si Melvin Harwood quería vivir en Septem o no..., sabía que sufrirías ahí abajo si no heredabas su sello. Tu sello te ha estado buscando todo este tiempo. Y tú a él.

Seguí mirando el cuadro de mi padre. Él también aparecía con el brazalete del dragón, pero a diferencia de los demás retratos, en los que los portadores mostraban los sellos con orgullo, mi padre más bien parecía intentar distanciarse de él.

Cerré los ojos, agotada.

—¿Me podrías dejar sola? Por favor.

—Por supuesto.

La mano de Matt volvió a tocarme el hombro brevemente. Luego, dio media vuelta y sus pasos se perdieron. Un par de segundos más tarde, la puerta se cerró con un clac.

El silencio se expandió por las estancias, pesado y omnipresente. En ese momento me parecían una tumba, y, en cierto modo, lo eran. Seguramente hacía años que nadie vivía en ellas, que nadie había recorrido los pasillos, usado las camas o comido en la gran mesa del comedor. Mi familia no estaba allí. Solo quedaban sus retratos.

Solo quedaba yo.

Matt había dicho que mi sitio estaba ahí, en el hogar de todos los Harwood que me habían precedido. Pero, a fin de cuentas, solo era un nombre que flotaba por encima de todo. Un nombre que no significaba nada para mí.

«No quiero nada de esto».

Ni siquiera me había dado cuenta de que estaba llorando. Solo cuando pestañeé y un par de lágrimas me resbalaron por las mejillas me di cuenta del nudo que tenía en la garganta.

El combate profesional, el plan, quitarme el localizador... Solo lo había hecho porque quería que Lily y yo fuéramos libres. En su lugar, había destruido un maldito heptadomo, y por mi culpa Lily estaba en algún hospital de Londres.

Si los suburbios me habían enseñado algo, era que tenía que escoger muy bien a quién le mostraba mis debilidades, porque luego podría usarlas contra mí. Pero ahora, ahí estaba el caos emocional que me había visto obligada a mantener a raya en las últimas horas.

Pensé en la criatura que se había escapado de la campana de cristal. En sus ojos vacíos y blancos. En el zarpazo que me había lanzado. Y en el chillido mortal que había emitido cuando Adam la había decapitado con su sello.

La magia oscura de mi brazo se me había extendido como una vid. Su calor llegaba hasta los recovecos más diminutos de mis huesos, de mis músculos, de mi piel, y creí poder sentir todavía el brazalete del dragón del salón del trono a través de todos los pisos.

Me acerqué a la ventana más próxima y apoyé la frente en el cristal. Durante unos minutos observé aquella ciudad de magia y pensé en Lily, tan cerca y, al mismo tiempo, tan infinitamente lejos.

Ya no podíamos animarnos mutuamente. Tendría que salir adelante sin mí, y yo sin ella.

Me obligué a respirar con calma. Luego, volví a mirar las monedas que tenía en el brazo y las venas que se traslucían por debajo.

Entonces empezó a germinar en mí un pensamiento, una idea. Era cierto que no conocía las normas de ese mundo, pero tenía algo bien claro: ese sello era mi as en la manga. Lily me lo había dicho muchas veces antes de los combates: «No se trata de tener la magia más fuerte, sino de saber usarla bien; de reaccionar en el momento correcto y de la forma correcta».

Podía soportar aquel dolor. Tal vez no permanentemente, pero sí más tiempo del que creía el señor Asquerosito. Él no tenía ni idea de cuánto dolor había soportado ya.

Adam quería ponerme el brazalete del dragón lo antes posible. Quería que me convirtiera en parte de los Siete. El Señor del Espejo quería algo *de mí*.

Y, por eso, yo podía exigir algo a cambio.

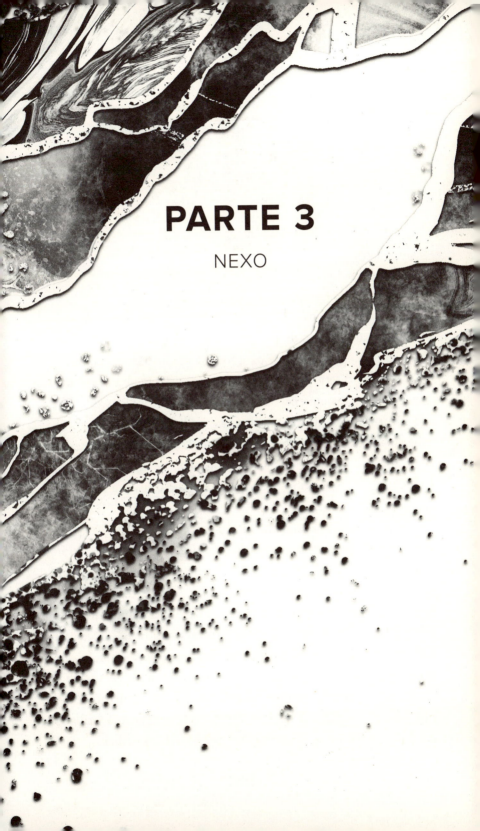

PARTE 3

NEXO

15

A pesar del colchón blando como la cera, las sábanas de seda y las almohadas de plumón de que estaba provista aquella celestial cama palaciega, me pasé toda la noche dando vueltas.

Siempre duermo mal cuando estoy nerviosa. En el pasado, en noches como aquella, solo las historias inventadas que Lily me susurraba al oído conseguían tranquilizarme. Pero ahora estaba sola, exceptuando los guardias que la noche anterior se habían apostado delante de la puerta del ala de Ignis. Y dudaba que entre sus responsabilidades profesionales estuviera contarme historias para dormir.

Ahora, ya por la mañana, me encontraba descalza frente a la ventana del dormitorio, mirando fascinada hacia el exterior, donde la ciudad del Espejo se iba iluminando con el sol matutino. Eran unas vistas impresionantes: las cortinas de la noche se habían abierto de repente, y la luz solar había inundado todo con tal luminosidad que tuve que protegerme los ojos haciendo sombra con la mano. El espectáculo duró una hora justa; lo que tardó el sol en desaparecer, con lo que regresó la penumbra. Todos los colores se transformaron en pálidos espíritus. Solo quedaba el resplandor azul invernal de la magia que brillaba desde los callejones y las ventanas y puertas de los edificios.

Aquel mundo era sombrío, pero también muy hermoso.

Poco después, una mujer con uniforme de criada entró en el ala de Ignis. Se presentó como Sarisa Sadlyn, y me explicó que llevaba muchos años al servicio de la familia Harwood. En un segundo vistazo, me percaté de que ya la conocía: era la misma criada que me había visitado en la celda del palacio. Su expresión seguía tan seria como aquel día, y llevaba el cabello recogido en el mismo moño tirante en lo alto de la cabeza.

Sarisa me trajo una pila de ropa nueva, de la que escogí una chaqueta color cobre rojizo, unos pantalones negros y una camisa de corte elegante. Esa vez, todo me quedaba tan perfecto que me pregunté, con un escalofrío, si aquella vieja criada me habría tomado las medidas mientras dormía.

Logré evitar que Sarisa me vistiera, a pesar de su insistencia, aunque se empeñó aún más en cepillarme el pelo, y su estricta mirada me dejó claro que lo haría incluso en contra de mi voluntad.

Mientras ella trataba de adecentarme, se me ocurrió que tenía que haber conocido a mi padre, o incluso a mis abuelos. Pero con solo mirar esa cara tan borde supe que nunca me atrevería a hacerle ninguna pregunta personal.

Al final del proceso me llevó al comedor, donde encontré un bufé servido en platos ornamentados que habría dado para la mitad de los Nightserpents. Mi primer instinto fue negarme a tocar ninguno de aquellos panecillos tan bonitos, ni la bandeja de fruta ni la montaña de gofres. Pero mi estómago ya me había saludado con un rugido nada más despertar, así que me dejé caer en una de las muchas sillas y comí hasta reventar.

Cuando hube terminado, Sarisa, que había estado haciendo cosas por ahí mientras yo desayunaba, regresó a la sala, se me acercó y, con una reverencia, me aproximó un espejo de mano plegable.

—No importa lo que necesite —me dijo—, no tiene más que llamarme, señora Harwood.

«¿Señora Harwood?». ¿Estaba de broma?

Me contuve para no decirle que lo que más necesitaba era que no me volviera a llamar así nunca. Me quedé con el espejo en la mano, sin saber qué hacer con él. Estaba enmarcado en metal y parecía muy valioso. Tal vez era de plata de verdad. O de oro blanco. En la tapa había algo grabado.

—Es un spectrum —me aclaró Sarisa—. Un sello en forma de espejo. Aquí nos sirven para comunicarnos. Los spectrums se conectan a una persona concreta cuando se usan por primera vez. Este ya está conectado a mí. Llévelo siempre con usted. Solo tiene que abrirlo y llamarme si necesita algo de mí.

¿Un espejo mágico? ¿Dónde estábamos, en *Blancanieves*?

Ni me esforcé en disimular mi gesto de hastío. Deslicé sin más el spectrum en el bolsillo de mi chaqueta y asentí, indiferente, mientras me juraba no usarlo jamás.

Había dos gigantes apostados frente a la puerta del ala de Ignis. Casi me choqué con ellos al salir, y tuve que echar el cuello totalmente hacia atrás para poder verlos enteros. Al principio no los reconocí. El día anterior habían pasado tantas cosas… Al volverlos a mirar, sin embargo, estuve segura: ante mí estaban los guardias de la magia que no se habían separado del Señor del Espejo en todo momento en el salón del trono, la mujer con la cicatriz profunda en la mejilla derecha y el hombre de la larga perilla. Se presentaron como Zorya y Jarek, los guardas personales del Señor del Espejo.

—Ya me las arreglo —aclaré, al ver que me seguían.

Zorya negó con la cabeza.

—El Señor del Espejo desea que, cuando no esté en sus aposentos, la acompañemos en todo momento, señora Harwood.

Abrí la boca y la volví a cerrar. Por supuesto. La cárcel podría haberse vuelto más lujosa, pero el objetivo seguía siendo el mismo.

—¿Dónde está vuesa merced? —pregunté, ante lo cual Jarek sonrió descaradamente.

—Por lo que conozco al joven, estará donde no haya la más mínima diversión.

Zorya le hizo una señal con la cabeza a su compañero.

—En el bastión, en la sala de entrenamiento o en su despacho. Apuesto por el primero.

—Apuesta contigo misma —gruñó Jarek—. Este mes ya me he quedado sin blanca.

Zorya le dio unas palmaditas en la ancha espalda.

—No te preocupes, conmigo tienes crédito.

Me dio la risa. Ambos guardias parecían imponentes, con su tatuaje heptagonal en la frente, los sellos en forma de medallón en los uniformes y la montaña de músculos que se les marcaban por debajo. Pero empezaba a darme cuenta de que bajo ese duro caparazón se escondía un interior más blando.

—¿Me podríais llevar con él? —pregunté con cautela. «Tengo unas cosillas que comentarle».

Zorya y Jarek intercambiaron una mirada. Luego, la guardia se encogió de hombros inocentemente.

—Da la casualidad de que nos ha dicho que debemos enseñarle *todo* lo que usted desee.

Avanzamos por los magníficos corredores y giramos muchas veces a izquierda y derecha. En todo ese trayecto, no nos cruzamos con un alma. Estaba claro que nos encontrábamos en una zona de la torre del palacio que estaba reservada solo a los Siete. Finalmente, llegamos a una puerta.

—Después de usted, Llamarada —me dijo Jarek y, al ver mi mirada confusa, sonrió abiertamente.

Dragón. Llamarada.

—Muy gracioso —murmuré, aunque el mote me gustaba bastante más que «petarda». O que «señora Harwood».

—Bienvenida al bastión —dijo Jarek con voz solemne antes de traspasar conmigo el umbral—. El salón de los Siete, o, como yo lo llamo, el paraíso de la tontería y del descontrol hormonal pospubescente.

No sé que debería haberme esperado, pero eso, definitivamente, no: estábamos en una especie de salón con sus modernos sofás, sus estanterías rojo brillante y, por supuesto, una televisión enorme. En el suelo habían dejado tiradas algunas videoconsolas antiguas y otras más modernas. Las paredes estaban decoradas con pósteres de películas de culto. No me lo podía creer. Eran todas cosas normales, conocidas. Cosas que, por primera vez, no me daban la sensación de haber sido abducida del planeta en un platillo volante.

Jarek señaló el equipamiento de la sala.

—Los Siete suelen pasar tiempo juntos aquí, por lo menos cuando se quedan en Septem. La mayoría de esta chatarra proviene de su mundo, señora.

Incrédula, avancé hacia una enorme colección de tazas de colores que estaban apiladas en un aparador en la cocina abierta. Tenían escritas todo tipo de frases tontas como «Cargando sarcasmo. Por favor, espere» o «Los Siete Fantásticos».

—No lo admite —me reveló Zorya—, pero a Matthew le encantan estas cosas. No deja de traerse nuevos modelos a Septem.

Levanté una ceja.

—Tazas.

—Solo las que son graciosas.

Negué incrédula con la cabeza y eché un vistazo alrededor. No había duda de que Zorya había perdido la apuesta, porque no había rastro del Señor del Espejo. Pero sí encontramos a un joven sentado a una mesa redonda, cerca de la barra de la cocina. Me había pasado desapercibido porque era tan poco llamativo que casi parecía fundirse con lo que lo rodeaba. Tenía la cara delgada y llevaba unas gafas con montura fina de plata sobre la nariz. En vez de lucir la habitual chaqueta de brocado, vestía pantalones de tela gris y una sencilla camisa blanca. Se había echado un chal al cuello.

Al notar mi mirada, levantó la vista y se puso de pie con cuidado para acercársenos.

—Rayne Harwood. Me alegro mucho de conocerte —me dijo con una sonrisa amable—. Soy Cedric Attwater.

—Sandford —lo corregí y de inmediato me sentí estúpida—. Quiero decir..., no quería decir que tú te llamaras Sandford. *Yo* me llamo Sandford. Pero... llámame Rayne, y ya. O Ray.

Notaba que me ardían las mejillas. ¿Qué tonterías estaba diciendo? Pero la sonrisa de Cedric se hizo más amplia.

—De acuerdo: Ray.

Me di cuenta de lo pálidos que tenía los labios. En realidad, daba la sensación de que un soplo de brisa podría llevárselo por los aires, y me pregunté si no debería estar echado en una cama.

Luego rebobiné mis pensamientos a lo que me acababa de decir y caí en la cuenta.

—¿Attwater? ¿Como Celine?

Cedric asintió.

—Soy su hermano gemelo.

De pronto vi la semejanza: ambos tenían rostros ovalados con una frente amplia y labios finos. La única diferencia, además del color del cabello, rubio en el caso de Cedric, era su amable sonrisa. Eso sí que no lo había visto todavía en Celine.

—Cedric es una enciclopedia andante —me masculló Jarek por encima del hombro—. El tipo más listo de Septem. Se le puede preguntar cualquier cosa. Lo sabe prácticamente todo del Espejo, de los portadores y de sus sellos.

—Y por eso podéis dejar a Ray aquí —intervino Cedric—. Ya le enseño yo el bastión.

—La verdad es que quería ver al Señor del Espejo. A Adam.

Daba la impresión de que Cedric ya se lo imaginaba. Echó un vistazo al reloj de la pared en el que, en serio, ponía: «Siempre es la hora feliz».

—Debería aparecer en breve. Puedes esperar aquí con nosotros.

—¿Nosotros?

En los pálidos labios de Cedric apareció una cálida sonrisa. Me llevó a una puerta y la abrió. Se oían ruidos. Voces, pero también quejidos, bufidos... ¡Sonaba como un combate!

Cedric me indicó que le siguiera. Jarek todavía tuvo tiempo de gritarme para despedirse un «¡Hasta luego, Llamarada!», antes de desaparecer con Zorya de mi campo de visión.

En la sala a la que me llevó Cedric había una mesa de billar y dos sacos de boxeo que colgaban del techo, además de un tatami sobre el que estaban dos figuras: Matt y una chica con una media melena morena. Era musculosa, llevaba un *crop top* y pantalones ajustados. Y le estaba dando la del pulpo a Matt. No había otra manera de describirlo.

—Esta es Dina —me comentó Cedric—. También pertenece a los Siete, y es la portadora de Anguis, el cinturón de la serpiente. Acaba de estar con un par de guardias en Lagos, porque había problemas con los abismos. Adam la llamó por lo tuyo. Celine ha salido esta mañana para traerla de vuelta.

Observé fijamente la escena que tenía delante. Matt y Dina intercambiaban algunos golpes. Al principio, Matt podía esquivarlos, pero finalmente Dina hizo un par de rotaciones de hombros y lo tiró al suelo con unas patadas casi aburridas.

Bien, otra portadora. Así que solo me faltaba conocer a dos para completar los siete.

—¿Y tú? —le pregunté a Cedric—. ¿También eres uno de los…?

Negó con la cabeza antes de que hubiera terminado la frase.

—No, yo no soy portador. Ni de los sellos oscuros ni de los otros. Pero, por decirlo de alguna manera, soy vuestro miembro honorífico.

Me volvió a lanzar aquella sonrisa cálida que yo solo pude devolver con esfuerzo.

La manera en la que había dicho «vuestro»… Como si yo fuera parte de los Siete desde hacía tiempo.

—Los que te quedan por conocer se llaman Sebastian y Nikki —me explicó Cedric, como si me hubiera leído la pregunta en la cara—. Ahora mismo no están en Septem. Pero tarde o temprano los conocerás.

Tarde o temprano. Parecía que nadie dudaba de que me fuera a quedar allí.

Frente a nosotros, Dina esperó a que Matt se levantara para propinarle un golpe con el pie desnudo en el costado. Luego lo agarró por la cintura, lo volteó y lo soltó tan repentinamente que cayó al suelo con un fuerte quejido.

Ella tan solo rotó el cuello, como si estuviera calentando.

—¿Qué, te rindes ya?

—Olvídalo —gruñó Matt, incorporándose de nuevo.

—Venga, Matt. —Dina sonrió—. ¿No te he hecho suficiente daño?

—No cantes victoria tan pronto, Solomon. Hoy te voy a hundir.

Le lancé a Cedric una mirada intrigada, ante la cual solo se rio bajito y se inclinó hacia mí.

—Siempre dice lo mismo. Y un feliz día tal vez lo consiga.

—Te he oído, Ceddy —gritó Matt mientras alzaba una mano para saludarme.

Él y Dina se movían en círculo lentamente, siempre al mismo ritmo, como si en cualquier momento se pudiera desatar la cosa. Y así fue. Matt fue el primero en lanzarse. Dina consiguió esquivar una estocada mágica que había salido restallando hacia ella. Matt intentó atacarla con otra en el costado, y Dina simplemente se tiró al suelo.

«Como una serpiente».

Matt volvió a lanzarse sobre ella. Esa vez, fue demasiado lenta. Algo parecía haberla distraído y, al ver iluminarse los símbolos lila en la piel de Matt, supe lo que era: una ilusión. Seguro que había intentado alterar la realidad, aunque Dina evitó el ataque. El golpe la hizo tambalearse, pero se enderezó rápidamente y echó mano a un cinturón dorado que llevaba alrededor de la cintura. Estaba forjado en un oro oscuro con eslabones móviles. Uno de los extremos tenía la forma de la cabeza de una serpiente. Y ahí ocurrió: primero se iluminaron en verde los símbolos de sus musculosos brazos, y luego el cinturón se transformó en una especie de látigo.

—Es un arma mágica —dijo Cedric al ver cómo me quedaba, incrédula, con la vista fija en ella—. Cada uno de los Siete tiene la suya. Se pueden invocar cuando la magia del sello oscuro está unida a una. Observa.

Cierto: de las manos de Matt salieron dos cuchillas. Puñales. Hechos… de magia.

—¿La cuerda que une los dados de Adam es una de ellas? —pregunté, y Cedric asintió.

—Exacto. —Me dirigió una cálida sonrisa—. Eres muy observadora.

Recordé la criatura decapitada y me entró un escalofrío.

—Créeme, no lo lleva muy en secreto.

Matt y Dina comenzaron a atacarse con sus armas mágicas; atacaban, se detenían y volvían a atacar. Ver cómo fluía su magia por la sala me hacía sentir un hormigueo por los brazos. Me hacía pensar en la sensación que me había invadido al ver a Ignis de cerca. Como si tras años de vagar hubiera llegado a mi destino.

La cosa duró hasta que Dina enredó su látigo alrededor del cuello de Matt justo cuando él iba a lanzarle una estocada. En vez de conseguirlo, cayó al suelo con un gemido.

—El sello de Dina te quita la energía vital con solo tocarte —murmuró Cedric—. Y te la devuelve si se siente generosa.

Energía vital. Ciertamente, el rostro de Matt cada vez mostraba un color más mortecino. Se retorcía, intentaba escapar, pero era en vano.

—¿Te ha dicho alguien ya lo que puede hacer tu sello?

Parpadeé. Estaba tan fascinada que me resultaba difícil dejar de atender al combate, pero acabé mirando a Cedric. La pregunta ni se me había ocurrido.

—No.

—Puede tomar el control y dominar cualquier forma de magia. O destruirla. Nunca lo he visto con mis propios ojos, pero se dice que el poder de Ignis es portentoso.

¿Dominar la magia? ¿Y destruirla? Me detuve y recordé cómo había fluido la magia del caos del brazalete del dragón durante el combate en el heptadomo, y cómo había roto la inmovilización de magia. Como si no hubiera nada más sencillo.

Si lo había entendido bien, el sello que había portado no había sido más que una copia. El poder del sello real, por lo tanto, tenía que ser muchísimo mayor.

Ante nosotros, Dina apretaba cada vez más el látigo alrededor del cuello de Matt. Además, lo había inmovilizado con las piernas y lo mantenía atrapado entre sus muslos. Se hizo el silencio en la sala. Al contrario que yo, Cedric no parecía sorprendido en absoluto. Más bien me observaba con una expresión divertida.

—En todos estos años, Matt nunca ha ganado a Dina.

—Entonces, ¿por qué lo intenta?

—Se le da muy mal rendirse. —La sonrisa de Cedric se hizo, si era posible, todavía más cálida—. Sobre todo, porque hace un par de semanas Adam tiró a Dina sobre el tatami. Eso le ha herido el orgullo.

—¿El Señor del Espejo entrena aquí con vosotros?

Me resultaba difícil imaginar que el señor Asquerosito se dignara entrenar entre consolas, pósteres de películas y tazas con frasecitas chistosas.

—No muy a menudo —admitió Cedric—. Adam tiene demasiado que hacer, pero... antes se pasaba aquí todo el día. Y Dina es la única que podía hacerle frente.

—Normal, ¿no? Con esos dados es casi imposible vencerle. Cuando alguien le alcanza, puede simplemente retroceder el tiempo y evitarlo.

Cedric me miró impresionado.

—Normalmente le funciona, sí. Pero en el caso de Dina no le sirve de mucha ayuda. Ella es casi invencible en el cuerpo a cuerpo, no importa cuántas veces haga Adam el timo con su sello. Le gana el cincuenta y seis por ciento de las veces.

Lo cual hacía que desde ese instante Dina me cayera bien el cien por cien de las veces.

Pero, hablando del rey de Roma, ¿dónde estaba Adam? ¿No había dicho Cedric que el Señor del Espejo aparecería en algún momento?

En el tatami, Matt seguía esforzándose por librarse de la férrea inmovilización de Dina. Sin éxito. El látigo que le rodeaba el cuello brillaba verde mientras que su piel cogía un tinte de cualquier tono menos saludable. Tras un par de intentos, gimió derrotado y dio unas palmadas en el tatami.

—Vale —carraspeó sin voz—. Me rindo.

Inmediatamente, Dina retiró el látigo del cuello de Matt. El chico tosió mientras ella lo ayudaba a ponerse de pie, y luego vino cojeando hacia nosotros.

—Buen combate —dijo Cedric, mientras cogía una toalla de una estantería lateral y se la tendía a Matt.

—Gracias, Ceddy, pero ha sido totalmente lamentable.

—Por lo menos lo admites, corazón.

Dina le pasó el brazo por los hombros a Matt y le dio un ruidoso beso en la mejilla. Luego me miró a mí. El látigo mágico que tenía en la mano volvió a tomar la forma del cinturón de la serpiente. Se lo pasó alrededor de la cintura, pero las marcas verdes seguían brillando en su piel dorada.

—Hola, nueva —dijo Dina casi ronroneado. Me tendió la mano que tenía libre, y la estreché mientras sus carnosos labios rojos se curvaban en una sonrisa felina—. Justo cuando pensaba que ya nada podía sorprenderme, vas y apareces tú. —Me echó una mirada lenta de arriba abajo, para luego dirigir la vista a Matt—: ¿Realmente os tragasteis que el Ojo quería reclutar a una medio palmo como ella?

—¿Perdón? —fruncí el ceño.

«¿Me acaba de llamar medio palmo?». ¿Y qué diablos pasaba con el maldito Ojo? Pero antes de que pudiera preguntar, Dina prosiguió:

—¡Por todos los sietes! Cuando todo el Espejo reciba la noticia de tu llegada, la gente se va a volver loca. «La portadora pródiga». Serás el tema número uno de conversación durante meses. Adiós a la paz y la tranquilidad.

—¿Qué paz? —preguntaron Matt y Cedric al unísono, tras lo cual Dina hizo una mueca.

—Cierto. Aun así, deberíamos...

Dejó que la frase se desvaneciera en el vacío al escuchar pasos en la habitación que teníamos a nuestras espaldas. Un resplandor azul invernal bañó los carteles de las películas que decoraban las paredes y reconocí el sello de Celine en la puerta. Se había convertido en un corredor mágico, del que primero salió Celine... y luego Adam.

16

Cedric tenía razón. El Señor del Espejo había venido. Llevaba ropas parecidas a las del día anterior: una chaqueta negra, pantalones grises, camisa gris. Sus cabellos blancos brillaban todavía más al contraste con su vestimenta oscura.

Inspiré y exhalé profundamente una vez más; intenté prepararme para la conversación que había ensayado internamente por la mañana.

Adam pasó su mirada lentamente de Dina a Matt y Cedric hasta que me tocó el turno. Cuando clavó sus ojos en mí, durante un momento breve y enervante sentí como si supiera exactamente con qué frecuencia le había llamado «señor Asquerosito» mentalmente desde nuestro último encuentro.

—Cambiaos —indicó, antes de que pudiera decir nada—. Nos marchamos.

¿Estaba mal de la cabeza? ¿A dónde, si se podía saber?

Me tranquilizó ver a Adam en plan jefazo mandón. Al fin y al cabo, llevaba años lidiando con gente como Lazarus Wright o Isaac Moselby.

—Yo no me voy a ninguna parte —aclaré con voz firme—. Primero quiero ver a mi familia.

Adam parecía genuinamente confuso.

—No tienes ninguna familia en el lugar de donde vienes. Solo un tutor.

Me quedé con la boca abierta. Increíble. Este tipo era simplemente increíble.

—Mi familia *escogida*. —Pues eso era Lily, en cualquier caso—. No sé si te suena el concepto, pero podemos elegir a las personas que nos importan. Casi igual que podemos elegir a las personas que nos resultan insoportables.

La mirada de Adam pasó por encima de mi hombro hasta pararse en Matt. Al volverme hacia él, comprobé que tenía una sonrisa en los labios.

—La familia es importante. No sé de qué me suena... —dijo, en un tono burlón que provocó en Adam un gesto de hastío. Luego me volvió a mirar, y odié tanto, tantísimo cómo me observaba desde arriba con aquella arrogancia... Como si para él no hubiera duda de que estaba por encima de mí. Como si fuera la cosa más natural del mundo.

—Me habéis secuestrado —gruñí entre dientes—. No me habéis permitido ni decirle a mi amiga lo que ha ocurrido. No tengo ni idea de si está bien y...

Me detuve al ver que Adam metía la mano en el bolsillo de su chaqueta y sacaba uno de aquellos sellos en forma de espejo como el que me había dado mi criada. Lo abrió, tocó la superficie como en un maldito intercomunicador y me lo pasó.

Tuve que usar todas mis fuerzas para no echarme a llorar allí mismo. Ahí estaba Lily: en esa superficie de espejo diminuta, en una cama de hospital. Estaba despierta, sentada, casi incorporada del todo, y era obvio que hablaba con una enfermera que peinaba sus rizos morenos. Aunque se la veía triste y confusa... parecía estar bien. Y lo que era todavía más importante: no había ni rastro de Lazarus ni de los Nightserpents.

Era cierto que, por el momento, estaba segura.

Quise abrazar el espejo por lo feliz que me hacía verla, pero Adam me lo arrebató y volvió a guardarlo en su chaqueta.

—Está acompañada en todo momento, nos hemos ocupado de ello. Y se pondrá bien. ¿Todo en orden?

Negué con la cabeza.

—Nada en orden. Yo... —Cogí aire y me obligué a seguir—. ¿Se te ha ocurrido en algún momento que me debes un par de explicaciones? Hasta ahora solo me has amenazado con que me voy a morir si no hago lo que dices. ¿En serio? Ignoro cuáles son las costumbres en el Espejo, pero por lo menos en mi mundo no se considera la mejor manera de crear un clima de confianza.

Adam permaneció impasible durante mi pequeño discurso. Ante su mirada penetrante, me empezaron a temblar las manos, así que me las pegué a los muslos para intentar controlarlas. No podía mostrarme débil en ese momento, ni de coña.

—¿Por qué yo? —continué—. ¿Por qué no podéis darle el sello a otra persona? Solo quiero... librarme de la magia del caos e irme a casa.

Adam inspiró y exhaló sonoramente. Daba la sensación de que iba a necesitar cien pastillas para el dolor de cabeza para superar aquel día.

—¿Se lo resumes tú? —le preguntó a Cedric—. De verdad que no tenemos tiempo.

El hermano de Celine se había apoyado contra una de las estanterías, pero no parecía que fuera porque estuviera relajado, sino más bien porque le faltaban fuerzas para permanecer erguido. Estaba indescriptiblemente pálido y, a pesar de eso, su rostro rezumaba compasión. Caí en la cuenta de que era por mí.

—Tienes que ser tú, Ray. Ese es el principio de los sellos oscuros.

—¿Qué quiere decir eso?

—*Eso* quiere decir que nuestros padres se pasaron años buscando un sucesor para tu sello. Primero entre los Superiores, y luego incluso en Prime. Sin éxito. Porque el sello está unido a tu linaje. Y como durante todo ese tiempo tú estabas viva, nadie más lo podía portar. Ese es el motivo por el cual durante los últimos diecisiete años el brazalete del dragón ha liberado una cantidad ingente de magia del caos. Con el tiempo, la hemos podido controlar con trites, pero al principio... —Cedric hizo un gesto vago con la mano en dirección a las ventanas desde las que se podía ver Londres en el cielo—, al principio la magia del caos horadó agujeros tremendos en la barrera que separa nuestros mundos.

Estaba claro que Cedric intentaba explicarme algo que yo no alcanzaba a entender. ¿Qué tenía que ver todo eso conmigo?

—Tu padre murió hace diecisiete años. Y dos años después, dos años después de tu nacimiento, el Espejo se hizo visible para vuestro mundo. ¿Lo comprendes? Está todo conectado. Como naciste en Prime y los Siete no sabían nada de ti, la magia del caos dañó hasta tal punto la barrera que el Espejo se descubrió ante vuestro mundo.

Las palabras de Cedric me quitaron el suelo de debajo de los pies. La muerte de mi padre..., mi nacimiento..., ¿era responsable de aquello? ¿Lo decían en serio?

Hice varios intentos de replicar, pero no fui capaz de pronunciar palabra. ¿Todas las veces que había mirado al cielo con Lily para observar el contorno brillante y plateado del Espejo solo habían sido posibles porque *yo* no había tomado posesión del legado de mi padre?

—Si no portas a Ignis... —continuó Cedric, cauteloso— se generará más magia del caos. En algún momento lo dominará todo, y los abismos harán añicos el Espejo. Y en cuanto caiga el Espejo, dejará de haber protección para vuestro mundo.

Seguía sin poder replicar nada. ¿Qué podía decir? ¿Que me daba igual? ¿Que no era problema mío? Porque, a juzgar por cómo lo presentaba Cedric y por cómo me miraban todos, estaba claro que sí lo era.

—Todo eso no es culpa mía —susurré.

—No, claro que no. —Era Adam quien me había contestado. Seguía con aquella mirada de señor Asquerosito inexpresiva, inescrutable y fría—. Pero existes. Y eso ha llevado al Espejo a la ruina.

—Tú también existes. ¿No se te ha ocurrido pensar en algún momento que tal vez todo sea culpa tuya?

En segundo plano alcancé a ver cómo Celine me miraba boquiabierta, como si me hubieran salido dos cabezas, mientras que en el rostro de Dina se dibujaba una sonrisa furtiva. Me obligué a inspirar hondo y cerrar brevemente los ojos.

—Si porto el sello, ¿qué pasa exactamente?

—Asumes el puesto asignado a tu familia.

El tono de marisabidillo de Adam volvió a encenderme.

—¡Venga ya con tanto rollo sobre la familia! En realidad, lo que me quieres decir es que debería renunciar a toda mi vida por vosotros.

Adam no se dejó intimidar por mi brote de ira.

—Es una vida mejor que la que tenías, ¿no?

Desesperada, intenté que no se me notara lo mucho que me habían afectado sus palabras. En realidad, no sabía de qué me sorprendía. ¡Pues claro que sabía dónde había vivido! Y cómo había vivido. En una central eléctrica derruida, entre turbinas en desuso. A lo mejor era eso precisamente lo que Matt le había mostrado con sus ilusiones. Aun así, sus palabras hicieron mella en mi amor propio.

—Sigue siendo mi vida.

Tras mis palabras se hizo un silencio sepulcral en la sala. La expresión de Celine era tan fría que parecía salida de la Antárdida, a Cedric se lo veía preocupado… Sin embargo, Dina y Matt nos observaban como si solo les faltara la bolsa de palomitas para presenciar nuestra disputa.

Me quedó claro que no tenía posibilidad alguna de negarme si el Señor del Espejo me quería imponer su voluntad. Podría ordenarle a Matt que me volviera a sumergir en una ilusión y, tras una pequeña parada en un campo de flores, me despertaría con una joyita nueva en el brazo.

Pero solo porque no me pudiera negar no quería decir que se lo tuviera que poner fácil.

A esas alturas, las manos me temblaban tanto que, sin capa, ya era imposible ocultarlo. Así que hice lo que Lily siempre me decía. Cabeza alta y *palante* con mis defectos.

—Escúchame…, Adam. Voy a hacer lo que quieres, pero porque a mí me interesa. Portaré el sello. Acepto formar parte de vuestro club de la chaqueta de brocado, ¿vale? Pero a cambio tú vas a hacer algo por mí: traer a mi amiga al Espejo.

La verdad era que esperaba que Adam les ordenara a sus guardias que me echaran de allí. Sin embargo, el Señor del Espejo se me acercó. Frente a frente, me sacaba una cabeza entera.

—De acuerdo. Tendrás que celebrar el ritual de unión y portar a Ignis. Luego, te lo prometo, traeremos aquí a tu amiga.

Tardé un momento en procesar que se había salido con la suya. Le había dado justo lo que quería. Porque era él quien ponía las condiciones, yo solo podía aceptarlas o no.

Adam extendió la mano. Aunque la ira en mi interior era casi incontenible, se la estreché antes de podérmelo pensar mejor. Sus dedos apretaron los míos, y ahí estaba de nuevo, aquella mirada que ya me había lanzado una vez. En el heptadomo de Brent. Una mirada tan intensa como una inmovilización mágica, que amenazaba con poseer todo mi cuerpo, de pies a cabeza.

17

La magia azul invernal se derramó por la puerta como una gota de tinta en un recipiente lleno de agua. Líneas delicadas que avanzaban por los bordes para luego convertirse en círculos, volutas e innumerables formas maravillosas que finalmente se unieron para dibujar los dos rombos que estaban grabados en su sello. Una vez cubierta toda la zona, Celine retiró la llave y se la guardó bajo la camisa. Las marcas le brillaban en la piel, del mismo azul que el grabado de la puerta.

Poco después se formó el corredor. La puerta había desaparecido para conducir a una nada infinita en la que solo unas débiles líneas de magia nos mostraban el camino.

La angustia me encogía el estómago. Intenté mantener la compostura con todas mis fuerzas. A fin de cuentas, el día anterior lo había conseguido.

—Vosotros primero —ordenó Adam, y Matt se adelantó. Me ofreció su brazo y lo agarré sin dudarlo. Había momentos en la vida en los que había que tragarse el orgullo.

Di un paso hacia delante, al tiempo que todo en mi interior se resistía a abandonar ese lugar. Aunque la enormidad y el derroche del palacio me intimidasen, ahí todavía podía fingir que Lily solo estaba a un par de manzanas. Sin embargo,

¿quién sabía a dónde llevaría esa puerta y qué podría pasar allí?

—¿Vamos? —me preguntó Matt, ante lo cual tomé aire y eché a andar.

Adam, Celine y Dina nos siguieron. Apenas me dio tiempo de ver cómo Cedric levantaba la mano para despedirse, a lo que intenté contestarle con una leve sonrisa. Habría sido estupendo tenerlo a mi lado. Vale, casi no lo conocía, pero su actitud tranquila me había inspirado confianza, tal vez porque me recordaba un poco a Lily. Igual que ella, daba la impresión de ser tierno y frágil, pero no había que fiarse de las apariencias.

Por desgracia, parecía que aquella excursión no era para «miembros honoríficos» de los Siete, o por lo menos esa fue la conclusión a la que llegué al ver que Cedric ni siquiera hacía ademán de acompañarnos.

Durante unos segundos flotamos en un pasillo que solo estaba lleno de vacío. Me concentré con todas mis fuerzas en las líneas de magia, como si estuviera caminando de noche por una de las calles mojadas de los suburbios, pero me acabé mareando. Incluso olvidé el dolor que seguía latiendo en mi brazo derecho, cortesía de la magia del caos. El mareo fue a más, y realmente creí que no terminaría nunca. Sin embargo, al cabo de un rato por fin el mundo volvió a tomar forma a nuestro alrededor.

Salimos a una apacible callejuela lateral que en aquel momento, de día, estaba cubierta por la penumbra grisácea del Espejo. A ambos lados se erigían casas que parecían salidas directamente de la época victoriana. Edificios tan señoriales como la abadía de Westminster, aunque más altos. También ahí las paredes se inundaban de magia, mientras otras estructuras flotaban sobre los edificios.

A través de ellas se movía algo. Miré hacia el exterior y me llevó un tiempo caer en que eran góndolas. No barcazas de madera como las que había visto en fotos de Venecia alguna vez, sino góndolas formadas por un óvalo de cristal y revestidas por fuera con puntales de metal. En su interior podía verse a las personas sentadas en unos banquitos, mientras las embarcaciones se balanceaban muy lentamente por el desfiladero de callejuelas con su casco iluminado de azul.

Estaba intentando seguir a una de estas góndolas con la mirada, cuando choqué de frente con alguien que salía en ese momento del corredor mágico.

—Cuidado —me advirtió Adam mientras me estabilizaba agarrándome del brazo.

Me aparté de él de inmediato. ¡A buenas horas se preocupaba! Volví a mirar hacia arriba.

Porque sobre mí se extendía una ciudad que sí conocía.

¡Seguíamos estando en Londres! Solo que ya no en Septem, sino en pleno Londres del Espejo. No había ninguna duda: allá se divisaba la abadía de Westminster dada la vuelta y, un poco más adelante, vislumbré el palacio de Buckingham, así que no podíamos estar muy lejos de la torre del palacio de Septem.

Aquello era lo último que me habría imaginado. Pensaba que acabaríamos en la otra punta del mundo; tal vez en alguna otra ciudad del Espejo como las que existían sobre Sídney o Hong Kong. Cuando Matt y Dina se dieron la vuelta igualmente confusos, me quedó claro que compartían mi sorpresa. Con una mueca, Matt se dirigió a Adam.

—¿Por qué estamos aquí? Creía que querías imponerle el sello lo antes posible.

Adam asintió.

—Y así lo haré, pero antes debemos hablar con alguien.

—¿En el centro de la ciudad?

—Intentad no llamar la atención. Nadie espera que estemos aquí, y nadie sabrá que hemos estado.

Y sin más, Adam reanudó la marcha mientras Celine lo seguía con una sonrisilla bobalicona dibujada en sus labios pintados de azul.

Claro. Por supuesto que Adam había puesto al corriente de su plan a la señorita ama de llaves.

—Tampoco sería el fin del mundo que nos reconocieran —rezongó Matt a mi lado, aunque Adam ya no podía oírle.

Dina me cogió del brazo y caminamos juntas por las callejuelas hasta que llegaron a su fin. Desembocaban en una avenida amplia, en un mundo totalmente diferente. Porque ahí, de repente, apuraban el paso incontables personas. Gente con ropas preciosas y abigarradas, con ostentosos peinados. Gente que, sin excepción, tenía una belleza sobrenatural y que llevaba tantos sellos de valor al cuello, en las muñecas y en los dedos que casi no se les veía la piel.

Unas risas falsas aporreaban mis oídos. Justo enfrente de nosotros se encontraba un café en el que aparecían bebidas sobre las mesas como por arte de magia. Los Superiores solo tenían que estirar la mano y acercárselas.

«Pellízcame», pensé, mirando fijamente y sin disimulo a todas aquellas personas y sus ropas de colores chillones. Ante mí se balanceaba un tipo con rastas de color turquesa encima de un palanquín. Más atrás reconocí a una familia; los hijos se reían a voz en cuello ante un oso de peluche encantado que corría delante de ellos.

—Avancemos —decidió Adam. Se puso la capucha de la chaqueta y nos indicó hacer lo mismo—. No conviene que nos quedemos parados tanto tiempo.

Caminó delante de nosotras y, aunque estaba sobrecogida por el gentío que me rodeaba, dejé que Dina tirara de mí. Poco a poco iba comprendiendo por qué Adam no había traído a sus dos guardaespaldas. Con su tamaño y sus tatuajes de heptágonos en la frente, Zorya y Jarek habrían llamado demasiado la atención, que era justo lo que él quería evitar.

Mientras cruzábamos la amplia calle, seguí inspeccionando a los Superiores por debajo de la capucha.

—¿Has probado ya el último anillo de la belleza? —le oí susurrar de pasada a una mujer que llevaba un vestido rosa—. Labios más gruesos en solo dos segundos. ¡Lo tienes que probar!

Empecé a marearme. Esa gente era tan superficial como me la había imaginado. Se revolcaba en magia y no le importaba el padecimiento de la gente de mi mundo.

Por delante de mí, Adam y Celine se metieron por una calle algo más tranquila, en la que se sucedían grandes mansiones señoriales iluminadas de azul invernal, un poco más anchas que las edificaciones que habíamos visto antes, pero igualmente elevadas a un nivel que rozaba lo imposible.

—¿Quieres hacerle una visita a la magistrada Soverall? —Dina apretó el paso para ponerse al lado de Adam y lo detuvo agarrándolo fuerte por la manga—. ¿Por qué?

Él se giró para mirarla, con la mitad del rostro oculto por la capucha.

—Porque es la única en la que confío.

—Bebe como una cosaca —gruñó Dina frunciendo el ceño—. Y está jubilada.

—Pero no por voluntad propia. Con lo cual, es la persona ideal para realizar el ritual en el Nexo.

«Magistrada». «Nexo». No tenía ni idea de lo que hablaba Adam, algo que parecía no preocuparle en absoluto. Con una inclinación de cabeza, le indicó a Matt que lo siguiera y ambos se dirigieron a una de las mansiones. Dina, Celine y yo nos quedamos en el cruce.

—¿A qué se refería? —le pregunté a Dina—. ¿Qué es eso del Nexo?

Dina me miró sorprendida, como si fuera consciente por primera vez de hasta qué punto yo no tenía ni idea de cómo funcionaba ese mundo.

—El Nexo es el lugar del Espejo desde donde se origina nuestra magia. Ahí es donde se unen los sellos oscuros a su nuevo portador, porque es ahí donde la magia es más pura.

—O sea, ¿que en el Nexo es donde... va a tener lugar mi ritual?

Los labios rojos de Dina se abrieron para dibujar aquella sonrisa felina que ya había detectado antes.

—Eso dependerá, claro está, de si somos capaces de encontrar a una magistrada medio sobria.

—¿Y quiénes son los magistrados? En nuestro mundo siempre se nos ha dicho que son los presidentes e integrantes del consejo quienes dirigen las ciudades del Espejo. Nunca había oído hablar de magistrados.

—Son políticos —replicó Dina—. Más o menos. Los magistrados son, después de Adam y nosotros, los Superiores de mayor rango, y están al servicio de los Siete desde que se descubrió la magia. Hay un Alto Magistrado, que tiene su sede en la Roma del Espejo. Desde ahí administra, en nombre del Señor del Espejo, las transferencias de magia entre las ciudades y también a Prime..., y tradicionalmente preside los rituales de unión con los sellos oscuros.

—Y la mujer con la que nos reunimos ahora, ¿es la Alta Magistrada?

Dina suspiró.

—Ya no. Agrona Soverall fue cesada de su cargo hace unos años. En su momento fue un auténtico escándalo, porque normalmente el Alto Magistrado sirve de por vida a los Siete. Conocemos a Agrona desde el día que nacimos. Se encargaba sobre todo de instruir a Adam, los dos estaban muy unidos.

—¿Estaban?

Dina dudó y luego asintió levemente.

—Agrona no ha superado la pérdida del gobierno de Roma. Desde que ha vuelto a vivir en Londres, casi nunca se la ve en público.

Me disponía a continuar y a preguntar por qué Adam la había elegido precisamente a ella y no al Alto Magistrado actual para el ritual (¿no se habría volcado este en ayudar al Señor del Espejo?), pero Celine metió baza:

—Parece que no está en casa.

Seguí su mirada. Adam y Matt, en la puerta de la mansión, hablaban con un hombre mayor con uniforme de criado. Después de que negara con la cabeza y de haberse inclinado con torpeza, Matt le puso una mano en la frente. El criado se quedó rígido. Luego se giró un poco y miró a lo lejos, como si ya no pudiera ver a Adam y a Matt.

Claramente había caído preso de una ilusión, y comprendí por qué: Matt estaba ocultando nuestra presencia. Seguramente el criado ya no sabía que el Señor del Espejo había estado a la puerta de la casa.

—Según su criado, ha salido a hacer unos recados —indicó Adam cuando él y Matt hubieron regresado junto a nosotros.

Celine suspiró y sacó su llave.

—Dejadme que adivine: ¿está por ahí en algún bar?

Adam asintió.

—Seguramente. El bar al que suele ir está al otro lado del Támesis. En el barrio de los Vinos.

Celine puso los ojos como platos.

—Pero...

—Lo sé. —Adam me miró como evaluando algo—. Llévanos lo más cerca posible del borde.

El barrio de los Vinos acabó siendo un barrio más del Londres del Espejo. Como había dicho Adam, se hallaba al sur del Támesis y más al este. Tras cruzar la puerta de Celine, aparecimos en una calle nueva, y solo tuve que levantar la mirada para ver el Shard colgando directamente bocabajo en el cielo. En mi mundo, ese rascacielos estaba en un barrio que todavía pertenecía al centro de Londres, pero aquí parecía ser al contrario. Tiempo atrás, los edificios que nos rodeaban debían de haber sido tan magníficos y elegantes como los que acabábamos de abandonar. Sin embargo, ya solo quedaban las ruinas abandonadas; habían desaparecido también las multitudes coloridas y, en su lugar, nos encontrábamos en un espacio terriblemente lúgubre.

En clase de historia había visto suficientes fotos de ciudades bombardeadas para percatarme de que aquel barrio no estaba simplemente en decadencia. Había sido atacado.

—¿Qué ha pasado aquí? —susurré en el silencio fantasmal.

—Magia del caos. —Adam había seguido mi mirada, aunque ahora me volvía a mirar a mí—. No se puede evitar cuando tantas personas usan la magia. Los pequeños brotes son cosa del día a día, pero...

—... Pero lo de aquí no ha sido un brote pequeño —terminé yo. Aquello me recordaba más bien a lo que había pasado en la fiesta de Lazarus. Solo que mucho peor.

—No. —Adam negó con la cabeza—. Desde que Ignis empezó a emanar magia del caos, se ha ido expandiendo cada vez más por la atmósfera del Espejo. Hoy en día, en cuanto en algún lugar se libera una gran cantidad de magia, se crea una especie de puente entre el Espejo y la atmósfera. Y cuando eso ocurre, la magia del caos produce abismos que atacan las ciudades del Espejo. A estos eventos los llamamos «concentraciones». Hacemos todo lo posible por evitarlas, pero en cuanto se activa una concentración, la magia del caos se expande con tal ímpetu que puede destruir barrios enteros. Como ha ocurrido aquí.

Un escalofrío me recorrió el cuerpo. «Barrios enteros».

Adam indicó con la cabeza una plaza que se escondía entre casas abandonadas y que apenas se veía en el ambiente lúgubre. Más ruinas, más escombros. Había mosaicos decorando las calles, pero las teselas estaban rotas en muchos puntos, como si les hubieran arrojado algo desde arriba. Y más allá... más allá, la ciudad simplemente dejaba de existir. Aquel debía de ser el «borde» del que había hablado Adam. Solo entonces comprendí que lo había dicho de manera literal. En el lateral de una calle, el bordillo desembocaba directamente en un precipicio, y tras él no había más que vacío.

Conque así terminaban las ciudades del Espejo. En la nada.

Mi mirada se dirigió de nuevo hacia arriba. En el cielo, en ese estrecho de vacío que separaba el Espejo de nuestro mundo, se extendían bocanadas de vapores negros. Entre semejante penumbra no los había percibido, pero ahora... Las manchas parecían moverse por encima de mi mundo. Su oscuridad casi llegaba a la punta del Shard.

Me estremecí. ¿Todo aquello era magia del caos? ¿Y todo... todo eso había emanado de mi sello?

—¿Qué riesgo implican esos restos de magia? —susurré—. ¿Los abismos?

—Son como animales —contestó Adam—. Muy agresivos, peligrosos, aunque también previsibles. Por separado se les puede combatir, pero cuando se han unido en una concentración, normalmente ya es demasiado tarde. Entonces no queda más remedio que abandonar la zona, como aquí.

Pensé en lo que me había dicho Cedric antes en la sala comunitaria.

—¿Y algo así podría ocurrir en mi mundo si llega a él más magia del caos?

Adam me miró fijamente.

—Precisamente eso es lo que estamos intentando evitar.

Y entonces comprendí lo que Adam me había querido mostrar. Le había pedido a Celine que nos llevara lo más cerca posible del borde, pero no porque el bar se encontrara cerca, sino porque era importante que yo viera las ruinas con mis propios ojos.

En cualquier otro momento, esa burda manipulación me habría enfurecido, pero observar las casas destruidas deshizo la ira de mi interior. Porque entonces comprendí lo real que era la amenaza, y no solo para los Superiores. Por supuesto que yo no era culpable de lo que había ocurrido allí por las concentraciones esas. Pero, aun así, yo había sido el motivo. Porque mi padre se había enamorado de mi madre y no se lo había contado a nadie.

Me temblaban las manos, no podía evitarlo. Ni siquiera volver a mirar hacia arriba me ayudaba a controlar aquel mal presentimiento.

—No os separéis —dijo Adam finalmente, y avanzó—. Todavía queda un trecho.

Aunque estaba todo muy lúgubre, Adam nos conducía firme por el laberinto de calles. Poco a poco, fuimos dejando atrás los cascotes, y las casas en ruinas pasaron a ser *pubs* y bares que, a pesar del mal estado del barrio, era evidente que seguían abiertos. A diferencia de la parte más deslumbrante del Londres del Espejo, allí no flotaba ninguna góndola mágica sobre nuestras cabezas, y apenas había Superiores por la calle. Aquellos con los que nos cruzamos llevaban, eso sí, las mismas ropas abigarradas y sellos por todo el cuerpo, pero ya no parecían tan despreocupados y alegres como los vecinos del otro lado del Támesis.

Estaba claro que ahí nadie hablaba de anillos de belleza.

—Es ahí detrás.

Adam señaló un edificio humilde, con tejado a dos aguas con voladizos. Se elevaba como un faro en la oscuridad dominante. Al lado de la puerta se apelotonaba gente con unas pipas rarísimas en la mano de las cuales salían nubecitas de azul invernal.

Habíamos llegado a un bar..., pero no se parecía a ningún bar que yo hubiera visto. No solo había mesas con Superiores en el suelo, sino también en el techo, bocabajo y tan pegados que casi se tocaban las cabezas. Entre los dos ámbitos se instalaba una barrera mágica. Se me escapó un ruidito de incredulidad al ver cómo un camarero cargado con su bandeja se movía dentro de una especie de burbuja, cómo se ponía cabeza abajo en su interior sin derramar ni una gota y acto seguido servía a los clientes del techo.

En un escenario redondo, una mujer cantaba una canción que casi se diluía en el ruido del bar. Una mujer con alas de hada azul invernal, que sin duda eran una proyección mágica. Las emitía un medallón que se balanceaba sobre su espalda.

—Qué locura —se me escapó, y Dina me dio unas palmaditas tranquilizadoras en el hombro.

—Créeme, esto no es nada. No has visto Hong Kong.

—O Bangkok —añadió Matt con una sonrisa de oreja a oreja—. Nuestro Bangkok es una auténtica pasada. Te cruzas por la calle con elefantes de tres cabezas hechos de magia.

Decidí archivar aquella información en una parte de mi cerebro que no pensaba volver a abrir nunca y miré a Adam. Estaba a mi lado y justo se giraba con un atisbo de frustración en la cara.

Uno de los clientes del bar, un hombre rechoncho con una media calva, se detuvo al pasar. Su mirada pasó de Dina a Matt y finalmente a Adam. La incredulidad, seguida del entusiasmo, iluminó su rostro. Los había reconocido. Justo cuando el hombre iba a decir algo, Matt le puso una mano en la sien. De inmediato, una ilusión envolvió al hombre, que siguió caminando tranquilo y sonriente.

—No podemos quedarnos aquí de pie eternamente —murmuró Dina.

La mirada de Adam seguía vagando en busca de alguien entre la multitud. Finalmente inclinó la cabeza hacia arriba... y se detuvo.

Miró hacia un rincón en el techo, a un lugar un poco alejado de nosotros. Allí se veía una mesa algo más larga con muchas sillas, algunas de las cuales estaban ocupadas. Una figura inclinada hacia delante se sentaba a esa mesa, pero a esa distancia solo podía distinguir su silueta.

—Ah, ahí está —murmuró Dina—. Esperemos que a estas horas todavía no esté como una cuba.

18

Me bajé a trompicones de la burbuja de magia que me había llevado del suelo del bar al techo. El mundo estaba al revés otra vez. Tampoco es que allí importara mucho: había mesas arriba y abajo, así que no cambiaba nada, salvo que no oía a la cantante de las alas de hada, que había sido sustituida por el vocerío de la clientela.

Adam se dirigía ya hacia el rincón, hacia la mujer más vieja que había visto en mi vida.

Tenía la cabeza cubierta de canas blanquísimas sobre las que se asentaba un resplandor rosado que distinguí mejor al irme acercando. La cara de la mujer no solo estaba arrugada: parecía de cuero curtido.

—Parece una zombi —murmuré, por lo visto lo suficientemente alto como para sacarle a Dina una sonrisa.

—Los magistrados niegan que prolonguen su vida de forma artificial con magia, pero todo el mundo sabe que lo hacen —me susurró al oído—. Casi no hay magistrados menores de cien años. Soverall debe de tener ciento dos, y empina el codo como si tuviera veinte. Mira cuántos sellos lleva.

Y miré. Lucía un montón de amuletos en el cuello arrugado y seco, y sus dedos y muñecas estaban llenos de joyas con grabados.

Además, llevaba los antebrazos cubiertos de trites. Algunas de aquellas monedas brillaban con magia, otras no. Sobre su vestido de seda estampado lucía una chaqueta de aspecto carísimo.

Agrona Soverall parecía estar totalmente concentrada en la bebida color miel que tenía delante, pero en cuanto estuvimos ante su mesa, nos miró.

—Por todos los sietes —la escuché gruñir con una voz penetrante y profunda. Parecía sorprendida, como si hubiera esperado que no fuéramos más que una alucinación que desaparecería de inmediato. Al ver que no ocurría, se llevó el vaso a los labios y vació su contenido de hidalgo.

Adam inspiró de forma ruidosa antes de comenzar.

—Agrona, yo…

La magistrada sacudió la cabeza.

—Antes de que pronuncies ni una palabra más, deja que me pida un trago. Tengo la sensación de que lo voy a necesitar.

Estaba segura de que Adam no iba a dejar pasar tal falta de respero, como Señor del Espejo que era. Pero, para mi sorpresa, no se enfadó, sino que se le dibujó una sonrisa en los labios. ¡Una sonrisa! Nunca me hubiera imaginado que el señor Asquerosito fuera capaz de sonreír.

—Sabes que podría hacer que te encerraran por semejante insolencia, ¿no?

—Claro —replicó la magistrada sin inmutarse—. Pero quieres algo de mí. Y está claro que si has arrastrado tu real culo al barrio de los Vinos es porque me tienes que pedir un favor tremendo, así que… —Hizo un gesto significativo hacia su vaso vacío—. ¿Serías tan amable?

Adam puso los ojos en blanco y agarró el vaso. Yo esperaba que se dirigiera a la barra; sin embargo, la imagen que tenía delante flotó una décima de segundo y, de repente, tenía un nuevo vaso lleno en la mano. Las líneas de luz blanca iluminaban su piel.

Pestañeé, confusa, pero luego sumé dos más dos. Había utilizado sus dados. Aun así, seguía sin entender cómo funcionaban; solo sabía que podía manipular el tiempo de alguna manera con ellos y, por ejemplo, traer vasos llenos desde la barra sin que nadie se percatara.

—Vaya chapuza —comentó la magistrada con sequedad y rechazó el vaso que le ofrecía Adam—. Parece que los dados siguen sin obedecerte del todo, ¿no?

A pesar del tono nada sutil, Adam sonrió; por segunda vez en cosa de pocos minutos. ¡Increíble! En vez de contestar, deslizó la bebida en dirección a Agrona Soverall y se dejó caer en la silla que estaba delante de ella. El resto lo imitamos, sentándonos en los otros sitios libres.

—A ver... —empezó la magistrada—. ¿Se puede saber qué quieres? ¿Qué es *tan* importante para que tú y las demás criaturas celestiales me hayáis honrado con vuestra presencia? —Tomó un trago resuelto.

Adam me miró, y no titubeó en darle su respuesta.

—Esta es Rayne. Es la hija de Melvin Harwood.

De repente, Soverall duchó a la mesa entera con el contenido de su boca. Parecía que Adam ya se lo esperaba: se había hecho a un lado con elegancia para evitar la mayor parte del chaparrón, al contrario que Matt. Él se quedó con la camisa calada, lo cual le obligó a echarse hacia atrás, asqueado.

—Deshazlo —le murmuró a Adam, que simplemente negó con la cabeza.

—Créeme, esa era la mejor salida.

—Sí —bufó Matt—. ¡Para ti!

La magistrada tragó lo poco que no había escupido, se limpió la barbilla y me estudió atentamente. Su incredulidad inicial se transformó en escepticismo, y finalmente se frotó la frente de una forma que indicaba claramente: «Soy demasiado vieja para ocuparme de estas locuras».

Por fin, habló:

—Pues vale. —Agrona Soverall volvió a mirar a Adam—. Me salto la parte en la que te digo que es *totalmente imposible* que Melvin Harwood engendrara una hija en el secreto más absoluto. No estarías aquí si no fuera así. Pero ¿qué quieres exactamente de mí?

—Todavía no se le ha impuesto Ignis.

La magistrada sacudió la cabeza. Casi se la oí traquetear.

—Quieres que te ayude en el ritual de unión, ¿es eso? Lo cual también significa que quieres que lo haga a espaldas de Pelham.

—El magistrado Pelham celebraría una ceremonia que duraría días para quedar por encima de todo el mundo. Y precisamente por eso no me fío de él. Por lo menos, no en lo que a ella respecta.

—Claro que no. —Soverall se rio cacareando—. ¿Por qué ibas a fiarte? Kornelius Pelham está más corrupto que un cadáver de siete días.

Me miró y empezó a dar golpecitos en la mesa con el dedo, que estaba decorado con cuatro anillos con sus correspondientes sellos.

—Vienes de Prime, ¿no, pichoncita? Vaya que sí... El magistrado Pelham haría que te liquidaran a sangre fría a la primera oportunidad.

—Agrona. —El semblante de Adam se había endurecido—. No necesita oír esas cosas.

Vi cómo, con un suspiro, se disponía a coger sus dados y adiviné sus intenciones. Rápidamente, le agarré la mano antes de que pudiera oponerse.

—¡No! No tengo ni idea de cómo funciona el rollo ese de los dados y el tiempo, pero quiero oír lo que tenga que decir. —Miré a Agrona Soverall directamente a los ojos—. Si el tal Kornelius

Pelham también es magistrado, ¿por qué iba a hacer que me asesinaran? Creía que mi presencia salvaría el Espejo.

Soverall asintió.

—Sí, por supuesto que sí. Porque durante años Ignis no ha podido asignarse a nadie. ¡Una catástrofe! Ahora que te han encontrado, la situación es bien diferente.

Fruncí el ceño.

—Y de manera menos críptica, eso significa…

Los labios de la magistrada esbozaron una sonrisa, lo cual le arrugó todavía más el rostro.

—A ver, hay muy pocas ocasiones en las que se haya tenido que cambiar el linaje de los sellos oscuros. Puede pasar, por ejemplo, cuando un portador no tiene descendencia o muere demasiado pronto, antes de poder procrear. El linaje de esta… —Soverall señaló a Celine— lleva milenios en posesión de la llave de zafiro. Porque una vez que el portador ha asumido su posición, nadie se atreve a acercarse demasiado; el poder de los Siete es demasiado grande. E importante. Pero tú… tú eres una ventana inesperada, por así decirlo. Todavía no eres portadora, y no provienes del Espejo. No eres una de los nuestros. Si te ocurriera algo antes de aceptar a Ignis, entonces…

—… entonces simplemente se podría escoger otro linaje —susurré yo—. Genial.

—Por supuesto, sería un trágico accidente —explicó Soverall—. Kornelius Pelham es el Alto Magistrado del Espejo, y un hombre interesado en el poder de cabo a rabo. Precisamente por eso, para él la gente de Prime no sois más que peones con los que puede jugar a voluntad. Haría cualquier cosa para impedir que alguien que no ha crecido en el Espejo porte un sello oscuro, da igual quién fuera su padre. Y es conocido por hacer desaparecer a quienes le aguan la fiesta. ¡Por supuesto, todo en nombre de Septem! —Puso los ojos en blanco—. Eso sí, seguro que declararía luto oficial de tres días antes de proponer a la familia de Superiores su elección a Señor del Espejo, con todo el dolor de su corazón.

No era muy difícil adivinar lo mucho que Agrona Soverall odiaba a su sucesor. Pero, al mirarme de nuevo, la expresión de su rostro se volvió amable.

—Este mundo... Te va a hacer falta mucho valor para sobrevivir aquí. A los Superiores les encantan las luchas de poder e influencia. Todos responden ante este de aquí, claro —señaló a Adam—, pero por debajo de él hay un auténtico nido de serpientes. Es difícil moverse entre tanta intriga... Pero veo el fuego de tu padre en ti, jovencita. Y te va a hacer falta.

Cerré brevemente los ojos. Había vuelto a toparme con alguien que conocía a mi padre, y bien, además. Era surrealista oír a todo el mundo hablar de él con tanta naturalidad.

—Me resultaría más fácil moverme entre tanta intriga si entendiera mejor algunas cosas.

Miré de forma significativa a Adam.

Una fina sonrisa se dibujó en la cara de Soverall.

—Este no es de los que le dan al pico así sin más, ¿eh? A ver... —se inclinó hacia mí, como conspirando—, ¿qué quieres saber?

No me lo pensé mucho.

—Cómo funcionan los sellos oscuros. —Eché un vistazo a la mano de Adam, que había soltado hacía rato—. Sus dados, por ejemplo.

Soverall volvió a mirar a Adam y chascó la lengua.

—¿Ni siquiera le has explicado lo básico? ¡Pensaba que te había instruido mejor!

—Ahora mismo tengo otras prioridades —contestó Adam, seco—. Como seguramente ya te puedes imaginar.

La magistrada emitió un sonido que denotaba comprensión. Le dio un trago a su vaso con toda la pachorra del mundo y luego se inclinó hacia mí mientras sus numerosas cadenas cargadas de sellos tintineaban al moverse. Al mismo tiempo, tiró con total naturalidad del brazo izquierdo de Adam y lo estiró de tal manera sobre la mesa que el Señor del Espejo casi se tuvo que echar sobre ella con un gruñido. Solo entonces pude ver de cerca los dos sellos en forma de dado que guardaba en su brazal de cuero.

Su superficie plateada parecía traslúcida, pero en su interior me pareció ver bocanadas de magia flotando. Uno de los dados era totalmente normal, con sus ocho vértices y caras cuadradas. El otro tenía tantos vértices que perdí la cuenta. En cada cara brillaban diferentes grabados, entre otros, el símbolo del sello que había visto en las puertas de los aposentos privados de la familia de Adam: dos cruces una encima de la otra que en medio formaban un rombo.

Los dados eran totalmente fascinantes, eso lo tenía que admitir. Y parecían muy muy antiguos.

—Este —la magistrada señaló el dado de ocho esquinas— se llama Alius. Es el que marca cuánto tiempo se va a alterar. Y este —sus dedos pasaron al segundo dado— se llama Etas. Determina la dirección del tiempo. Los dos juntos hacen retroceder o avanzar el tiempo. Solo un poco, como mucho dos o tres minutos, pero suficiente para controlar cómo evoluciona una situación. Por ejemplo —le sonrió a Adam pícara—, nuestro ilustre Señor del Espejo podría hacer retroceder el tiempo e intentar evitar que te diera esta charla sin que nadie supiera que ya lo había hecho. O tomarse un tiempo adicional: desaparecer mientras nosotras nos quedamos aquí sentadas como estatuas de sal. Cosa que él, por respeto a mí, nunca haría. —Soverall echó mano a su vaso y se bebió lo que quedaba antes de empujarlo por la mesa hacia Adam—. No hará tal cosa porque es un buen chico que va a usar su magia para traerme otra bebida.

—Mi respeto hacia ti disminuye con cada segundo que pasa —masculló Adam. A pesar de eso, tomó los dados y, antes de que me diera cuenta ni de que se había levantado, ya se dejaba caer en la silla que estaba a mi lado con un vaso lleno.

Aquello me superaba. Era como si Adam fuera capaz de teletransportarse: seguro que se había ido tan tranquilo a la barra y había vuelto. Se habría tomado un tiempo extra mientras nosotras nos quedábamos sentadas congeladas.

—Muy práctico —alabó Soverall—. Y ahora enséñale cómo funciona.

Ante el tono exhortativo de la magistrada, Dina y Matt esbozaron una sonrisa de alegría por la inminente desgracia que vaticinaban para su amigo. Adam solo suspiró. Obviamente molesto, me tendió una mano, y yo vacilé. La última vez que Adam había manipulado el tiempo ante mis ojos casi me desmiembra aquella criatura, el abismo. Pero sentía tanta curiosidad que, a pesar de eso, puse mi mano sobre la suya.

Adam cogió los dados con la mano que le había quedado libre y los hizo rodar con los dedos hasta que se iluminaron con una luz plateada. En su piel brillaron de nuevo aquellos símbolos, y solo me percaté de que todo lo que nos rodeaba se había quedado congelado cuando Adam chasqueó los dedos delante de la cara de Matt y ni él ni Celine ni Dina reaccionaron.

—Funciona mediante contacto. —Adam levantó nuestras manos entrelazadas—. Si te toco mientras activo mi sello, quedas fuera del trastoque temporal.

—Como con el abismo —susurré.

—Justo. Si no te hubiera tocado, todo aquello no habría pasado nunca para ti.

—Pues tal vez hubiera sido mejor.

Negó con la cabeza.

—Nunca hubieras creído quién eres. No sin haberlo experimentado por ti misma.

En eso tenía razón. El único motivo por el cual estaba sentada ahí en lugar de haberme largado gritando era el eco de mi sello, que se había grabado a fuego en mi memoria. Y, si era honesta, seguía atrayéndome. Especialmente ahora.

—Aunque sí que podría... haberte advertido —añadió Adam tras vacilar un momento.

Resoplé.

—¿Se supone que eso es una disculpa? Si es así, que conste que es la más lamentable que he oído nunca. A mí con cinco años me hubiera salido mejor.

Adam apretó la mandíbula para intentar reprimir una incipiente sonrisa. Pero al final se rindió y se le escapó.

—A pesar de eso, me complacería que la aceptaras.

—¿Y eso es una orden?

—No. —Su sonrisa se hizo algo más cálida—. Solo un ofrecimiento.

Nos miramos durante lo que me pareció una eternidad. Realmente no sabía qué pensar de ese chico. Ni lo más mínimo.

—Vale, te perdono. Pero no te hagas ilusiones, soy muy selectiva concediendo terceras oportunidades.

Adam iba a replicar algo, pero justo se terminó el momento que habíamos capturado y el tiempo volvió a transcurrir con normalidad.

Agrona Soverall nos atravesó con su mirada de rayos X. Parecía satisfecha.

—Los dados del destino son oficialmente el sello más poderoso que nunca se haya fundido —continuó su disquisición sin inmutarse, y tuve que hacer memoria para recordar de qué hablaba. De los sellos oscuros, claro. Soverall se dirigió entonces a Dina, Matt y Celine—. Sin ánimo de ofender, mis amores. Pero por eso el portador de los dados es el Señor de todo el Espejo desde hace siglos. Aunque yo personalmente siempre fui más de la opinión de que tu sello… —me guiñó el ojo—, con un adecuado portador o portadora, podría ser muchísimo más poderoso.

—Agrona —intervino Adam—, Rayne ya experimentará lo que tenga que experimentar, eso te lo prometo. Pero primero debemos realizar el ritual. O sea que… ¿nos ayudas?

—¿Quieres que lo haga a espaldas de mi sucesor? ¿El Alto Magistrado? —Soverall miró a Adam seriamente. Luego sonrió con perfidia—. A Kornelius le va a salir espuma por la boca cuando descubra que he estado en el Nexo. Claro que os ayudo.

Y dicho eso, apuró el vaso de golpe como si no contuviera más que agua y se levantó de la silla. Se balanceaba ligeramente, pero señaló con convicción a la zona central del bar.

—Vamos. Necesito mi vestido para el ritual. Y un trite contra la acidez de estómago.

Adam también se levantó. Poco a poco iba perdiendo la paciencia.

—¿No me has oído, Agrona? ¡No tenemos tiempo!

La magistrada le devolvió la mirada seria, y eso que Adam casi le sacaba dos cabezas. Era un misterio para mí cómo esa mujer podía haber bebido tanto y seguir manteniendo el autocontrol.

—Jovencito, si te has creído que voy a pisar el Nexo sagrado de esta guisa —señaló sus ropajes—, estás totalmente equivocado. Así que, a menos que tengas previsto que Matthew me envuelva en una de sus ilusiones, propongo que me acompañéis ahora mismo a mi casa.

La mirada de Adam era fría, su postura, tensa. En ese momento, algo se ablandó en el rostro de Agrona, que extendió una mano arrugada para apoyarse en el hombro de Adam.

—Mi casa es segura, Señor del Espejo. También para esta pichoncita —me señaló—. En cuanto me abandone la ebriedad, restituiremos a los Siete.

19

Apenas habíamos puesto un pie en la mansión de Agrona Soverall y Adam ya le estaba metiendo prisa. Aun así, lo único que consiguió fue precisamente lo contrario, porque la magistrada se enfurruñó y contestó que necesitaba tranquilidad para prepararse para el ritual y que intentar apresurarla no serviría de nada.

Antes de desaparecer en sus aposentos privados, le indicó a su criado que nos diera de comer. Unos minutos más tarde aparecieron a nuestro alrededor diferentes soportes para pasteles con bollería, tartas y frutas. Adam y Celine entraron en una sala lateral sin tocar la comida, mientras que Matt y Dina, al contrario, cargaron sus platos hasta los topes. Yo mordisqueé distraídamente unas uvas y unas galletas y, mientras los demás se enzarzaban en su conversación, me escapé de la salita sin que nadie se percatara.

Necesitaba estar sola. Por una parte, porque tenía curiosidad por ver cómo era el interior de la casa de una magistrada y, por otra, porque cada vez estaba más nerviosa.

Todo iba demasiado deprisa. Apenas había pasado un día desde que descubrí que era una de los Siete, y ahora ya estaba a las puertas del famoso ritual.

Era una sensación extraña: me había pillado totalmente desprevenida y, al mismo tiempo, me invadía la impaciencia.

Desde que había visto el brazalete del dragón debajo de la campana de cristal, me parecía escuchar en mi mente suaves susurros cada vez más insistentes. El encuentro con Ignis había despertado algo en mi interior y, aunque intentaba ignorarlo, parecía que todo mi ser estuviera concentrado en el sello.

¿Cómo sería portarlo? ¿Cómo cambiaría mi vida, la mía y la de Lily, a partir de entonces? Todavía recordaba mis propias palabras; lo contenta que había estado de que nuestra huida no nos hubiera conducido al Espejo. Pero ahí estaba. Y, sorprendentemente, no me parecía tan terrible. Porque cualquier cosa era mejor que la vida con Lazarus Wright, ¿no?

Mientras reflexionaba, me dediqué a deambular hasta acabar en el primero de los, seguramente, muchos pisos de la casa. Había gran cantidad de sellos colgados de las paredes y el techo, enormes monedas con grabados, como las que había visto en el palacio. Otros sellos estaban adheridos a pinturas o a las plantas, y aparentemente controlaban lo que se mostraba en el cuadro o el color de las flores. La magia se sentía en cada esquina de aquella mansión.

En el segundo o tercer piso descubrí una especie de jardín de invierno repleto de plantas exóticas, seguido por una biblioteca que parecía extenderse a varias alturas. Con cuidado, atravesé el umbral y tragué saliva lentamente mientras miraba hacia arriba. La biblioteca era enorme. Y preciosa. Bustos de mármol, un globo terráqueo, libros por todas partes. Estaban encuadernados con cuidado y ordenados con precisión en las altas estanterías de madera. Una iluminación artificial caía sobre ellos desde arriba, suave y apagada. Me detuve brevemente para absorber la majestuosidad del lugar. Luego, me acerqué a un libro que reposaba de forma prominente en un atril: *Crónica de las familias portadoras*.

Algo en mí se resistía, pero finalmente lo hojeé. Y, ciertamente, allí había nombres, imágenes y breves biografías de todos los portadores, además de toda su parentela. Abarcaba tantos años que me empecé a marear. Al final del libro, donde el papel todavía lucía liso y brillante como si acabaran de encuadernarlo, me di de bruces con los actuales portadores de los sellos oscuros. Matthew Coldwell. Celine Attwater. Dina Solomon. Y también los dos portadores que todavía no conocía: Sebastian Lacroix y Nikita Fairburn.

Eché un ojo a sus árboles genealógicos, pero ninguno de los nombres me decía nada. Luego, seguí hojeando. Pasé a la entrada de la familia Tremblett.

La familia de Adam.

Sus padres se llamaban Jonathan y Leanore Tremblett, y tenía una hermana menor llamada Priscilla. Además se mencionaba a los abuelos y a algunos parientes lejanos que parecía que no vivían en Septem. Pero nadie me había hablado de la hermana. De hecho, exceptuando al padre de Matt, no había conocido a ningún pariente de nadie.

—Así que aquí te escondías.

Giré sobre mis talones. Era Agrona Soverall. Estaba de pie en el marco de la puerta; no la había oído llegar en absoluto.

Parecía otra persona. Seguía teniendo aspecto de zombi, pero… de zombi muy bien arreglada y con la mirada despierta. En vez del vestido de seda de colores, ahora llevaba uno de gala color púrpura, ceñido a la cintura con un cinturón con hebilla de oro. El vestido para el ritual del que había hablado, imaginé.

—Perdona —me disculpé, pero Agrona le quitó importancia con un gesto.

—Rebusca por donde quieras. Los niños creen que todavía estoy en el baño, así que tenemos todo el tiempo del mundo. —Me lanzó una mirada pícara y se acercó—. ¿Y? ¿Has encontrado algo interesante? —me preguntó, después de haber echado un vistazo furtivo al libro.

Volví a mirar a la entrada de los Tremblett e hice una mueca.

—Lo que no entiendo es por qué *nosotros* debemos llevar estos sellos. Y por qué los padres de Adam no son los Señores del Espejo. Su madre o su padre. Él es tan...

«... joven».

Agrona soltó un bufido afirmativo.

—Es tradición que los portadores transfieran sus sellos lo antes posible. Con el paso del tiempo suele hacérseles cada vez más difícil conseguir que su magia funcione, por eso tienen que ceder los sellos a la siguiente generación cuando tienen diecisiete o dieciocho años. Mira, en el caso de la madre de Adam también fue así.

Cogió el libro y lo hojeó. Luego, señaló una foto que estaba en la parte izquierda de la página: una joven sentada en el trono de respaldo heptagonal. Una masa de pelo blanco platino le caía de forma artística en tirabuzones sobre los hombros, sobresaliendo por debajo de una diadema que parecía esculpida en hielo. Una sonrisa satisfecha se asomaba a sus labios, y los dedos de una mano, cubierta de joyas tan afiladas como dagas, mantenían los dados del destino en el aire.

Leí el pie de foto: «Leanore Amalia Tremblett, ceremonia de coronación».

Una cierta nostalgia invadió el rostro de la magistrada.

—Ese fue el día que recibió a Alius y Etas de su padre y se convirtió en la primera portadora. Fue un día de fiesta fantástico. A los Superiores no les caía muy bien su padre, pero ella... Todo el mundo la adoraba. Y así reinó en el Espejo durante muchos años.

—Parece imponente —afirmé.

—Sin duda. —Agrona sonrió—. Matthew y los demás niños prácticamente se meaban encima cada vez que estaban ante Leanore.

—¿Y luego abdicó y le cedió el sello a Adam?

Agrona suspiró levemente.

—Sí.

Pasó a la página siguiente. Una foto más: Adam en el trono, sin corona, sin ninguna joya, sin su sonrisa triunfal. Estaba allí sentado sin más, con aquella expresión fría y neutra en la cara, mostrando sus dados.

«Adam Victor Tremblett, ceremonia de coronación».

—Lleva cuatro meses siendo el Señor del Espejo.

Las palabras de Agrona me pillaron desprevenida. ¿Solo cuatro meses? No lo sabía… Y era imposible haberlo sospechado, con los aires que se daba Adam.

—Pero entonces, ¿dónde está su madre? ¿No debería estar a su lado?

La magistrada me miró con una expresión triste en el rostro.

—Pocos días después de la coronación de Adam, Leanore se quitó la vida.

—¿Se quitó la vida? —repetí con voz agitada.

Agrona asintió.

—Hay quien dice que no consiguió desvincularse del sello. La generación que entrega el sello siempre necesita un cierto tiempo, pero lo cierto es que no sabemos cuál fue la razón de su suicidio. Adam… tuvo que aprenderlo todo solo. Asumir el trono suele ser un proceso bien organizado. En su caso ha sido…

—Hizo una mueca—. No está siendo fácil.

Me recorrió un escalofrío. No quería compadecerme del señor Asquerosito, pero no podía evitarlo. ¿Su madre se había suicidado? ¿Hacía solo cuatro meses? Y el resto de su familia parecía encontrarse en otro lugar, en cualquier caso, no a su lado.

Recordé el comentario sarcástico de Matt sobre la palabra «familia». Estaba claro que, en teoría, el linaje lo significaba todo para los Siete, pero en la práctica era… complicado.

—Cambiemos de tema —propuso Agrona. Sonreía de nuevo y, aunque su aspecto era imponente, en sus ojos pude detectar una profunda bondad—. ¿Qué más quieres saber? Me temo que ya no nos queda mucho tiempo antes de que el Señor del Espejo pierda la paciencia conmigo.

No era fácil decidirse por una de las mil preguntas que me recorrían la mente. «Paso a paso», me dije. Y el siguiente paso lo tenía justo delante.

—El ritual. No... no tengo ni idea de cómo va, o de qué debo hacer.

—No te preocupes. He celebrado muchas veces el ritual de unión entre la descendiente de un portador y su sello. Y Adam está muy bien preparado. Nada puede ir mal. Simplemente sigue las indicaciones.

Suspiré. «Claro. Cómo no».

En ese momento, Agrona Soverall me tomó de las manos.

—Ya te lo he dicho, veo mucho de tu padre en ti. Alegría, fuerza, inteligencia. Pero debes saber que Melvin, de todos los jóvenes portadores que he acompañado, era el que menos se adaptaba a esta vida. Quería ser libre y no podía. Y eso lo rompió. Eso también lo veo en ti.

Noté un nudo en la garganta, pero negué con la cabeza.

—Las niñas de la calle no nos rompemos tan fácilmente.

—Ajá. —Agrona me dio unos golpecitos con el índice en la frente, y su sonrisa volvió a teñirse de aquella juventud pícara—. Un auténtico diablillo, ¿no? En eso también te pareces mucho a él. Una vez, debía de tener Melvin cuatro años, entró corriendo en cueros por el salón del trono y...

Un zumbido brusco invadió la biblioteca. Agrona se quedó en silencio en medio de la frase y se giró sobre su eje.

—¿Qué pasa? —pregunté, pero la magistrada solo levantó una mano para hacerme callar. Dio dos pasos, y todavía tuve tiempo de pensar lo tensa que parecía antes de que se oyera un crujido. La sala vibró, algunos libros se cayeron al suelo. Luego se oyó otro crujido y, como a cámara lenta, una de las enormes estanterías se desmoronó con un ruido ensordecedor.

Las astillas volaron hacia nosotras mientras los libros se deslizaban por las baldosas. Inmediatamente, Agrona me agarró del brazo y, antes de que pudiera darme cuenta de lo que pasaba, me empujó tras una estantería. Se volvió a oír otro crujido, seguido de un rayo azul que pasó a toda velocidad por delante de la ventana.

—¿Qué pasa? —repetí, esta vez más alto.

Agrona me miró con una expresión de absoluta incredulidad.

—Alguien intenta asaltar la casa.

—¿Qué? —Oteé la biblioteca vacía, pero no se veía nada excepto libros y estatuas de mármol.

—No te preocupes, no lo van a conseguir —me tranquilizó Agrona—. Poseo varias docenas de sellos barrera. Son los mejores sellos que existen en el Espejo. Pueden esperar sentados si piensan que...

Un nuevo relámpago pasó por delante de la ventana, zigzagueando azulado a la velocidad de la luz. Sobre la estantería caída, a cuyos pies se habían acumulado muchos de los antiguos libros, la pared empezó a resquebrajarse.

Los sellos de los que había hablado Agrona, eso sí, demostraban su efectividad: una increíble película de magia recubría toda la sala, que había permanecido intacta hasta el momento en que la pared se había partido literalmente en dos. Dos figuras aparecieron entre el polvo que nos rodeaba. Ambas llevaban pasamontañas que solo dejaban ver sus ojos a través de una abertura. Parecía que habían bajado con una cuerda desde el tejado, y ahora se balanceaban desde el orificio que se había abierto en la pared. Solo aquella película de magia protectora nos separaba de ellas.

—Vamos.

Agrona volvió a tirar de mí hacia el centro de la sala. Escuchamos ruidos de lucha en las escaleras, cada vez más próximas, pero antes de que pudiera descubrir lo que pasaba, volvió a sonar aquel potente crujido.

Una de las figuras que se habían descolgado apoyaba ahora una mano en la barrera mágica. Sostenía una moneda con un sello que, centímetro a centímetro, iba fresando la película protectora.

—¡Ve con los demás! —gritó Agrona, horrorizada, pero era demasiado tarde.

Las dos figuras habían roto la barrera. El agujero se había hecho tan grande que pudieron entrar en la sala. Uno de los recién llegados era un gigante de hombre, de hombros anchos, sin duda dos cabezas más alto que yo; el tipo que lo acompañaba era delicado y pequeño.

—¡Fuera de mi casa! —bufó Agrona.

Los dos estaban ya ante nosotras. El gigante le tapó la boca con una mano y la apartó, mientras que el tipo pequeño y delicado se dirigía a mí.

—Tú te vienes con nosotros, señorita —masculló.

Retrocedí. Con el corazón en la boca, miré a mi alrededor y eché mano de lo primero que apareció en mi campo de visión: *Crónica de las familias portadoras*. Agarré el tomo con todas mis fuerzas y le arreé al tipo pequeño con el tocho en toda la cara... O por lo menos lo intenté.

Mi atacante levantó una mano y, gracias a un sello en forma de medallón, hizo aparecer un escudo mágico que no solo evitó el golpe, sino que arrojó el libro al suelo.

Volví a retroceder hasta que choqué con la estantería. El pequeño me agarró de la chaqueta y se pegó a mí.

«De eso nada», me dije, y lo empujé. Me eché a un lado y agarré uno de los bustos de mármol que estaban colocados en un pedestal. Lo balanceé en el aire y se lo estampé al tipo pequeño en todo el estómago, lo cual lo hizo caer al suelo.

Abracé el busto. Fue entonces cuando me di cuenta de que era una reproducción de Adam. ¿En serio? Para cuando mi atacante se incorporó, yo estaba más que lista para sacrificar aquella reproducción de mármol del Señor del Espejo por un bien mayor. Pero, de repente, una cuerda blanca apareció bajo la barbilla del tipo; había salido de la nada y se había enrollado en su garganta.

Me atreví a respirar de nuevo cuando me percaté de que era Adam. Su expresión se mantenía impasible, pero sus ojos grises centelleaban de ira. Tenía el cabello blanco revuelto y por debajo de su camisa le relucían las líneas plateadas. Sostenía ambos dados del destino, uno a la izquierda y otro a la derecha de la cabeza de mi atacante.

—¿Quién te ha enviado? —le preguntó en voz baja y amenazante.

El pequeño y delicado empezaba a no poder respirar; la cuerda se lo estaba impidiendo.

La expresión de Adam se tornó más lúgubre.

—Dime quién te ha enviado o ve despidiéndote de tu cabeza.

«No lo dice en serio», me tranquilicé, aferrándome todavía al busto de mármol de Adam. Pero el hombre no parecía tan convencido. A través de la rendija de su pasamontañas vi que tenía los ojos como platos, con un asomo de pánico en su interior.

—¿Quién? —repitió Adam.

La cuerda de luz que se tensaba entre los dados estaba tan tirante que empezaba a dejar una marca de sangre en el cuello del hombre. Las fosas nasales de Adam se abrieron, tenía los nudillos cada vez más blancos. Durante un segundo volví a ver al abismo del salón del trono delante de mí, y recordé su cabeza rodando por el suelo después de que Adam la hubiera seccionado.

—Por favor —jadeé—, no lo hagas.

Miré a Adam suplicante y me di cuenta de cómo apretaba la mandíbula.

Soltó el cordel. El pequeño jadeó para intentar recuperar el aliento. Entonces, Adam hizo un gesto con la mano, una línea recta de arriba abajo. Estasis. De inmediato, el cuerpo del hombre se entumeció y cayó de bruces al suelo cuan largo era.

—Encárgate de que no se acuerde de nada. Ni siquiera de por qué estaban aquí.

Pasó un momento hasta que me di cuenta de que Adam no hablaba conmigo. Sus palabras eran para Matt. Dina, Celine y Agrona Soverall también estaban de pie en medio de la biblioteca. A su lado, en el suelo e inconsciente, se encontraba el gigante.

Matt movió la mano. Sus líneas de luz se iluminaron de color lila y luego asintió:

—Solucionado. Al que estaba en la planta baja ya le he borrado la memoria.

Adam se inclinó y le retiró el pasamontañas al atacante. Tenía el pelo verde y muchos tatuajes en el cuello. No lo conocía. Adam le cogió el brazo derecho y le subió la manga de la chaqueta. Ahí estaba: un tatuaje.

Un ojo con la pupila en forma heptagonal.

Era el mismo signo que el del tipo que me había dado la réplica del dragón en el heptadomo.

—¿Qué significa? —murmuré, y miré a Adam, que, para variar, me contestó sin rodeos.

—Significa que pertenece al Ojo. Es un grupo rebelde que actúa tanto en el Espejo como en Prime. El tipo contra el que combatiste en el heptadomo, Dorian Whitlock, es uno de ellos. Sabemos que es responsable del reclutamiento, pero durante mucho tiempo no nos pareció necesario detenerlo.

Recuperé mi recuerdo de Dorian; aquel joven con su cresta, sus *piercings* y su ropa normal. Antes de nuestro combate, estaba claro que me había considerado un botín fácil. Y la noche de la fiesta de Lazarus..., ¿no me había parecido verlo allí? Me había extrañado tanto que me autoconvencí de que me había equivocado, pero ahora... ahora ya no estaba tan segura.

—¿Y qué quiere ese grupo rebelde de vosotros?

—Sobre todo quieren algo de Adam. —Matt se puso a mi lado—. Y no cualquier cosa: solo les vale la abdicación, aunque probablemente también se conformarían con torturarlo o ejecutarlo. No es fácil resumir lo mucho que lo detestan.

—Matt —advirtió Adam en voz baja, pero él no dejó que lo distrajera.

—El Ojo odia al Señor del Espejo. Fervientemente. Y a nosotros también nos odia, de paso. Si fuera por los rebeldes, acabarían con los Siete de inmediato.

Los engranajes de mi cerebro empezaron a girar. Los dos atacantes se habían lanzado de cabeza a por mí. «Tú te vienes con nosotros», me había dicho uno.

—Entonces, ¿saben quién soy?

Adam dejó caer el pasamontañas del hombre al suelo con cierto descuido.

—Me temo que sí. Tal vez esperaban encontrarte sola.

—Por suerte, Rayne ha encontrado una manera creativa de defenderse. —Dina se había puesto a mi lado y se estaba riendo por lo bajo.

La observé confusa, pero luego me di cuenta de que se refería al busto de mármol de Adam que todavía tenía abrazado.

«Me parto, vamos».

Adam se dirigió a Agrona Soverall.

—Precisamente por esto quería que nos marchásemos al Nexo de inmediato.

La magistrada parecía sobrecogida. Tenía el pelo blanco rosado despeinadísimo.

—¡No me eches la culpa! Seguramente alguien os ha reconocido cuando veníais a buscarme. Lo que no entiendo es cómo se ha podido resquebrajar la barrera. ¡Estos sellos son excelentes!

Se agachó con un gemido y recogió un *happy-upper*. «Un trite», me corregí. Era la moneda que los rebeldes habían utilizado para atravesar la barrera. La magistrada se giró y pude divisar un complicado grabado.

—Nunca había visto nada así —murmuró Agrona, y pasó la uña por la moneda—. Ni siquiera en nuestros sellos mejor fundidos. Parece que el Ojo es mucho más peligroso de lo que pensaba.

—Eso parece. —Adam echó un vistazo a la moneda con expresión de cansancio—. Ya me ocuparé del Ojo después del ritual. Ahora, Ignis es más importante. —Señaló con la cabeza a las dos figuras inconscientes—. Ya los recogen mis guardias —indicó antes de dirigirse a Celine—. Llévanos al Nexo.

20

Entre una cosa y otra, había ido atardeciendo: llegaba la única hora del día en que el sol inundaba el Espejo.

Todavía no me había acostumbrado a lo fácil que era llegar de un lugar a otro con la llave de Celine. Hasta entonces, solo había pasado de un ala de un edificio a otra o de un barrio a otro, pero esa vez, al salir detrás de Dina por el corredor mágico que había abierto Celine desde la casa de Agrona, me encontré en lo alto de una isla. Estaba bordeada por acantilados irregulares y por... vacío. En ese árido paisaje se alzaba una puerta solitaria. Sin paredes, sin edificio anexo; solo una puerta que volvía a perder ahora su brillo mágico, una vez que Celine hizo desaparecer su llave.

No estábamos en Septem, y tampoco en ninguna otra ciudad espejo, eso lo tenía claro. Nos encontrábamos en medio de la nada. La isla no era especialmente grande, la abarcaba de un vistazo. Tras los acantilados solo se veían espesas nubes de niebla bañadas por la cálida luz del atardecer. Sin embargo, ante nosotros había un edificio. Parecía una especie de observatorio astronómico, con una cúpula de cristal coronada por una torreta de piedra redonda y no muy alta.

Así que eso era el Nexo. El lugar del que manaba la magia. Significara eso lo que significara.

Lentamente, alcé la vista. No sé qué esperaba, pero desde luego no aquel lugar indefinible, casi espeluznante. El cielo aparecía cubierto de una niebla tan densa que no se distinguía absolutamente nada. No tenía ni idea de en qué parte del planeta nos encontrábamos. Era como si nos hubiéramos quedado varados en un islote diminuto en medio del océano, solo que ni siquiera había un horizonte con el que poder orientarnos.

Entre la puerta solitaria y la torreta de piedra solo mediaban unos veinte metros. Visto desde fuera, el edificio no era nada del otro mundo. Piedra oscura, sin ninguno de los ostentosos ornamentos que había visto en la torre del palacio. Y, sin embargo, imponía respeto, como si la importancia del lugar emanara del aire fresco que se respiraba. Recordé cómo había denominado Agrona Soverall el Nexo: sagrado.

—Venga —oí que decía Adam—, acabemos con esto cuanto antes.

«Esto». Me imaginé que con *esto* se refería a mí.

Mis dudas no se habían disipado en las últimas horas, pero sabía que no tenía sentido ceder ante ellas. No tenía elección. No solo porque quisiera traer a Lily a un lugar seguro a toda costa, sino también por lo que había descubierto desde mi llegada al Espejo: la magia del caos que se había liberado por mi culpa, los abismos que se acumulaban en la atmósfera y que ahora acechaban mi mundo.

Y, por si todo eso fuera poco, estaba Ignis. Esa magia indómita que había sentido en el salón del trono y que no me había abandonado desde entonces. Al contrario: se había vuelto cada vez más fuerte, y al verme ahora delante de aquella torre rodeada de vacío, tuve la sensación de que mi sello me llamaba con más fuerza que nunca.

Hasta entonces solo había experimentado una fracción de la magia que dormitaba en el brazalete del dragón, y no podía imaginar siquiera cómo sería portarlo. Pero ahí, en aquel lugar increíble, en ese extraño espacio liminar, lo tuve totalmente claro. La magia de Ignis había pertenecido a mi padre hasta ese momento. A partir de entonces, me pertenecería a mí.

Inspiré profundamente, cerré los puños temblorosos. Luego, caminé delante de los demás hacia la torre.

Matt y Celine ya nos esperaban cuando, poco después, salí con Dina de una especie de vestuario que estaba situado en el piso más elevado de la torre. Allí me habían dado una túnica de lino blanco puro, sería mi vestimenta para el ritual. Los demás, en cambio, vestían los colores que ahora identificaba con sus familias: azul para los Attwater, lila para los Coldwell, verde para los Solomon. Matt nos sonrió. Celine, en cambio, parecía como si hubiera mordido un limón. Mientras yo me cambiaba, ella había regresado a Septem para, con ayuda de unos criados, traer mi sello al Nexo. Seguramente se habría planteado más de una vez tirarlo por el acantilado de la isla.

Pero ahora todo el mundo estaba ahí, mirándome fijamente. Solo faltaban Adam y Agrona Soverall, que habían desaparecido.

La torre estaba tan inclinada y era tan oscura por dentro como parecía por fuera. Nada indicaba que fuera el lugar más sagrado del Espejo y, aun así, me sentí invadida por una sensación de veneración al seguir a Dina, Celine y Matt hacia la llamada sala del origen. Ahí tendría lugar el ritual. La sala, igual que el resto de la torre, tenía altas paredes de piedra plagadas de heptágonos, aunque lo más impresionante era la cúpula de cristal. En una situación normal debía de poder verse el cielo a través de ella, pero el lugar seguía rodeado por la misma niebla densa que hacía imposible distinguir nada.

En ese momento, mi atención se desvió a algo que colgaba de la cúpula: una esfera enorme hecha de puntales dorados.

Colgaba sobre una pila circular incrustada en el suelo de piedra.

—Es un sello —me explicó Matt, mientras señalaba la esfera flotante.

—Nuestros mejores forjadores la fabricaron tras la creación del Espejo. Por eso este lugar lleva su nombre. Es el Nexo. El nombre no se refiere a la isla, sino a este artefacto.

—¿Y la magia sale de él? —No podía imaginarme qué aspecto tendría aquello.

Matt asintió.

—El sello del Señor del Espejo es el único que puede abrir el Nexo. Adam tiene la obligación de venir varias veces al año para que pueda fluir la magia.

Ahora sí que estaba atacada. Los nervios me habían calado hasta en la sangre al ver aquel enorme sello, y la cosa no mejoró al percatarme de que Dina, Matt y Celine se habían colocado en una especie de grada que se extendía por el lateral izquierdo de la sala del origen.

Al escuchar pasos detrás de mí, me recompuse. Era Adam, que, por primera vez desde que lo conocía, no iba de negro. En su lugar, llevaba una chaqueta nívea adornada con ornamentos gris perla, bajo la cual vestía la misma ropa de lino blanco que yo.

Se puso de pie a mi lado, miró brevemente la esfera y luego a mí.

—¿Estás lista?

«¿Importa eso?», casi le repliqué, pero luego reconsideré lo que Agrona Soverall me había dicho en la biblioteca. El suicidio de la madre de Adam, y que él tenía que gestionar una responsabilidad increíble él solo. Me tragué mis palabras mordaces y asentí.

—Sí.

Adam parecía a punto de ofrecerme su brazo, pero, de pronto, se detuvo.

—Quería... darte las gracias.

—¿Por qué?

—Por estar aquí.

Ahí sí que no pude evitar poner los ojos en blanco.

—Solo vosotros los Superiores sois capaces de secuestrar a alguien, decidir por ella y luego darle las gracias por haber dicho que sí. —Los ojos de Adam tenían un aire melancólico que me apresuré a ignorar—. Estoy aquí por nuestro trato, ¿ya te has olvidado? Lily a cambio de llevar a Ignis.

Me observó largo tiempo.

—Lo sé. Aun así, gracias.

Quise responder, pero me quedé sin palabras. Cada vez que Adam me observaba con aquella penetrante mirada suya me ponía nerviosísima.

—El Nexo está listo para abrirse, mi Señor.

Agrona Soverall había aparecido de la nada. No la había oído entrar. Llevaba el vestido ritual, su expresión era solemne. A su lado, algunos criados transportaron con cuidado la campana de cristal que contenía a Ignis hasta la pila.

Adam asintió y me tendió su brazo. Esa vez lo acepté. Ahora que la cosa estaba tan avanzada, me empezaron a temblar las rodillas.

Caminamos juntos y, al llegar a la pila, Adam se puso al lado de Agrona Soverall, quien, casi no me lo pude creer, hizo una profunda reverencia ante él.

—Mi Señor, ¿estáis listo para abrir la fuente?

Vale, si se dirigía a él como «mi Señor», estaba claro que la cosa se había puesto seria.

Adam volvió a asentir. Se arrodilló frente a la pila y reconocí un soporte frente a ella que tenía un sello grabado: dos cruces, una encima de la otra, el símbolo de Alius y Etas. Adam se inclinó y colocó los dados del destino contra la pila.

El grabado se iluminó. Al mismo tiempo, la esfera que estaba sobre nuestras cabezas empezó a moverse. Los puntales dorados se desplazaron, abriéndose hasta formar un enorme paraguas hacia al cielo. Inmediatamente después, sin que pudiera entender la correlación, la pila se llenó de magia. Fluía de unas pequeñas aberturas laterales, litros y litros de líquido azul brillante.

Al mismo tiempo, Agrona retiró una moneda tras otra de la campana de cristal bajo la que yacía Ignis. De inmediato, unas bocanadas de magia negra empezaron a llenar toda la campana.

—En cuanto hayamos liberado a Ignis y lo hayamos llenado de nueva magia, deberemos apresurarnos —explicó Agrona.

Adam, que entretanto se había erguido, dio un paso hacia mí. Señaló la moneda de mi brazo con la cabeza.

—Te voy a retirar los trites.

Tuve un mal presentimiento de nuevo; recordé cuando yo misma me había quitado las monedas y me había quedado inconsciente en cuestión de segundos. Miré a un lado, hacia la grada..., y me topé con Matt. Me observaba fijamente y tenía una sonrisa débil pero persistente en los labios. También Dina me sonreía. Solo Celine, que apartaba la vista, parecía tan negativa como siempre.

Inspiré profundamente y extendí mi brazo hacia Adam para dejarle hacer. Sin esfuerzo aparente, sus dedos retiraron los trites de mi piel. La magia oscura de mi interior cobró fuerza de inmediato, las líneas se pusieron en movimiento, pero el dolor no hizo acto de presencia; como si mi cuerpo supiera que en ese momento no había razón para rebelarse.

Iba a conseguir lo que quería.

A nuestro lado, Agrona Soverall puso las manos sobre la campana de cristal para irla levantando poco a poco. Sacó el brazalete del dragón en el mismo instante en que Adam me retiraba la última moneda con un fugaz movimiento.

La magia del caos salió a raudales de mi piel, pero en vez de expandirse por todas partes, permaneció estática.

Con calma, Adam me agarró de la muñeca.

—Repite exactamente lo que yo diga —me indicó—. Juro no dañar nunca a los Siete.

Pestañeé. Nadie me había dicho nada de un juramento.

—¿Rayne?

Por un momento, cerré los ojos, dejando salir todas mis dudas. No había vuelta atrás.

—Juro no dañar nunca a los Siete.

—Juro obedecer al primer portador.

Mi cara se encogió en una mueca. ¿Iba en serio?

—Juro obedecer al primer portador —repetí, añadiendo mentalmente: «Si me lo pide amablemente y por favor y no se comporta como un señor Asquerosito de las narices».

—Juro preservar el legado de mi sello y transmitirlo a mi linaje cuando llegue el momento.

¿Mi linaje? No debería haberme chocado tanto. Adam ya me lo había dicho en el salón del trono: «Portarás a Ignis, igual que lo portó tu padre y que lo portará tu descendencia después de ti». La idea era totalmente absurda... Pero no tenía elección.

Así que repetí las palabras y sentí cómo se me escapaba una lágrima sin que me diera tiempo a secármela. Ignis me llamaba, lo sentía, pero acababa de comprender a cuánta libertad estaba renunciando a cambio de mi sello. Iba a tener que vivir en aquel palacio, y cada paso que diera me sería impuesto.

Adam vio la lágrima y se detuvo, pero solo una décima de segundo. Luego recordó su función.

—Juro servir al Espejo, hasta el final.

—Hasta el final —repetí con voz queda e infinitamente exhausta.

Agrona avanzó lentamente hacia la pila. Sumergió a Ignis en la magia azul invernal.

Al mismo tiempo, Adam se quitó la chaqueta y la dejó a un lado. Debajo llevaba una especie de camisa de lino y unos pantalones sencillos; si no fuera porque lo sabía de sobra, casi podría haber olvidado que era el Señor del Espejo. Cuando se giró hacia mí, descubrí horrorizada que llevaba en la mano una daga fina y muy afilada. Adam avanzó hacia mí, y supe de inmediato lo que se proponía.

La magia de los sellos siempre llamaba a la sangre.

Adam tocó mi antebrazo con la punta de la daga, cada centímetro de su cuerpo marcado por la tensión. Antes de clavármela, levemente, eso sí, me miró una vez más, y no me hizo falta mucho tiempo para entender que esperaba mi consentimiento.

Apreté los labios… y asentí. Apenas había tocado mi piel con la punta de la daga cuando un intenso dolor me atravesó. Me empezaron a temblar las manos. Adam, sin embargo, no dejó que eso lo alterara. Más bien parecía habérselo esperado. Aferró con más fuerza mi muñeca para dibujar unas líneas con la daga con precisión. Pequeñas gotas de sangre me perlaron el brazo y, al terminar el grabado, dejé de temblar.

Miré fijamente el dibujo que había marcado sobre mi piel. Arriba, una cruz: una línea horizontal como unas alas que se balanceaban y una vertical que acababa en una gran espiral rizada como la cola de un dragón.

—Tus marcas de luz se activarán en cuanto portes el sello —comentó Adam en voz baja antes de pasarle la daga a Agrona. Entonces tomó el brazalete del dragón y lo acercó hasta la punta de los dedos de mi mano derecha—. Cuando aparezcan por primera vez, te va a doler.

Una segunda lágrima amenazó con resbalarme por la mejilla, pero esa vez pestañeé a tiempo y levanté la cabeza para evitarlo.

Adam pasó el brazalete por mi mano, deslizándolo hasta ajustármelo al antebrazo.

Jadeé. Un calor incomparable se expandía por mi cuerpo. No era como el pinchazo mediante el cual la magia se unía a mí, sino más bien como si el núcleo de la magia que guardaba el dragón y que primero se había avivado azul y luego rojo se fundiera directamente con mi piel. No se veía, pero lo sentía en cada célula, en cada gota de sangre.

—Ahora estableceré la conexión.

La voz de Adam era tan suave que me daba la sensación de ser la única que podía oírla. Me impuso ambas manos, una en el cuello y otra en la parte superior del brazo derecho. Al hacerlo, se acercó tanto que pude notar su olor: un aroma a agua clara, con toques de madera, mezclado con el matiz de la magia.

El tacto de Adam era reconfortantemente fresco. En cuanto lo sentí, se activaron sus líneas de luz blancas. Ambos dados, que guardaba en el brazal de cuero de su brazo izquierdo, brillaron con luz plateada, y desde ellos empezaron a expandirse por el cuerpo de Adam unas hermosas líneas repletas de filigranas.

Entonces, me ocurrió a mí también: un resplandor rojizo hizo brillar mi piel. En mi brazo derecho, allí donde Ignis acababa de unirse a mí, comenzaron a nacer ramificaciones, símbolos y formas abstractas que se parecían un poco a unas llamas y que simplemente iban borrando las líneas que había provocado la magia del caos.

—Con el tiempo, las líneas van imitando nuestra vida —indicó Adam mientras me miraba fijamente a los ojos—. Las cosas que nos importan, que nos dañan o que nos hacen felices. Cambian con nuestras experiencias.

El dolor se desató. Adam tenía razón, las líneas de luz se estaban grabando a fuego en mi piel. Rodeó el brazalete del dragón con la mano en un gesto casi protector.

—Alius, Etas —pronunciaba ahora Agrona a mi lado, en un tono conmovido—. Divinus. Anima. Anguis. Solis. Clavis. Ignis. Todos los que vinieron antes se unen ahora en ti.

El núcleo de magia rojo, que ahora estaba completo, resplandeció entre los dedos de Adam. Sentí las líneas de luz por mi espalda, por mi pecho; se extendían por mi abdomen, por todo mi torso, me bajaban por las piernas. Y allí donde aparecían se iluminaban también las líneas de Adam, como si me imitara.

Se estableció una conexión entre los dos. Podía sentir *el interior* de Adam. Se abrió una puerta entre nosotros, y lo que había detrás fue... justo lo contrario a lo que me habría imaginado.

Porque la magia de Adam no tenía nada de reservada o de arrogante, que era la manera en que se había comportado conmigo en los últimos días. Era... pacífica. Como un lago del que se desprendía una brisa de calma. Su magia irradiaba seguridad, control y paz. Por unos instantes, hizo que el calor de mi interior se me hiciera más tolerable. Sus manos eran como un ancla. Inspiré y exhalé profundamente mientras dejaba caer la cabeza sobre su hombro.

El impulso de acercarme rozaba lo sobrehumano. Quería verlo a él, al origen de su magia, pero la puerta que nos separaba solo se había entornado un poco. Lo que hubiera más allá, Adam lo mantenía oculto, y tuve que contenerme con todas mis fuerzas para no rodearlo con mis brazos y dejar que su pacífico frío fluyera en mi interior.

«Solo es cosa del ritual», me dije. «Es solo la magia que me está transfiriendo».

—Lo has conseguido —me susurró Adam al oído. Me rodeaba la cintura con uno de sus brazos, apretándome contra sí mientras la magia invadía cada gota de mi sangre.

«Rayne. Rayne. Rayne», decían las voces que sonaban en mi interior. Susurraban suavemente, tan delicadas como una brisa, mientras el cansancio me arrastraba.

«La niña pródiga». «La hija». «Rayne».

No podía distinguir unas voces de otras. Eran como un flujo de conciencia y de palabras, una vaga presencia que solo parecían decir una cosa:

«Ahora nos perteneces».

PARTE 4

LA UNIÓN

21

Estaba soñando. Por lo menos, a mí me parecía un sueño. Durante horas di vueltas y más vueltas en la amplia cama con dosel del palacio, atrapada en aquel estado en el que mi conciencia lamía la orilla de una realidad débil y borrosa antes de volver a retirarse.

Primero soñé con el combate del heptadomo, con cuando me había visto engullida por la niebla de Dorian Whitlock. Pero esa vez no ganaba; al contrario, su inmovilización mágica me aplastaba contra el suelo hasta casi ahogarme.

Luego soñé con los ojos fríos de Leanore Tremblett, con la magia del caos que me devoraba desde dentro y con Lily, tirada entre los cascotes del heptadomo, inmóvil.

Finalmente, los sueños tomaron otros derroteros, y vi lugares que nunca había visitado, me ensimismé en recuerdos que no eran míos, me encontré con personas que no conocía. Tiempos pasados, grandes bailes de salón, banquetes, combates con Ignis, lágrimas, amistades y un sentimiento tan omnipresente de poder que amenazaba con engullirme.

Era como si pudiera vivir todo lo que habían experimentado los anteriores portadores del brazalete del dragón. Instantes de los últimos siglos, nacimientos, muertes, rituales..., hasta el momento en que siete personas alzaron sus manos y crearon un mundo en el cielo.

Las imágenes pasaron veloces y de manera aparentemente aleatoria por mi mente hasta que, por fin, se fijó una escena: estaba dentro de una cueva, y en su interior veía a un hombre de pie ante un pilar de fuego. Su cara estaba borrosa, como si lo estuviera mirando a través de una pared de cristal oscura y traslúcida.

«Calor», escuché que decía una voz en mi oído, tan cerca como si estuviera justo a mi lado. «Nuestra magia es calor».

Era mi padre, lo sentía con total claridad. Quería hablarle, pero el sueño se resquebrajó antes de que pudiera hacerlo. La cueva y el fuego desaparecieron. Solo quedó la voz.

«Siento su frío en ti. Se repite, una y otra vez». Quise replicar, pero en un abrir y cerrar de ojos me encontré de nuevo delante de una puerta. Estaba entreabierta, y por el hueco se colaba un aire fresco.

Y, justo cuando iba a abrirla, alguien se me acercó.

Tampoco pude ver su rostro. Solo notaba una sensación de intimidad. Me ponía las manos en la cintura, me acariciaba la piel ardiente, y yo observaba fascinada las incontables líneas brillantes blancas que centelleaban sobre el cuerpo que tenía delante. Una voz melodiosa recitaba el juramento que había acabado para siempre con mi vida anterior. Me dejé caer agotada en su abrazo. Me aferré a ese cuerpo, dejé que mis labios exploraran su fría piel y…

Me desperté sobresaltada.

Pero ¿qué diablos acababa de soñar?

Temblando, eché mano a mi muñeca derecha, donde estaba el sello. No había marcas de luz, ni líneas negras de magia del caos, simplemente mi piel. Del núcleo de cristal que estaba en el centro del dragón emanaba una suave calidez. Hacía rato que su luz rojiza había vuelto a ser del habitual azul invernal, aunque la magia seguía pulsando en mi brazo. Como si el sello me quisiera recordar que ahora era parte de mí.

Como una bendición. O una maldición. No lo sabía.

Después del ritual del día anterior, habíamos regresado a Septem, pero casi no me había enterado de nada, ni del camino por el pasillo de magia de Celine ni de la despedida de Agrona Soverall. Ni siquiera recordaba quién me había llevado al dormitorio.

Quería volver a cerrar los ojos, a fin de cuentas, era poco después de medianoche, pero el silencio no me calmaba. Me incorporé en la cama. En un intento de desprenderme del extraño sueño, me froté la cara y levanté ambas manos ante mí. Temblaban un poco, lo cual me hizo soltar un bufido exasperado.

Por supuesto, habría sido mucho pedir que el temblor hubiera desaparecido sin más y para siempre. Mientras observaba el brazalete, pensaba en Lily, que todavía estaba a un mundo de distancia. ¿Qué diría cuando se enterase de todo esto? De quién era yo. De qué familia provenía. Podía imaginarme claramente su rostro espantado ante mí, seguido de inmediato de su sonrisa pícara al decirme que a qué esperaba para poner a prueba mi sello.

Me recorrió un cosquilleo. Parecía haber pasado una eternidad desde la última vez que había usado un sello. Moví las manos hacia delante y empujé. De inmediato, el núcleo que sostenía el dragón se iluminó en rojo, pero eso fue todo. No apareció ningún escudo de magia, aunque había realizado el gesto perfectamente.

Intenté otro. Barrí con la mano hacia delante, y entonces sí: una voluta de magia se desató desde mis dedos. Vale, era fina, pero zumbó a toda velocidad por el aire en dirección a la lámpara de araña y... ¡Mierda! La alcanzó, y dos de los tubos de cristal cayeron al suelo, donde se hicieron añicos con gran estruendo.

Lentamente, volví a observar mi brazalete. El brillo rojo había desaparecido, pero no podía ignorar el calor que fluía por mi interior. Las líneas de luz resplandecieron débilmente sobre mi cuerpo hasta que, en seguida, desaparecieron.

Ahora sí que nada me retenía en la cama. En mi interior empezaba a germinar el impulso de salir, así que me eché por encima lo primero que encontré y crucé la puerta.

Para mi sorpresa, no me topé ni con Jarek ni con Zorya en el rellano de las siete puertas, sino con dos guardias desconocidos. No estaba segura de cómo reaccionarían, pero al dirigirme a ellos para pedirles que me mostraran el camino al exterior, hicieron una reverencia y avanzaron delante de mí sin dudar.

Hasta entonces nunca había estado en la zona exterior de la torre del palacio, pero desde mi habitación había visto que Septem tenía varios parques y jardines. La rodeaban unas elevadas murallas que protegían la zona de edificios gubernamentales del resto del Londres del Espejo.

Los guardias me llevaron en un ascensor hasta la planta baja, y de ahí a una terraza exterior, donde se retiraron con una nueva reverencia.

Ahí fuera me rodeaba una oscuridad azulada. Inspiré profundamente el aire, que olía a rocío y a magia. Luego, seguí el camino empedrado hasta que descubrí la entrada del jardín. Diversos caminos pespuntados de bancos de piedra recorrían toda su superficie. El césped brillaba con cada movimiento, por leve que fuera, como si estuviera cubierto de plata. Sus briznas eran finas como alfileres y, al caminar por la pradera, casi me llegaban a las rodillas. Entre la hierba despuntaban campanillas con pétalos que liberaban un suave aroma cuando las mecía el viento, y por todas partes revoloteaban pequeños pájaros cantores. El brillo que emanaba de sus plumas iba dibujando estelas cuando se movían por el aire.

No había visto nada así en mi vida. Era todo... demasiado. Demasiado etéreo y demasiado bonito para una niña que se había criado en una central desmantelada.

—No deberías estar aquí fuera sola. —Una voz cerca de mí me hizo abrir los ojos como platos del susto.

Me di la vuelta: era Adam. Estaba sentado en uno de los bancos de piedra, totalmente solo. En sus manos sostenía uno de aquellos sellos en forma de espejo como el que había recibido de mi criada. Un spectum. Parecía absorto; el viento que soplaba por el jardín le acariciaba suavemente el cabello blanco.

No tenía ni idea de por qué estaba aquí fuera en plena noche. Y después del sueño que acababa de tener con él, hubiera preferido encontrarme a cualquier otra persona.

—Toma.

Adam se puso de pie e hizo desaparecer el spectum en el bolsillo de su chaqueta. En su lugar, sacó algo y me lo tendió. Era un brazal de cuero negro, como el que usaba él para guardar sus dados y resguardarlos de miradas curiosas.

—Quería que lo tuvieras. Es para proteger tu sello.

Tras un leve titubeo, extendí el brazo, justo como en el rito, y Adam me puso el brazal alrededor de Ignis. Cuando me tocó, sentí como un baño de hielo sobre mi piel febril. Odiaba que mi cuerpo reaccionara así ante él, pero no podía hacer nada para evitarlo.

—La conexión puede impresionar un poco al principio —dijo Adam—, tanto por tu sello como por la persona que te lo impone. En la torre del Nexo, una parte de mi magia pasó a ti, pero no te preocupes, es solo algo temporal. Se consumirá y luego... será más fácil. Te lo prometo.

Observé a Adam fijamente. Por su expresión, era como si supiera exactamente por lo que yo estaba pasando. Y tal vez era así; a fin de cuentas, hacía solo unos meses que él había empezado a portar su sello. Tenía que habérselo impuesto su madre, supuse, antes de que...

Decidida, silencié aquellos pensamientos y volví a centrarme en Adam. Rodeado de nubes de polen brillante que el viento hacía volar desde las flores y entre los pájaros que parecían no atreverse a acercársele, vi lo que todos los Superiores debían de ver en él: el cabello blanco de Adam brillaba en la penumbra, justo como los ornamentos de su chaqueta que, ahora me percataba, imitaban las líneas de luz de su piel. Los contornos de su rostro eran indescriptiblemente hermosos, y su presencia emanaba algo sublime que me atravesaba.

En este momento, parecía un dios. Intocable, e igual de inaccesible.

De repente, un pájaro cantor se alejó de su bandada y voló hacia nosotros. Aleteó justo delante de mí, su plumaje era azul oscuro, con el único contraste de un punto blanco en la frente que parecía una estrella. Me quedé tan perpleja que, sin pensarlo, estiré la mano, y me sobresalté al sentir sus plumas bajo las yemas. Había supuesto que saldría volando. Estiré los dedos lentamente y observé incrédula cómo la magia se liberaba del cuerpecillo del pájaro y se deshacía en la noche.

—Espectrales —oí decir a Adam.

Lo miré, confundida.

—¿Cómo?

—El pájaro. Así los llamamos. —La chaqueta de Adam revoloteaba al viento como un remolino brillante hecho de cielo de medianoche—. La mayoría de los animales que nuestros antepasados intentaron traer al Espejo no sobrevivieron. Solo estos pájaros fueron capaces de atravesar volando la barrera entre los mundos, como si no hubiera nada más fácil.

—¿Por qué los llamáis espectrales?

—Porque al trasladarse al Espejo absorbieron la magia que separa nuestros mundos. Nuestros científicos creen que entraron en contacto con residuos mágicos de todo tipo de animales. Esto les permite disolverse y recomponerse a voluntad y adoptar diferentes formas.

Adam señaló un pájaro que acababa de posarse en el suelo para atacar un par de terruños que luego volvió a dejar. Al levantar el vuelo de nuevo, su cuerpo se transformó repentinamente y, antes de que me diera tiempo a procesarlo, ya se estaba alejando en forma de brillante libélula azul.

Me quedé mirando al insecto, incrédula. ¡Realmente había cambiado de forma así sin más!

—Los espectrales suelen mantenerse alejados de nosotros —indicó Adam, mientras observaba maravillado al pajarillo que seguía dejándose acariciar pacientemente por mí—. Y tampoco se quedan mucho tiempo en un mismo lugar, sino que vuelan sin rumbo entre las ciudades del Espejo. Para los Superiores, los espectrales simbolizan la inmortalidad. La vida más allá de la muerte. Porque todo lo que muere acaba elevándose a los cielos y convirtiéndose en magia.

Mi mirada se quedó prendida de la línea recta que dibujaban los hombros de Adam, de las ondas de su pelo revuelto por el viento.

Al principio rezumaba indiferencia. Presunción. Arrogancia. Esa había sido mi primera impresión de él. Pero ahora...

No podía ignorar el dolor que emanaba de su ser.

«Siento que tu madre haya muerto».

«Siento que hayas tenido que pasar por todo eso tú solo. No es justo».

El pájaro espectral permitió que mis dedos se deslizaran una última vez por sus plumas. Acaricié con ternura la mancha en forma de estrella de su cabeza, y desde ahí, el resto de su cuerpo. Luego, el animalillo emitió un suave gorjeo y se elevó hacia el cielo nocturno.

—Los sellos oscuros —comenzó a decir Adam, mirándome— conservan siempre una parte del portador cuando este muere. Un eco de nuestra alma, por lo menos así consta en nuestros archivos. Es lo único que queda de nosotros. —Levantó los dados hasta que flotaron sobre su mano—. Un eco... y un número incontable de almas rotas.

Se me puso la piel de gallina. Las palabras de Adam parecían tan honestas, tan francas, que me dejaban sin aliento.

¿Eso había sido mi sueño, los ecos de portadores anteriores cuyas almas habían sido transferidas a Ignis tras su muerte?

La idea era tan perturbadora como extrañamente reconfortante.

Mi mirada regresó a Adam. Y no supe si era por esa conexión entre su magia y la mía, o por el ambiente onírico de ese jardín plagado de estrellas que me había calado desde los dedos hasta la sangre, pero... ya no quedaba nada del Señor indiferente y frío que no me había dejado elección.

Ahora parecía tan perdido como yo.

—Todavía tendrá que pasar algo de tiempo antes de que puedas usar a Ignis. —Se giró para irse—. Descansa. Lo vas a necesitar.

Solo pude asentir. Adam dio unos pasos, pero finalmente se detuvo de nuevo. Bajo el suave viento que agitaba el césped, casi no oí sus palabras.

—Tu magia es hermosa —me dijo, y desapareció en la oscuridad.

22

Dormí tan profundamente que ni siquiera me sobresalté al notar que alguien entraba en mi habitación por la mañana. Solo volví en mí al sentir una mano en mi brazo. La agarré y la aparté, aunque aún tardé unos segundos en reconocer a quien estaba a mi lado. Era aquella criada mayor, la del moño. Sarisa Sadlyn.

Su semblante era serio, lo cual tampoco era ninguna novedad. Pensé que habría venido a vestirme y a peinarme otra vez, pero me equivocaba.

—Me han llamado para que la acompañe al salón del trono.

Intenté espabilarme frotándome los ojos.

—¿Y eso?

—Ha habido incursiones nocturnas —comentó— en varias ciudades del Espejo. Nuestro Señor requiere su presencia.

«¿Incursiones? ¿En el Espejo?».

Poco a poco me fui dando cuenta de lo tensa que estaba Sarisa. Ni siquiera se había peinado. Mi mirada se detuvo en el reloj de la mesilla de noche. Eran las seis, es decir, poco antes del amanecer. Me puse de pie, me eché por encima la chaqueta que estaba tirada en una silla y salí a toda velocidad.

En el pasillo que llevaba al salón del trono, reconocí a lo lejos la imponente figura de Jarek. No había vuelto a verlo desde el día anterior al mediodía, tras partir al Londres del Espejo. Tenía mal aspecto, casi como si no hubiera pegado ojo en toda la noche. Aun así, al verme, me señaló sonriente la puerta.

—Después de usted, Llamarada. La están esperando.

Entré en el enorme salón del trono heptagonal. Había algunos criados por los laterales de la sala, y pasé por delante de por lo menos cinco guardias antes de ver a Dina, Matt, Celine y, a su lado, Cedric, cosa que me alegró profundamente. Seguía teniendo las gafas algo torcidas y estaba excepcionalmente pálido. A pesar de eso, me dirigió una sonrisa cálida, así que caminé directamente hacia él.

Al lado del trono, de pie, se encontraban Adam y Tynan Coldwell. Adam me miró brevemente, y luego se dirigió de nuevo al padre de Matt.

—Continúe, magistrado Pelham.

Entonces me percaté de que el padre de Matt llevaba un spectum. Lo sostenía entre él y Adam mientras la superficie del espejo brillaba con su azul invernal. Vislumbré el reflejo de una figura, pero a tanta distancia no podía distinguirla bien.

«Magistrado Pelham», había dicho Adam. ¿No era ese el político corrupto del que había hablado Agrona Soverall, el que haría que me liquidaran a sangre fría a la primera oportunidad?

—El Ojo ha atacado de forma simultánea diferentes ciudades del Espejo —decía la voz un tanto metálica y anciana que salía del spectum—. Ha sido un ataque coordinado a Roma, París, Los Ángeles, Shanghái y San Petersburgo. Los rebeldes casi han arrasado con mis dependencias y las de otros magistrados. Se han llevado cantidades ingentes de oro y un montón de contenedores repletos de magia. Parece ser que sabían exactamente qué medidas de protección había y cómo podían evitarlas. Todavía estamos evaluando los daños e intentando entender cómo se han hecho con la información necesaria, pero... por lo que a mí respecta, yo diría que han tenido ayuda.

¿Los grupos rebeldes habían robado magia? ¿La misma gente que nos había atacado en la mansión de la magistrada? Le lancé a Cedric una mirada dubitativa, pero él observaba a Adam, tenso.

—Hemos capturado a algunos rebeldes, mi Señor —dijo la cascada voz del magistrado Pelham—. Ya los hemos interrogado.

El padre de Matt le dio unos toques a la superficie del spectum y, de inmediato, apareció otra imagen sobre ella. Brillaba con luz mágica azul y mostraba... Me acerqué un paso, para ver mejor. Era una docena de personas arrodilladas y apiñadas en una sala.

—¿Los detenidos son de Prime? —preguntó Adam.

De nuevo, se oyó la voz de Pelham.

—Sí. Exclusivamente.

—¿Y han dicho algo de utilidad?

Una pausa significativa.

—Todavía no, mi Señor.

Adam se quedó absorto un momento y luego vi cómo se enderezaba un poco.

—Los condeno por robo de magia. El castigo para tan alta traición es la Torre Nocturna. Que sean trasladados a ella lo antes posible.

Escuchamos a los prisioneros emitir gritos ahogados a través de la proyección. Algunos literalmente se retorcían. Estaba claro que podían oírnos.

Observé a Matt y a Dina, cuyos rostros parecían igual de estupefactos que antes. Solo Celine parecía no inmutarse, girando sonriente la llave de zafiro entre los dedos.

—¿Qué es la Torre Nocturna? —le susurré a Cedric.

Se había abrazado el torso con los esbeltos brazos con tanta fuerza que tenía los nudillos blancos. Se inclinó hacia mí.

—La cárcel de Septem. Solo se envía a prisión a quien ha cometido crímenes graves.

—También puedo sentenciar a los reclusos aquí en Roma, mi Señor —volvió a hablar Pelham desde su espejo, pero Adam negó con la cabeza.

—La ley del Espejo establece que deben ser trasladados a la Torre Nocturna. La sentencia debe ser dirimida por el Alto Tribunal de Septem; luego redactaré mi dictamen.

Volví a fijarme en las figuras que se veían en el spectrum. Los integrantes del Ojo habían mantenido la compostura hasta el momento, pero ahora... Muchos de ellos se arrojaron al suelo, algunos incluso suplicaron clemencia a gritos.

Me empezaron a temblar las manos. De manera casi automática, me dispuse a avanzar, pero Cedric me retuvo agarrándome del brazo.

—Tiene que hacerlo, Rayne —me susurró—. No hay otra manera.

«¿No hay otra manera?». ¿Qué justificación era esa? Miré a las figuras que, por orden de Adam, los guardas estaban obligando a incorporarse y pensé en lo que había ido descubriendo hasta el momento sobre el Ojo. Los rebeldes buscaban gente entre los competidores de los combates y los utilizaban para sus fines. Al llegar a Septem, Matt y los demás todavía estaban convencidos de que Dorian Whitlock había querido reclutarme, y eso significaba que yo podría haber sido una de aquellas prisioneras, si mi padre no hubiera resultado llamarse Melvin Harwood.

Una mujer había perdido totalmente la compostura. En la superficie del spectrum la vi retroceder agitada unos pasos y arrodillarse antes de que uno de los guardias la agarrara nuevamente por el brazo. Gritaba que haría cualquier cosa para no ir a la Torre Nocturna, cualquier cosa, pero los guardias, inflexibles, se la llevaron a rastras.

Se me aceleró el corazón. Aquello no estaba bien. Pero tuve que observar, impotente, cómo transportaban a los prisioneros. Después, la cara del magistrado Pelham volvió a aparecer en el espejo.

—Nunca se había producido un ataque coordinado a nuestros dominios, mi Señor. Asumo que el Ojo ha ido reclutando gente en Prime con la promesa de darles más magia cuando lleguen al poder. Y temo que quieran utilizar la magia robada para asesinar a los Siete. El Ojo planea algo. Debemos poner coto a los rebeldes. Debemos descubrir quién los lidera, antes de que sea demasiado tarde. Mi consejo es que empecemos a atacar de inmediato, mi Señor. También estamos realizando redadas en Prime. Colaboramos con los gobiernos, les hemos exigido que pongan sus ciudades patas arriba y que no cejen en su empeño hasta que se nos haya devuelto toda la magia...

—No —la voz de Adam sonaba tranquila, pero no dejaba lugar a dudas—. No vale de nada dar palos de ciego, así solo empeoramos la imagen del Espejo. Nuestro objetivo debe ser decapitar a la serpiente.

«Decapitar a la serpiente». No sabía cómo sentirme ante las palabras de Adam. Su expresión parecía de granito. Como si se hubiera dado cuenta de que lo estaba observando fijamente, él me devolvió la mirada. En su rostro no había atisbo de duda... ni de la ternura que había notado en él anoche.

—Nos vemos en Roma, Alto Magistrado —concluyó Adam, hablando al spectrum. Después, le hizo un gesto a Tynan Coldwell, que terminó la conversación cerrándolo. Una vez el silencio se hubo apoderado del salón del trono, Adam se dirigió a nosotros—: Partiremos tan pronto como sea posible. Los magistrados y los consejeros se reunirán en los próximos días en Roma para la final del torneo de exhibición. Aprovecharé ese encuentro para hablarles y apaciguar el Espejo.

—¿Roma? ¿Final del torneo de exhibición? —pregunté, confundida—. ¿Qué significa eso?

—El torneo de exhibición es un campeonato anual —intervino Cedric—. Ya no queda mucho para la gran final. La tradición es que coincida con la conmemoración de la fundación del Espejo. Todos los Superiores importantes se reúnen en Roma. Magistrados, consejeros, alcaldes, empresarios... Es nuestra festividad más importante.

Una festividad. O sea, que Adam quería utilizar los festejos, un «torneo de exhibición», para urdir un plan con los magistrados con el fin de recuperar su magia. ¿Qué había dicho exactamente el tal Pelham, que el Ojo quería distribuir la magia en Prime para que cayeran los Siete? Hasta ese mismo momento había creído que al Ojo solo le importaba Adam y ya. Pero aquello sonaba a algo mucho más grande.

—Llevad a Rayne a sus aposentos. Ella se queda aquí.

Tardé un momento en procesar las palabras de Adam.

—¿Cómo? ¡No! ¿Qué pasa con Lily? ¡Me habías prometido traerla al Espejo!

—Y lo voy a cumplir. En un par de semanas, cuando se hayan calmado las aguas.

¿En un par de semanas? ¿En serio había dicho «en un par de semanas»?

La ira empezó a hervir en mi interior, pero antes de que se desbordara a borbotones, Dina se me adelantó.

—Adam, ahora que Rayne está aquí, nuestra posición es mucho más fuerte. Ella es nuestro as en la manga. ¿Por qué no nos la llevamos a la final?

Intentó ponerle una mano en el hombro, pero él se giró para alejarse.

—Todavía no está preparada.

—Es más dura de lo que piensas —intervino Matt.

—De eso estoy seguro. Pero todavía no conoce el Espejo. Y no sabe cómo son las cosas aquí.

—¡Pues explícamelas! —bufé—. Dejad todos de hablar como si no estuviera delante. Decidme qué pasa y entonces podré tomar una decisión.

Adam se quedó callado. Cedric iba a hablar, pero él le indicó que no lo hiciera.

—Déjalo estar, no importa. —Se dirigió a Matt—: Ocúpate de los prisioneros de la Torre Nocturna antes de que partamos. ¿De acuerdo?

¿La Torre Nocturna? ¿La cárcel? No sabía qué tenía que ver Matt con todo aquello, pero parecía de todo menos emocionado.

—¿Quieres azuzar todavía más al Ojo? ¿No nos odian ya lo suficiente?

—No me importa que me odien. Lo importante es que me teman.

Matt y Dina intercambiaron una mirada pausada.

—Pero...

—Sé lo que me hago —replicó Adam—. Pero si ya no te sientes capacitado para tu tarea, dímelo y me busco a otro.

—Joder, Adam, ¡no es eso! —La voz de Matt retumbó iracunda en el salón del trono.

—Ocúpate de la Torre Nocturna —indicó Adam—. Y sé lo más convincente posible.

—Si es una orden...

—Lo es. —Adam tensó la mandíbula—. Créeme, no eres el único que tiene que hacer cosas que detesta. —Despues de eso, volvió a mirarme—. Y tú te quedas en el palacio hasta que regresemos.

—¡No voy a dejar que me encierres! —No era el felpudo de Adam, y no me importaba que Tynan Coldwell me volviera a mirar con los ojos como platos solo porque osaba llevarle la contraria a su señor—. Ahora soy una de los Siete, y no es cosa tuya decidir a dónde voy.

Adam se frotó la frente.

—Si pensabas que formar parte de los Siete te iba a dar más libertad, entonces me temo que todavía no has entendido de qué va esto.

Su reacción no debería haberme dolido tanto. De inmediato sentí una vergüenza infinita por el sueño que había tenido con él la noche anterior. De mis dedos, que habían acariciado el torso desnudo de Adam, de haber añorado esa cercanía tanto tiempo… Me abochornaba haber creído que sentía compasión por mí.

Al contrario: me había mentido. Tal vez nunca había tenido intención de traer a Lily al Espejo. Total, ya había conseguido lo que quería, ¿para qué seguir esforzándose?

La ira que me invadía se fue transformando en una penetrante impotencia, igual que la que había experimentado hacía unos días al escoltar a Lily a la fiesta. Porque tenía claro que yo no podría hacer nada, nada en absoluto, a no ser que Adam estuviera de acuerdo.

—¿Sabes qué? —le susurré—. Eres exactamente como me había imaginado desde el principio. ¡Un dictador egocéntrico!

Había ido demasiado lejos. Me quedó claro en cuanto cerré la boca. Celine apareció a mi lado de inmediato; sus dedos me apretaron el brazo y me acercó a ella de un tirón.

—¿Cómo te atreves? —gruñó, pero Adam le puso una mano en el hombro y negó con la cabeza.

Celine se separó de mí al instante, no sin antes lanzarme una oscura mirada. Una vez se hubo retirado, Adam dio un paso hacia delante, hasta que no tuve más opción que mirarlo.

—Escúchame bien, Rayne. Comparto tu valoración de la situación en la que nos encontramos. Nunca antes nadie había tenido que portar un sello oscuro para el que no se hubiera estado preparando toda la vida. No creas que me divierte tener que encargarme de solucionar el desastre que tu padre dejó a su paso. Simplemente es mi obligación.

—Pues entonces habría sido mejor que me hubieras dejado morir. No tendrías más que haber esperado a que me consumiera la magia del caos, y entonces vuestro querido sello habría quedado libre para que lo portara otra persona, como dijo Agrona Soverall.

—¿Lo hubieras preferido?

La pregunta me pilló desprevenida. La mirada de Adam me atravesó hasta lo más profundo y, aunque nuestros cuerpos no estaban en contacto en absoluto, me dio la sensación de que se había alejado.

No tenía respuesta que darle. ¿Hubiera preferido morir? Por supuesto que no. Pero la alternativa tampoco me parecía mucho mejor.

—Ahora tu destino está unido al de los Siete, Rayne. ¿O se te ha olvidado el juramento que has hecho?

Que le obedecería. Sí, lo recordaba perfectamente. Igual que recordaba la pequeña grieta que creí haber visto anoche en su fachada, un atisbo de humanidad. Pero solo había sido una ilusión.

No solo era un señor Asquerosito arrogante. Era un monstruo.

—Te odio.

Durante una décima de segundo, algo semejante al dolor recorrió el rostro de Adam, pero luego se recompuso, como siempre.

—Vaya, pues ya ves —susurró—. Ya hablas como una auténtica Superior.

Di un par de pasos hacia la puerta. Tenía que largarme de allí de inmediato. Tenía que alejarme de él como fuera. Pero en cuanto me di la vuelta, Adam volvió a estar delante de mí, las líneas blancas centelleaban en sus brazos.

Había manipulado el tiempo. ¡Malditos dados!

—No espero que seas mi amiga —me dijo—. Pero colaborarás con nosotros. Mantendré mi promesa respecto a tu amiga, pero debes tener paciencia. Te quedarás en Septem y no irás a ninguna parte sin que te acompañe Jarek. Te vas a comportar y no vas a llamar la atención. ¿Está claro?

Me concentré en un punto entre sus ojos para no tener que mirarlo directamente.

—Rayne. —Adam dio un paso más hacia mí, hasta el punto de sentir su aliento en mi cara—. ¿Está claro?

—Cristalino, Señor del Espejo —murmuré, mientras sentía el picor de las lágrimas en los ojos. Las retiré parpadeando rápidamente, decidida a no dejar que Adam supiera con qué facilidad podía hacerme llorar.

Ya me había arrebatado mis sueños. No le iba a entregar el resto.

23

Jarek me devolvió a los aposentos de los Siete. Allí me explicó con una fina sonrisa que estaría haciendo guardia a la entrada para ocuparse de mi seguridad.

Ambos lo sabíamos: su función no era protegerme, sino garantizar que me quedaba donde su Señor quería. Pero no me vi capaz de decírselo a la cara. A fin de cuentas, no era culpa suya.

Solo cuando se hubo ido y me quedé en el corredor con todos los cuadros de los Harwood me percaté de que no estaba sola. Gracias a su llave, Celine había aparecido por una de las puertas, y me miraba con furia, como si le acabara de pegar una bofetada.

Cosa que, en ese preciso instante, me habría encantado.

—¿Quieres comprobar por ti misma que estoy bien sentadita en mi jaula? —le bufé—. Sin problema, pero la próxima vez haz el favor de llamar a la puerta.

Celine empezó a echarme pestes.

—Todo lo que pase aquí te importa un bledo, ¿no? Para ti es todo tan fácil… Rayne Sandford, la niñata que siempre tiene que pensar solo en sí misma.

—¡No me conoces de nada!

Celine me dirigió una mirada gélida. Como siempre, los rizos perfectos le caían por los hombros, llevaba los labios pintados de azul oscuro y la llave de zafiro oscilaba alrededor de su cuello. Nos habíamos caído mal desde el principio. Pero nunca la había visto tan alterada. Avanzó hacia mí. Posiblemente había decidido seguirme hasta mis aposentos ya en el salón del trono.

—No tienes ni idea de lo que ha tenido que pasar Adam desde que es Señor del Espejo —me recriminó—. De lo que *todos* hemos tenido que pasar solo porque tu padre no se ciñó a las normas. Por vuestra culpa, toda mi vida se ha limitado a controlar la magia del caos que ha fluido del Espejo. Podríamos haber estado así indefinidamente, podríamos haber probado de todas las maneras, y nunca habríamos sido capaces de encontrar un sucesor para tu sello. ¿Sabes por qué los rebeldes han podido hacerse tan fuertes? ¿Por qué los magistrados se vuelven cada vez más corruptos? ¿Por qué Adam se pone en situaciones cada vez más peligrosas? ¡Por tu culpa!

Los ojos azul zafiro de Celine se clavaron en mí, y me percaté de que todos los rasgos que en Cedric eran suaves y amables, en ella se mostraban duros y mezquinos.

—Desde que has llegado —continuó— te tienen entre algodones. Te explican cositas sobre nuestros sellos y nuestros antepasados, pero te ocultan lo importante. En mi opinión, es de justicia que por fin lo entiendas, Rayne *Harwood*.

Celine se calló. De repente, su expresión no parecía ya solo maliciosa, sino también profundamente triste.

—Ya es hora de que alguien te explique lo que somos realmente. Porque nosotras... —se señaló a sí misma, y luego a mí— somos simples peones. Nuestro destino está predeterminado desde antes de que naciéramos. Somos portadoras de los sellos oscuros, y durante unos años podemos tener lo que queramos. Pero para eso debemos pagar un precio muy alto: que nuestra vida esté totalmente planificada. Cuando cumples los dieciocho te empiezan a presentar potenciales cónyuges; no importa si quieres casarte o no, o si detestas a esa persona. Si a los veinticuatro no has tenido descendencia, no te dejan en paz ni un minuto. Eso le pasó a mi madre, y a la madre de Adam incluso antes. Ninguna quería tener hijos. Pero al final los tuvieron, porque era su obligación.

Celine había hablado con tanta ira que no solo le habían aparecido manchas en el largo cuello de porcelana, sino que también se habían encendido las líneas azules de sus brazos. Parecía tan obviamente harta que ni ella misma sabía si ponerse a gritar o a llorar.

—Eso es lo que somos —continuó—. Los esclavos más ricos y poderosos del mundo. Y no hay nada que puedas hacer al respecto. Nadie puede. O sea, que deja de una vez de hacer como si el mundo girara a tu alrededor. El acuerdo ese que tienes con Adam… es totalmente inútil. Estás atrapada con nosotros en este corsé. Y si te has creído que de alguna manera habrá sitio para tu amiguita de ahí abajo, estás totalmente equivocada. La mayor parte de los días no encontrarás ni espacio suficiente para ti misma.

Para mi conmoción, de repente los ojos de Celine se llenaron de lágrimas, y me di cuenta de que seguramente había dicho todo aquello para hacerme daño, pero también porque era la verdad. Una verdad que ella había tenido que afrontar toda su vida.

Celine miró brevemente hacia arriba. Al volverse a dirigir a mí, sus ojos volvían a estar llenos del odio habitual.

—Adam cree haber visto algo en ti, y piensa que estás lista para ayudarnos a rescatar el Espejo con tu sello. Pero yo veo lo egoísta que eres. Dime: ¿te has preguntado alguna vez por qué tu madre te dejó en aquel agujero miserable del culo del mundo? ¿Te has preguntado alguna vez por qué nunca volvió a por ti?

«Todos los días», pensé. «Me lo pregunto todos los días».

—Porque sabía que no merecías la pena —continuó Celine, despiadada—. Y hasta hoy eso no ha cambiado. Vamos, que a tu amiguita la han recibido en el orfanato con los brazos abiertos. Es hora de que te olvides de ella y te centres por fin en tus obligaciones.

Volví a recuperar el autocontrol en medio de todo el dolor que sentía.

—¿Lily vuelve a estar en el orfanato?

—Sí —me contestó Celine—. Vuestro tutor la recogió ayer por la tarde del hospital.

Con estas palabras, Celine se dirigió a la siguiente puerta y desapareció, mientras yo me quedaba convertida en una estatua de sal.

No tenía ni idea de cuánto tiempo había pasado. Solo sabía que la luz de la tarde del Espejo había brillado los pocos y valiosos minutos habituales y luego había vuelto a desaparecer.

Aturdida, me senté en el suelo del pasillo de la galería de los retratos, inmóvil. Lily había vuelto al orfanato. Estaba con Lazarus. Con Isaac y Enzo. Y eso significaba que corría un grave peligro. Lazarus la enviaría a aquellas fiestas donde... No me lo quería ni imaginar. Solo sabía que Lily se rompería. Era muy fuerte, pero aquello ya era demasiado.

Pero ¿qué podía hacer yo? No podía salir de allí. Estaba prisionera, no solo en aquel palacio, sino en aquel sistema.

Joder, había sido tan estúpida... No había intentado ni una vez entender lo que significaba portar un sello oscuro. Me había quedado en la superficie, no había comprendido lo mucho que el ritual cambiaría mi vida.

¿Y ahora? Ahora era una más de aquellas plaquitas que acompañaban a los cuadros de la galería. En unas pocas generaciones, los nuevos portadores observarían el árbol genealógico, que seguiría creciendo y en el que aparecería mi nombre. «Rayne Harwood», diría. «Durante unos años portó el brazalete del dragón. Luego tuvo hijos y se murió, como era su obligación».

En mi interior contenía un mar de lágrimas que era incapaz de liberar. En cuanto pensaba en Lily, mi cuerpo se paralizaba por el miedo; solo podía aferrarme con dedos temblorosos al brazalete del dragón. ¿Qué pasaría si me lo arrancaba? No podía. Mi cuerpo se rebelaba contra ello, quería preservar el sello.

Mis pensamientos daban vueltas y regresaban a Adam. «Tu magia es hermosa», me había dicho en el jardín del palacio. ¿Qué pretendía con aquellas palabras? ¿Cómo coño podía decirme algo así y poco después traicionarme de esa manera? ¡No tenía ningún sentido!

Al cerrar los puños, unas líneas rojas empezaron a ramificarse desde mis dedos. Ardieron como brasas y avanzaron cada vez más hasta perderse bajo las mangas de mi chaqueta.

Ahora, veinticuatro horas después del ritual, casi había dejado de percibir la magia de Adam. La conexión que se había establecido entre nosotros se hacía más débil a cada minuto que pasaba. Era, como había dicho él, temporal. Y en la oscuridad en la que se había sumido la habitación, podía convencerme de no haber sentido nunca el deleite que me había provocado.

Se oyeron pasos, pero me quedé sentada, inmóvil. Solo cuando aparecieron delante de mí dos zapatos de cordones grises levanté con esfuerzo la vista.

Era Sarisa Sadlyn.

—Señora Harwood —me dijo, inclinándose.

A pesar del entumecimiento que se había apoderado de mí, sentí aflorar cierta irascibilidad. Estaba claro que no bastaba con que Jarek me vigilara, ahora también habían soltado a la vieja criada para seguirme.

Pero algo en Sarisa parecía diferente. Por primera vez desde que la había conocido en la celda, su rostro no me parecía impasible. Al contrario. Me sonrió para darme ánimos.

—Creo que ya es hora.

—¿De qué?

No tenía ganas de vestirme, ni de un nuevo peinado. Ni de comer. Ni de que siempre...

—De dejar el Espejo.

Pestañeé, estaba segura de haber oído mal.

—¿Cómo?

Sarisa extendió el brazo. Pensé que me estaba tendiendo la mano, pero entonces retiró la manga de su uniforme. Se rascó con los dedos la piel de la muñeca, y no creí lo que vieron mis ojos: al caer los dos trites que había mantenido ocultos bajo la tela, quedó a la vista un tatuaje que yo conocía muy bien.

—Perteneces al Ojo —susurré incrédula, y tuve que obligarme a no incorporarme de un salto y retroceder.

«Quieren matar a los Siete», oí la voz del magistrado Pelham.

Pero antes de que pudiera terminar de asimilar lo que estaba pasando, Sarisa intervino rápidamente.

—Sé lo que le han dicho de nosotros. Pero puedo asegurarle que el Ojo no es su enemigo. Al contrario. La podemos ayudar a recuperar su libertad.

¿Mi libertad?

Sarisa sacó algo de su bolso. Era un espejo de mano con un grabado de metal: mi spectum. Claro. Por la mañana lo había dejado en el cuarto. Me lo tendió, solícita.

Era sencillamente increíble que fuera miembro de aquel grupo rebelde, que hubieran podido infiltrarse en los Siete. El palacio era una fortaleza con tantos guardias, tantas armas, tantos procedimientos de seguridad... Por otra parte, Sarisa trabajaba aquí desde hacía una eternidad. Nadie hubiera sospechado de ella.

—Por favor, señora Harwood. Las personas que están al otro lado de este espejo están de su parte. Escúchenos, y luego tome sus propias decisiones.

Mi corazón latía salvajemente mientras cogía el spectum. El grabado de metal brillaba con un azul leve, lo cual indicaba claramente que el sello estaba en uso.

—¿Cómo?

—Eso se lo explicarán nuestros dirigentes personalmente.

—Sarisa me tendió la mano, pero dudé.

«La podemos ayudar a recuperar su libertad». Sonaba demasiado bonito para ser verdad. Pero la mirada de Sarisa parecía honesta, y tenía razón: todo lo que sabía del Ojo procedía exclusivamente de los Siete.

Realmente, tampoco importaba. Adam me había mentido, y Lily... Lily estaba en peligro. No importaba lo arriesgado que fuera, no podía seguir ahí dentro.

Así que me agarré a los dedos arrugados de Sarisa y me puse en pie.

24

El dolor fue peor de lo que me había imaginado. Antes de partir, le había rogado a Sarisa que me retirara por fin el localizador del cuello. En el Espejo no se activaba la alarma que me delataba a los Nightserpents; tenía que quitármelo antes de regresar a Prime.

Aunque Sarisa había extraído con sumo cuidado el chip con un bisturí, la herida seguía sangrando. Le apliqué una gasa y seguí a la anciana criada. En vez de utilizar la puerta principal, me condujo con decisión a través de una puerta de las cocinas. Tras ella se abría un austero pasillo que me llevó a una zona de Septem en la que, hasta ese momento, no había entrado nunca.

Los cuartos del servicio.

Nos cruzamos con algunas personas vestidas de uniforme beis por los corredores interminables de paredes con heptágonos pintados. No era sorprendente que los criados me lanzaran miradas incrédulas, a mí y al brazalete del dragón que lucía en el brazo, pero nadie nos dirigió la palabra.

—Por aquí —susurró Sarisa, fatigada, antes de conducirme por un paso todavía más estrecho, y de ahí a unas escaleras de hierro.

Las suelas de nuestros zapatos produjeron un golpeteo metálico antes de acabar nuevamente en un pasillo tan majestuoso como era habitual en Septem. Decidida, Sarisa avanzó hacia una puerta en la que estaba dibujada una estilizada llave. Se paró justo delante de ella y me puso las manos firmes en los hombros.

—Esta es la entrada a la sala de las cien puertas. Con la ayuda de los sellos pasarela se puede llegar directamente desde ella a Prime. La puerta treinta y siete por la izquierda la llevará al centro de Londres. Utilice el espejo en cuanto llegue para que la recoja nuestra gente.

—Primero tengo que encontrar a mi amiga.

Sarisa me tomó de las manos y me las apretó.

—¡Utilice el espejo! Podemos ayudarlas a usted y a su amiga. Este —dio unos golpecitos al brazalete del dragón— no tiene por qué ser su destino, señorita Harwood.

—Rayne —dije, y le sonreí—. Y gracias. Muchas gracias.

La verdad es que no tenía ni idea de si la ayuda de Sarisa era sincera o si los rebeldes del Ojo solo estaban persiguiendo sus propios fines. Pero me había facilitado largarme de allí. Nos había dado una oportunidad a Lily y a mí.

«O eso espero».

Sarisa levantó la manga de su uniforme de servicio y desenganchó una fina pulsera plateada. La encajó en una hendidura que estaba al lado de la manilla, ante lo cual se descorrió el cerrojo.

—Mucha suerte —me dijo antes de empujarme al interior de la sala.

Con las prisas no fui capaz de comprobar si realmente había cien puertas, pero desde luego eran un montón. Tenían formas y colores diferentes, estaban muy pegadas y no había ningún tipo de cartel o señalización.

Pues nada. La treinta y siete por la izquierda. Pan comido. Con pasos rápidos me lancé y fui señalando con el índice cada puerta. Una, dos, tres, cuatro... Mientras contaba, esperaba que en cualquier momento sonaran pasos detrás de mí y que apareciera Jarek o cualquier otro guardia. Pero la cosa estuvo tranquila. Al llegar a la puerta número treinta y siete me detuve. Era gris, de arco ojival, y con algo de suerte me llevaría a Londres.

No tenía una llave como la de Celine, pero parecía que tampoco la necesitaba. Al bajar la manilla, la puerta resplandeció con una luz azul y apareció ante mí un corredor por el cual la magia fluía más rápido de lo que había visto nunca.

Me fallaron las manos, y, por una vez, no era por mi temblor.

Iba a dejar el Espejo a través de una maldita puerta. Nadie me había explicado nunca cuál era la sensación de pasar de un mundo a otro. Solo recordaba vagamente las palabras de Matt en la obra del heptadomo antes de que me atrapara en una de sus ilusiones.

«El traslado suele ser difícil si no tienes práctica. Te lo haré más fácil».

Ya no tenía aquella ventaja. Así que inspiré profundamente y entré por la puerta mágica.

Sentí como si me hubieran echado sal en la cara. Un tirón brusco y repentino que se desplazó por mis pómulos y desde ahí me bajó por el cuello y los hombros hasta llegar a cada ápice de mi cuerpo. La luz me cegó, y luego, todo desapareció. La puerta, la habitación. Lo que me rodeaba se desdibujó y fue como siempre me lo había imaginado: el mundo se giró, literalmente, de arriba abajo. Y yo con él.

Con la mano agarrándome la barriga, salí a trompicones del corredor. Estaba mareadísima y todo me daba vueltas. Distinguí un suelo de mármol color crema y me dejé caer sin más sobre él. Inspiré y exhalé una y otra vez, echándole un vistazo a los alrededores.

Estaba en una espaciosa habitación con elegantes sofás modulares y una enorme lámpara de araña colgando del techo. Al principio me dio la sensación de estar todavía en la torre del palacio, pero allí, en el centro de la sala, había una especie de... recepción. Como la de un hotel. El hombre trajeado que atendía el mostrador me miró con total indiferencia. Valoré decirle algo, porque a fin de cuentas se debía estar preguntando de dónde había salido yo. O no: ya había bajado la mirada aburrida, y seguía trabajando como si no hubiera pasado nada fuera de lo normal.

¿Qué coño...?

Giré la cabeza y miré hacia la puerta de la que había salido. «Solo personal autorizado», ponía el cartel. No quedaba ni rastro del corredor mágico.

«Venga», me dije, y me incorporé con cuidado. Mis primeros pasos fueron algo titubeantes, pero el malestar se me pasó bastante rápido. Caminé por la recepción y, aunque mis pasos se oían con total claridad, el recepcionista no levantó la vista ni una vez ni me preguntó qué deseaba.

Tal vez era un Superior. Tal vez tenía relación con Septem e iba a informar de inmediato a través de su spectrum al Señor del Espejo y a los demás de mi huida.

Tal vez estaba paranoica.

Al salir, me detuve: miré a izquierda y derecha, inspiré y exhalé. Alucinante. Estaba en mi mundo. ¡Era mi Londres de verdad! El Espejo ya no era nada más que unos contornos plateados y un brillo místico entre las nubes que punteaban el cielo aquella tarde.

Estuve un buen rato mirándolo antes de animarme a emprender camino hacia el centro de Londres. El hotel en el que acababa de aterrizar era uno de los más caros de toda la ciudad y se ubicaba (tuve que contener la carcajada) en el número 7 de su calle.

«Cómo no».

Me hallaba a unos kilómetros de los suburbios, y no tenía dinero para un taxi ni para el metro. Así que eché a correr lo más rápido que pude.

Me pasaba con frecuencia la mano izquierda por el brazal de cuero para asegurarme de que Ignis permanecía oculto. Obviamente, sabía que nadie iba a caer de buenas a primeras en lo valioso que era mi sello, pero no quería correr riesgos.

Me llevó una hora llegar a los suburbios; después de todo lo que había visto en el Espejo, los altos edificios de ahí abajo me parecían casi ridículos en comparación.

Callejeé con determinación y solo me detuve cuando vislumbré la antigua central entre las torres. Metí la mano en el bolsillo de la chaqueta y agarré el spectum. Sarisa me había pedido que lo utilizara nada más llegar a Prime, pero no tenía la más mínima intención de obedecer. Primero tenía que ir a buscar a Lily. Luego ya decidiríamos juntas qué hacer, como siempre hacíamos. Rápidamente, crucé la calle y atravesé el camino de entrada. La central parecía estar desierta, pero eso no me llamó la atención. A esa hora, Lazarus y su gente seguramente andarían por la ciudad. Corrí los últimos metros, empujé el pesado portalón y me quedé de pie en la entrada del edificio. Olía como siempre, a paredes viejas y al peculiar aroma de la magia, una mezcla entre azúcar y ceniza. Mis pies me condujeron como autómatas hacia el sótano. El cuarto que había compartido con Lily estaba vacío.

Mierda, ¿dónde se había metido?

Rápidamente, regresé corriendo al piso de arriba para ir directa al comedor. ¡Bingo! Al doblar la esquina, la encontré: Lily. Estaba sentada a una mesa, con la cara apoyada en las manos. Oí los suaves sollozos y vi cómo le subían y bajaban los hombros.

Mi primer pensamiento fue: «Has llegado demasiado tarde».

Lily se giró cuando me detuve y mis botas chirriaron levemente en el linóleo.

—¿Quién...? —Abrió los ojos como platos al descubrirme—. ¡Dios mío! ¿Ray?

Se levantó de la silla y vino corriendo hacia mí. Me abrazó y, de inmediato, empecé a llorar. Estaba tan aliviada que me faltaba el aire. Las lágrimas no se acababan, y Lily me susurraba una y otra vez: «Todo va a ir bien» y «Estoy tan contenta de que estés viva...». Dejé que me abrazara un par de segundos. Luego, me liberé de su abrazo y la miré.

Llevaba un vendaje en la cabeza. Lo toqué con cuidado.

—Ay, Lily —susurré—, lo siento tantísimo... ¿Estás bien? ¿Ha sido grave?

Ella hizo un gesto con la mano para quitarle importancia.

—Un par de rasguños, un traumatismo. —Una expresión de pánico le cruzó el rostro—. Pero esto... esto se ha desmadrado por completo. Lazarus ha perdido la cabeza, Ray. Ha comprado sellos con tu prima de ganadora. Sellos de combate, muchísimos. De hecho, llevan varios días atacando a otras bandas. Quiere que los Nightserpents controlen los suburbios.

Se me encogió el estómago. No solo había perdido la posibilidad de que fuéramos libres, sino que también le había hecho el juego a Lazarus y a sus planes megalómanos.

—¿Y esto? —le pregunté, mientras le tocaba suavemente la mejilla derecha, que tenía muy encarnada.

Ella se rio.

—Cuando me sacaron del hospital, no se lo puse fácil.

Una vez más, volví a abrazar a Lily. Me besó el hombro, me acarició el pelo. La había echado tanto, tantísimo de menos...

—Vi cómo se te llevaban los Superiores —me susurró—. Estaba despierta cuando abrieron aquella puerta. Cuando se lo dije a Lazarus, se le fue la pinza. Pensaba que le estaba mintiendo.

—Lily me tomó de la mano—. Tienes que marcharte ahora mismo, Ray. Si te descubre aquí... Créeme, nunca te dejará irte.

—Tenemos que marcharnos de aquí —respondí.

—Pero ¿a dónde? —A Lily se le llenaron los ojos de lágrimas—. Nos encontraría en cualquier lugar. E incluso si no lo hiciera..., ¿de qué viviríamos?

Abrí el espejo que tenía en el bolsillo de la chaqueta.

—Primero vámonos de aquí. Ya encontraremos luego una solución.

Fuera como fuese, teníamos que conseguir salir de Londres por nuestra cuenta. Si todo lo demás fallaba, ya decidiríamos si pedir ayuda al Ojo o... a Adam.

Al pensar en él sentí una punzada en el pecho, pero me obligué a ignorarla. No era momento de indagar en mis sentimientos por el señor Asquerosito. Se había portado como un gilipollas. Bien, pues que no se sorprendiera de que yo hubiera tomado las riendas.

Las dudas que mostraban los ojos de Lily se transformaron en determinación. Pero, justo cuando la cogía de la mano y echaba a andar hacia nuestro cuarto, se oyeron voces. Luego, pasos.

De pronto, los integrantes de la banda de Lazarus entraron en el comedor: los Nightserpents al completo. Y estaba claro que habían ido a más desde mi desaparición. Conté por lo menos treinta. Todos llevaban sellos de combate: brazaletes, anillos, medallones. Al descubrirme, se detuvieron. Luego sonrieron.

—¡Petardilla! —gritó Lazarus, o más bien lo masculló.

Tenía un aspecto totalmente lamentable, con los pómulos hundidos, el pelo sucio y cara de trastornado total. Alrededor de sus brazos pude ver un montón de pulseras con sellos y, a su lado, trites, o sea, *happy-uppers*. Se abrió paso entre los suyos y extendió los brazos para recibirme.

—¡Demos la bienvenida a la hija pródiga! ¡Qué bonito que nos honres con tu presencia!

—No me voy a quedar —pasé un brazo por encima de los hombros de Lily—. Y ella se viene conmigo.

Lazarus estalló en una sonora carcajada. El resto de la banda también empezó a carcajearse.

—¡Joder! —exclamó cuando consiguió contener la risa—. Controlar los suburbios es una cosa, *mantenerlos* bajo control, otra bien diferente. Y para eso os necesito. ¡Te necesito! ¡Mi mejor luchadora!

Inspiré profundamente, solté a Lily y di un par de pasos hacia Lazarus.

—Escúchame, Laz. No puedes retenerme aquí. Así que deja que nos vayamos y no le pasará nada a nadie.

De nuevo, los Nightserpents empezaron a reírse. Primero solo unos pocos, luego se fue uniendo el resto, hasta que el jaleo que montaban invadió todo el comedor. Un poco alejados pude distinguir a Isaac y a Enzo. En sus caras se mezclaba la ira con la alegría que les provocaba mi inminente caída.

Cerré los puños al notar que me temblaban las manos. «Tranquila», me dije. «Eres una de los Siete. Posees uno de los sellos más poderosos del mundo».

Porque la magia de Ignis pulsaba en mi brazo. Incluso si no podía controlarla del todo, sí podía defenderme con ella.

O eso esperaba.

Lazarus se acercó, y solo entonces vi lo que le pasaba realmente: no solo estaba colocado, sino que todo su cuerpo estaba cubierto de venas negras. Especialmente en los brazos, ya casi no quedaba ni un centímetro de piel libre ahí.

Estaba infectado por la magia del caos.

Seguramente hacía tiempo que padecía la enfermedad, o quizás era cosa de todos esos sellos que llevaba, no lo sabía.

Rápidamente, levanté las manos y probé con un gesto de protección, pero no pasó nada. Antes de que supiera qué ocurría, Lazarus me agarró del brazo y tiró de mí hacia sí. Rasgó el brazal de cuero y miró fijamente el valioso sello que portaba.

—Así que Mary Lily ha dicho la verdad. Nuestra petardilla es ahora una señora de postín, ¿no?

—Que te jodan, Laz —le respondí, mordiendo cada sílaba, pero él no me soltó; me pegó tal bofetón que solo vi una luz blanca.

Algo crujió. Caí al suelo desorientada. Me pitaban ensordecedoramente los oídos; todo lo que me rodeaba desapareció.

En otras circunstancias me hubiera reído. Por lo que parecía, los *happy-uppers* ya no podían contrarrestar la agresividad de Lazarus.

A lo lejos me pareció oír a Lily gritar mi nombre. Luego, la mano de Lazarus apareció en mi campo de visión. Levantó algo del suelo.

El crujido. Había sido el spectum.

—¡No! —masculllé.

Pero estaba claro que a Lazarus le daba igual mi objeción. Ya había abierto el espejo y estaba ahí, mirándolo embobado como un idiota. El grabado de su superficie dorada brillaba; aunque no estaba segura de cómo funcionaba el spectum, sabía que eso indicaba que estaba activo.

—¿Qué coño es esto? —preguntó Lazarus.

—Nada que te interese.

Una respuesta breve, pero a Lazarus no le gustó. Grité cuando me tiró del pelo hasta que me incorporó. Tenía la cara tan pegada a la mía que el intenso olor a ceniza que despedía cada poro de su cuerpo me dio náuseas.

—Me lo vas a contar todo, petarda. Dónde has estado, con quién y cuánto tienen. Quiero saber lo que vales viva para esa gente. Luego me pensaré si te vendo o si me darás más dinero compitiendo. Y si piensas que voy a dejar irse a Lily de rositas, entonces tienes más cerebro de mosquito de lo que imaginaba.

—Suéltame —repliqué.

Oía a Lily chillar; le gritaba a Lazarus que me dejara en paz mientras ella intentaba acercarse, pero Isaac y Enzo la retenían.

Lazarus se inclinó hacia mí, su expresión era una mezcla de arrogancia desorbitada y rabia profunda.

—¿Y bien? Suéltalo, petarda. ¿Quiénes fueron los putos Superiores que…?

En ese momento, la puerta que comunicaba el comedor con el despacho de Lazarus se cubrió con un resplandor azul. Se formó un corredor. Reconocí el grabado de los dos rombos, el sello de Celine, y supe de inmediato lo que iba a pasar.

Al contrario que Lazarus.

—Pero ¿qué cojones…? —farfulló.

Desde el corredor se acercaban varias siluetas. Los Nightserpents se retiraron, llevándose a Lily consigo.

Entonces, la primera figura salió del corredor. Botas negras, pantalones negros, chaqueta negra y un pelo blanco que, bajo la tenue luz del comedor, desprendía un resplandor ligeramente dorado.

El Señor del Espejo.

25

Como siempre, Adam parecía tranquilo. Pude ver cómo tomaba nota de todo lo que lo rodeaba: Lazarus, que me apretaba contra sí, Lily retenida por Isaac y Enzo. Y la enorme cantidad de gente de la banda de Lazarus.

Matt, Celine y Dina salieron del portal tras él, así como Jarek y Zorya y por lo menos diez guardias de la magia más.

Una vez que Adam hubo analizado la escena, clavó la mirada en Lazarus. Y, por primera vez, vi la ira asomar tras su controlada fachada.

—Suéltala —ordenó en un tono que incluso a mí me puso la carne de gallina.

Sus guardias levantaron las armas como advertencia, lo cual acabó por espabilar a Lazarus tras el susto.

—¡Acabad con ellos! ¡Venga! —les gritó a los Nightserpents. Me arrastró consigo en su retirada, mientras su gente levantaba las armas y los sellos de combate.

Las estocadas mágicas silbaron por el comedor, atravesadas por las balas, y durante un horrible segundo creí que iban a despedazar a Adam y a los demás.

Pero no fue así. En cuanto comenzaron los disparos, Adam levantó la mano y lanzó los dados del destino. De repente, fue como si lo viera por todas partes. Todas las balas de la habitación parecían estar rodeadas por un halo resplandeciente; Adam las detenía y caían al suelo como granizo. Las estocadas mágicas chocaban contra brillantes escudos blancos... y se hacían añicos.

Pasó a supervelocidad. Tenía claro que Adam había manipulado el tiempo; se había concedido unos minutos adicionales para moverse mientras el resto seguíamos petrificados. Cuando sabías a qué prestar atención, podías percibir en unos milisegundos de nada el momento en que utilizaba los dados. Pero para los Nightserpents, Adam solo había levantado una mano y, con ese sencillo gesto, había destruido todo su ataque. El silencio cayó sobre el comedor, interrumpido únicamente por el jadeo incrédulo de Lazarus. Los Nightserpents apuntaban con sus armas, igual que antes, pero parecía que ya no sabían qué hacer.

Por su parte, Adam inclinó aburrido la cabeza y volvió a lanzar sus dados. Una vez más, me pareció ver fragmentos de lo que estaba haciendo mientras el tiempo se detenía para el resto: una cuerda de luz enrollada alrededor de la garganta de un hombre, ráfagas de magia silbando por la habitación, el estruendo de uno de los Nightserpents al estrellarse contra una pared. Luego, el tiempo recuperó su ritmo, pero varios secuaces de Lazarus estaban tirados en el suelo, sangrando por la nariz, los oídos o la boca.

Adam volvía a estar nuevamente en su sitio, entre Dina, Matt, Celine y sus guardias. La única diferencia eran las líneas de luz que resplandecían a través de su camisa.

Señaló al resto de integrantes de la banda que todavía se mantenían en pie. Isaac estaba entre ellos. En su cara se podía distinguir claramente la confusión, aunque seguía reteniendo a la fuerza a Lily con la ayuda de Enzo. Los demás Nightserpents, eso sí, habían retrocedido, temerosos.

—Matthew —indicó Adam, desenfadado—, ¿me harías el favor de ocuparte tú del resto?

Una sonrisa implacable asomó al rostro de Matt mientras echaba mano de su sello en forma de anillo.

—Con sumo gusto.

Los integrantes de la banda que quedaban en pie apuntaron con sus sellos. Querían disparar, claro, pero entonces, la esfera del anillo de Matt se iluminó de un lila refulgente. Se quedaron todos congelados en mitad de la acción. Observé, muda, cómo inspiraban y espiraban profundamente una única vez, para luego aguantar la respiración colectivamente. Acto seguido, dejaron caer sus sellos y caminaron tranquilamente hacia la salida. Todo con una sonrisa feliz y despreocupada en los labios.

Matt había envuelto a todos los integrantes de los Nightserpents en una ilusión. Absolutamente *a todos*.

Vi a Lily ponerse de pie de un salto, mientras Isaac y Enzo se separaban de ella y se marchaban como zombis. Lazarus también aflojó la fuerza con la que me agarraba. Primero pareció que iba a seguir a los demás, pero acabó por contenerse y permanecer donde estaba. Incluso cuando Matt le dedicó toda su atención y extendió una mano hacia él para abducirlo con su ilusión, él tan solo suspiró. Acabó agarrándome de nuevo con fuerza, y lo siguiente que sentí fue el frío cañón de una pistola contra mi sien.

—¡A mí no! —bramó Lazarus, mientras miraba alrededor preso del pánico y parecía entender por fin que se había quedado totalmente solo en el comedor—. ¡Aléjate!

—¡Ray! —oí gritar a Lily. Se lanzó hacia mí, pero se detuvo a medio camino.

Matt frunció el ceño y lo intentó de nuevo.

—Su mente... está dañada. No consigo llegar a él.

Vi cómo Dina echaba mano a su cinturón de serpiente.

—Déjame...

—No te preocupes, ya me encargo yo.

Adam volvió a lanzar sus dados. Yo esperaba encontrarme sin más a Lazarus tirado sin sentido en el suelo a mi lado, pero no fue así. Adam solo me miró fijamente. Para él debía de haber pasado un minuto o más, pero, fuera lo que fuera lo que hubiera hecho en ese tiempo, la pistola de Lazarus seguía firme contra mi sien. Lo único que había cambiado era la expresión en los ojos de Adam. Estaban horrorizados, reflejaban un espanto que no le pegaba nada.

Me vine abajo. ¿Qué podía haberle perturbado tanto? ¿Qué había visto gracias a sus dados?

—Escúcheme, señor Wright. Podemos hablar —dijo tranquilamente. Su voz sonaba suave, seductora, pero ya lo iba conociendo y algo no me cuadraba—. Simplemente dígame qué quiere a cambio de la vida de Rayne, ¿sí?

¿Pretendía negociar con Lazarus?

Él clavó su mirada en Adam y, sin duda, vio lo que todo el mundo veía en él. Riqueza. Poder. A alguien que poseía muchas cosas... y que podía *dar* muchas cosas. Me agarró del brazo con más fuerza, sentía la pulsión de la pistola todavía más pesada sobre mi piel.

—Un millón de libras —bufó, y una parte histérica de mí pensó: «¿Un millón de libras? ¿Estás de coña?».

Pero Adam no titubeó.

—De acuerdo. Deje que Rayne se marche y le traeremos el dinero en una hora.

El pecho de Lazarus subía y bajaba acelerado contra mi espalda. Imaginé lo sorprendido que debía de estar de que Adam hubiera aceptado sin más su descabellada exigencia. Además, también había visto la facilidad con que Matt se había deshecho de los miembros de su banda. Sin duda estaba calculando lo rápido que iban a desarmarlo en cuanto me soltara.

Justo cuando iba a decir algo, llegó una voz. Provenía de la entrada del orfanato.

—¡Buenas! —dijo—. ¿Llegamos tarde a la fiesta?

Lazarus se giró hacia un lado, y yo con él, de tal forma que pude ver claramente quién venía caminando por el pasillo que llevaba al comedor; alguien con una cresta oscura y una sonrisa autocomplaciente. Era el chico contra el que había peleado en el heptadomo: Dorian Whitlock. Y lo seguían por lo menos cincuenta personas que, estaba segura, llevaban el mismo tatuaje en la muñeca.

El Ojo.

—Whitlock. —Adam suspiró profundamente, mientras Dina, Zorya y Jarek adoptaban una posición de combate de inmediato. Dina ya tenía el cinturón de la serpiente en la mano y, por lo que se veía, solo esperaba una orden, igual que Jarek y Zorya—. La verdad es que no es buen momento.

Busqué a Lily con la mirada. Las lágrimas le corrían por el rostro. Matt se había acercado a ella y la agarraba del brazo, pero ella solo me miraba a mí. Abrió la boca y pronunció mi nombre en silencio.

«Quédate donde estás», intenté indicarle. «Por favor».

Luego me concentré nuevamente en Dorian Whitlock y en Adam. La situación parecía sacada de una peli del Oeste: yo, entre los pistoleros de ambos bandos que se miraban fijamente a mi izquierda y a mi derecha.

A diferencia de nuestro último encuentro, ahora sí estaba claro que Whitlock no era un luchador de exhibición habitual. Él y el resto de la gente del Ojo estaban equipados como soldados. Llevaban pantalones y chaquetas oscuras que parecían antibalas, además de cinturones con armas y todo tipo de sellos de combate. La mayoría de ellos vestían pasamontañas como los de la pareja que había irrumpido en la mansión de Agrona Soverall.

—El Señor del Espejo en persona —anunció Dorian Whitlock con evidente alegría—. ¿No tienes nada mejor que hacer que pasearte por Prime? He oído que han robado una barbaridad de magia.

Adam ignoró la indirecta.

—Es mejor que os quedéis al margen.

—¿Y eso por qué? —Dorian sonrió—. El sueño de mi vida era conocer a tu madre en persona, Adam Tremblett. Pero no hubo suerte. Así que, por lo menos, puedo recuperar el tiempo perdido con su hijo. ¿No es emocionante?

—No te lo voy a repetir —contestó Adam cortante mientras levantaba los dados—. ¡Largaos!

La sonrisa falsa desapareció del rostro de Dorian, sustituida por el brillo azul invernal del amuleto que llevaba al cuello.

—Dime, Señor del Espejo…, ¿cómo se vive siendo el mayor asesino del mundo?

¿Asesino? ¿A qué se refería?

No supe si sus palabras habían tenido algún efecto en Adam, porque él se limitó a dejar que los dados del destino rodaran sobre su mano derecha.

—No tengo tiempo para departir con vosotros.

—En ese caso… —La mirada de Dorian pasó a mí, luego al brazalete del dragón—. Solo queremos a la chica. Luego podemos separar nuestros caminos tranquilamente.

La expresión de Adam se oscureció, pero antes de que pudiera contestar, el grito de Lazarus retumbó en el comedor.

—¿Quién coño sois?

El cañón de la pistola me presionó todavía más la sien, y cerré los ojos para no dejarme llevar por el pánico. En semejante estado, Lazarus podría disparar sin querer.

—¡Largaos! —chilló. Me arrastró un par de pasos hacia atrás, hasta que se quedó con la espalda contra la pared. Ahí, me agarró aún más fuerte; los sellos de combate de su brazo se iluminaban amenazantes. ¿De dónde había sacado la estúpida idea de vincularse a tantos a la vez?—. ¡Le meto una bala en la cabeza —gritó— como no os larguéis de inmediato!

Pero nadie se largaba... ni daba un paso atrás. Ni la gente de Adam ni la de Dorian. Al contrario: Adam y los demás Superiores activaron sus sellos de combate, mientras Jarek, Zorya y el resto de los guardias empuñaban sus pistolas. También los combatientes del Ojo se pusieron en posición, con todos los sellos que llevaban al cuello, en los dedos y en las muñecas iluminados.

Lazarus me agarraba con un brazo e intentaba gesticular torpemente con la mano libre. De sus dedos empezó a salir una magia negruzca, primero en una dirección y luego en otra. Era magia del caos, claramente. Debía de haberse expandido por el cuerpo de Lazarus cuando activó todos los sellos al mismo tiempo.

Por el rabillo del ojo vi cómo Lily se liberaba de Matt. Intentó llegar a mí justo cuando Lazarus empezó a disparar ráfagas de magia tan poderosas que derribó a algunas personas. Lily también se vio alcanzada en la refriega y se me escapó un gemido del susto al verla estrellarse contra una pared cercana. Ya no se movió.

—¡Basta! —grité—. Laz, tienes que...

Lazarus berreó iracundo. Uno de los secuaces de Dorian había ralentizado sus movimientos con un sello para intentar llegar hasta mí, pero Lazarus, más de casualidad que otra cosa, lo alcanzó con tal fuerza que el hombre cayó fulminado al suelo.

Entonces, la cosa se fue de madre por completo. Los Nightserpents regresaron, irrumpiendo desde el pasillo que llevaba de la entrada del orfanato al comedor. Debían de haberse librado de la ilusión de Matt. Reconocí a Isaac, a Enzo y a un par más. Empezaron a disparar a diestro y siniestro, de manera que se desató un combate en el que era imposible distinguir quién atacaba a quién.

Dina saltaba como loca, mientras que Adam se movía casi como si hubiera ensayado una coreografía. Tensaba la cuerda de luz entre sus manos y, gracias a sus dados, parecía poder predecir todos los ataques.

Yo seguía intentando liberarme de Lazarus, pero era más fuerte que yo.

—¡Ayudad a Lily! —les grité a Dina y a Matt, pero mi grito se perdió entre el alboroto. Mi amiga yacía inconsciente contra la pared, a una distancia peligrosamente corta de las explosiones de magia de los sellos de Lazarus, que se activaban descontroladas por todas partes. Un estallido fue tan fuerte que la pistola le resbaló de la mano, y me hizo caer a mí también.

Aturdida, gateé por el suelo del comedor. Tardé una fracción de segundo en darme cuenta de que estaba libre. Me arrastré hacia Lily, pero apenas podía avanzar entre la multitud. De repente, uno de los rebeldes levantó del suelo a mi amiga, que seguía desvanecida. La llamé a gritos, pero no sirvió de nada; la perdí de vista, y no pude ver adónde se la llevaba aquel hombre.

Desesperada, intenté ponerme de pie. Las paredes de la central chirriaban y crujían. Lazarus había creado tanta magia con sus sellos que esta lo había elevado en el aire. Sus gritos resonaron por el comedor cuando las bocanadas oscuras empezaron a apresarlo en un lazo mortal.

Mientras Isaac y un par de Nightserpents se apresuraban hacia él, Dina lo atrapó con su látigo de luz. Se lo enredó alrededor de la pierna; parecía que intentaba absorber la magia del caos con su sello. Pero era demasiado poderosa, hasta el punto de conseguir arrastrar por la sala primero a Dina y luego a Zorya y Jarek.

Matt acudió en su ayuda. Activó un escudo, pero las bocanadas de magia negra lo perforaron. Concentraron toda su energía en Lazarus, pero daba igual: la magia del caos seguía extendiéndose. Había demasiada, y amenazaba con destruir todo el comedor.

Vi un pánico real en los ojos de Lazarus, oí cómo se resquebrajaba la pared que nos rodeaba y supe por fin lo que tenía que hacer. Y tenía que ser... ya.

Temblorosa, estiré mis manos hacia él. «Se ha acumulado demasiada magia», le dije mentalmente al Ignis, y sentí cómo la magia salía violentamente de su núcleo. Como si llevara días reteniéndola en mi interior solo para dejarla salir ahora. Pero no podía controlar sus efectos, solo dirigirla en la dirección correcta.

«Se ha acumulado demasiada magia. Hay que eliminarla. Destrúyela».

Y así fue: las líneas de luz se iluminaron sobre mi piel, y la magia del caos que rodeaba a Lazarus se congeló. Mi sello obligó a todo lo que nos rodeaba a quedarse parado, pero yo sentía que estaba perdiendo el control. La unión con Ignis era demasiado inestable.

Y se rompió. Vibró el suelo, se derrumbó el techo, cayeron cascotes. En ese momento, Lazarus estaba tan envuelto en magia del caos que apenas se le veía.

—¡Activad las barreras! —gritó alguien.

Dos manos me agarraron y me alejaron de Lazarus. Lo siguiente que percibí fue un muro de contención mágica como el que había visto en la casa de Agrona Soverall, una fina pantalla azul que parecía impenetrable.

—¡No!

Apoyé mi mano en la barrera. Quería salir. ¿Dónde estaba Lily? ¡Tenía que llegar hasta ella! Pero fue inútil. El muro era como un cristal, así que solo podía ver cómo los Nightserpents se arremolinaban alrededor de Lazarus, cómo se le acercaba Isaac sin entender lo que iba a ocurrir. Y durante un segundo, un desesperado segundo, Lazarus me miró. Su rostro ya estaba totalmente cubierto de venas negras. Entonces, por fin, se hizo el silencio. Pero no duró mucho. De pronto, se escuchó un ruido espeluznante, seguido de una explosión que primero derrumbó el comedor y, luego..., toda la central eléctrica.

Dos manos me agarraron por las muñecas y me pusieron en pie de un tirón.

—Levántate —me susurró alguien al oído.

Parpadeé, apenas sabía qué me ocurría. Tras la barrera protectora se encontraba la central, derruida. Los cascotes, el polvo y un montón de figuras inmóviles.

Me recompuse como pude. Era Dorian quien me agarraba. También era él quien me había separado de Lazarus.

Miré por encima del hombro. Estaba atrapada con él y con algunos de los suyos en un cubo de magia. Intentaban transformar una puerta que había quedado intacta dentro del cubo en un portal. ¡Con una réplica de la llave de zafiro! Y parecía funcionar: mucho más despacio que el sello de Celine, eso sí, pero funcionaba.

—¡Al final tenías razón, Señor del Espejo —gritó Dorian—, mejor seguimos esta conversación en otro momento!

Miré con pánico a mi alrededor, pero solo alcancé a ver los cascotes del que había sido mi único hogar, y más allá, dos cubos más. Todos los supervivientes, por lo que parecía, se habían refugiado en espacios protegidos por aquella barricada de magia. En el más alejado distinguí a Adam, Dina, Matt, Celine y los guardias. Y en el cubo que estaba justo a nuestro lado...

—¡Lily! —grité. La sujetaba una rebelde que llevaba una chaqueta blanca con tachuelas plateadas y un pasamontañas.

Mi amiga había vuelto en sí y parecía que podía mantenerse en pie. Tenía toda la cara cubierta de hollín. Abrió la boca para gritar, pero no me llegó ningún sonido.

—¡Soltadla! —grité.

Me lancé sobre Dorian, pero él nos agarró, a mí y a mi sello, con fuerza. Intenté utilizar de nuevo la magia de Ignis, sin éxito. Definitivamente, se había roto nuestra conexión; no sentía en mi interior ni el más mínimo hormigueo.

Mientras la puerta de nuestro cubo se iba transformando en un corredor mágico gracias a la llave de zafiro de imitación, Adam y los demás dejaron caer su protección y echaron a correr hacia nosotros. Las líneas de luz se iluminaron simultáneamente en sus brazos y, juntos, transformaron sus sellos en armas para atacar con ellas nuestro muro mágico.

—¡Más rápido! —ordenó Dorian a su gente.

Tiró de mí todavía más hacia atrás. Pero la barrera, bajo el poder de los sellos oscuros, empezó a resquebrajarse hasta que finalmente se derrumbó.

Dina consiguió agarrarme antes de que Dorian me pudiera arrastrar consigo por el corredor. Al mismo tiempo, le enredó el látigo al brazo mientras le lanzaba una sonrisa asesina y le amenazaba:

—Suéltala o te dejo seco aquí mismo, Whitlock.

Dorian, retorciéndose de dolor, me acabó soltando. Mientras Dina tiraba de mí hacia ella, Whitlock se marchó dando tumbos por el corredor, que se desvaneció en la nada tras él.

—¡Adam —grité, porque en el cubo de al lado ya habían abierto otro pasillo mágico y estaban obligando a Lily a seguir a la gente que huía por él—, ayúdala!

Adam se dio la vuelta, pero era demasiado tarde. La mujer de la chaqueta blanca que agarraba a Lily tocó la barrera mágica desde dentro. A través de su pasamontañas solo pude distinguir unos ojos que me observaban fijamente. Su mirada era tan intensa que me traspasó. Dio unos golpecitos al muro mágico, como si me quisiera decir: «Ven a buscarla». Justo después, arrastró a Lily consigo por el corredor y ambas desaparecieron.

De inmediato, se esfumaron los cubos de protección. Matt y Celine todavía perseguían a la gente de Dorian, pero ya no pudieron hacer nada. La puerta los llevó sin más a un pasillo lleno de cascotes y ruinas.

—¡No! —grité. Parecía como si mi voz perteneciera a otra persona. Habría sido tan fácil si hubiera sido así... Porque entonces no sería yo quien estuviera allí sentada, atrapada en aquella pesadilla que parecía no tener fin.

Se habían llevado a Lily. Delante de mis narices.

Dina me rodeó con los brazos.

—Rayne —me miró con una expresión tan seria y empática que todo en mi interior se contrajo y lo único que pude hacer fue caer de rodillas—, ya está. Estás a salvo.

—Pero Lily no —sollocé, mirando a Adam—. Teníais que haberla ayudado a ella primero. Estaba más cerca de vosotros. ¡Podríais haberla rescatado!

Adam me sostuvo la mirada, pero no dijo nada.

Seguí mirando hacia atrás, hacia donde había visto a Lazarus por última vez. No quedaba ni rastro de él. Solo vi a Isaac y a Enzo tirados en el suelo. Alrededor de sus cuerpos había muchos sellos esparcidos, tenían la piel gris y los ojos abiertos de par en par.

Un denso humo ascendía desde las ruinas del orfanato hacia el cielo nocturno. Más de una vez había deseado precisamente eso: reducir a cenizas la central y liberarme de una vez.

Por fin se había cumplido mi deseo.

26

Temblaba con tal fuerza que me costaba entender cómo habían conseguido arrastrarme de vuelta al Espejo y luego a Septem. Lo único que deseaba era llorar y gritar y obligarles a regresar para poder hacer algo. ¡Lo que fuera! Pero tenía los brazos y las piernas paralizados, así que no me resistí cuando Adam me llevó en brazos primero por el corredor mágico de Celine y luego al salón del trono del palacio.

Percibí vagamente cómo Adam mandaba retirarse al resto de guardias; nos quedamos a solas con Jarek y Zorya. Cerraron las puertas del ala y yo me senté en el suelo, en el centro de la sala heptagonal, sin poder parar de llorar.

Había abrazado a Lily solo para volverla a perder. Y ahora de verdad, y yo era la única culpable. Había querido liberarla de Lazarus y en lugar de eso se la había servido en bandeja a los rebeldes.

Adam habló con alguien, y al cabo de un rato me echaron una manta por encima. Tiré de ella hacia mí y alcé la mirada. Era Cedric. Me observaba con tristeza. Cariñoso, me puso una mano en el hombro.

—Mirad lo que llevaba —dijo Celine. Sacó algo del bolsillo de su chaqueta y se lo tendió a Adam. Era el spectrum que Sarisa

Sadlyn me había dado antes de mi huida. Celine me lanzó una mirada reprobadora—. No es de los que usamos en palacio. ¿De dónde lo has sacado?

Callé. No iba a poner en peligro a Sarisa.

En ese momento, Adam tomó el spectum y lo abrió. Me dirigió una lenta mirada.

—Así es como el Ojo ha sabido dónde encontrarte. ¿Lo entiendes?

—No lo he usado. No he mirado ni una vez. Ha sido Lazarus. Él...

—Eso no importa. —Adam giró el spectum hacia mí. En su interior no se veía nada, ni siquiera el reflejo normal de un espejo—. Te pueden seguir igual, tanto si lo usas como si no.

—¿Cómo?

—Los sellos espejo están construidos de tal manera que se pueda rastrear a la persona que los porta simplemente con que lo hayan vinculado a su propio sello. Al dártelo alguien del Ojo, es de su propiedad. Eso quiere decir que sabían en todo momento dónde te encontrabas. No hacía falta que lo utilizaras. —Adam sacudió la cabeza y observó el spectum con más atención. Entonces, vi en sus ojos que había descubierto algo—. Te lo dio tu criada, ¿no? Cuando llegaste. ¿Te dijo que debías llevarlo siempre contigo?

Apreté los puños. Había dado en el clavo.

O sea, que nunca había sido decisión mía. Sarisa no me había dado la opción de pedir ayuda al Ojo o ignorarlo.

No se podía fiar una de nadie. Agrona Soverall tenía razón: en este mundo, cada persona perseguía sus propios fines.

Poco después, Zorya y Jarek trajeron a Sarisa al salón del trono para llevársela a la Torre Nocturna. La observé inexpresiva.

—Parece que hace años que forma parte del Ojo —oí decir a Zorya—. La conexión del spectum ya no está activa, pero con algo de suerte la podremos rastrear. Tal vez encontremos por fin la base del Ojo en Prime.

Adam asintió a Zorya y Jarek.

—Interrogad al resto del servicio. Primero a quienes estuvieran más cerca de ella. Y que se encargue alguien de vuestra confianza. Luego organizad nuestra partida a Roma.

—¿Qué le va a pasar? —susurré en el silencio—. En la Torre Nocturna…

Recordaba perfectamente cómo habían gemido los presos al descubrir que los iban a encerrar allí.

—Es muy simple —contestó Celine mirándome con frialdad—. Todo el mundo debe cumplir la ley. Y ser castigado si la infringe.

Había pasado una hora desde nuestro regreso a Septem. Dina y Matt me habían llevado al ala de Ignis y, tras comprobar que estaba bien, se habían marchado. Estaba sentada en un sillón del dormitorio, justo delante del ventanal, con las piernas encogidas, cuando alguien llamó a la puerta.

Era Adam. Entró en mi habitación y cerró la puerta con un clic suave tras de sí. Luego se apoyó contra ella.

—Me gustaría hablar contigo, si te parece bien.

Asentí lentamente. No porque me apeteciera hablar con él, sino simplemente porque no tenía fuerzas para oponerme.

Adam se acercó.

—No tenía ni idea de quién era Lazarus Wright —dijo en voz baja—. Hacías bien en querer regresar. No debí haber vacilado.

Me encogí. No, no hice bien. Debería haber usado otra estrategia, ahora lo veía claro. Ni siquiera había intentado explicarle a Adam el peligro que corría Lily. Estaba tan acostumbrada a que las dos estuviéramos solas en el mundo que había actuado impulsivamente, sin considerar más opciones.

«Como un petardo», pensé con amargura; al final, Lazarus había acertado con el apodo.

Al ver que yo no contestaba, Adam se acercó a la ventana que estaba al lado de mi sillón.

—¿Quién era ese hombre en realidad? ¿Por qué era vuestro tutor y por qué estabais en ese orfanato?

—El orfanato solo era una tapadera suya —susurré—. Antes pertenecía a su madre, él aceptó gestionarlo para controlar el asunto. Era el jefe de una banda. Crimen organizado, estaba metido en todo tipo de cosas. También en magia.

—¿Era violento? —La voz de Adam seguía sonando tranquila, pero vi cómo apretaba los puños—. ¿Te...?

—No. —Miré al suelo—. No se atrevió. Pero con Lily... Por eso cogí la réplica del sello del dragón en el heptadomo. No podíamos dejar las cosas al azar. Necesitábamos esa victoria.

—¿Tu amiga y tú queríais usar el dinero para huir de la ciudad?

—Sí.

Me sequé las lágrimas, enfadada.

El rostro de Adam se contrajo en una mueca.

—Rayne, siento mucho que no hayamos podido llegar hasta ella.

—¡No finjas que te interesa Lily! —solté—. Ojalá hubiera...

Tragué saliva, demasiado abrumada como para acabar la frase. Luego me crucé de brazos y dejé que las lágrimas me corrieran por el rostro.

¿Por qué... por qué no había esperado hasta saber utilizar el sello? ¿Por qué había sido tan terriblemente irresponsable?

—Lo siento mucho. De verdad. No debería haberme puesto así contigo. Y tu amiga... —Adam se detuvo y lanzó sus dados—. He intentado liberarla, créeme. Pero en todos los escenarios que he visualizado, te secuestraban a ti o a las dos.

—¡Puedes manipular el tiempo! ¿Por qué no has acabado con Lazarus antes de que aparecieran Dorian y los suyos?
—No podía.
—¡Pero con otra gente sí has podido! ¡Como si nada! Habríamos...
—¡No podía!
—¿Por qué no? —le presioné—. Adam, he visto cómo...
—¡Te habría disparado! —Adam alzó tanto la voz que su eco resonó por la espaciosa estancia. Temblaba de pies a cabeza—. He intentado liberarte. Y en cada escenario te asesinaba de un disparo delante de mis ojos.

Me faltaba el aire. Recordé la expresión alterada de su rostro, y cómo le había preguntado luego a Lazarus, casi atemorizado, qué debía hacer para que me dejara ir.

Lazarus me habría matado sin más.

—Tengo los dados del destino desde hace solo cuatro meses —continuó Adam—. Agrona tenía razón en lo que dijo: me gusta pensar que ya domino totalmente su poder, pero la verdad es que no es así. Los dados me obedecen, pero... no me guían. Cuando una persona porta un sello oscuro de verdad, la magia le habla. Le muestra el camino. Yo... podría haberos liberado a las dos si estuviera más coordinado con mi sello, pero así...

Se detuvo y suspiró. Nunca me hubiera imaginado a Adam admitiendo una debilidad tan abiertamente ante mí. Siempre se había presentado como intocable, aunque tal vez ese era su objetivo.

«No me importa que me odien. Lo importante es que me teman».

Adam se pasó la mano por el pelo. Se mantuvo en silencio un momento y luego dirigió su mirada hacia el exterior, al Espejo.

—Al morir mi madre... me dejó solo ante tres guerras. Una guerra con los magistrados, que despilfarran la magia sin sentido y cuya codicia está transformando Prime en un nido de víboras de intrigas y corrupción política. Otra guerra con los rebeldes del Ojo, que intentaron asesinarme el día siguiente de mi coronación. Y la guerra con los abismos, que no solo amenazan con destruir el Espejo, sino también Prime, si no se lo impedimos. Y lo demás... Lo demás es irrelevante. Por eso, mi más absoluta prioridad debe ser detener la magia del caos.

—Ese objetivo ya lo has conseguido —comenté con resentimiento poniéndole delante a Ignis.

Él negó con la cabeza y me volvió a mirar.

—No, la verdad es que no. Rayne, tengo motivos de peso para creer que no solo Ignis es responsable de que la magia del caos se haya vuelto tan fuerte en los últimos tiempos. Y por eso tengo que marcharme urgentemente a Roma. Por eso he dejado todo lo demás en un segundo plano, incluidas tú y Lily. Te he hecho daño, y de verdad que lo siento muchísimo.

—Motivos de peso... —repetí, hastiada. Claro. Siempre tenía motivos. Solo que se le olvidaba una y otra vez explicármelos.

Pero entonces, Adam me sorprendió.

—Seguramente ya te ha llegado la noticia de que en los barrios pobres de vuestro mundo muere gente por culpa de la magia del caos, ¿no?

Lo observé confundida.

—¿Te refieres a la enfermedad de la magia?

Asintió.

—No pasa solo en Londres, sino en todas las ciudades de Prime. Eso sí, exclusivamente en los barrios en los que viven las personas más pobres. Hace tiempo que sospechamos que es culpa de las réplicas del Ojo. Solo que no tiene ninguna lógica... Supuestamente, si el Ojo quiere proteger a Prime, no cavaría su propia tumba. Y hasta ahora la magia del caos de tu sello solo ha fluido en el Espejo. Que haya irrumpido tanta magia del caos en vuestro mundo... debe tener otro origen.

Lo intentaba, pero la verdad era que cada vez entendía menos a dónde quería llegar.

—¿Qué pinta Roma en todo esto? ¿Tiene algo que ver con esa final del torneo que mencionaste después de los ataques, esa a la que quieres ir sí o sí?

—A mí no me interesa la final, sino el hecho de que todos los magistrados se vayan a encontrar en Roma con esa excusa. Es mi única oportunidad de reunirme con todas las personas responsables de distribuir la magia. —Se giró hacia la ventana y observó la ciudad con su brillo azul—. Mi madre no se ocupó en absoluto del tema, pero desde que he asumido el Nexo me ha quedado clara una cosa: la magia que podemos producir es limitada. Nunca va a llegar para el Espejo y para Prime; no si queremos que las cosas vayan bien. Y a pesar de eso —giró su rostro hacia mí—... llega. Sorprendentemente, cada día se transfieren cantidades ingentes de magia a Prime.

Tragué saliva.

—¿Crees que los magistrados manipulan de alguna manera la transferencia de magia?

—Sí, eso creo. Los magistrados despilfarran una gran cantidad de la magia en sí mismos y en los Superiores de sus ciudades. Para Prime no debería quedar casi nada, pero el problema es que los magistrados quieren controlar Prime. Prime es significativamente más grande que el Espejo, tiene recursos que no tenemos aquí... Los magistrados quieren hacer saber a los gobiernos de vuestro mundo quién tiene el poder. —Resopló, despectivo—. Así que, ¿qué hacen?

Por lo menos, eso estaba claro como el agua.

—Se ocupan de que haya suficiente magia para poder ejercer presión.

—Justo. —Adam sonrió sombrío y se cruzó de brazos—. No sé cómo lo hacen o de dónde proviene la magia del caos. Pero lo que sí sé es que guarda relación con la propia magia.

—Pero ¿por qué lo permites? ¿Por qué no utilizas tu poder? ¿No puedes destituir a los magistrados sin más, como pasó con Agrona, y asumir tú mismo la distribución de la magia?

A Adam le hizo gracia mi comentario. Bajo las pálidas luces del techo parecía muy joven, incluso menor de sus diecinueve años.

—Como un déspota, ¿no?

Se había olvidado del término «sonado», pero no tenía ganas de recordárselo.

—Claro que podría destituir a Pelham y al resto de magistrados —admitió—, pero eso provocaría grandes revueltas en el Espejo. Los magistrados deben servir a los Siete, y eso es así desde que la magia se descubrió hace siglos. Son muy queridos entre los Superiores, cosa comprensible. Se encargan de que nunca les falte magia. Primero tengo que encontrar pruebas de que los magistrados manipulan la magia. Aunque no les importe Prime, los Superiores saben de lo peligrosa que es la magia del caos. Si los magistrados, siendo totalmente conscientes, están traficando con ella, nadie se lo perdonaría jamás.

—O sea, que cuando has dicho que en Roma querías cortarle la cabeza a la serpiente... —empecé lentamente—, no te referías para nada al Ojo.

Una sonrisa.

—No.

—Y a pesar de eso, ordenaste que encerraran a los rebeldes en la Torre Nocturna.

—Hay una diferencia entre la apariencia y la realidad.

—¿Y ahora eso qué significa? He visto con mis propios ojos el miedo que tenían los prisioneros cuando mencionaste la Torre Nocturna.

—No les ha pasado nada, Rayne, pero necesito la Torre Nocturna. Necesito prisioneros para que Matt les pueda meter en la cabeza las ilusiones correctas.

—¿Ilusiones? ¿De qué? ¿De que los torturan?

Me miró fijamente, irritado.

—No, yo... —Lanzó un sonoro suspiro—. Los rebeldes debían creer que habían sido responsables del ataque a los magistrados. De eso iba lo de la Torre Nocturna.

Lo había dicho de forma tan críptica que casi ni lo entendí. Pero entonces... vi a Matt, Cedric, Dina y Adam nuevamente ante mí, cómo se debatían entre distintos sentimientos en el salón del trono. Matt, que había recibido la orden de encargarse de la Torre Nocturna. Cedric, que parecía querer decirme algo. Y entonces caí en la cuenta de lo sereno y distante que había visto a Adam cuando hablaba con Pelham sobre los ataques nocturnos y la magia robada. Estaba tan tranquilo..., justo lo contrario que el Alto Magistrado.

—Un momento —susurré, y ni me esforcé en disimular el tono incrédulo de mi voz—. ¿El Ojo no ha tenido nada que ver con los ataques?

Adam volvió a esbozar una sonrisa.

—No. Fueron Zorya y Jarek. Se ocuparon de ello con sus guardias.

—¿Y entonces dejaste que detuvieran a los rebeldes y le pediste a Matt que los atrapara en una ilusión para que creyeran que ellos habían robado la magia? —Lo miré fijamente—. Adam... ¿de qué va todo esto?

—Tenía que poner el plan en marcha, pero sin que se mencionara mi nombre. El Ojo era una coartada. Distribuimos poco a poco la magia robada en los barrios pobres. Esto me da tiempo para ocuparme de los magistrados. Si realmente son culpables de la magia del caos, encontraré la prueba en Roma. —Me miró y se encogió de hombros—. No digo que sea un plan perfecto. Pero no vi otra posibilidad.

Se me hacía difícil desentrañar esta información correctamente. Porque en principio significaba que Adam quería lo mismo que yo: detestaba que se estuviera usando la magia para oprimir a Prime. Proyectaba la imagen del Señor despiadado que solo se preocupa por el Espejo, pero en realidad se estaba oponiendo a los magistrados y dejaba que el Ojo lo odiara..., que lo tomaran por un monstruo. Y todo para poder cambiar algo de todo este culebrón.

Se me encogió el corazón solo de pensarlo. Había sido muy injusta con él.

—¿No podrías intentar poner al Ojo de tu parte? Podríais uniros contra los magistrados...

—No. —Adam negó con la cabeza—. El Ojo quiere aparentar que le preocupa la distribución justa de la magia, pero lo que realmente desea es usar los sellos oscuros para sus propios fines. —Adam apretó los puños—. Todo el mundo cree conocer los sellos oscuros, pero el Ojo desconoce totalmente su poder. No deben caer en manos de los rebeldes bajo ningún concepto; eso desataría el caos en el mundo.

—Pero ¿no puedes averiguar cómo se organiza el grupo? Los prisioneros siguen estando en la Torre Nocturna. Si Matt los interroga...

Adam pareció adivinar de inmediato a dónde quería llegar y negó con la cabeza.

—Si fuera tan fácil, habríamos acabado con el Ojo hace tiempo. Pero hasta ahora los prisioneros solo nos han llevado a pequeñas células. No hemos conseguido descubrir su cuartel general. Whitlock desempeña un papel importante, pero no creo que sea el cabecilla. —Adam frunció el ceño y reflexionó antes de seguir hablando—. Si te digo que las probabilidades de que encuentres a tu amiga por tu cuenta son casi cero, solo es porque quiero ser honesto contigo. Tengo que ir a Roma con los demás, como está previsto. Debo ocuparme de los magistrados antes de que sea demasiado tarde para Prime. Pero te prometo que voy a hacer todo lo que pueda para encontrar al Ojo, y luego...

—Voy con vosotros.

—Rayne, eso no es...

—Dorian y su gente me querían a mí, ¿no? Ya en casa de Agrona lo intentaron, y en la central quedó todavía más claro. Por lo que sea, estoy en su punto de mira, y precisamente por eso se han llevado a Lily. —Me levanté del sillón y me planté delante de Adam—. La final esa es la fiesta más importante aquí en el Espejo, ¿no? Pues es ideal para ponerme en bandeja, para presentarme en todas partes como la nueva portadora. Además, me puedo llevar el spectum que me regaló Sarisa, por si reactivaran la conexión. Así, el Ojo verá que Roma es su mejor oportunidad de atraparme. La única.

Adam bufó.

—Quieres hacer de señuelo.

—Sí —afirmé, aunque sabía que era el peor señuelo del planeta. Ese siempre había sido el papel de Lily.

La negativa de Adam no me sorprendió.

—Es demasiado arriesgado. ¿No lo entiendes? Por eso precisamente quería que te quedaras en Septem. Todavía no has conectado totalmente con tu sello. Aún no puede obedecerte, y eso te hace vulnerable. Si el Ojo te atrapa...

—Si me encierras aquí con Jarek, encontraré la forma de ir con vosotros —lo interrumpí con voz firme—. Créeme, las chicas que nos hemos criado en un orfanato nos sabemos toda clase de trucos que a los pijos como tú ni se os ocurrirían. Y si no me queda otra, estrangularé a Jarek con mi chaqueta de brocado y pista.

Adam dejó escapar una risa seca, claramente en contra de su voluntad. Al mismo tiempo, su mirada dejaba entrever una preocupación real, lo cual me conmovió. Pero no cambiaba nada.

—Tú mismo lo has dicho. Todos tenemos que hacer cosas que odiamos.

Lo miré directamente a la cara y, aunque solo le llegaba a la barbilla, me pareció que por primera vez estábamos a la misma altura.

—No solo está en peligro el Espejo. Mi mundo también lo está. Voy con vosotros. Asúmalo, Señor del Espejo.

Adam me miró. Estaba de todo menos entusiasmado, pero a pesar de eso asintió, que era lo que importaba.

—Pero nada de ir por tu cuenta —dijo—. Tenemos que ser un frente unido si queremos descubrir quién está detrás de la magia del caos. Y, de paso, localizamos la base del Ojo y liberamos a tu amiga. Mano a mano, ¿de acuerdo?

Adam me tendió la suya y, en ese momento, me invadió una sensación extraña: me llegó un eco de su magia. Me pregunté si él también lo sentía. Si él también había notado esa diminuta grieta en la puerta que separaba el núcleo de su magia del núcleo de la mía. Si era consciente de que la conexión entre ambos nunca se había llegado a interrumpir del todo.

—Vale. —Lentamente, puse mis dedos sobre los suyos y me estremecí cuando me los estrechó—. De acuerdo.

PARTE 5

LA CIUDAD DORADA

27

La Roma del Espejo era tan brillante que parecía haber sido construida en el centro del sol. Las fachadas refulgían tanto que daba la sensación de que los edificios estaban chapados en oro. Pero lo que más me llamó la atención fue lo luminosa que era. Hasta entonces había relacionado el Espejo con algo sombrío, envuelto en un interminable crepúsculo, porque la ciudad que estaba encima de él le tapaba el sol. Sin embargo, ahora me rodeaba la luz de un día de verano cálido y amable.

Los extravagantes edificios se alineaban uno tras otro, algunos incluso de varios cientos de metros de altura. Además, había muchas más casas flotantes que en Londres. Edificaciones incontables con cimientos de mágico azul invernal, todas ellas rodeadas de parques y jardines. El verde se extendía tanto en la distancia que los árboles de las colinas más lejanas parecían difuminarse en la atmósfera del Espejo.

A Lily le hubieran gustado esas vistas. Cada florecilla que se abría paso entre las grietas del asfalto de los suburbios le habría sacado una sonrisa ilusionada.

Recordarla me hizo apretar los puños. Teníamos que descubrir a dónde la había llevado el Ojo.

La liberaríamos. Pero por el momento debía tener paciencia, porque en vez de usar el sello de Celine para llegar directamente a Bella Septe, la sede de la Alta Magistratura, habíamos tomado el «camino tradicional»: junto a Adam, Matt, Dina, Celine y Cedric, me había subido a una de esas góndolas mágicas que había visto en el Londres del Espejo. Ahora sabía que se llamaban transbordadores, y que los Superiores no solo los utilizaban para moverse por las ciudades, sino que también se balanceaban por los grandes corredores mágicos permanentes que unían las ciudades del Espejo. Funcionaban de manera parecida a la sala de las cien puertas de Septem.

—El objetivo es que se nos vea —me había explicado Matt cuando le pregunté por aquel desvío innecesario—. Es tradición que los Siete se paseen ante la ciudadanía de camino a la final del torneo de exhibición.

Vale. Si querían vernos, nos iban a ver. No solo porque nuestro transbordador era más grande que el resto, sino porque nos escoltaban tres más, en los que se encontraban Jarek, Zorya y muchos otros guardias, así como varios altos cargos de Septem.

Así fue como entramos flotando en el centro de la Roma del Espejo. Yo no podía dejar de observar aquellas increíbles construcciones doradas. Al cabo de un rato, comprendí de dónde provenía toda aquella luz: entre los edificios flotantes colgaban en el aire sellos en forma de sol que proyectaban sus haces sobre la ciudad.

—Luz natural, pero artificial —me susurró Matt—. Roma es la primera ciudad que ha tenido la idea, pero cuesta un potosí de magia. Aunque tampoco es que al magistrado Pelham le quite el sueño eso.

Intercambiamos una mirada. No, después de todo lo que sabía ahora sobre Kornelius Pelham, estaba segura de que aquello no le importaba.

Habían pasado dos días desde el acuerdo entre Adam y yo, y él me había prometido contestar a todas las preguntas que me rondaban antes de marcharnos a Roma. Había cumplido su palabra. Pasamos mucho tiempo juntos en el bastión y, aunque constantemente reclamaban su presencia para que atendiera a cuestiones importantes, Cedric y él me habían impartido un pequeño curso acelerado sobre el Espejo para prepararme para mi papel de señuelo. También me comunicaron que el resto había sido informado del golpe de efecto de Adam con el robo de la magia. Me contaron que, tras la coronación de Adam, se habían enterado de las muertes en los barrios pobres de Prime, que les había quedado claro que algo no encajaba en las transferencias de magia y que sospechaban de los magistrados.

El problema era que, hasta hacía poco, la generación de portadores anterior, liderada por Leanore Tremblett, había sido responsable del Espejo. Matt y Celine eran los únicos que portaban sus sellos desde hacía años, porque sus madres habían muerto jóvenes. El resto (Dina, Adam y también los dos portadores restantes, Nikki y Sebastian) formaban parte de los Siete desde hacía poco. Y ninguno podía haberse imaginado lo mal que estaba la situación realmente.

Mientras yo intentaba familiarizarme con la cultura política del Espejo, Dina y Matt se encargaban de mis primeros entrenamientos con mi sello.

—La conexión todavía no es estable —me repetía Dina mientras me ponía contra las cuerdas.

Básicamente, lo único que hacía era perseguirme por la sala de entrenamiento. El problema es que era tan rápida que me daba la sensación de haber pasado por un campamento militar de una semana. A pesar de eso, acabé aprendiendo un par de estocadas mágicas mal dadas, aunque nada de gestos más complejos. En cuanto a la capacidad de Ignis para destruir magia, bueno..., había intentado atravesar los escudos mágicos que conjuraba Matt varias veces, pero sin éxito. Como mucho, lograba hacerles un agujero del tamaño de una moneda.

Los demás decían que era normal, que les había pasado lo mismo tras sus rituales de unión. Sin embargo, con aquello también me costaba ser paciente, igual que apenas aguantaba las ganas de ir a por Lily. Pero no volvería a actuar precipitadamente. Ahora tenía a los demás a mi lado. Por primera vez desde que Matt se había inclinado sobre mí en el heptadomo derruido, no me sentía excluida.

Mientras seguíamos flotando por la ciudad, miraba una y otra vez hacia arriba, hacia la Roma real. La diferencia entre ambas era imposible de obviar: en la Roma de mi mundo apenas había edificios altos en el centro y, aunque los tejados rojizos se troquelaban en el sol del mediodía con un brillo cálido, palidecían al compararse con los edificios majestuosos ante los que íbamos pasando.

—Bienvenida a la Ciudad Dorada —pronunció Dina a mi lado, con una sonrisa pícara en los labios carmín—, residencia de las personas más egoístas y codiciosas del planeta.

—Pensaba que esa era el centro de Londres.

Dina sonrió abiertamente.

—No, créeme. Los londinenses te parecerán tiernos corderitos en comparación con esta gente.

—Les encanta comernos con los ojos —masculló entre dientes Celine mientras saludaba con una sonrisa alegre a alguien que nos miraba a través de una ventana—. Vamos a estar así todo el puto día.

—¡Qué va! —Matt sonrió de oreja a oreja. Le dio un golpe con la punta de la bota a Adam, que estaba perdido en sus pensamientos—. Lo que quieren es ver a su flamante Señor. En su ilustre presencia, nadie se fijará en nosotros.

—Ándate con cuidado —comentó Adam mientras miraba estoico hacia el exterior—, a ver si me da por abdicar y dejaros solos entre estos buitres.

Dina contuvo una risa sorprendida.

—¿Has intentado hacer una broma? Pensaba que te habían extirpado el sentido del humor en la coronación.

Adam esbozó una sonrisa.

—Solo para dejar más espacio a mi cinismo.

Tuve que sonreír. Mi asiento estaba frente al de Adam y, aunque intentaba evitarlo, mi mirada acababa una y otra vez sobre él. Llevaba callado todo el viaje, pero, a pesar de eso, parecía algo más relajado que en los últimos días, en los que había ocultado la tensión distanciándose. La ira que sentía hacia él se había desvanecido definitivamente, aunque seguía poniéndome nerviosa pensar en lo que nos depararía aquella semana. Aún me resultaba difícil adivinar de qué palo iba Adam. ¿Mantendría su palabra y colaboraría conmigo? Quería creerlo, pero con él, nunca podía estar segura del todo.

Desde nuestra conversación tenía la sensación de que se había abierto a mí. No mucho, pero sí lo suficiente para que pudiera comprenderlo mejor. Hasta entonces, yo había tenido la certeza de que nunca podríamos entendernos, de que su mundo y el mío eran incompatibles. Adam era un hijo del Espejo de los pies a la cabeza. Sin embargo, detrás de todas las apariencias, tras aquel papel que representaba como Señor del Espejo, había encontrado a alguien que luchaba por sus ideales. Alguien que quería utilizar las oportunidades que le había ofrecido el destino para hacer del mundo un lugar mejor.

—¿En qué piensas? —le preguntó de repente Cedric a Adam.

Él contempló la Ciudad Dorada unos instantes más antes de dirigirse a nosotros.

—En el Ojo —contestó, y sacó algo que llevaba en el bolsillo de su chaqueta para enseñárnoslo. Era un trite, una de las habituales monedas heptagonales—. Con esto entraron los rebeldes en la casa de Agrona. No he podido sacármelo de la cabeza. Atravesaron la barrera sin más, como si no hubiera nada más fácil.

Adam le puso el trite delante a Cedric. Exceptuando que era realmente grande, no se le veía nada especial. Solo cuando Cedric le dio la vuelta y el grabado estuvo hacia arriba, lo vi: las líneas eran realmente complicadas, y estaban increíblemente bien trazadas.

—Es una obra maestra —dije lentamente.

Cedric asintió.

—Efectivamente. —Miró a Adam con expresión reflexiva—. Casi nadie en el Espejo domina este tipo de orfebrería.

—De hecho, solo hay una persona que lo haga. Y, casualmente, los sellos barrera fueron invención suya.

—¿Nessa Greenwater? —soltó Matt, con una expresión de incredulidad en la cara.

Adam asintió y, mientras los demás intercambiaban miraditas de haberlo entendido todo, a mí solo me quedó resoplar.

—Venga, soltadlo. ¿Quién es Nessa Greenwater?

—Hace tiempo era la herrera personal de los Siete —contestó Cedric—. La mejor de todo el Espejo. Forjó casi todos los sellos que se utilizan hoy en día en Septem. Por ejemplo, los inhibidores de magia con los que conteníamos la magia del caos de Ignis.

—Pero hace años que Nessa Greenwater dejó el oficio —contestó Dina—. ¿No murió su hija de forma trágica? Se dice que, después de eso, no forjó ningún sello más. ¿Y crees que ahora trabaja para el Ojo? ¿Por qué iba a hacer eso?

Adam miró la moneda y se encogió de hombros.

—No lo sé.

—¿La conocíais? —le pregunté—. ¿A la herrera?

—No realmente. Hace mucho tiempo que dejó Septem.

Cedric se inclinó hacia delante con el trite todavía en la mano.

—Bueno, podría ser. Para atravesar los sellos barrera se necesita a una maestra de la forja. Igual que para hacer las réplicas que utiliza el Ojo.

—Anteayer envié a Zorya a la casa de Nessa Greenwater —dijo Adam—. Hace meses que no vive allí.

Matt suspiró y se frotó la cara.

—Joder, por si no tuviéramos suficientes problemas…

—¿Tan peligrosa es esa mujer? —pregunté alarmada.

—No le haría nada a tu amiga —contestó Adam de inmediato—. El Ojo tiene su mira puesta en ti, y tienes razón cuando dices que por eso han secuestrado a Lily. Es su mejor baza para presionarte, así que la cuidarán bien. El tema de Nessa no cambia nada de nuestro plan, solo implica que su ejecución será un poco más complicada.

Quise responder algo, pero de repente Matt se levantó y señaló a lo lejos.

—Mira, Ray. Ahí es donde va a tener lugar la final del torneo de exhibición.

Tuve que pegarme a la ventana para distinguir algo desde ese ángulo. Pero en seguida supe a qué se refería, porque…, en fin, el edificio ocupaba todo un barrio.

Un heptadomo. Un imponente heptadomo que hacía palidecer a cualquier recinto de combate de mi mundo. Tenía muros altísimos y una fachada externa de cristal de la que colgaban sellos sol que emitían luz por todas partes.

Era como si hubieran colocado una estrella gigante en medio de la ciudad.

—¿La final se celebra ahí?
—Sip —contestó Matt—. Exactamente dentro de siete días.

Tragué saliva.

—Y nosotros...

—Nosotros seremos la atracción principal, exacto. —Matt me puso una mano en el hombro—. O, mejor dicho, tú serás la atracción principal, querida señuelo.

Al salir del transbordador acristalado media hora más tarde, sentí como si me viera desde fuera, caminando y subiendo las escaleras que conducían a Bella Septe. Como una experiencia extracorpórea. Era imposible que yo fuera esa joven que estaba siendo recibida con alegría por esa barbaridad de Superiores que se habían reunido en la sede de la Alta Magistratura. Agitaban banderas con un heptágono, y chillaban de tal manera que tardé unos segundos de estupefacción en entender que vitoreaban los nombres de los Siete.

La única vez que traspasé los muros del palacio de Septem, habíamos ido de incógnito. Pero ahora me topaba de frente con toda la adoración de los Siete.

«Esta gente está loca», pensé. Ni siquiera en un concierto de la típica *boy band* se gritaba de aquella manera.

Abrumada, miré al frente. Bella Septe, donde nos alojaríamos hasta la final, era un enorme alcázar con varias secciones y cúpulas doradas sobre las que los sellos sol irradiaban su cálida luz.

El comité de bienvenida incluía veinte o treinta Superiores, hombres y mujeres con nobles túnicas y vestidos. Ahí estaban los mandamases de la magistratura.

Miré a Adam. Iba un par de pasos por delante, flanqueado por Tynan Coldwell, que ya se había bajado de otro transbordador. Adam mantuvo la vista firme al frente mientras unos criados situados a izquierda y derecha de la escalinata se inclinaban a su paso. Ya no quedaba nada de la tranquilidad que había mostrado en el transbordador; el gesto de Adam se había petrificado de nuevo. Se había vuelto a transformar en el Señor del Espejo.

Los Superiores a los que nos dirigíamos parecían reverenciarnos. Sin embargo, aquí y allá también noté miedo en sus miradas. Tal vez algunos percibían que el liderazgo de Adam había inaugurado una nueva era en el Espejo.

Vi cómo Matt, a mi lado, ponía cara de haberse comido un limón.

—Por favor, sujetadme para que no le dé un guantazo al magistrado Pelham cuando empiece a pavonearse como siempre —farfulló, sin duda dirigiéndose a Dina, que se rio por lo bajo.

—No te preocupes. Después del que le voy a meter yo, ya nadie se fijará en ti.

Justo en ese momento se separó del comité de bienvenida un hombre delgado, alto y con una melena gris hasta los hombros. Al igual que Agrona Soverall, era un vejestorio; sin embargo, mientras que ella proyectaba una imagen algo rara pero vivaz gracias a sus vestidos de seda coloridos y a las mechas rosa de su cabello, aquel hombre me parecía la personificación de todos los Superiores.

Llevaba tantos sellos encima que parecía querer usarlos como coraza: lucía un montón de amuletos, los dedos plagados de anillos, y estaba claro que bajo las mangas de la túnica llevaba docenas de brazaletes. Su mirada mostraba rechazo, pero aun así hizo una profunda reverencia, lo cual indicó al resto que era el momento de hacer lo mismo.

Matt giró la cabeza hacia mí y murmuró:

—Ahí lo tienes: Pelham, Alto Magistrado en el Espejo y cabronazo en ambos mundos.

Pelham esperó a que Adam hubiera subido los últimos peldaños antes de enderezarse. En ese momento, Adam le tendió la mano de tal manera que el magistrado pudiera tocarla con su frente.

—Bienvenido a la Ciudad Dorada, mi Señor. Es un gran honor para mí y para mis criados recibiros.

—Muchas gracias por su hospitalidad —contestó Adam—. Incluso cuando las circunstancias son algo diferentes a las que habíamos imaginado en un principio.

Pelham miró más allá de Adam y me observó con ojos entornados. Ya lo habían informado sobre mí. Sobre mí, sobre Ignis y sobre el ritual que se había realizado con Agrona Soverall y no con él. Pero si le había afectado la humillación, no se le notaba.

Con un gesto impenetrable, Pelham nos saludó uno por uno de la misma manera que a Adam. Primero al padre de Matt, a quien estaba claro que conocía muy bien; luego a Dina, a Matt, a Celine, a Cedric y finalmente a mí. Cuando me tocó el turno, sentí cómo se me encendían las mejillas y me temblaban ligeramente las manos por los nervios.

—Es un placer conocerla por fin, señora Harwood —dijo, y por alguna razón, un escalofrío me recorrió la espalda. No fui capaz de articular palabra, simplemente bajé la cabeza, esperando que él interpretara el gesto como una muestra de respeto. Finalmente, Pelham se volvió a dirigir a Adam con una sonrisa magnánima—. Es muy generoso por vuestra parte haberos tomado el tiempo de conversar con nosotros antes del torneo de exhibición, mi Señor. Juntos, sin duda averiguaremos cómo se ha podido producir el horrible delito.

La magia robada. Después de todo lo que me habían contado Cedric y los demás sobre los magistrados, no me sorprendía nada que sus posesiones perdidas fueran la mayor preocupación de Pelham.

No podía ver el rostro de Adam, pero reconocí en la línea de sus hombros lo tenso que estaba.

—De eso estoy seguro, magistrado. No se preocupe, no hay nada que tenga mayor prioridad para mí que encontrar a los culpables y hacer que paguen por sus actos.

Las palabras de Adam me hicieron sonreír internamente, pero por fuera conseguí reprimirlo.

—Fantástico. —La sonrisa de Pelham se tensó hasta que casi le rechinaron los dientes y, por la fuerza con la que respiraba Matt, casi creí que iba a hacer real su amenaza y darle una hostia a Pelham—. Si me disculpa, mi Señor... Tenemos que seguir con los preparativos de los festejos en vuestro honor. Este cambio de planes tan repentino —me dirigió una mirada— ha hecho que tengamos muchas cosas que organizar.

—¡Qué suerte entonces que nadie sea tan eficaz como usted a la hora de organizar celebraciones, magistrado! —Adam le tendió una mano a Pelham, de tal manera que este se tuvo que inclinar nuevamente para tocarla.

«Es un nido de serpientes», recordé que había dicho Agrona Soverall. Iba entendiendo a qué se refería.

Después de que Pelham desapareciera, otro magistrado se acercó a Adam. Era un hombre medio calvo que, sin motivo aparente, hizo una esmerada reverencia ante él. Cuando se volvió a enderezar, no lo hizo del todo, como si no se atreviera a estar cara a cara con Adam.

—Mi Señor, quería expresaros personalmente mis condolencias. Vuestra madre y yo no siempre nos entendimos, como vuestra excelencia ya sabe. Pero la noticia de su muerte me provocó un profundo pesar.

Adam asintió.

—Muchas gracias, magistrado Vandal. Sé que su esposa también ha fallecido recientemente. Por lo que he oído, era una mujer notable.

—Lo era, ciertamente. —El hombre guardó un silencio breve y respetuoso. Luego continuó—: Señor, le agradecería que tuviéramos algo de tiempo para conversar.

Adam asintió y observé cómo él, Tynan Coldwell y el Alto Magistrado desaparecían con el resto del comité de bienvenida en Bella Septe. Celine los siguió de inmediato, y tras ella fueron Jarek, Zorya y una bandada de criados. Solo Cedric, Matt y Dina se quedaron conmigo.

—Está claro que Vandal no quiere hablar de su difunta mujer —masculló Dina, poniendo los ojos en blanco—. Más bien quiere hablar de su nieta, Leanore, que está vivita y coleando. —Me sonrió—. Lleva años intentando cerrar el contrato matrimonial de Adam con ella.

Aquello me recordó las palabras de Celine: con dieciocho años, a los portadores empezaban a presentarles a potenciales cónyuges. Adam ya tenía diecinueve. ¿De verdad significaba eso que tendría que casarse pronto?

¿Y yo también?

—Si Adam le sigue dando largas a Vandal, seguramente el siguiente de la lista seré yo… —Matt se estremeció—. Se dice que la nieta de Vandal tiene la voz más chillona de todo el Espejo.

Dina respondió rápidamente mencionando a otros Superiores que, en su opinión, serían una pareja peor, pero yo no reconocí ningún nombre.

Ya habíamos llegado a la zona de entrada del edificio, y después de todo el esplendor que había visto en los últimos días, lo único que realmente me sorprendió fue la enorme fuente que se alzaba en medio del pabellón junto con varias estatuas de ángeles todavía a medio hacer. Incluso dentro de Bella Septe, cada centímetro estaba decorado con oro, hasta las sillas y mesas ubicadas cerca de la entrada. Muchos Superiores se giraban a nuestro paso, y si estuviéramos en un cómic se les habrían puesto estrellitas en los ojos de lo mucho que estaban flipando.

—Nikki y Sebastian ya han llegado —explicó Cedric, lo cual hizo que Matt emitiera un gemido contenido.

—Todavía tenía la esperanza de que no vinieran.

—¿Cómo es que no viven en Septem? —me interesé.

—Porque son unos psicópatas egocéntricos —murmuró Dina, lo que de inmediato provocó una sonrisa en Cedric.

—Justo antes de la coronación de Adam hubo una pelea. Sebastian y su madre, Clarice, no estaban de acuerdo con que Adam fuera nombrado automáticamente Señor del Espejo. A Clarice le parecía que su hijo, nacido un siete de julio, tenía derecho divino al trono. Exigían realizar una nueva confirmación de los Siete, una prueba. Al no prosperar su moción, Clarice y Sebastian se marcharon ofendidos. Y Nikki...

—Nikki simplemente se aburría en Septem —gruñó Dina—. Ella y Sebastian se pasaban la mayor parte del tiempo en Prime, donde, por supuesto, al no ser conocidos, tenían mucha más libertad.

—¿Y se lo permitís sin más? —pregunté.

—Adam todavía está valorando qué hacer con ellos —indicó Matt—. Pero por el momento hay asuntos más importantes que atender. Aun así, el ambiente entre nosotros no es el más ideal ahora mismo. Así que no te lo tomes como algo personal si esta noche te miran raro en el banquete, ¿vale?

—¿Banquete?

Matt me pasó un brazo por los hombros.

—Una cena, organizada por el magistrado Pelham. Tiene el único objetivo de observarnos a todos juntos y luego chismorrear a nuestras espaldas —sonrió enseñando los dientes—. Bienvenida a la alta sociedad del Espejo.

Dos criados me acompañaron a mi *suite*, que estaba en el mismo piso que las del resto de portadores. Las maletas que habían sido embaladas en Septem ya estaban encima de la enorme cama de matrimonio. Alrededor se desplegaba un apartamento de tres habitaciones, con cuarto de estar, dormitorio y comedor.

Delante de la *suite* se habían apostado varios guardias. Estaba segura de que no se iban a apartar de mi lado durante toda mi estancia en Roma. Solo me quedaba esperar que dejaran suficiente espacio al Ojo, pero Adam ya me había aclarado que de ninguna manera iba a poner en peligro mi seguridad.

Una joven criada apareció poco después en la habitación y empezó a deshacer las maletas. Intenté ayudarla, pero me apartó, así que salí a uno de los dos balcones. Me apoyé en la barandilla y miré hacia el espacioso jardín. Había varios macizos de flores dispuestos simétricamente, y en el centro destacaba un estanque donde los peces nadaban entre nenúfares. Sus brillantes escamas y sus largas aletas dejaban estelas en el agua.

Estaba nerviosa por el banquete de esa noche. Sabía lo que tenía que hacer: Adam me llevaría al salón del banquete antes que al resto, y yo representaría el papel de nueva portadora perfecta y haría ostentación de mi lealtad al Señor del Espejo.

—Los magistrados no deben saber lo que nos traemos entre manos —me había dicho esa mañana Adam, todavía en Septem, mirándome con urgencia—. Nunca lo permitirían, así que debemos obtener la información que necesitamos de otra manera.

Cuando volví a entrar en la *suite*, acaricié dubitativa el vestido rojo que me había preparado la criada. El tejido era increíblemente suave y brillaba de una manera que no había visto nunca en una tela. Cualquier otra persona se habría puesto loca de contento al verlo, pero yo solo suspiré.

La verdad era que me atemorizaba profundamente aquel papel. Para que el Ojo se tragara que solo estaba pasando allí unos días de relax y que, por lo tanto, era un blanco fácil, tendría que cambiar totalmente de personalidad.

«Lily lo habría bordado», me dije, acercándome el vestido. Pero ella no estaba allí, sino en otro lugar, sola, sin saber qué estaba pasando.

Y por eso no podía permitirme cometer ningún error.

28

No había visto una mesa tan larga en mi vida. Estaba cubierta por un mantel de seda y decorada con una larga hilera de ostentosos arreglos florales y esculturas de cristal. Sobre ella se disponían innumerables vasos, platos de porcelana y cubiertos de plata. Las sillas parecían forjadas en oro macizo.

Y qué decir de Adam.

Me había estado esperando fuera del salón del banquete, flanqueado únicamente por sus guardaespaldas. Jarek silbó al verme, lo que provocó que Zorya le diera una colleja.

Me acerqué y, cuando Adam me devolvió la mirada, sentí cómo me recorría un cosquilleo extraño. Ese cosquilleo, si era sincera conmigo misma, lo había estado notando desde el ritual de unión. En aquel momento le había echado la culpa a la magia que se había despertado en mí. O, a otro nivel, a la novedad de ver a Adam vestido de un color que no fuera negro. Pero, por desgracia, esa excusa ya no me funcionaba, porque su túnica de cuello vuelto, bordada con volutas plateadas en los puños, era definitivamente negro azabache. Al igual que sus pantalones y sus botas de vestir.

También la mirada de Adam me recorrió, como un escalofrío, y parecía que quería decirme algo, pero finalmente solo me tendió el brazo para que yo lo rodeara con el mío. En cuanto entramos en el salón, los Superiores se levantaron de sus sillas y un cuarteto de cuerda empezó a tocar desde una esquina.

Era en momentos como este en los que a cada segundo me parecía que me iba a despertar sobresaltada del sueño extraño en el que se había convertido mi vida. Momentos en los cuales el suave pulso de Ignis me recordaba, una vez más, que no habría despertar.

Un servicial acomodador nos acompañó hasta unas sillas aún vacías. Clavé mis dedos en la manga de Adam mientras seguíamos al hombre. Como si notara que estaba nerviosa, me miró.

—Da la impresión de que quieres salir corriendo.

—Llevo tacones —contesté en un susurro—, no podría correr ni diez metros.

—Ah —Adam apretó los labios—, por eso pareces más alta. Ya decía yo.

Le pegué un codazo.

—No todos podemos tener la estatura de un gigante..., *mi Señor* —le dije, lo que provocó en Adam una sonrisa tan tierna que me conmovió tanto que casi dolía.

Se inclinó hacia mí hasta que su boca tocó mi oreja, y tuve la sensación de que todos los Superiores de la sala me miraban atentamente y veían cómo me sonrojaba.

—Prepárate para después de la cena —me susurró.

—¿Para qué?

—Tras el banquete, el magistrado Vandal suele invitar a alguna gente a un salón privado para hablar de política. A Pelham no vamos a poder llegar, se ha protegido muy bien. Pero Vandal es de su más alta confianza y puede ser muy bocazas. Esta noche es nuestra única oportunidad de interrogarlo; a partir de ahí estará rodeado de guardias y otras medidas de seguridad.

—¿Qué quieres, emborracharlo?

—Algo así. Pero, en cualquier caso, te necesito.

—¿A mí? ¿O a mi sello?

Otra vez esa sonrisa.

—A las dos cosas, por supuesto.

Seguimos caminando y pasamos por delante de Tynan Coldwell y una hilera de Superiores desconocidos. Matt, Celine y Dina ya habían tomado asiento entre el resto de los magistrados. A Adam y a mí nos llevaron al fondo del todo, a la cabecera de la mesa, donde estaban sentados los magistrados Pelham y Vandal.

Genial. Eso quería decir que no solo los tendría pegados todo el tiempo, sino que todos los invitados podrían estar mirándome la noche entera.

Al sentarnos, todo el mundo nos imitó. Mientras que el magistrado Vandal parecía estar encantadísimo de tener una posición tan importante en la mesa, Pelham abrió los labios resecos para imitar algo que en otra vida tal vez hubiera sido una sonrisa.

Inspiré profundamente. Y cuando Adam retiró su mano de la mía, me convencí de que no, para nada echaba de menos tocarlo.

No pasó mucho tiempo antes de que la mesa se hubiera llenado de los platos más increíbles. Sobre grandes soportes de porcelana iban apareciendo boles más pequeños con diferentes tipos de ensaladas. Tras el aperitivo, instalaron nuevos soportes con otros platos para abrir boca. Luego llegaron las sopas, el plato principal y algo que denominaban *prepostre*. Empezaba a pensar que aquello no terminaría nunca.

Peleé con los distintos tipos de cubiertos e intenté no parecer tonta perdida al cortar las ya de por sí pequeñas porciones en pedacitos todavía más diminutos. En el orfanato, muchos días la nevera estaba completamente vacía. Y, por lo que parecía, mi estómago todavía no se había acostumbrado a la abundancia, porque conseguí tragar el plato principal casi únicamente a fuerza de voluntad.

Antes del postre propiamente dicho se hizo un silencio repentino que anunció la entrada de dos nuevos invitados al salón. Aunque no hubiera visto sus retratos en el libro de la biblioteca de Agrona Soverall, me habría quedado claro quiénes eran por la expresión impresionada de los rostros de los Superiores: Sebastian Lacroix y Nikita Fairburn, los dos portadores de los sellos oscuros que me faltaban por conocer.

Caminaron lentamente hacia las dos sillas que habían quedado libres a nuestro lado, las que estaban justo enfrente de Dina y Matt. Nikki llevaba un vestido de seda primorosamente bordada con soles, de color dorado anaranjado, casi del mismo tono que sus largos cabellos rubios y su bolso. Sebastian vestía un traje dorado pálido. Llevaba la media melena, también rubia, recogida en un moño del que sobresalían algunos mechones. Sin embargo, mi mirada se quedó prendida de su rostro, enmarcado en adornos dorados que le iban desde la frente hasta el cuello pasando por las mejillas. Lucía varios aros y pendientes largos en las orejas, además de llevar los ojos delineados con una gruesa raya. Por más extravagante que fuera su apariencia… Sebastian no parecía en absoluto ridículo. Más bien, exudaba una autoridad natural.

Matt parecía observarlos con una extraña indiferencia, pero noté cómo se aferraba al borde de la mesa. Al resto de los Superiores, al contrario, se les caía la baba mientras los dos portadores saludaban a algunos de ellos como si fueran viejos amigos. Finalmente, me miraron a mí. Nikki le susurró algo al oído a Sebastian, tras lo cual él se rio en voz baja y me guiñó un ojo.

Durante su entrada, Adam solo había levantado la vista brevemente y, si la llegada tardía lo irritaba, no lo manifestó. Siguió hablando con el magistrado Vandal, que estaba sentado a su derecha.

Entre los preentrantes, los entrantes y el plato intermedio había intentado seguir su conversación, pero mencionaban tantos nombres desconocidos para mí que en algún momento había desconectado.

—Me da la sensación de que vuestra llegada al Espejo se ha producido en el momento perfecto —me dijo de repente el magistrado Pelham. Hasta entonces me había ignorado, salvo por algunas críticas ojeadas a mi plato, pero ahora me miraba directamente.

—¿Qué quiere decir? —pregunté.

—Nada. Tras el cambio de poder y la trágica muerte de nuestra amada señora, entramos en un período de gran inseguridad en el Espejo. Sobre todo porque Ignis, vuestro sello, seguía cerniéndose como una amenaza para todo el mundo. Nos consideramos muy afortunados de que esa espada de Damocles sea ya cosa del pasado.

«Te puedes meter la fortuna por tu real culo», casi se me escapó, pero me tragué esa respuesta.

—Yo también me siento muy afortunada de estar aquí —dije de la manera más correcta posible—. Sobre todo me apetece asistir al torneo.

—Ah. —Pelham me miró impasible—. Qué gusto escucharlo. Es la celebración del trescientos setenta y cinco aniversario del Espejo, ¿lo sabía?

No. Pero Pelham ya era consciente de eso.

—¡Vaya! Pensaba que era el trescientos sesenta y cinco. Qué vergüenza.

Entrecerró los ojos.

—Me gustaría hablaros con total honestidad, señora Harwood. Además de toda la alegría, también me preocupé cuando oí que habíais pasado a formar parte de los Siete. No pensaba que alguien que viniera del otro mundo se pudiera habituar a nuestras costumbres. Por no hablar de las condiciones de pobreza en las que habéis sido criada… El comportamiento callejero os lo habríamos quitado, pero esperar que vos hicierais propios nuestros valores tradicionales, ahí sí que tenía mis dudas. —Esbozó una sonrisa—. Pero me equivoqué por completo. Habéis renunciado a vuestra libertad sin más, ¿cierto, excelencia?

Mi cabeza estaba tan ocupada en descubrir de cuántas maneras me había ofendido en esas pocas frases que su pregunta me dejó fría.

—Yo... sí. Creo que sí.

Pelham siguió sonriendo, pero cortaba como una cuchilla.

—Es increíblemente altruista por vuestra parte. Dar la vida por el Espejo. Pocas personas en vuestra situación habrían estado preparadas.

Digno, Pelham cortó un pedacito diminuto de *parfait* y se lo puso en el tenedor. Se lo metió en la boca, dejó que se le derritiera lentamente sobre la lengua y luego se volvió hacia Celine. Yo, por otro lado, me quedé mirando mi plato y no toqué el cubo microscópicamente pequeño que había en él. En ese momento me parecía tener los dedos atrofiados y me sentía extrañamente vacía por dentro, a pesar de todos los platos que habíamos comido ya.

Me di cuenta de que Pelham tenía razón. De hecho, había renunciado a mi libertad así como así.

Agradecida, noté que el banquete había llegado a su fin con ese postre. Mientras que la mayoría de los invitados permanecían sentados, algunos se empezaban a levantar y a salir del salón. Adam también se incorporó, pero se inclinó hacia mí nuevamente antes de irse.

—Dina te hará una señal.

Asentí y vi cómo Adam salía del salón, seguido por sus guardias de la magia y un magistrado Vandal claramente achispado.

No pasó mucho tiempo. Celine y Matt se habían despedido de la mesa cinco minutos antes, y después se levantó Dina. Le dio unas palmaditas de despedida en el hombro a Cedric, me tendió el brazo y, aliviada, dejé que me condujera hacia la salida.

Atravesamos el pasillo que nos alejaba del salón del banquete. Pero en vez de volver hacia el ascensor que nos llevaría a nuestro piso, nos dirigimos a una puerta custodiada por los guardias de Adam.

—Ni una palabra cuando entremos —me dijo Dina con su sonrisa felina—. No debemos hacer ningún ruido.

—¿Por qué?

—Lo verás por ti misma. Y cuando Adam te haga una señal, diriges la magia de tu sello a donde él te indique. Como te enseñé en el entrenamiento, ¿vale?

—Pero... —Fruncí el ceño—. Nuestro entrenamiento fue un desastre.

—Es suficiente para lo que necesitamos.

En vez de seguir insistiendo, asentí e inspiré profundamente.

Luego, Dina bajó la manilla.

El resplandor de oro del interior era tal que tuve que pestañear varias veces para poder distinguir algo. Pues sí que sabía Pelham montárselo en Bella Septe... Todo, incluso las estanterías, los jarrones y los respaldos de los sofás, desprendía un fulgor dorado. En la pared se alineaban decenas de frascos; enormes cilindros de cristal de los que, casi no creía lo que veían mis ojos, se desbordaba la magia a litros.

Nunca me podría haber imaginado algo así. En Prime solo había magia en granitos diminutos. Pero ahí...

¿Cómo podía una sola persona poseer tanta magia?

Lo más loco de todo era lo que estaba pasando en la sala. Había treinta o más Superiores de pie. Casi todos los magistrados del banquete, solo faltaba Pelham. El resto seguramente eran Superiores con cargos superimportantes. Todos tenían vasos en la mano, algunos bebían de ellos, pero nadie parecía hablar con nadie. De hecho, la sala estaba en completo silencio, si bien los Superiores mascullaban cosas ininteligibles sin mirarse a los ojos.

Abrí la boca para preguntar de qué iba ese rollo, pero Dina me lanzó una mirada severa y me mordí la lengua. Me llevó de la mano por la sala y pasamos por delante de los Superiores. En un grupo de sofás estaban sentados Adam y un magistrado Vandal muy sonriente. Justo enfrente de él estaban Matt y Celine.

En los brazos de Matt se habían iluminado las líneas lila. Tenía los ojos cerrados y las manos levantadas como si estuviera pintando un cuadro en el aire o componiendo una canción. En cualquier caso, parecía estar absorto, y me percaté de que había envuelto a todos los Superiores de la sala en una ilusión.

Así se explicaba que tuviéramos que estar en silencio. Lo que estaba haciendo le debía de exigir una tremenda concentración.

Adam se aseguró de que tenía la atención de todos y luego me miró. Tomó el brazo de Vandal, le levantó la manga y emití un sonido apagado y sorprendido al ver que el magistrado se había dejado poner trites en el brazo. Llevaba tres monedas por debajo de la piel, que se iluminaron de azul invernal. Por el grabado, no podía distinguir el efecto que causaban, solo sabía que no eran inhibidores de magia. De eso estaba segura.

Pero la mirada de Adam estaba sobre mí y supe de inmediato, sin palabras, lo que quería. Solo que no sabía si podría hacerlo.

Dina debió de percatarse de mis dudas. Se inclinó hacia mí y puso sus labios rojos directamente en mi oreja.

—Siente la magia en ti. Tienes que imaginarte su efecto. Piensa en el resultado que deseas. Hazlo real.

Claro. Chupado.

—Solo es una pequeña moneda —sonrió Dina—. Eso sí lo conseguiste en el entrenamiento.

Inspiré y accedí a Ignis. Cuando la magia del sello entró a borbotones en mi interior, puse una mano sobre el primer trite.

Todo mi ser se concentró en destruir la magia que contenía, pero no pasó nada, salvo por el ligero temblor de mi mano.

«Ahora no», me advertí y tensé los dedos con todas mis fuerzas. «Visualiza el resultado. Hazlo real».

No tardó ni un segundo. El núcleo de mi sello que sostenía el dragón se iluminó en rojo y, de inmediato, la magia de la moneda se extinguió.

Quería felicitarme, pero me tragué el entusiasmo. Adam sonrió, casi parecía orgulloso. Luego señaló el segundo trite. Y el tercero. Ignis se encargó de ellos en un abrir y cerrar de ojos.

Dina me dio el OK con el pulgar hacia arriba y luego sacó algo del bolsillo de su chaqueta: una caja con forma piramidal que yo conocía muy bien. Era la misma que me había puesto delante Celine para extraerme la verdad. Solo que ahora Dina la estaba colocando en la mesa, justo delante de Vandal, antes de accionar el péndulo.

De nuevo, Adam asintió. Celine le tocó el hombro a Matt, que inspiró profundamente antes de dejar de hacer su función de director de orquesta.

Todos los Superiores de la sala siguieron atrapados en su trance, solo Vandal sacudió la cabeza. Primero ligeramente, luego con más fuerza. Matt ya volvía a estar ocupado con la ilusión de los demás invitados, pero era evidente que había liberado a Vandal, porque el magistrado primero miró a Dina, luego a mí, luego a Celine y luego a Adam. Se había puesto pálido, por lo menos en la medida en que lo dejaba entrever su gruesa capa de maquillaje.

—¿Q... qué? —balbuceó sorprendido—. ¿Qué es esto? Mi Señor, yo...

Adam agarró a Vandal por el cuello con tal rapidez que me sobresalté. Le giró la cabeza hacia el péndulo y solo se la soltó cuando la mente de Vandal conectó con él.

—¿Qué sabe usted de la magia del caos en Prime?
—¡N... nada! —contestó Vandal de inmediato—. ¡No sé nada!
—¿Se está manipulando la magia que se distribuye a los barrios pobres?

El magistrado se retorció, hasta gimió. Recordaba perfectamente la sensación de que el péndulo te extrajera la verdad. Todo tu ser te impulsaba a contestar a la pregunta de la forma más satisfactoria. Vandal parecía estar mejor preparado que yo; por lo menos él sabía lo que tenía delante, aunque no pudiera resistirse.

—S... sí. Se... rebaja. Pero yo no soy el responsable, mi Señor. ¡Yo soy vuestro servidor! —Vandal dejó escapar las palabras en un torrente sin aliento y luego pareció como si quisiera acurrucarse en el suelo.

¿Estaban rebajando la magia? Aquello hizo aflorar un recuerdo: la caja llena de granos que Isaac, Enzo, Lily y yo habíamos robado en el mercado. La magia que contenían me había parecido diferente en comparación con la del heptadomo. Menos intensa.

Adam y el resto se miraron. Ninguno parecía sorprendido de que la sospecha de Adam se hubiera confirmado. Pero, por lo menos en el caso de Dina, la ira era patente.

Adam enderezó de nuevo a Vandal agarrándolo por la túnica.

—¿Quién rebaja la magia? ¿Es Pelham?
Vandal asintió gimoteando.
—Utiliza la magia para presionar a Prime. Pero el flujo no es suficiente...
—¿O sea que corre el riesgo de enviar magia adulterada a Prime solo para tener más poder ante los gobiernos? —preguntó Adam, tranquilo—. ¿Y usted también, magistrado?

—S... sí —Vandal suspiró—. Mi Señor..., por favor... Yo os venero, tenéis que creerme. Todo esto ha sido en vuestro servicio, soy vuestro súbdito más leal, yo...

—¿Desde cuándo sucede esto? —Adam interrumpió el torrente de sus palabras y el magistrado apretó los labios con tanta fuerza que se le pusieron blancos. No pude más que sentir respeto por la fuerza con la que se resistía. Por lo menos, hasta que Adam lo agarró del cuello y le bajó la cabeza para obligarlo a mirar directamente al péndulo—. ¿Cuándo empezó Pelham a actuar contra los estatutos de Septem? ¡Confiéselo!

Vandal tembló. Abrió la boca varias veces, luego continuó, lastimoso:

—Él no ha infringido la ley. Solo sigue órdenes.

La expresión de Adam se tornó impaciente.

—¿De quién?

—¡No lo sé! ¡No lo sé, no sé quién...!

—Dina. —Adam soltó la cabeza de Vandal y se frotó la frente, visiblemente irritado.

Dina suspiró, luego liberó muy lentamente el cinturón de la serpiente de su cintura y dejó que el látigo se iluminara.

—Lo siento, corazón —le dijo a Vandal antes de enredar el látigo alrededor de su torso. Acto seguido, tiró con tal fuerza que el magistrado emitió unos terribles gritos de dolor.

—¿Qué hacéis? —se me escapó, pero Adam puso una mano sobre mi brazo.

—Confía en nosotros.

Ahora era yo la que tenía que apretar los labios tan fuerte como podía. En la túnica de Vandal aparecieron manchas de sangre allí donde Dina tensaba el látigo. Adam volvió a acercar al péndulo a la fuerza a Vandal, que seguía gimiendo, y le gritó en la cara:

—¿Quién le ha dado a Pelham la orden de manipular la magia?

—¡Vuestra madre! —gritó Vandal de inmediato—. ¡Fue vuestra madre! ¡Leanore Tremblett dio la orden de diluir la magia para poder abastecer a Prime con ella a gran escala!

Adam se quedó helado. A su lado, Celine se llevó una mano a la boca, y también Dina parecía impresionada.

¿La madre de Adam? ¿Leanore Tremblett? Pero... cuando Agrona Soverall había hablado de ella, parecía admirarla. ¿Cómo era posible que la anterior Señora del Espejo hubiera hecho algo así? Debería haber sabido lo peligrosa que era la magia del caos.

—Miente —susurró Celine, pero Dina negó con la cabeza.

—No puede mentir.

Adam seguía gélido. Se mostraba inexpresivo, pero yo podía ver su espanto. Lo que había dicho Vandal lo había pillado totalmente desprevenido. Aun así, siguió hablando como si no hubiera pasado nada.

—¿Dónde se diluye la magia?

—No lo sé, mi señor. Yo... ¡Aaah! —Vandal gimió y Dina, tras poner los ojos en blanco, aflojó un poco el látigo—. P... Pelham supervisa la transferencia de magia personalmente. No sé dónde... No sé...

—Adam. —Celine puso su mano sobre la de Adam—. Deberíamos acabar ya, está pasando demasiado tiempo.

Adam dejó a Vandal, y Dina volvió a colocarse el cinturón de serpiente. Luego Adam tomó sus dados, se inclinó hacia delante y agarró una de las manos de Matt. Celine y Dina le pusieron las manos en el brazo. Parecía tan rutinario como si lo hubieran hecho mil veces.

—Rayne —murmuró Dina, y solo dudé un segundo antes de tocar a Adam.

En cuanto se iluminaron los dados del destino, el tiempo empezó a retroceder. Todo se deshizo: Dina usando su sello, el interrogatorio a Vandal, yo destruyendo sus trites. Se borró todo hasta el momento en que Dina y yo entrábamos marcha atrás por la puerta de la sala.

El tiempo volvió a fluir normalmente cuando Dina bajaba la manilla de la puerta. Esa vez, la imagen que tuvimos delante fue totalmente diferente. Los Superiores charlaban en el despacho privado del magistrado Vandal y brindaban alegremente con sus copas de champán. Ya no quedaba nada de la ilusión en la que Matt los había envuelto. Adam estaba sentado en el sofá dorado con una sonrisa en la cara que no llegaba a sus ojos. A su lado, Vandal, ignorante de todo, conversaba con él.

La sangre había desaparecido de su túnica.

Pero yo todavía recordaba cómo sonaban sus gritos.

29

En los siguientes dos días me vi inmersa en una actividad vertiginosa. Como estaba planeado, la milagrosa aparición de la séptima heredera me había catapultado al centro de atención de Bella Septe. A la mañana siguiente, el magistrado Vandal anunció que organizaría una visita a la ciudad en mi honor y que invitaría a los Superiores de más alto rango. Nos hizo tomar un transbordador directo a los miradores de la Ciudad Dorada, y no había minuto, ni segundo, que no me observaran.

La Roma del Espejo era impresionante, todavía más de lo que había imaginado, pero yo no tenía la cabeza para turismo. Más de una vez busqué con la mirada a los guardaespaldas que Adam me había asignado; no porque temiera por mi seguridad, sino más bien al contrario: hacía tiempo que el Ojo debía de saber que estábamos en la ciudad y, si quería atraparme, los espacios abiertos eran su mejor opción. Pero me mostraba en público y nunca pasaba nada. Excepto una cosa: recibía treinta y siete propuestas de matrimonio de otras tantas familias, con sus correspondientes casas, joyas e incluso criados. Lo único que debía hacer era decir «sí». Mientras Zorya, Dina, Matt y los demás se lo pasaban en grande ante el espectáculo, yo hervía de ira. Me estaba exponiendo para atraer al Ojo, ¡no para comprobar mi valor en el mercado matrimonial! Entretanto, de los rebeldes, ni rastro.

Desde la audiencia, a Adam parecía que se lo hubiera tragado la tierra. No podía hablar con él de Lily, ni del ataque pendiente del Ojo, ni tampoco sobre lo que habíamos descubierto gracias a Vandal. Sus palabras no dejaban de dar vueltas en mi cabeza.

Todo era cosa de la madre de Adam. No de Pelham o de cualquier otro magistrado, sino de la mismísima Leanore Tremblett. Ella ordenó manipular la magia. Ella era la responsable de que hubiera tanta magia del caos en nuestros barrios. Ella era la culpable de que hubieran muerto tantas personas.

La pregunta, claro está, era: ¿por qué? ¿Qué pretendía?

Para Adam debía de haber sido un golpe inimaginable. A fin de cuentas, llevaba semanas urdiendo aquel plan para descubrir qué era lo que fallaba en las transferencias de magia a Prime. Pero la verdad había resultado ser mucho peor de lo que él temía.

Cuando en el viaje de regreso a Bella Septe le pregunté a Matt dónde estaba Adam, él solo se encogió de hombros, impotente.

—Quiere demostrar si hay algo de cierto en lo que ha dicho Vandal —supuso. Estaba claro que el asunto le preocupaba.

Una cosa sí me quedó clara: Adam quería estar solo. Y en cualquier otra situación lo hubiera comprendido, pero ahora... ahora mi frustración no conocía límites. Tenía la sensación de que a Lily se le acababa el tiempo. Y odiaba que Adam no quisiera hablar de lo que habíamos descubierto. Odiaba que me excluyera.

Sin embargo, lo que más detestaba era lo mucho que me dolía, porque quería decir que me importaba. Y eso era algo que quería evitar a cualquier precio.

La tercera noche tras nuestra llegada, cuando por fin nos pudimos retirar a nuestros aposentos, me dejé caer agotada al lado de

Cedric entre los muchos cojines que habíamos desparramado por el suelo en el cuarto de Dina.

Nos habíamos pasado una hora entrenando, como cada día, pero la magia de mi sello seguía sin funcionar. En silencio, me preguntaba si tal vez tenía que ver con el temblor, si era yo, que estaba demasiado dañada y por eso la unión no se estabilizaba.

No protesté cuando Matt nos ofreció unos vasos con una bebida dulce, aunque estaba claro que al día siguiente tendría el peor dolor de cabeza de toda mi vida. Le di unos sorbitos mientras oía cómo Dina y Matt, desde sus camas, ponían verde a un Superior que se les había acercado durante la visita a la ciudad. Sin embargo, en cierto momento mis pensamientos fueron interrumpidos por un ataque de tos. Miré a Cedric. Estaba muy pálido, hasta se le veían pequeñas venas azules bajo la piel. No era la primera vez que tenía esa pinta. Desde que lo conocí en Septem, siempre me había dado la impresión de que podrías romperlo de un soplido.

—Pregunta sin problema —dijo con voz ronca, y sentí que me sonrojaba.

No había sido mi intención mirarlo de aquella manera.

—¿Es por tu… enfermedad por lo que no puedes portar la llave de zafiro?

A fin de cuentas, él y Celine eran gemelos. Y para mí no había ninguna duda de que Cedric merecía el sello más que su hermana.

Negó con la cabeza y sonrió.

—No. En cada linaje solo hay un portador: el primogénito.

—¿Por un par de segundos?

Cedric suspiró ligeramente, y en ese momento Matt se levantó de la cama, vino hacia nosotros y le revolvió cariñoso el pelo.

—Cuéntaselo, Ceddy. Hace ya tiempo que es parte del grupo, no hay razón para no compartir con ella el drama de nuestra existencia.

—Hay una línea muy fina que separa compartir de sobrecargar.

—No pasa nada —supliqué—. Quiero saberlo.

Nuevamente un suspiro, pero Cedric asintió.

—Los hermanos menores del portador casi siempre llegan al mundo enfermos. No sabemos exactamente por qué. No hay base científica, ningún defecto genético ni nada semejante. Simplemente es la magia que se transfiere por la sangre. Se pasa al primogénito o primogénita, que recibe toda la fuerza vital del linaje. Fortaleza, salud...

—Aunque no necesariamente inteligencia —interrumpió Matt.

—Renunciaría a algunos puntos de mi coeficiente intelectual a cambio de unos buenos pulmones. Y ya es hora de que dejes de considerar tonta a mi hermana, Matthew.

Matt sonrió enseñando los dientes.

—Lo haré en cuanto deje de comportarse como un animal.

—O sea, nunca —replicó Dina.

—Exacto.

—Un momento —susurré incrédula— ¿Estás enfermo por culpa de los sellos?

Cedric se encogió de hombros.

—Para el resto de la descendencia no queda nada. Se... atrofia. Procura evitarse que se dé esta situación, pero a veces pasa. O bien porque son gemelos, como Celine y yo, o bien porque se produce un embarazo no deseado, como en el caso de los Tremblett.

Arqueé las cejas. Al principio no lo entendí, pero luego recordé el libro que había ojeado en la biblioteca de Agrona. Era verdad, Adam tenía una hermana. Solo sabía que ni ella ni su padre vivían en Septem.

—Entonces, ¿la hermana de Adam también está enferma? —pregunté en voz baja.

Cedric asintió.

—Sí. Pris... Priscilla nació tres años después que él, y tiene un defecto cardíaco grave. —Dejó escapar un suspiro ligeramente entrecortado—. Hace una eternidad que está en una residencia. Por lo menos mis pulmones funcionan a medio rendimiento, los de Pris, al contrario...

Cedric dejó que la frase se perdiera en el vacío, pero no me costó completarla: la cosa no pintaba bien.

—En realidad, Cee lo ha tenido peor que tú —continuó Matt antes de dejarse caer entre nosotros—. Por lo menos, tú no te dedicas desde hace años a irle detrás a alguien con el que tienes cero posibilidades.

Vi cómo Cedric tragaba saliva. Miró a Matt con expresión dolida. Con esfuerzo, consiguió conjurar una sonrisa.

—Sí... eso sí.

«Vaya». ¿Cómo no me había dado cuenta antes? Cedric estaba enamorado de Matt.

Sentí tal compasión que no supe qué hacer con ella, y mucho menos qué decir sin ofender a Cedric. Cuando me miró con la frente arrugada, supe que era el momento de cambiar rápidamente de tema. Así que carraspeé y miré a Matt.

—¿Te refieres a Celine y a Adam? ¿Han estado juntos en algún momento?

En los últimos días me había llamado la atención lo mucho que sufría Celine ante la ausencia de Adam. Durante la visita a la ciudad, había estado todo el tiempo con la mirada perdida y ni nos había dirigido la palabra. Al llegar a Bella Septe siempre se marchaba con paso rápido a su *suite*, y ni se molestaba en cerrar la puerta tras de sí.

Dina negó con la cabeza.

—Para nada. En ese tema, Adam es muy firme.

—¿Qué quiere decir eso?

—Que no puede haber relaciones entre los Siete. Bueno, por lo menos ninguna que vaya más allá de una alegría para el cuerpo.

—Por los sellos... —Caí en la cuenta y apreté un cojín contra mi pecho—. Cada sello necesita su propio linaje.

—Exacto. Y eso también significa que... —Matt se inclinó hacia mí y chocó su vaso contra el mío— nuestro incipiente amor tendrá que quedarse en un amago. Lo siento mucho, Ray.

—Pero el sexo ya es otro tema... —Ante mi mirada incrédula, Dina añadió, riéndose—: No me mires así. En los archivos de Septem pueden encontrarse algunos documentos confidenciales que especulan sobre lo fantástico que debería ser el sexo entre portadores de los sellos oscuros. Por lo que parece, si se practica correctamente, puedes incluso sentir la magia de la otra persona literalmente cantar.

Le di un codazo en las costillas.

—Pero ¿qué te pasa?

Dina se siguió riendo. Se inclinó hacia mí y me plantó un beso en la sien.

—Que he nacido, Harwood. A partir de ahí, ya todo fue de mal en peor. —Le empezó a dar puñetazos a Matt en el brazo—. Pero en este tema, nuestro experto es Matt. Él y Sebastian mantuvieron una intermitente relación secreta durante años.

Parpadeé.

—¿Sebastian? ¿El renegado?

—El mismo. —Dina sonrió ampliamente, luego agarró un cojín y lo hizo girar hábilmente sobre su cabeza.

—Pero... ¿cómo? —le pregunté a Matt, que se limitó a encogerse de hombros con cierta cautela—. ¿Sabiendo que no podríais estar juntos?

—Por ahora ninguna generación de portadores se ha resistido a intentarlo. Tu padre, por ejemplo... —Dina volvió a sonreír y vi cómo Matt y Cedric le indicaban con la mano que parara, pero ella siguió hablando—. Tu padre a nuestra edad estaba loquito por la madre de Adam.

Abrí la boca y la volví a cerrar.

¿Cómo?

—Nadie te lo había dicho, ¿eh? —Dina se inclinó conspiratoria hacia mí—. Hay una frase que conocen todos los Superiores en el Espejo. Es casi una frase hecha: «Los Tremblett siempre han sentido debilidad por los Harwood». En casi cada generación desde los tiempos de Vivienne Harwood ha habido un gran amor entre las dos familias. Se han escrito libros al respecto, se han compuesto canciones. Algunos creen que tiene que ver con la magia de los dos linajes. Que se complementan a la perfección. Los Superiores lo encuentran terriblemente romántico, pero al final... —Dina dejó que el cojín siguiera dando vueltas antes de lanzarlo con fuerza sobre la cama—. Al final siempre ha terminado en tragedia. Todos siguieron con sus vidas. Infelices y amargados. Como exigía de ellos el Espejo. —Dina se giró, se puso bocabajo y cogió el vaso que había dejado en la mesilla de noche. Apuró el contenido de un trago—. Unos personajes de cuidado.

Yo no era capaz de seguirles el ritmo.

—¿Mi padre estaba enamorado de la madre de Adam?

—Sip —asintió Dina—. Y era correspondido. Por lo menos de jóvenes. En algún momento se separaron.

—¿Y entonces Leanore simplemente se casó con otra persona?

—Pero nunca lo quiso. —Matt me lanzó una sonrisa débil—. Eso lo sabía todo el mundo, el padre de Adam incluido.

Fruncí el ceño.

—¿Y eso? ¿No podrían haberse saltado las reglas? Hay otras formas de tener un hijo, si tanta falta hacía. Inseminación artificial, *in vitro*...

—La cosa no funciona así —comentó Cedric en voz baja—. No en Septem. Cuando se creó el Espejo, los Siete juraron no mantener ese tipo de relaciones. Sé que no es fácil de comprender, pero antes de que existiera el Espejo, el amor y los celos de los portadores de los sellos oscuros casi llevaron al mundo al borde del colapso. Por eso es tan importante que los Siete mantengamos una conexión estable para cada sello individualmente. Leanore solo cumplió con su deber al casarse con el padre de Adam. En cualquier caso, una relación real con Melvin hubiera sido imposible. —Cedric miró al techo, su cabeza cerca de la mía—. Hay quien cree que Leanore se suicidó diecisiete años después de la muerte de Melvin porque seguía teniendo el corazón roto. Pero la verdad es que no se sabe si es cierto.

Suspiré para mis adentros. Muchas de las cosas que había oído en los últimos días sobre la madre de Adam no encajaban. Agrona había hablado de ella como si hubiera sido la dirigente más amada del Espejo, por lo menos al principio, pero algo debía de haber cambiado. *Ella* debía de haber cambiado si aceptó que la magia del caos afectara a Prime al diluir la magia. Y ahora estaba aquel asunto de mi padre...

No podía haberse suicidado por él, ¿no? ¿Por qué habría esperado hasta después de la coronación de Adam?

—¿Cómo...? —me atasqué—. Quiero decir, ¿qué pasó cuando murió?

Dina le puso la mano a Matt en el hombro, y me di cuenta por primera vez de lo ausente que estaba. Quería redirigir la conversación, decirle que no tenía por qué contármelo, pero ya había empezado.

—Hubo una concentración de magia terrible en Nueva York. Sebastian, Jarek y yo queríamos ir hasta allí con los guardias, pero Leanore insistió en acompañarnos. Ya no tenía sus dados, fue justo después de la coronación de Adam, así que se había armado con otros sellos de combate. Los había estado utilizando para luchar contra los abismos, para hacerlos retroceder, y luego, de repente... nada. Sin más, se lanzó de cabeza a la concentración. Sus gritos... fueron... —Matt se estremeció—. Fue horrible.

Todo esto había pasado hacía solo cuatro meses, recordé. El horror todavía se le veía en el rostro.

—Y... ¿Adam? —pregunté en voz baja—. ¿Cómo se enteró?

—Ese día estaba aquí, en Roma. Pelham había organizado una fiesta con motivo de su coronación. Se enteró al día siguiente.

Sentí como si un nudo me apretase lentamente en la garganta, y me alegré infinito de que todos fuéramos a pasar la noche en la misma habitación. Me quedé dormida acurrucada entre los demás. El brazalete de mi muñeca palpitaba suavemente. Era como si mi magia quisiera llegar al resto. Como si sintiera que ya no estaba sola, sino que era parte de algo más grande que yo misma. Pero, por mucho que quisiera dejarme consolar por esa certeza, no podía.

No sin Lily.

30

Las migas de pan no duraban ni un segundo en la superficie del agua: las bocas de los peces las engullían de inmediato. Me había agenciado un bollito del desayuno y había salido a echarles unas migas desde el balcón de mi *suite*.

Estaba tan absorta en mis pensamientos que ni me di cuenta de que alguien se me acercaba.

—¿Señora Harwood?

Al girarme me topé con un Superior al que no conocía. Llevaba una chaqueta y unos pantalones tan cubiertos de brocado que él mismo se debía de sentir como una caricatura. Era calvo y lucía perilla.

—Soy el presidente del Consejo Supremo del magistrado Vandal, señora —se presentó—. Ricardo Marconi. Por desgracia, no he podido llegar a Roma hasta hoy, pero algunos de mis criados ya me han informado de lo cautivadora que es vuestra excelencia. —Sonrió exageradamente—. Los rumores no os hacen justicia. En persona, vuestra excelencia es mucho más hermosa.

Vale. Qué asco. ¿Quedaría poco diplomático tirarlo por el balcón a los rosales?

—Muchas... gracias.

—¿Tal vez tendría vuestra excelencia algo de tiempo? El torneo de exhibición no se celebrará hasta dentro de un par de días y, por lo que he oído, no habéis estado nunca en Roma. Hay una enorme cantidad de lugares maravillosos.

¿Se refería a si me apetecía que me llevara de paseo por la ciudad? ¿Ahora? ¿Hablaba en serio? Podría ser mi padre. ¡Por lo menos!

—Yo… no creo que…

—Mi hijo se sentiría profundamente honrado.

¡Su hijo! Solté un suspiro de alivio… que el señor perilla claramente malinterpretó.

—Oh, no se arrepentirá, señora Harwood. La familia Marconi tiene al pretendiente perfecto, créame. Nuestro árbol genealógico, mediante el cual podemos demostrar claramente que no ha habido cruce con vuestro linaje, se remonta a siglos atrás. Mi hijo también cumple con todos los requisitos. Mental y físicamente. Ya ha pasado todas las pruebas relativas a su ferti…

En medio de la frase, el señor perilla se detuvo. Oí unos pasos y me invadió el alivio. Daba igual quién fuera a interrumpirnos, porque cada palabra que decía aquel tipo hacía que el balcón girara cada vez a más velocidad. Con la palabra «fertilidad» sin duda me hubiera tirado directamente yo misma al estanque.

—¡Señor Lacroix! —dijo el hombre, incrédulo, sin detenerse a tomar aliento. Se inclinó tan profundamente que su frente casi tocó el suelo, al tiempo que yo por fin sacaba fuerzas para mirar por encima del hombro.

Efectivamente, era Sebastian Lacroix. De nuevo con ropa de color amarillo dorado, no tan ostentosa como en el banquete de hacía unos días, pero aun así nada discreta. De cerca, sus marcados rasgos destacaban aún más, aquella barbilla definida y aquella boca, que parecía estar siempre ligeramente ladeada, como si siempre estuviera sonriendo divertido. Por su mirada, sabía exactamente qué tipo de impresión causaba. Y lo disfrutaba.

—Ricardo Marconi —indicó Sebastian—, creo que su familia ya quedó excluida hace años como aspirante potencial a los Siete.

—Por un malentendido, como vos seguramente...

—Falsificar resultados de pruebas no es un malentendido. Confórmese con que el Alto Tribunal de Septem fuera compasivo con usted, yo no lo hubiera sido. —Sebastian me miró—. ¿Un paseo, mi señora?

Me tendió un brazo y yo pestañeé varias veces hasta que comprendí lo que esperaba de mí. Mantuve la cabeza bien alta.

—Tal vez me interese más saber de la fertilidad del hijo del señor Marconi.

Sebastian me miró fijamente y luego se rio. Se carcajeó tan alto que Marconi respingó indignado y finalmente se marchó entre maldiciones.

—Pues sí que eres un dragón —comentó Sebastian con una voz ronca—. Siento que no hayamos tenido oportunidad de saludarnos hasta hoy. Con lo cual, me alegro todavía más de conocerte... *Rayne* —su forma de pronunciarlo solo podría calificarse de sugerente. Como si él, al decir mi nombre, quisiera decir algo totalmente diferente—. Me llamo Sebastian Lacroix. Soy el portador del espejo de los ángeles, pero imagino que con esto no te cuento nada nuevo.

—No. Sé que eres un renegado.

Él amplió todavía más la sonrisa divertida que había lucido hasta el momento.

—¿Es eso lo que dicen en Septem?

Asentí.

—También dicen que eres un egocéntrico hambriento de poder.

—Me temo que en eso no se equivocan —contestó, totalmente despreocupado—. ¿Te han contado de paso que tengo motivos para ello?

Lamenté de inmediato haber hablado.

—Se les debe de haber olvidado. No me puedo imaginar por qué.

Sebastian volvió a reírse.

—Rayne Harwood —murmuró—, creo que podríamos ser muy buenos amigos.

—Sebastian Lacroix, no lo tengo tan claro.

Sonrió mostrando los dientes y se apoyó tranquilamente con la espalda contra la barandilla del balcón. Al moverse, su chaqueta dejó ver el espejo que guardaba en una pistolera en el cinturón. Estaba lacado en oro, con un mango cónico y dos alas grabadas en el marco.

Gracias a las explicaciones de Cedric antes del viaje a Roma, sabía qué tipo de sello oscuro tenía Sebastian: podía manipular los pensamientos. Una mirada equivocada hacia él y la persona le permitía acceso a su subconsciente, a las cosas de las que ni siquiera uno se percataba, a recuerdos o sentimientos que estaban enterrados en lo más profundo de su ser.

Desvié la vista rápidamente, pero ya era demasiado tarde: Sebastian se había percatado de mi mirada.

—No te preocupes —bisbiseó ante mi obvio temor—. Para meterme en tu cabeza tendría que conocerte mejor. Cuanto más cercano soy a alguien, más fácil me resulta.

—Qué tranquilizador, porque entonces el riesgo para mí es cero —le respondí en tono helado, lo cual hizo que Sebastian suspirara.

—Déjame adivinar. Los demás te han informado sobre nuestra dramática ruptura. Entonces también sabrás los motivos, ¿no?

—Tu familia se cree que tienes derecho de cuna a ser el Señor del Espejo. Tienes envidia de Adam.

—¿Envidia? Ojalá fuera eso, Rayne. —Sebastian se inclinó sobre mí, su aliento me hacía cosquillas en la oreja—. Es al Espejo a quien hay que proteger de Adam Tremblett. Por eso hago todo esto.

Fruncí el ceño.

—¿Perdón?

—No es culpa tuya. Tú solo has oído su versión, y Adam finge a menudo ser quien no es. Un Señor severo pero justo, alguien que lleva de forma altruista el sufrimiento del mundo sobre los hombros. —Sebastian resopló burlón—. En realidad, los Tremblett están todos podridos hasta el tuétano. Adam lo sabe, créeme. Es su familia la que nunca ha tenido límites cuando se habla de poder. Y tu linaje, el de los Harwood, ha tenido que padecerlo durante generaciones.

Mientras Sebastian hablaba, la piel del brazo se me había puesto de gallina. Notaba en las puntas de los dedos que en cualquier momento se iba a desatar el temblor, así que dejé que mis manos colgaran fláccidas a ambos lados de mi cuerpo y que desaparecieran entre los pliegues de mi vestido.

—Lo que hicieran los antepasados de Adam me interesa poco —dije tan tranquilamente como pude.

—Bueno..., la cosa no es tan sencilla. Nunca lo es cuando hablamos de los sellos oscuros. —Sebastian se detuvo y dejó que el silencio durara unos segundos—. Los que portan los sellos antes que nosotros no desaparecen. Le otorgan al sello una conciencia que está... a nuestro lado. Que nos transforma. ¿No te han contado nada de eso?

Los ecos. El propio Adam había hablado de aquello, de que las almas de los portadores no desaparecían, sino que un ápice de ellas se quedaba en el sello tras su muerte.

—¿Y? —contesté de la forma más impasible posible.

—Nada. ¿Qué efecto piensas que tiene en alguien que todos los portadores anteriores de su sello se caracterizasen por su falta de escrúpulos, por codiciar la magia y por engañar?

—Eso es una tontería. —Puse los ojos en blanco para darle énfasis, aunque en el fondo tenía que admitir que las palabras de Sebastian no me eran indiferentes.

—Oh, Rayne —Sebastian se rio de manera ominosa—, no tienes ni idea de lo que son capaces los portadores de los dados del destino, ¿no?

El recuerdo del interrogatorio de Vandal pasó rápidamente por mi mente. Rememoré cómo Adam había agarrado la cabeza del magistrado, cómo lo había obligado a mirar hacia abajo y cómo se había quedado completamente impasible ante sus gemidos.

Y a pesar de eso… Todo aquello de los «linajes corruptos» estaba cogido por los pelos. No había sido Adam quien había manipulado la magia en nuestro mundo. No había sido él quien había traído la magia del caos a Prime. Al contrario: él estaba intentando desesperadamente hacer lo correcto.

—No te creo —dije con voz firme.

—Ni tienes por qué. Pero lo experimentarás en carne propia si no te separas cuanto antes de los Siete. —Sebastian se separó de la barandilla y chasqueó los dedos, como si de repente hubiera tenido una gran idea. Alcanzó su espejo e instintivamente di un paso atrás mientras me lo tendía—. O, mejor todavía, puedes verlo por ti misma.

—¿Me tomas por loca? Ni de coña voy a mirar ahí.

—Rayne —Sebastian sonrió levemente—, solo te estoy pidiendo que eches un vistazo a un recuerdo. De otra persona. No tengo ninguna razón para meterme en tu cabeza.

La superficie del espejo, que hasta ese momento no había reflejado nada, ni de Bella Septe ni de mí, se cubrió de imágenes.

Sabía que tenía que retroceder, pero Sebastian lo había colocado de manera muy astuta. Dejó el espejo ante sí con descuido, ni siquiera inclinado hacia mí, y me convencí de que no me haría ningún daño echar un vistazo, por lo menos de reojo.

Se veía una mujer con el rostro ensombrecido. Estaba arrodillada y miraba entre dos puertas. Luego estiró una mano en dirección a quien observaba, como si quisiera acariciarle. Con los ojos llenos de urgencia, hablaba con alguien oculto detrás del espejo, pero no se entendía lo que decía.

—Su nombre es Violet —me susurró Sebastian—. Vivió en el Londres del Espejo hace muchos años.

—¿Y a quién pertenece el recuerdo?

—A su hijo. En aquel entonces tenía exactamente tres años.

En el espejo, la mujer cerró las puertas ante sí hasta quedar en la más absoluta oscuridad. Poco a poco me di cuenta de que lo que veía era realmente el recuerdo de un niño pequeño, que fue retrocediendo hasta hundirse entre chaquetas con estampados de brocado.

Estaba sentado dentro de un armario. A través de la rendija que se abría entre las puertas solo entraba la luz de la habitación. La situación permaneció inmutable un rato. El niño hizo varios intentos de abrir la puerta, pero parecía pensárselo mejor cada vez.

—No entiendo muy bien de qué va esto —masculló, pero Sebastian levantó un dedo.

—Espera. Enseguida se va a poner interesante.

Suspiré y seguí mirando al espejo. Efectivamente, el niño avanzó entre las chaquetas que colgaban en el armario y abrió con cuidado una de las puertas, solo un poco. Vi cómo temblaba su manita...; de hecho, toda la imagen empezó a agitarse en cuanto la mujer volvió a aparecer.

Yacía inmóvil en el suelo, con el rostro vuelto hacia el espectador. No había heridas visibles en sus ojos, pero estaban vacíos. Obviamente estaba muerta.

Había otra mujer de pie a su lado. Tenía tirabuzones blanco platino y... sostenía dos dados en la mano. Miró a la mujer que yacía en el suelo de forma inexpresiva antes de darse la vuelta. Justo entonces, la imagen se detuvo y el espejo se quedó en blanco.

—Oh, dios mío —susurré asustada, y me odié de inmediato al ver a Sebastian esbozar una sonrisa—. Esa era la madre de Adam —constaté lo obvio—. ¿Qué quiere decir esto?

—El recuerdo que acabas de ver pertenece a Dorian Whitlock. Se grabó en lo más hondo de su subconsciente, y no es de extrañar. A fin de cuentas, se vio obligado a ser testigo de cómo asesinaban a su madre.

«¿Dorian Whitlock?». No entendía nada.

—¿De dónde lo has sacado? ¿Cómo te has hecho con él?

—Yo no, mi madre. Ella tenía este espejo —agitó su sello— antes de portarlo yo y, bueno, digamos simplemente que ella y Leanore no eran uña y carne. La espiaba. Todo el rato. Era su... pasatiempo. Algo deplorable, lo sé. En cualquier caso, en el transcurso de sus pesquisas descubrió a un joven que defendía que su madre había sido asesinada por una mujer que portaba un sello en forma de dos dados. Por supuesto, nadie lo creía. No se abrió ninguna investigación ni hubo ninguna vista, obviamente, es importante recordar que hablamos de la Señora del Espejo... Pero mi madre lo buscó y le extrajo este recuerdo. Fue fácil, las imágenes se habían quedado ancladas con fuerza en el subconsciente de Dorian. Por eso se ven tan nítidas.

Intenté calmar mi corazón.

—¿Y por qué me lo enseñas? Ya me has oído: no me importa lo que hayan hecho los antepasados de Adam.

Sebastian ladeó la cabeza.

—¿Realmente piensas que Leanore no puso al corriente de todo a su hijo? ¿Crees que llevó a Adam al trono sin contarle antes lo que había hecho? Venga, Rayne, que tampoco eres una ingenua, ¿no?

Levanté la barbilla.

—Creo que ya nos hemos dicho todo lo que teníamos que decirnos, Sebastian.

Él sonrió totalmente despreocupado. Se inclinó y, sin más, posó un beso en el dorso de mi mano y se retiró antes de que pudiera darle una hostia.

—Te deseo una feliz estancia en Bella Septe, Rayne Harwood. Volveremos a vernos en la final. —Me miró por encima del hombro mientras se marchaba, sonriendo alegremente—. Créeme, ¡va a ser un gran espectáculo!

Lo observé, ya de espaldas.

—¿Qué fue de Dorian? ¿Dónde acabó tras la muerte de su madre?

Sebastian se giró brevemente.

—Ah, se crio con su abuela. Era una forjadora de sellos muy conocida, Nessa Greenwater. Pero el nombre seguramente no te dirá nada.

Y con eso, desapareció de mi campo de visión.

31

El encuentro con Sebastian me había dejado la cabeza saturada de pensamientos extraños. Sobre Dorian Whitlock. Sobre su conexión con Nessa Greenwater, que al parecer era su abuela. Y especialmente sobre Leanore Tremblett y lo que yo acababa de ver. Había asesinado a aquella mujer a sangre fría. «¿Realmente piensas que Leanore no puso al corriente de todo a su hijo?».

Las palabras de Sebastian habían sembrado un atisbo de duda en mi corazón. Pero no permitiría que germinara. Le había prometido a Adam que colaboraría con él, e iba a mantener mi promesa. Pero tampoco podía hablar con los demás sobre lo que me había mostrado Sebastian. No sin antes habérselo contado a Adam.

En vez de irme con Matt y Dina tras la cena, me puse ropa más cómoda y me escapé al jardín. De él partían algunos senderos sinuosos que fluían entre hermosos parterres de flores hasta llegar a un paseo en el que me pareció ver, detrás de los árboles, un grupo de aquellos pájaros espectrales que había encontrado en los jardines de Septem. Algunos de ellos incluso cambiaron de forma y saltaron sobre la hierba transformados en conejos, ratones y gatos. Yo seguí el espectáculo, hasta que finalmente apareció frente a mí un edificio más pequeño con una cúpula dorada. Estaba un poco alejado, pero seguía encontrándose dentro de la muralla de Bella Septe.

Supuse que Jarek y el resto de mi guardia personal estarían cerca. La mayor parte del tiempo se mantenían a una poca distancia de mí, la justa para que pudiera dar el pego como señuelo. Sin embargo, dentro de la sede del gobierno, que estaba fuertemente vigilada, intentaban darme la impresión de que tenía una cierta privacidad.

Abrí la puerta del edificio con cuidado. Estaba oscuro, pero las luces de los sellos sol que habían instalado fuera arrojaban su atenuado brillo hacia el interior, de manera que pude distinguir una especie de salón de baile: las paredes y techos estaban ricamente decorados, y también contaba con tres enormes lámparas de araña.

Mis pasos me llevaron con su eco hasta el centro de la sala vacía. Luego levanté las manos. Alrededor de Ignis se empezaron a iluminar las primeras líneas rojizas, la magia de mi sello me parecía hoy más tranquila que habitualmente. Tal vez por fin iba a conseguirlo.

«Por lo menos, voy a intentarlo».

Tensé rápidamente ambas manos, como siempre hacía antes de un combate, y luego las separé.

Nada. Como había pasado ya demasiadas veces durante mis horas de entrenamiento con Dina, dos finos hilos de magia chisporrotearon de mis dedos y se quedaron ahí, temblando. Inspiré profundamente e intenté relajarme.

«Puedes conseguir todo lo que te propongas», me habría dicho Lily en un momento así. «Simplemente, concéntrate».

Concentrarse. Precisamente ese era el problema. La preocupación por Lily, además de mi confusión, inhibía cualquier otro pensamiento. Toda esa telaraña de mentiras era demasiado para mí. Porque, en el fondo, Sebastian tenía razón. Lo que me había enseñado era la pieza del puzle que faltaba. Nessa Greenwater era responsable de los sellos que se habían utilizado en la mansión de Agrona Soverall. Y era la abuela de Dorian Whitlock. Si la hija de Nessa había sido asesinada por Leanore Tremblett, entonces abuela y nieto tenían motivos más que sobrados para odiar a la familia de Adam. Y no era de extrañar que se hubieran unido al Ojo. O quizás... ¿Y si Nessa Greenwater era quien había fundado el Ojo? A fin de cuentas, quería destituir a los Siete. Quería asesinar al Señor del Espejo. ¿No sería todo una cuestión de venganza personal?

Nuevamente levanté las manos e intenté lanzar una estocada. Sin éxito. Me había equivocado: mi magia estaba tan inquieta como siempre, y no era capaz de dominarla. ¡Ya había pasado más de una semana desde el ritual! Sin embargo, seguía sin poder controlar a Ignis. ¿O era simplemente que mi sello no quería conectar conmigo?

¿Qué había dicho Adam sobre sus dados?

«No me guían».

—Ya me parecía haberte visto desaparecer por aquí.

Era la voz de Adam. Estaba de pie en la entrada del salón de baile, apoyado en el quicio, observándome.

Me giré, me crucé de brazos e intenté que no se me notara lo mucho que me había sorprendido su repentina aparición.

—No vayas de listo. Simplemente les has preguntado a tus guardias dónde estaba.

Adam se me fue acercando con una leve sonrisa en los labios hasta ponerse delante de mí.

—Me has pillado —susurró.

—¿Y? —intenté no sonar contrariada—. ¿Has descubierto algo durante tu desaparición de la faz de la tierra estos días?

Adam se sacó algo del bolsillo de la chaqueta. Era un fino vial... lleno de magia.

—Sí, solo que nada realmente nuevo. Es como pensábamos: los magistrados podían enviar tanta magia a Prime porque diluían una gran parte. Y, por supuesto, no han enviado a los gobiernos o a los ricos de tu mundo la magia adulterada, sino solo a los barrios de Prime donde vive gente que no puede hacer nada al respecto. Nadie ha notado la diferencia. Porque se puede luchar con la magia adulterada, usarla como siempre…, solo que produce una adicción tremenda y… magia del caos. —Suspiró—. Vandal tenía razón. En todo, por lo que parece.

Apreté los puños al pensar en la gente de los suburbios. Se morían sin saber de qué, solo porque una tipa del Espejo había decidido que sus vidas eran irrelevantes.

Adam volvió a hacer desaparecer el vial en el bolsillo de su chaqueta.

—Cuando pase la final, confrontaré a Pelham con los hechos y lo destituiré. Seguramente será un escándalo para los Superiores, pero lo mantendré bajo control. Tenemos pruebas de lo que ha hecho. Todo el mundo entenderá que tengo que acabar con este asunto.

Asentí lentamente.

—¿Y Lily?

Su rostro se oscureció todavía más.

—Me temo que los magistrados no saben nada de la base del Ojo, aunque eso no cambia nuestro plan. Los rebeldes aparecerán, Rayne. Como tarde, el día de la final, de eso estoy seguro. Y entonces la liberaremos.

El Ojo.

Tenía que decírselo.

—Adam, en cuanto al Ojo… Me encontré con Sebastian y me mostró algo con su sello. Sobre tu madre.

—Ah. —Adam se pasó la mano por el brillante cabello—. No llevamos ni un día aquí y ya está intrigando. Genial.

Lo miré fijamente.

—No lo entiendes. Tiene que ver con Nessa Greenwater. Hablasteis de ella, ¿no? Cuando llegamos a Roma. ¿La forjadora de los sellos cuya hija había muerto?

Adam frunció el ceño, su rostro parecía confuso.

—Rayne, eso pasó hace muchos años.

—¡A eso voy precisamente! La hija de Nessa tenía un hijo. Dorian Whitlock. De pequeño fue testigo de cómo asesinaban a su madre. —Inspiré profundamente—. Y lo hizo una mujer con el cabello blanco que portaba los dados del destino.

Adam no emitió ningún sonido. De hecho, no se movió ni un milímetro.

—¿Comprendes? Dina dijo que Nessa Greenwater había renunciado a ser la forjadora de sellos de Septem tras la muerte de su hija Violet. Pero no fue por el duelo, sino porque no podía soportar seguir teniendo relación con tu madre. Porque su nieto le contó lo que había ocurrido.

Adam inspiró en silencio, luego se giró y dio unos pasos por la sala.

—¡Adam!

—Ya veo —dijo, sin mirarme.

Me invadió una ola de frustración. No era solo el Señor del Espejo, sino también el señor de responder con monosílabos. Yo acababa de acusar a su madre de asesinato y él me dejaba de hablar.

—¿Tienes idea de por qué tu madre podría haberla matado?

—No —contestó, y luego me miró. En su rostro asomaba una sonrisa autodespectiva—. Parece ser que mi madre me ocultó algunas cosas antes de morir. O tal vez fui yo quien se cerró en banda al ver cómo se descontrolaban las cosas cada vez más. No lo sé. Pero te lo garantizo: no sabía nada de Violet. —Ladeó la cabeza—. La pregunta tal vez sea, más bien, por qué te lo ha contado Sebastian.

—Igual solo quería que escuchara todas las versiones.

—O manipularte. Que es una característica fundamental de su familia.

Sentí que mi corazón se encogía ante la tristeza que invadía el rostro de Adam.

—Tengo claro que me quería manipular, pero no se trata de eso. No te echo la culpa de lo que hiciera tu madre. Solo quería que lo supieras por mí. Nada más.

Suspiró.

—Ya lo sé. Lo... lo siento. Estos días simplemente... me he visto superado. —Su mirada vagó por la sala vacía—. ¿Qué buscabas aquí?

Parpadeé, pero acepté el cambio de tema, porque sentí que él lo necesitaba.

—Quería... intentar usar mi sello.

—¿Y?

—Nada —admití abatida mientras apretaba el brazo derecho contra el cuerpo—. Dina me ha dicho que es normal, pero creo que... tal vez el temblor haya arruinado mis capacidades.

Para demostrarlo, levanté las manos y me obligué a no tensarlas automáticamente, como solía hacer. Mis dedos comenzaron a oscilar ligeramente de arriba abajo.

—Cuando Ignis esté totalmente bajo tu control —dijo Adam—, puede que el temblor se reduzca. Con el tiempo, tal vez incluso desaparezca.

No quise hacerme ilusiones, pero sonreí a pesar de todo.

Adam me rodeó hasta acabar justo frente a mí.

—¿Podrías confiar en mí?

Lo miré por encima del hombro y no supe qué decir. Cuando asentí, Adam se me acercó tanto que mi cabeza le llegaba a la barbilla. Puso las dos manos sobre mis hombros con cuidado.

—Inténtalo —susurró, y su voz entró profundamente en mi interior. Desprendió algo en mi ser que se había quedado bloqueado desde el momento en que Adam había tomado mi mano en el banquete.

Retrocedí.

—No puedo.

«Y si crees que tenerte tan cerca me tranquiliza, te equivocas».

—Inténtalo.

Estiré las manos hacia delante. Lentamente, ejecuté un par de gestos simples, pero incluso así me temblaban los dedos y la magia se desvanecía. Empecé de nuevo, pero nada.

—Continúa —dijo Adam a pesar de eso—. Vuélvelo a intentar.

Apoyaba los pulgares en la parte superior de mi clavícula mientras me acariciaban con suavidad. Sentía su tacto en todo mi cuerpo, y mis pensamientos se mezclaron sin orden ni concierto. Nunca había estado tan cerca de mí por voluntad propia, solo en el ritual y en el banquete, cuando había sido obligatorio.

Me puse en tensión de forma instintiva y, cuando un gesto más produjo una bocanada ínfima de magia, quise rendirme, frustrada; pero entonces lo sentí.

La magia de Adam… estaba fluyendo a través de mí.

Emití un gemido. Todos mis sentidos se concentraron en el contacto con sus dedos, y busqué aquella conexión que se estableció entre nosotros durante el ritual, la conexión entre mi magia y la suya.

La encontré.

Ahí estaba la puerta que había sentido entonces, y que él había cerrado por obligación durante el ritual. Pero ahora estaba abierta. No entornada, sino abierta de par en par.

No dudé y dejé que mi espíritu la atravesara. Hasta el lugar en el que la magia de Adam me invocaba hacia él.

Todo en mí se calmó. Mis manos ya no temblaban, ni siquiera un poquito. Al extenderlas, dos poderosas estocadas mágicas recorrieron la sala hasta chocar contra la pared más alejada. Sentí a Ignis por todo mi cuerpo mientras la magia de Adam vibraba en mí; tuve que cerrar los ojos, abrumada.

Tras la puerta que acababa de traspasar había un lago. Su superficie era tan lisa como un espejo, y no entendía por qué Adam me había ocultado esas vistas durante el ritual. Porque su magia también era hermosa, fresca y amable, mientras que la mía era ardiente y tempestuosa. Su magia me invocaba, y yo no podía resistirme a su llamada. Entré en el lago, cada vez más rápido, y me sumergí hasta que la oscuridad absorbió todos los colores. Finalmente llegué a mi destino: una columna de luz pálida pero fuerte. Me acerqué con cuidado. Fundirme con aquella luz me pareció lo más natural del mundo.

Cuando volví a abrir los ojos, mis dedos se tensaban en el aire y, sobre ellos, las líneas eran más visibles que nunca.

Había estado allí. En la fuente de la magia de Adam.

Había sido solo en mi mente, vale, pero me había parecido tan real...

Aún tenía las manos sobre mis hombros, pero no se movió. Me quedé allí un momento, y luego tomé los dedos de Adam. En realidad, mi intención era alejarlos de mí, pero, al contrario, acabé tocando su mano con la palma de la mía. Nuestros dedos se entrelazaron. Fue como un acto reflejo, como el movimiento más natural del mundo. Y aunque mi sentido común me gritaba ligeramente histérico que soltara a Adam de inmediato, mis dedos rozaron sus nudillos, ligeros como una pluma, luego el dorso de sus manos, la suave piel de sus muñecas. Para mi sorpresa, su mano no era la de un aristócrata: tenía zonas ásperas y callos en los dedos, que eran delgados pero fuertes.

—Rayne —murmuró Adam, y ya no pude evitarlo. Alcé la mirada para hacer frente a la suya.

Tenía los claros ojos grises abiertos de la sorpresa, y no pude evitar pensar: «Eres demasiado joven para liderar a toda una civilización. Demasiado joven para decidir el destino de todo el mundo con un gesto de tus manos». Pero Adam siempre había sabido que gobernaría el Espejo. Conocía su destino como Señor del Espejo desde niño. Y hasta ahora, yo no había sido consciente de lo mucho que lo odiaba. De lo solo que se sentía.

—¿Tú también... —empecé, dubitativa— has podido ver mi magia?

—Sí.

—¿Cómo era?

—Cálida —me dijo sin dudar—. Un fuego que ardía en algún lugar subterráneo. Ardía... pero sin quemarme.

—La tuya es como si pudiera nadar en un lago de luz.

Quería decir más cosas, dejarle claro lo mucho que significaba para mí que me hubiera dejado ver su magia. Pero entonces Adam levantó la mano que tenía libre para agarrarme el mentón. La yema de su pulgar me acarició la mejilla, el labio inferior, y la magia de mi interior vibró ante el roce como una nana olvidada.

Había algo entre nosotros. Desde la primera vez que nos habíamos visto en el heptadomo de Brent, cuando me había observado desde la tribuna. Seguía sin poder ponerle nombre a esa conexión, no sabía qué era, pero la sentía, mágica e intrigante, uniéndonos. ¿O era la conexión la que me generaba esos sentimientos? Lo que estaba claro era que no podía seguir ignorándola.

—Dina me dijo que los Tremblett siempre habían sentido debilidad por los Harwood —le susurré, mientras el corazón me latía como loco en el pecho.

Una sonrisa amarga se posó en sus labios.

—Dina tiene un gran talento para meterse donde no la llaman. —Dudó, sus dedos se detuvieron, pero no abandonaron mi rostro—. Además, me gustaría creer que por lo menos tengo algo parecido a un cierto control sobre mi vida.

Mis manos se aferraron con cuidado a la cintura de Adam y se hundieron en la fina tela de su camisa.

—Adam...

Su pulgar trazó mi pómulo una vez más. Pensé que iba a atraerme hacia él, pero luego puso ambas manos sobre mis hombros y me alejó suavemente.

—Deberíamos irnos a dormir. La final es dentro de dos días, y tenemos mucho que hacer.

—Pero...

Sentí cómo tomaba aire y luego se separaba totalmente de mí.

—Debo reflexionar sobre lo que me has contado. Si Nessa Greenwater realmente actúa contra nosotros por su hija, su motivación es personal. Y en ese caso, tu papel es clave. Si tenemos razón y quiere usar la final del torneo de exhibición para llegar hasta ti, tienes que dominar tu sello cuanto antes. Podemos usar este espacio, está suficientemente apartado. Mañana por la tarde.

¿Quería entrenar conmigo? ¿Hablaba en serio? Me quedé tan perpleja que no fui capaz de decir ni una palabra.

—Buenas noches, Rayne.

Y con eso, Adam levantó sus dados y los lanzó. Todavía alcancé a ver cómo se iluminaban las líneas de luz de su cuerpo antes de que, sin más, hubiera desaparecido.

32

Estaba tan nerviosa mientras me acercaba al salón de baile que incluso me sentía algo mareada. Me había pasado toda la mañana pensando que iba a ser incapaz de concentrarme en mi sello durante el entrenamiento. Tenía la cabeza demasiado ocupada con la final del torneo de exhibición del día siguiente. ¿Sería cierto lo que había dicho Adam sobre el Ojo? ¿Aparecerían realmente durante el evento?

Ojalá. Porque, a pesar de todo lo que había pasado los últimos días, a pesar de las impresionantes vistas y de las informaciones desconcertantes, seguía teniendo a Lily siempre presente. En mi mente le prometía que la iría a buscar pronto, que pronto estaría a salvo. Sin embargo, en lo más profundo de mi ser, sabía que solo lo decía para tranquilizarme. A fin de cuentas, no tenía ni idea de cómo estaba Lily realmente; si la tenían encerrada, si la estaban interrogando para sonsacarle información sobre mí...

En cualquier caso, Adam tenía razón. Debía aprender a controlar mi sello. *Ya.* Y nada debía detenerme, ni el temblor ni las dudas sobre el papel que debía desempeñar.

Así que, mientras caminaba por el jardín, la magia de Ignis ocupaba mis pensamientos con tanta fuerza que, en algún momento, mi cuerpo empezó a desear ponerla a prueba por fin en todo su esplendor. A la luz del día, el salón de baile en el que Adam me había citado me pareció todavía más majestuoso que ayer. Pero, antes de adentrarme en él, me detuve en el quicio.

Adam ya estaba allí, de pie en el centro de la sala, totalmente inmóvil y con los ojos cerrados. Llevaba solo unos pantalones negros y una fina camiseta blanca. Al acercarme distinguí la esfera que giraba sobre su cabeza, una esfera de la que emanaba un brillo azul invernal.

Adam se giró lentamente y empezó a seguir los movimientos de la esfera voladora, que se lanzó a atacarlo varias veces. A pesar de tener los ojos cerrados, Adam la esquivaba con agilidad. Tenía que ser algún tipo de entrenamiento: la esfera volaba hacia él, él se agachaba y se reposicionaba, tratando de predecir su trayectoria a ciegas. El ciclo se repitió varias veces, hasta que, como por arte de magia, la esfera se dividió: ahora había tres esferas más pequeñas.

Y significativamente más rápidas.

Atacaban a Adam sin tregua desde diferentes direcciones. Él empezó a desplazarse, y no pude evitar mirarlo con total incredulidad: cada centímetro de su cuerpo parecía haberse convertido en un arma, una que Adam usaba a la perfección para esquivar las esferas. Pero, llegado un punto, dejó de hacerlo: echó mano del brazal de cuero negro que llevaba en el brazo izquierdo y lanzó a Alius y Etas al aire. Inmediatamente, los símbolos blancos se iluminaron en su piel. Se hizo visible la cuerda que unía los dados, tensa.

Empezó a usarla para defenderse de las esferas, que ahora se movían hacia él con más fuerza y más rápido. Tenía mechones del cabello despeinado pegados al rostro y las mejillas encarnadas. Se giró con una gracia inaudita y, mientras su cuerpo viraba, la cuerda golpeó la primera esfera, luego la segunda y finalmente la tercera. Todo ocurrió en cuestión de segundos. El brillo azul invernal se apagó, y las esferas cayeron al suelo con un ruido metálico.

—¡Muy bien! —alabó alguien. Era Cedric, que se había apostado en el lateral del salón de baile. Ni me había percatado de su presencia—. Sé que estás preocupado por lo de mañana, pero no hay por qué. Tus valores son absolutamente perfectos. No he detectado ninguna desviación.

Adam abrió los ojos. Jadeaba mientras se retiraba el pelo de la frente.

—¿Estás seguro?

—Segurísimo.

Reconocí esa expresión que ponía cuando se perdía en sus pensamientos. A pesar de su obvio rendimiento estelar, no parecía satisfecho. En vez de contestar, desvió la mirada.

Hacia mí.

—Espiar al Señor del Espejo está castigado con la pena capital, ¿lo sabías?

Puse los ojos en blanco.

—Habíamos quedado.

—Ya... —dijo Adam—. ¿Y por eso te pasas un buen rato agazapada en la puerta?

Caminé lentamente hacia él y, de paso, recogí del suelo una de las esferas.

—La cosa estaba tan ajustada que me preocupaba que estos chismes te fueran a hacer pedazos si te sobresaltaba.

Sonrió enseñando los dientes.

—Mira qué considerada, que te preocupas por mi integridad física.

Su mirada era penetrante y no pude evitar pensar en el día anterior y en cómo había vuelto a alejarse de mí desde entonces. No podía quitarme aquel momento de la cabeza..., pero no sabía si a él le pasaba lo mismo.

Cedric carraspeó.

—Pues nada, que os lo paséis muy bien —nos deseó con una sonrisa divertida en los labios antes de salir de la sala.

Al quedarnos a solas, Adam hizo un par de rotaciones con la cabeza y luego se colocó en posición de combate. Los pies separados, las piernas ligeramente flexionadas, una media sonrisa desafiante en los labios.

Lo imité y relajé los brazos a ambos lados de mi cuerpo. ¿Cuántas veces había adoptado esta postura en las arenas de combate? Al mismo tiempo, me daba la sensación de que había pasado toda una vida desde entonces. Mientras que en aquella época combatía con un único grano de magia, ahora tenía a mi disposición uno de los siete sellos más poderosos del mundo.

—¿Cómo lo hago correctamente? —hice la misma pregunta que le había formulado a Dina—. Destruir la magia, digo.

—No hay una forma… correcta —contestó Adam—. A diferencia de los sellos normales, no hay gestos concretos que puedan canalizar nuestras fuerzas. En el caso de los dados, tengo que invocar de forma muy precisa el momento del pasado al que quiero regresar. O, si quiero adelantarme, debo detener el tiempo en mi mente. En tu caso, tienes que imaginar cómo tu magia se apodera de otra. Tienes que sentirlo, estar convencida de que cada partícula de magia del mundo obedece tus órdenes. Piensa en el resultado…

—… Y hazlo real. Lo sé. ¿Algo más?

—La verdad es que no. Nuestra magia no tiene límite, pero si invocas a tu sello con mucha frecuencia, lo acabas notando, eso sí. Requiere mucha fuerza y concentración, así que usa tus capacidades solo cuando creas que te van a aportar algo.

Apreté el puño derecho, justo debajo de Ignis.

—Intentémoslo. Pero nada de tus truquitos con el tiempo, ¿vale?

Adam me miró con ojos brillantes.

—De acuerdo, nada de trucos. Aunque... teniendo en cuenta cómo te vi luchar en el heptadomo, no debería cortarme, ¿no?

Con una sonrisa, volví a ponerme en posición de combate.

—Tal vez debería ser yo la que se cortara. A fin de cuentas, llevas meses con el culo pegado al trono.

Y, dicho esto, atrasé el pie derecho y levanté el brazo que portaba el sello por encima de mi cabeza. Extendí la otra mano hacia Adam, desafiante.

Él sonrió más abiertamente de lo que le había visto sonreír jamás. Luego, con toda la pachorra del mundo, sacó los dados del destino del brazal y, acto seguido, nos lanzamos el uno sobre el otro.

Adam me disparó una estocada. Giré sobre el pie izquierdo y él saltó justo a tiempo de evitar que mi pierna derecha le golpeara las costillas. Contraataqué con mi propia estocada, pero Adam la desvió con un simple escudo.

—Alguien está un poco oxidado...

—¿Te refieres a ti? —respondí con desdén antes de utilizar mi gesto favorito, las minas mágicas, para acorralar a Adam al otro lado de la habitación.

De vez en cuando le lanzaba ráfagas tan rápidas y salvajes que pronto no le quedó más remedio que atacarme con una onda de presión. Retrocedí unos metros, pero me recuperé al instante y ataqué de nuevo.

Era increíble, pensaba mientras bailábamos uno alrededor del otro para volvernos a encontrar en el centro del salón. Cada vez que la mano de Adam rozaba la mía, pequeñas cargas estáticas de magia explotaban entre nosotros. Era como si nunca hubiéramos hecho otra cosa. Todo lo que había sucedido (Lily, el ataque al orfanato, lo que Sebastian me había mostrado sobre los Tremblett el día anterior) era solo ruido de fondo. Estaba anclada al presente; allí y ahora.

Adam parecía adivinar todos mis movimientos, y eso que no estaba manipulando el tiempo. Nos llevábamos mutuamente al límite; nunca habría pensado que luchar con magia pudiera ser tan hermoso. No había fronteras, ni granos que se consumieran demasiado rápido. Aquella magia era inagotable y obedecía a cada orden que le diera. La adrenalina me corría por las venas y me entraron ganas de reír.

En algún momento desistí de perseguir a Adam por la sala y pasamos al cuerpo a cuerpo. Había conjurado la cuerda que unía sus dados, y la usaba para defenderse de todos mis ataques con facilidad.

—Tienes que hacer que aparezca tu arma de magia personal, depende de tu voluntad —explicó, mientras bloqueaba uno de mis golpes jadeando, cosa que me hizo sonreír satisfecha—. Imagínatela como una extensión de tu brazo.

Salté hacia atrás. Sin perder de vista a Adam, me concentré en mí misma. La magia me pulsaba por las venas, así que la reuní en la palma de mi mano y luego…

Luego, la magia fluyó hasta las puntas de mis dedos. Ahí creció un brillo rojizo que se fue transformando en un filo.

Vale.

Tenía una espada en la mano.

«Vaya pasada de vibras ninja, Ray», me habría dicho Lily en ese momento, lo cual me provocó una risa ahogada. Era demasiado surrealista.

—¿Preparada? —Adam hacía girar uno de sus dados en el aire, como una invitación. En vez de contestarle, corrí hacia él y nos atacamos sin cuartel. La magia cantaba desde el fondo de mi alma, insistiendo en que podía vencer a Adam si me movía solo un poquito más rápido, si luchaba un poquito más fuerte.

Probé con otra estocada, y Adam la esquivó por un pelo. Él respondió con el mismo gesto. En lugar de invocar un escudo, me concentré en la magia que se precipitaba sobre mí. Me la imaginé deshilachándose y desintegrándose. No había manera de que pudiera alcanzarme, era imposible.

«Visualiza el resultado. Hazlo real».

La magia de Adam se cubrió de un brillo rojo que parecía estar comiéndosela. Pero no fui lo suficientemente rápida ni lo suficientemente efectiva: un jirón de magia me alcanzó el hombro, y me provocó un dolor sordo que me hizo dar un traspié.

—Buen intento —me halagó Adam, y olvidé el dolor para correr de nuevo hacia él. Probé con el gesto de la parálisis mágica, pero Adam contrarrestó mis ataques más rápido de lo que debería haber sido posible. Después de concentrar todas mis fuerzas en aquel golpe, me puso la zancadilla y tropecé. Giré sobre mis talones para evitar dar con mis huesos en el suelo. Adam había extendido un brazo hacia atrás, y yo estaba tan cerca de él que me giré hacia la curva de su codo. De repente, me rodeó la cintura con el brazo, y yo empujé el costado contra su pecho de manera que el extremo de mi espada mágica pasó a descansar contra su cuello, mientras su cuerda de luz me presionaba la garganta.

Jadeé. Tenía tanto calor que supuse que estaría coloradísima. Al mismo tiempo, sentía cómo latía con fuerza el corazón de Adam contra mi hombro, y cómo respiraba entrecortadamente justo por encima de mi oreja.

—Eres realmente buena —me susurró con voz ronca—. Peleas como alguien que no tiene nada que perder y todo que ganar.

Sentí la presión de la cuerda mágica en mi cuello y me obligué a mantener la calma.

—Eso no es cierto. —Acerqué el filo aún más a la garganta de Adam, mientras mi cadera presionaba contra su ingle—. Simplemente, no me puedo permitir perder. Tú, sin embargo, peleas como si te guardaras algo.

Adam esbozó una sonrisa.

—¿Y si así fuera? —me preguntó.

Entonces me tocó con su mano libre. La abrió sobre mi abdomen, su pulgar empezó a ascender por mis costillas.

Dejé de pensar con claridad. La fría magia de Adam se enroscaba en mi interior como un hilo helado, mientras que la adrenalina del combate se transformaba en otra cosa, una que parecía mucho más peligrosa. Era más consciente que nunca de la presencia de Adam; sentía lo tenso que estaba, sentía cuánto le estaba afectando todo esto.

«Tu magia es hermosa».

Con cuidado, giré la cabeza hacia la izquierda. El brillo rojizo de mi filo se reflejaba en los iris gris claro de Adam, mientras una vertiginosa maraña de emociones se extendía por todo mi cuerpo como un reguero de pólvora.

«Ignóralo», me dije. «Nunca se abrirá a ti».

—¿Te rindes? —me susurró Adam al oído.

Retiré lentamente el filo, con el corazón en la garganta.

—Sí —dije—. Me rindo.

Los soles artificiales ya estaban atenuando su luz cuando llegué a la planta en la que se encontraba el ala de invitados. Mi cuerpo todavía estaba algo tenso tras la pelea, pero la magia se había disipado. Lo único que sentía era el pulsar del brazalete del dragón y una presión en el estómago que intenté ignorar con todas mis fuerzas.

«Maldito Señor del Espejo con su estúpido entrenamiento de combate».

Justo cuando iba a dirigirme a mi *suite*, vi salir a alguien de la habitación de al lado. De la habitación de Matt.

Me quedé de piedra al ver quién era: Sebastian. Llevaba su habitual traje dorado, el pelo rubio oscuro de nuevo en un moño alto. Me guiñó un ojo antes de seguir desfilando de buen humor por el pasillo.

Joder.

Primero me dirigí a la puerta de mi habitación, pero finalmente me desvié y llamé a la de Matt. Me devolvió un «Adelante» que, por lo apagado de su voz, me dejó claro que los ánimos estaban por los suelos.

Me lo encontré sentado en el balcón de la sala de estar. Tenía unas vistas fantásticas de la ciudad; a través de los huecos que dejaban los tejados se vislumbraba una fina franja de cielo bañada en tonos anaranjados, dorados y violetas. Al nivel de la calle, la oscuridad era tal que ya se habían encendido las farolas.

—¿Va todo bien? —pregunté en voz baja al llegar hasta Matt.

Él asintió levemente desde la tumbona en la que se había tirado envuelto en una manta. Sus pensamientos estaban en otra parte. A su lado descansaba una botella de aquel horrible líquido dulce que yo tenía claro que no iba a volver a tocar nunca más.

Me senté en un banco frente a la barandilla del balcón y miré hacia arriba, a la Roma real. Se podían ver los coches como puntitos en la carretera, y también el resto de la ciudad, que ya se había sumergido en un mar de luces con la puesta de sol.

Matt agarró la botella, se sirvió y tomó un largo trago. Luego se limpió la boca.

—¿Alguna vez has estado enamorada? —me preguntó de forma tan repentina que arqueé las cejas.

—¡Vaya saludo!

Matt sonrió.

—Hola, Rayne. ¿Alguna vez has estado enamorada?

Puse los ojos en blanco, me levanté y me dejé caer en la segunda tumbona. Por lo que parecía, íbamos a mantener una conversación de esas en las que era mejor no mirarse a los ojos.

—No de verdad —admití—. Los tíos del orfanato eran demasiado parecidos a Lazarus. En algún momento hubo uno, pero... yo solo le interesaba porque quería algo de mí.

Matt siguió mirando a lo lejos.

—Hay personas que no saben tratar bien a los demás.

Estaba claro que hablaba de Sebastian. Así que no lo había superado...

—¿Y a pesar de eso le quieres? —pregunté en voz baja.

Matt suspiró.

—Mi cabeza sabe que es veneno para mí. Pero es que no es fácil dejarlo marchar, cosa que debería haber hecho más tarde o más temprano, porque la gente ya ha empezado a chismorrear. Durante los raros días que me trata bien, como hoy, resulta difícil recordar lo gilipollas que puede llegar a ser.

—¿Quieres hablar del tema?

Matt negó con la mano.

—Lo cierto es que no hay nada que decir. Nunca he sido importante para Sebastian, y sigo sin serlo. Él tiene grandes ambiciones que a mí no me interesan. —Matt bufó—. Mi yo más joven estaba dispuesto a infringir todas las normas solo para poder casarse con Sebastian. Dieciséis años y ya era un *pringao*.

—Ahora tienes diecisiete.

—Un año más de sabiduría —contestó Matt con una sonrisa. Luego se calló unos minutos, y yo le dejé—. ¿Sabes? —continuó finalmente—. Es una locura. Lo habitual entre los portadores es buscar el amor fuera del matrimonio. Nadie espera que amen realmente a su cónyuge. Cada uno podríamos tener cinco amantes al mismo tiempo y a nadie le llamaría la atención. Pero entre nosotros... está prohibido. —Los ojos de Matt se humedecieron e inspiró hondo—. Tengo claro que es una locura desear que la persona que amo esté a mi lado, pero...

—No lo es —susurré, mientras le cogía a Matt la mano que había quedado sobre la manta.

Él me miró despacio.

—En teoría, y a diferencia de mí, en tu caso sí existe la posibilidad de que las cosas sean diferentes, pero sigue siendo una probabilidad ínfima. Los portadores poseemos riqueza, familia, descendencia, pero ¿felicidad? Me temo que no forma parte del plan.

Sabía que las palabras que iba a decir revelarían demasiado. Pero, aun así, debía pronunciarlas.

—Adam quiere casarse, ¿no? ¿Como su madre?

—Así está previsto. Como Señor del Espejo, debe garantizar un heredero. Por eso Leanore también tuvo que casarse justo después de cumplir los dieciocho. —Matt me observó. Durante mucho tiempo y con una mirada que me atravesaba—. Hay algo entre vosotros, ¿no? Ya me lo imaginé durante al viaje hasta aquí.

—Yo... —suspiré—. No tengo ni idea.

Matt se puso de pie y se giró hacia mí. Dejó el vaso a un lado y me tomó de las manos.

—Rayne, lamento tenerte que decir esto, pero... eso no va a ir a ninguna parte. Incluso si Adam siente algo por ti, nunca arriesgaría su linaje. —Me miró con decisión—. Nunca. Lo conozco. Incluso ignorando que le costaría el trono..., garantizar un sucesor para los Tremblett es algo que ve como su obligación. Por ahora está ignorando las propuestas de matrimonio, pero no seguirá así mucho tiempo. —Me acarició el dorso de la mano, como disculpándose—. No dejes que te rompan el corazón.

No dije nada. Una parte de mí quería convencerse de que aquel sentimiento que había surgido en mí solo tenía que ver con la conexión de nuestras magias. Pero el nudo que sentía en la garganta ante las palabras de Matt indicaba lo contrario.

Él volvió a coger su vaso y lo levantó hacia mí.

—Por el amor no correspondido.

—Pensaba que ya no querías a Sebastian.

Matt sonrió y apuró el contenido del vaso sin pestañear.

—Ahora un poquito menos.

Volví a mi *suite* y entré directa al baño. Pulsé el interruptor y una cálida luz me rodeó, y me quedé parada un momento al volverme a encontrar rodeada de finos suelos de mármol, de aquella lámpara de araña dorada y esas toallas delicadamente bordadas.

Por alguna razón, me pilló totalmente desprevenida. «Esta es tu vida ahora. Para siempre». Una jaula dorada en el sentido más literal de la palabra. Cumplirían cada uno de mis deseos sin que tuviera que pedirlo siquiera, salvo el que yo más ansiaba.

Ser libre.

Me esforcé en no venirme abajo. En ser fuerte. Me acerqué a uno de los grandes espejos del baño y me miré. Básicamente, no veía nada distinto a lo habitual; tal vez mis mejillas estaban más sonrosadas y la comida de los últimos días había conseguido que no estuviera ya «delgada como un suspiro» sino solo «delgada como un palillo».

Mi mirada se posó en mi brazo derecho. Apreté el puño e intenté conectar con Ignis. Las líneas de luz parpadearon de inmediato. Primero solo en el brazo derecho, y finalmente por todas partes. Sin duda, mi magia no solo se concentraba en las puntas de mis dedos, sino también en el torso, en la parte frontal izquierda, por debajo del hombro. Durante mi formación ya había visto que el calor se acumulaba ahí, pero había intentado ignorarlo.

Decidida a no posponerlo más, intenté remangarme la camisa, pero el maldito traje era tan ceñido que no avancé mucho. Eché una mirada a la puerta y luego me quité la camisa por la cabeza.

Me sentí aliviada. Los dibujos tenían el mismo aspecto de siempre: líneas que iban formando llamas y, entre ellas, el grabado de Ignis. Se veían más líneas abstractas, volutas y ornamentos, y justo allí, cerca del hombro..., dos cruces, una encima de la otra. El grabado de Alius y Etas.

—Ay, joder —balbucí, y di un paso hacia delante para observarlo bien.

Sí, definitivamente era el grabado del sello de Adam. Al ponerle un dedo encima, el calor se extendió desde allí hasta el resto de mi cuerpo. Me provocó tal mareo que tuve que apoyarme en la pared.

Algo había pasado en nuestro entrenamiento, o tal vez había sido durante la tarde que Adam me ayudó a calmar mi magia. Se había reactivado la conexión que existía entre nosotros y que casi parecía haber desaparecido.

Pero ahora era más fuerte que nunca.

33

Durante la última cena en Bella Septe reinaba la algarabía entre los Superiores. Charlaban, reían y debatían con fervor sobre el color de sus modelitos de gala. Me estaban volviendo loca. Pero lo que más loca me volvió fue ver a Adam.

Me senté a la mesa a propósito entre Dina y Matt y miré por la ventana hacia la Ciudad Dorada. Sin embargo, todo el maldito tiempo sentía cómo él me miraba de reojo mientras se activaban los engranajes de su cabeza.

¿Se preguntaría por qué estaba tan distante de repente? A fin de cuentas, no tenía ni idea de si el día anterior él había sentido lo mismo que yo. No sabía si sus líneas de luz se habían transformado. Y una parte de mí tampoco quería descubrirlo.

En cuanto acabé la cena, me despedí y me marché a mi *suite* para desconectar, mientras la joven criada correteaba por mi habitación hablando sin parar. Sin protestar, le permití que me desvistiera y me pusiera un camisón de seda y encaje. Cuando me explicó que mañana muy temprano quería hacer una prueba del peinado para por la noche, me limité a asentir.

Cuando por fin se marchó, suspiré y me puse ante el espejo del dormitorio para observar detalladamente las líneas de luz de mi piel. Parecían iluminarse por sí mismas con solo pensar en ellas.

Seguía ahí, ese grabado fuera de lugar. Brillaba más que el resto de los símbolos de mi piel.

Entonces llamaron a la puerta.

—¡Ya te he dicho que puedes entrar sin más! —grité.

Seguramente la criada se habría olvidado el peine o habría decidido que me tenía que hacer unas trenzas para dormir para que mi pelo estuviera «supersedoso» al día siguiente.

Puse una mano en el lugar cercano a mi hombro desde donde el calor se había expandido al resto de mi cuerpo. «¿Cómo ha podido pasar?», pensé desesperada. «Tendría que haber sido algo temporal. ¡Me dijo que sería algo temporal!».

—Creía que lo sería.

Pegué tal salto que casi tropecé y me caí sobre la silla que tenía a mi lado. Al darme la vuelta me percaté de dos cosas.

Primero: no era la criada, sino Adam, quien estaba ante mi puerta.

Y segundo: definitivamente debería haberme resistido a que me pusieran ese diminuto camisón de encaje.

Desvié la mirada a la cama y valoré meterme dentro y arroparme hasta las orejas. Pero también era cierto que no me caracterizaba por ser una tímida corderilla. Si Adam aparecía sin previo aviso, pues que asumiera las consecuencias.

Al contrario que yo, él todavía llevaba puesta la ropa de gala. Cada botón de su chaqueta estaba en su sitio, cada pelo, colocado, y su mirada... clavada en mi hombro izquierdo.

«Joder, lo sabe».

Esbozó una sonrisa y... ¡mierda! ¿Nuestro vínculo mágico se había reforzado tanto que ahora podía oírme pensar o qué? ¿Pero qué coño era eso?

—¿Cómo has entrado? —le pregunté.

—Soy el dueño del edificio —sonrió satisfecho—. Y de la ciudad. Y de un par de ciudades más.

«Ja, ja, qué gracioso», gritó la parte histérica de mi mente que había dejado KO al resto. Apreté los labios con todas mis fuerzas, a ver si así conseguía tranquilizar mis pensamientos. Además, eché hacia atrás el hombro izquierdo para que Adam no viera las líneas de luz que brillaban en él. Al mismo tiempo, estiré el camisón para intentar que me cubriera los muslos.

—Se te da de maravilla el contorsionismo —constató Adam.

—¿Podemos hablar mañana? —le pregunté, tan tranquila como me resultaba posible en ese momento—. Como seguramente ya hayas notado, estaba a punto de meterme en la cama.

Pero Adam se me acercó y me señaló el hombro.

—¿Puedo echarle un vistazo?

—¡No!

Adam inspiró profundamente.

—Es *mi* marca la que tienes en la piel.

—¡Pero sigue siendo *mi* piel!

«Y no es asunto tuyo».

Adam me observó con aquella miradita tan tranquila que me sacaba de quicio. Luego dio un paso hacia atrás y retiró su chaqueta con un movimiento ágil.

—*Quid pro quo,* ¿de acuerdo? —preguntó y, para mi mayor susto, empezó a quitarse la camisa.

—¿Qué coño haces?

Sentí cómo se me acumulaba todo el calor del mundo en las mejillas.

A la mierda lo de no ser una tímida corderilla.

Adam se sacó la camisa por la cabeza y, antes de que pudiera percatarme de lo que ocurría, allí estaba, delante de mí, a pecho descubierto. No pude evitar recorrerlo con la mirada: los anchos hombros, el fino contorno de sus músculos…

—Vale —balbuceé—, no tengo ni idea de lo que piensas que está pasando aquí…

—Rayne. —Adam fruncía el ceño—. Esta conexión entre nosotros no debería haber ocurrido. No es normal. Solo quiero saber... —suspiró—. Déjame que lo vea. Por favor.

«Por favor». Hasta ahora nunca me había pedido nada por favor, y menos aún en ese tono. Su fachada, el exterior tranquilo, la expresión controlada, había desaparecido.

Se me puso la carne de gallina, y me odié por ello. Me giré para que Adam me viera el hombro.

—Mira, ¿contento?

—La verdad es que no —murmuró.

Se puso delante de mí, con la mirada fija en el grabado de su sello que se veía sobre mi piel. Parecía estar examinando cada pequeña línea, y de nuevo, no pude evitarlo, se me fueron los ojos hacia él, al mismo lugar de su cuerpo que él examinaba en el mío. Allí, justo debajo de su hombro, podía verse mi grabado. Las líneas de las alas cruzadas, la espiral que se abría hacia abajo. Ignis.

—Que lleve tu signo no quiere decir que te pertenezca —musité.

—Nunca he dicho que quisiera que me pertenecieras.

Todo mi cuerpo se tensó ante la mirada de Adam, pero no cedí ante el sentimiento. Mi sello era un dragón. ¡Un dragón! No iba a dejar que me amilanara.

—La conexión que se creó entre nosotros durante el ritual no ha desaparecido —murmuró Adam—. Podía sentir tu magia todo el tiempo. —Tragó saliva, se detuvo, inspiró—. Me gustaría intentar una cosa. ¿Me permites tocarte?

Abrí los ojos como platos. Adam ya había levantado una mano y la mantenía sobre mi hombro, pero esperaba.

«Solo quiere tocar el dibujo. Déjalo».

Así que asentí y, de inmediato, las yemas de los dedos de Adam entraron en contacto con mi piel. Fue como si me recorriera una corriente. Mi grabado también se iluminó sobre la piel de Adam. Se le escapó un gemido medio ahogado y cerró los ojos brevemente.

—¿Qué coñ...? —susurré—. ¿Qué es esto?

—No tengo ni idea. —Sus claros ojos grises se quedaron fijos en mí—. Tu marca emite calor. ¿Cómo notas la mía?

—Fría. —Como todo lo que tenía que ver con él. Aunque debía admitir que ya no me molestaba.

Al contrario.

—No consta nada semejante en los archivos. Quiero decir que... existe esa historia rara sobre nuestros antepasados. Sobre una conexión entre nuestros linajes que se suele romantizar. Pero esto... —Adam suspiró, me miró—. ¿Lo sientes?

Vaya que sí. Por todo el cuerpo. Lo sentía a él por todas partes.

Sus dedos recorrieron la marca de luz, y tuve la sensación de que, cuanto más la tocaba, más amenazaban mis piernas con ceder.

—Querías besarme —le solté sin más—. En el salón de baile, por la noche. Querías besarme.

De inmediato, Adam se separó de mí. Se dio la vuelta y agarró su camisa.

—Adam...

—Déjalo.

Caminé hacia él y lo rodeé hasta bloquearle el paso, de manera que dejó caer nuevamente la camisa con un suspiro. Miró a través de la ventana, hacia ese lugar en el universo sobre el cual debía gobernar.

—He deseado besarte mil veces —admitió en voz baja—. Lo anhelaba tanto que incluso me imaginé haciéndolo y luego borrando el momento con mi sello para que no lo supieras nunca.

—Pero no lo hiciste —dije, y no era una pregunta. Sabía que no me equivocaba.

Adam negó con la cabeza.

—No. Aunque lo pensaba a todas horas. A todas horas. Así soy, Rayne. El poder corrompe incluso a las mejores personas. Y yo nunca he sido especialmente buena gente.

—Una cosa es imaginar algo y otra bien distinta llevarlo a cabo. —Lo miré fijamente—. Nunca me obligarías a nada.

—¿De veras? —Adam resopló—. ¿Eso crees, después de todo lo que ha pasado? Te he traído a Septem, te he impuesto a Ignis...

—Podrías haberme dejado morir. Solo tendrías que haber esperado a que la magia del caos hiciera su trabajo, y entonces Ignis habría quedado libre para un Superior de tu elección. Pero no lo hiciste.

A Adam le temblaba el mentón.

—Rayne, yo... crecí con la idea de que lo que se dice de los Tremblett y los Harwood no me iba a afectar. A fin de cuentas, ya no quedaba ningún Harwood. Asumíamos que la magia de vuestro linaje se había extinguido. Y entonces... entonces te veo ahí de pie en la arena, rodeada de magia del caos y con el brazalete del dragón en el brazo. Por supuesto, no podía saberlo, nunca se me habría pasado por la cabeza que tú fueras la hija perdida de Melvin Harwood, y sin embargo... lo sentí. Te vi y mi magia se volvió loca. No sabía quién eras, pero sabía que serías mi perdición.

—¿«Tu perdición»? Qué...

—Me juré no hacer infelices a más personas de las necesarias. *Debo* casarme, Rayne. Es una promesa que nos hacemos los Siete. Tengo que garantizar un heredero para mi familia. Y si no acabo con esto, entonces... —Adam apretó los puños.

—¿De verdad quieres someter toda tu vida a esas normas?

—No lo entiendes —contestó él, y pude oír claramente el dolor en su voz—. Si rompo las reglas, destruiré el mundo.

—Adam.

—El Espejo es lo primero, Rayne. Los sellos son lo primero. *Tienen* que serlo.

—Vale, lo entiendo. Pero eso no significa que no puedas ser feliz nunca.

Con mucho cuidado, puse mis manos en su cintura. Ascendí por su pecho hasta su hombro, donde mi marca brillaba en su piel.

Su mirada traslucía agitación y confusión infinita. Con un suspiro, apoyó su frente contra la mía, de modo que las puntas de nuestras narices se tocaron y, por una fracción de segundo, un atisbo de vulnerabilidad cruzó su rostro.

—No deberíamos hacerlo —murmuró—. Va a complicar todavía más las cosas.

En ese momento vi ante mí al niño que había sido, y el tipo de infancia que debía de haber tenido. Y se me encogió el corazón, porque estaba claro que nadie le había enseñado a darse permiso para escucharse a sí mismo.

—¿Y lo complicado siempre es malo?

—En mi vida sí. —Adam sonrió un poco desvalido—. ¿Qué dirías de mí si, a pesar de eso, cediera a la tentación?

—¿Que eres humano?

Adam inspiró y asintió. Al hacerlo, me acercó a él; olía a montañas frescas, a aguas heladas y a... él. A algo que era solo él, sin su magia, un niño al que nunca se le había permitido ser niño porque todos siempre lo habían visto como un dios.

Adam me miró. Luego se inclinó. Me agarró los brazos con más fuerza, pero dudó de nuevo, como si no pudiera dejar de cuestionarse a sí mismo y sus acciones. Entonces tomé la decisión por él: acorté la distancia entre nosotros y lo besé.

Siempre me había preguntado por qué la gente cerraba los ojos al besarse. Pero entonces lo entendí. Eran los fuegos artificiales que se veían al cerrar los párpados. La sensación de unos cálidos labios de seda en contacto con los tuyos. Eran el mareo, los latidos del corazón, la mezcla de emociones que parecían apoderarse de cada célula de tu cuerpo.

Al cerrar los ojos, todo eso se apreciaba mejor. Podía ralentizarse el tiempo, por lo menos un poquito.

Nos quedamos así una eternidad. Entonces, Adam emitió un gruñido ronco. Llevó una mano a mi cadera, rozándome la cintura. Sus dedos bailaron sobre mis costillas. Sus dedos y sus labios desataron un anhelo que tal vez siempre había estado latente dentro de mí: el anhelo de ser vista y amada simplemente por ser quien era. Un anhelo que cantaba una canción entre nosotros.

Mordí el labio inferior de Adam y él soltó un grito ahogado de sorpresa. Me besó de nuevo; el beso era tan delicioso que me hizo encoger los dedos de los pies y arquear la espalda para acercarme a él. Sus manos rodearon mi cintura. Me levantó sin ningún esfuerzo. Como si fuera tan ligera como una pluma, que era como me sentía en ese momento.

Enterré mis manos en el cabello plateado de Adam. Me recorrió un escalofrío, como si todas mis líneas de luz comenzaran a arder mientras nos besábamos.

«Vivámoslo», pensaba para mí, una y otra vez. «Aunque solo sea un momento...».

34

La luz de la mañana se posaba sobre la Ciudad Dorada e inundaba mi habitación con su destello.

Estábamos echados en la cama, el uno al lado del otro, pero casi sin tocarnos, con la excepción de la mano que yo había extendido hacia Adam y con la que le acariciaba el brazo suavemente. Las líneas de luz de su piel parpadeaban cuando les pasaba por encima las yemas de los dedos y se volvían a apagar cuando las retiraba. No había usado sus dados ni una vez, no había hecho ningún gesto mágico, pero, a pesar de eso, su magia zumbaba bajo mi mano.

De todo lo que había experimentado en la vida, eso era, de lejos, lo que podría provocarme más adicción.

La respiración de Adam era profunda y regular. No tenía ni idea de qué se le pasaba por la cabeza. Una parte de mí estaba segura de que lamentaba lo que había ocurrido, pero otra, más intensa, me exigía que no le diera demasiadas vueltas.

Dejé que mis dedos siguieran vagando, y solo me detuve cuando mi mano tembló ligeramente. Y luego ya no tan ligeramente.

«Mierda».

Apreté los dedos, intenté contrarrestar el temblor tensionándolos, pero no sirvió de nada. Justo cuando quería retirar la mano y meterla bajo la manta, Adam la agarró y, en ese momento, su mirada se posó en mí con toda su atención.

—No hace falta que me lo ocultes.

—No pretendía ocultártelo —mentí, y temblé todavía más cuando Adam entrelazó sus dedos con los míos—. Esperaba que, al portar el sello, desapareciera.

—Y tal vez lo haga. Pero incluso así, eso no te hace menos increíble.

Una sonrisa asomó a mis labios.

—Eso suena a algo que diría Lily.

—Me encantaría conocerla. En una situación menos adversa.

—No estés tan seguro —repliqué—. Lily es una chica de la calle, como yo. La conozco, y le importará una mierda que seas el Señor del Espejo o el Rey de Inglaterra. Después de todo lo que ha pasado, te dará una bofetada por haberme puesto en peligro.

Adam se rio, y el sonido me provocó un agradable cosquilleo en el estómago. La verdad era que él rara vez se reía.

—Estará en todo su derecho —contestó antes de atraerme hacia sí.

Puso una mano en mi cuello, y me recorrió un escalofrío al sentir su pulgar rozando el lugar donde antes había llevado el localizador. Lo tocó con suavidad y cuidado. Por su mirada, imaginé que sabía perfectamente lo que significaba aquella herida.

—Lo siento mucho, Rayne. Todo. Que no supiéramos de ti, que te dejáramos en ese lugar…

—No es culpa tuya y lo sabes.

Suspiró.

—Puede ser. Aun así, pude haberte hecho las cosas más fáciles. Yo… —Tomó aire—. Considerando la cantidad de veces que te has colado en las arenas de combate en los últimos años, era solo cuestión de tiempo que nos conociéramos. Pero... lamento que haya sido de esta manera.

Puse los ojos en blanco.

—¿Le ordenaste a Matt que averiguara todo sobre mí?

—Absolutamente todo —admitió, franco—. Hasta echó un vistazo a tus notas y tu historial del colegio. Resulta impresionante la cantidad de veces que te castigaban.

—Si hubieras conocido a mi profesor de entonces, me felicitarías por las veces que *no* me castigaban.

Volvió a tensar la mandíbula. Debía de ser agotador contener siempre la sonrisa.

—Lo que Matt no averiguó, la verdad, es por qué te dejó tu madre en el orfanato. Todavía vive, ¿no?

Me encogí de hombros.

—Supongo. Yo tenía cinco años cuando decidió marcharse a buscar a mi padre. Nunca se creyó lo de su muerte. Por lo visto, le había dado un par de pistas en su último encuentro. Por eso me dejó en el orfanato. Su intención era que me quedara un par de semanas y luego volver a buscarme. Pero las semanas pasaron a ser meses y luego años. Al principio por lo menos me enviaba cartas, pero en algún momento también dejó de hacerlo.

Adam me acarició el pelo con ternura.

—Eres increíblemente fuerte, ¿lo sabes?

—Increíblemente testaruda, querrás decir.

Negó con la cabeza.

—No te quites mérito. Has sobrevivido a todo y, a pesar de eso, te abres a los demás. Yo... —suspiró—. Desde que me coronaron como primer portador, nunca puedo permitirme mostrarme débil. Y se me hace difícil liberarme de este papel. Cada día un poco más.

Apoyé mi cabeza en el hueco de su cuello y le besé la piel.

—Tal vez deberías parar de alejar a Matt y a los demás. Ayudaría que les dejaras estar a tu lado y recordarte de vez en cuando quién eres.

—¿Quién soy? —Adam frunció el ceño—. Toda mi vida me han dicho quién voy a ser. Nunca he tenido la posibilidad de descubrirlo por mi cuenta. Tras mi coronación... y tras la muerte de mi madre, me prometí a mí mismo no volver a desperdiciar ni un minuto. Me juré que, mientras fuera Señor del Espejo, haría todo lo posible por cambiar las cosas.

Adam cogió sus dados y los volteó. Parecía un tic al que se había acostumbrado. Igual que otra gente da golpecitos al canto de la mesa, él daba vueltas a Alius y Etas.

—¿Cómo es eso de poder retroceder cada decisión y cada cosa que haces?

Adam se quedó en silencio. El oscilar de su pecho se alteró ligeramente. Solo unos segundos más tarde, contestó en voz baja:

—Menos liberador de lo que te puedas imaginar.

—Pero... nunca tienes que preocuparte de meter la pata, ¿no?

—Al contrario. En cuestión de segundos, tengo que decidir si lo que ha pasado es la mejor salida o si podría haber hecho algo diferente. Eso sin tener en cuenta que mi sello no solo afecta a mi vida, sino también a la de los demás. Por eso, si algo, efectivamente, sale mal... —suspiró, me recorrió la espalda con una mano—, el único culpable soy yo.

Recordé el horror en el rostro de Adam cuando Lazarus me retuvo en el orfanato y me puso una pistola en la cabeza.

Adam se giró lentamente. Se inclinó sobre la cama y cogió sus pantalones, que estaban en el suelo junto a mi camisón. Al volver a girarse hacia mí, tenía un spectrum en la mano. Lo abrió y, tras un par de segundos, apareció una chica en su superficie. Estaba en una cama con dosel rodeada de flores, peluches, cuadros y otras cosas bonitas. Era la habitación de una princesita.

No necesité mucho tiempo para comprender que debía de ser la hermana menor de Adam de la que me había hablado Cedric, Pris.

Estaba tan blanca como las sábanas que la cubrían. En la penumbra apenas se veía dónde acababa su frente y dónde le nacía el pelo. Su cuerpo parecía delgado y frágil, y tenía los brazos cubiertos de trites que brillaban con su resplandor azul. Parecía dormida, pues su pecho subía y bajaba a intervalos regulares.

—Hace años que vive en un sanatorio —explicó Adam en voz baja—. Los médicos no le dan ni un año de vida. Y ni siquiera están seguros.

Su voz ronca manifestaba hasta qué punto le dolía esa situación. Entrelacé mi mano libre con la suya.

—Cuando muera Pris... —empezó—, a pesar de todo el poder que me otorgan los dados, solo podré tener un par de minutos más con ella. No podré hacer nada para evitarlo. —Adam fijó su vista en el techo—. Pensarlo me vuelve loco. Minutos... ¿Cómo pueden ser suficientes unos minutos?

—No es culpa tuya haber nacido primero.

—Puede que no. Pero lo acaparé todo. Todo lo que mi linaje podía dar. Lo único que le dejé a mi hermana fue una muerte lenta.

Ya no pude soportarlo más. Pegué mi cuerpo al de Adam, de los hombros a los dedos de los pies, y me incliné sobre él.

—Es terrible lo que puede provocar la magia —le dije en voz baja—, pero a pesar de todo, no es culpa tuya.

Parecía tan exhausto como yo.

—Lo cierto es que a veces me doy miedo. Me dan miedo las posibilidades que abre mi magia. Podría jugar a ser dios y nadie se daría ni cuenta. Nadie sería capaz de detenerme. Y después de todo lo que he ido descubriendo sobre mi madre..., lo que hizo..., tengo miedo de la persona en la que me convertirá la magia.

Le puse la mano en el pecho. Eran casi las mismas palabras que me había dicho Sebastian, y el hecho de que Adam se fustigase con ellas demostraba aún más lo equivocadísimo que estaba el otro portador.

—En la central, vivía rodeada de muchísimas personas horribles. Sé perfectamente lo rápido que nos pueden dominar la ira y el odio. Cómo la oscuridad se queda pegada al alma y ya no se va. —Le acaricié con ternura la piel—. Pero tú no eres así. Has decidido no dejar entrar la oscuridad.

Algo melancólico se posó en el rostro de Adam.

—Hay una historia sobre la creación del Espejo que habla de un portador y una portadora que se enamoraron. Mi abuelo me la contaba a menudo cuando era pequeño. Y no acababa bien.

—Aun así, ¿me la cuentas?

Adam asintió.

—Hace mucho tiempo de esto. Muchas generaciones. Antes de que existiera el Espejo, los portadores de los sellos vivían en Prime. Dos portadores se opusieron a las normas de los sellos oscuros y siguieron juntos. Se casaron y tuvieron un hijo. Al haber mezclado su sangre, ese hijo no podía ser portador de ninguno de los dos sellos. —La mano de Adam se quedó inmóvil sobre mi brazo—. Los sellos se negaron a aceptar a un nuevo portador, porque la sangre a la que estaban unidos todavía corría por las venas del niño..., pero no era lo suficientemente pura para que él asumiera su magia. Mientras tanto, se acumuló tanta magia del caos que casi acabó con el mundo.

Ya me imaginaba cómo iba a acabar la historia, pero tenía que escucharla a pesar de todo.

—¿Qué les pasó a los portadores y a su hijo?

—Para detener la magia del caos tuvieron que matar al niño —dijo Adam—, y acto seguido, buscarse nuevas parejas. Al ver el horror que habían provocado, cumplieron con su obligación y continuaron con sus linajes por separado.

Me quedé helada, invadida por una aterradora pena.

—Cedric no me contó nada de esto.

Adam se rio sin fuerzas.

—No, Cedric es demasiado bueno para cargarte con algo así. —Miró brevemente al techo e inspiró, como preparándose para algo—. Nuestros antepasados eran muy egoístas en muchos sentidos, pero sí hicieron bien una cosa. Tras lo ocurrido, juraron que mantendrían a raya la magia del caos de manera que vuestro mundo, el mundo de verdad, no sufriera más daños. Los Siete crearon el Espejo. Se juraron controlar la magia. Y juraron no volver a poner el amor por delante del bienestar del mundo. —Me miró—. Por eso debo evitar que la magia del caos se extienda por Prime. Por eso el Espejo es la prioridad. Y por eso los sellos oscuros deben tener un portador. Cada uno, el suyo.

«Cada uno, el suyo, separado de los demás».

Sentí el dolor de Adam a través de nuestra conexión, y eso lo hizo todo cien veces peor. Porque podía ver lo que había tras su fachada. Porque, para mí, él era profundamente humano.

—Al Ojo le encantaría acabar con el sistema de los Siete —indicó Adam—. Por una parte, puedo entenderlo... Quieren proteger Prime. Quieren que la magia se distribuya de forma justa, y yo también. Pero no entienden lo que significaría transferir los sellos oscuros democráticamente. No han vivido lo que hemos vivido nosotros. Jamás deben caer en sus manos, de lo contrario...

—¡Buenos días, señorita Harwood!

La voz sonó tan repentina que me sobresalté. Llegaba del pasillo, una voz cantarina que solo podía pertenecer a una persona.

Mi criada.

—Joder —solté.

Adam también parecía sorprendido. Pero luego se tranquilizó y me tendió los dados del destino con una sonrisa victoriosa.

—Unos minutos más… si tú quieres —me susurró mientras los pasos sigilosos se acercaban cada vez más al dormitorio.

Justo cuando la manija bajó, agarré la mano de Adam, y él hizo girar los dados.

Cuando hizo retroceder el tiempo, fue justo lo contrario que las otras veces que había vivido aquello con él. La primera había estado llena de violencia, con el abismo que se había formado en la campana de cristal sobre Ignis y que me había atacado. Tampoco era comparable con la terrible escena que viví del magistrado Vandal.

Aquella vez fue… pacífico. La habitación se quedó en silencio a nuestro alrededor, como mucho oía los sonidos sordos de mi criada alejándose pasillo atrás. Pequeñas volutas de polvo que desafiaban la gravedad y flotaban hacia el techo. Las cortinas se movían con suavidad ante la ventana. Una sonrisa se dibujó en mis labios cuando se detuvo el rebobinado.

—¿Y ahora qué quieres…?

No pude terminar la frase. Adam se inclinó hacia mí, me tomó el rostro entre las manos y me besó.

Lo abracé fuerte. Sus labios se pegaron a los míos, fríos, como todo en él, pero fueron entrando en calor al permanecer sobre mi boca.

No debería ser tan delicioso. Debería estar prohibido que fuera tan delicioso. Lo había dejado más que claro: nuestra relación no tenía futuro. Pero, a pesar de eso, desconecté, mis pensamientos se disiparon y me sentí… regenerada. Como si cada beso cerrara una de las grietas que me habían acompañado toda la vida. Sentía cómo las marcas de nuestra piel se iluminaban cada vez más intensamente, podía sentir cada símbolo, cada línea..., no solo de mi cuerpo, sino también del de Adam.

Reticente, me separé de él y le puse una mano en la mejilla.

—¿Crees que lo de esta noche saldrá bien?

Adam me sonrió con ternura.

—Sí. Tal vez no te lo parezca, pero creo que has interpretado tu papel de señuelo a la perfección. El Ojo va a aparecer, y estaremos preparados.

—Pero quieren verte muerto, Adam.

—Bueno, para mí no es más que otro día en la oficina.

Le pellizqué el costado. Todo ese tiempo se había mostrado más frío que un carámbano, y justo ahora que estábamos rodeados de enemigos se ponía a hacer bromitas.

En el mismo instante en que Adam iba a volver a tirar de mí hacia él, oímos de nuevo aquel timbre cantarín.

—¡Buenos días, señorita Harwood!

«Lárgate», refunfuñé en mi interior, lo que desató en Adam una carcajada que me recordó que no habíamos llegado a hablar de aquella extraña telepatía.

Los pasos se acercaron, y Adam se separó de mí, pero no del todo. Me puso una mano en la mejilla.

—Liberaremos a tu amiga.

—Lo sé —susurré, mientras él asentía antes de darme un beso de despedida.

Lo dejé marchar de mala gana, mirando cómo agarraba su ropa y se vestía. Luego desapareció por la puerta, y escuché a la criada de voz chillona saludarlo con un apresurado «Buenos días, mi Señor», mientras yo me volvía a meter en la cama y me tapaba la cara con una almohada.

Con la otra mano, toqué titubeante aquel lugar casi debajo del hombro donde pulsaba el grabado de los dados del destino.

Se me puso la carne de gallina, y me pareció volver a sentir las caricias de Adam y saborear de nuevo sus besos.

El recuerdo hizo que me acelerase el corazón. El miedo al día que tenía por delante me paralizaba en igual medida. Me daba la sensación de que ambos estábamos al borde de un precipicio, ante un vacío profundo e interminable en cuyo fondo ni siquiera Adam, con toda su clarividencia, alcanzaba a ver lo que nos esperaba.

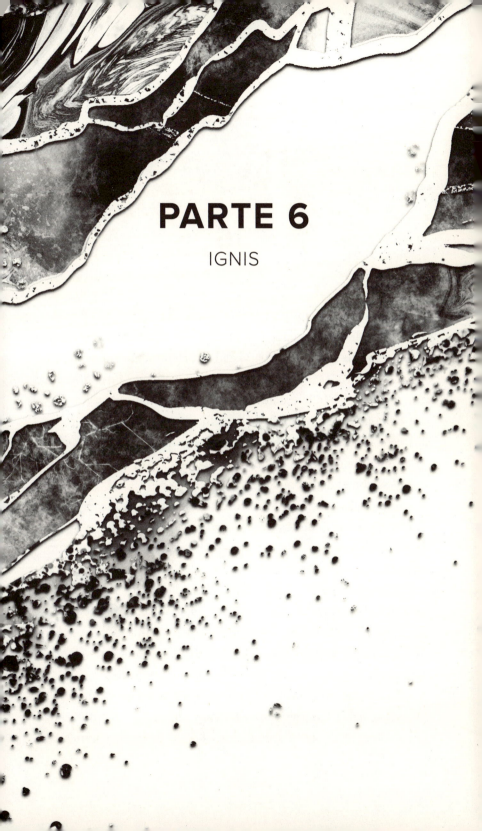

PARTE 6

IGNIS

35

«Voy a tropezar y a partirme la crisma».
Me imaginaba la escena una y otra vez mientras caminaba pisando huevos. Podía visualizar claramente mi siguiente paso, que sería el último, porque con aquellos tacones dorados me torcería el tobillo y daría con mis huesos en el suelo. Me caería de culo y me enredaría en las mil capas del vestido. Y todas las personas que me estaban mirando con la boca abierta, como si yo fuera la octava maravilla, pasarían a partirse de risa o a señalarme con el dedo con lástima.

Era el día de la final del torneo de exhibición, o mejor dicho, la tarde, porque la puesta de sol ya acariciaba la ciudad con su cálida luz. Algunos pájaros espectrales aleteaban sobre mí transformándose en mariposas o libélulas y luego otra vez en pájaros.

Milagrosamente, había conseguido llegar sin incidentes a una de las puertas del transbordador que estaba a disposición de los Siete en Bella Septe, pero fue subirme y sentir que me ardía la nuca, como si todas las miradas de los Superiores que vitoreaban desde detrás de la barrera se hubieran reunido allí.

Sabía que estaba imponente y glamurosa, un enjambre de criadas se había encargado de ello. Pero por dentro me moría. El corsé me apretaba tanto que incluso a pesar de lo escuchimizada que estaba se me dibujaban algunas curvas. El vestido que lo cubría era de un color dorado rojizo («Como corresponde a su familia, señorita Harwood») con encaje tachonado de rubíes. El tocado que me habían puesto me tensaba el cuero cabelludo con sus afiladas horquillas, y llevaba la cara tan cubierta de base y polvos que apenas me reconocía.

Respiré hondo y caminé por la alfombra dorada que conducía desde el transbordador a la entrada del heptadomo. El conductor me había dejado al pie del edificio, que se elevaba directamente ante mí. Busqué a mi alrededor. ¿Dónde estaban los demás? Como nos habían traído por separado, aún no los había visto.

Con cada paso me ponía más nerviosa. La verdad es que no teníamos ni idea de lo que haría el Ojo. No se habían dejado ver por ningún lado durante aquellos siete días, los guardias de Adam ni siquiera habían encontrado indicios de que los rebeldes estuvieran en Roma. ¿Qué pasaba si no aparecían? ¿Y si me había equivocado al pensar que se habían llevado a Lily por mí?

—Deberías aprender a ocultar mejor tu miedo —soltó alguien de repente justo detrás de mí.

Me giré: era Nikki. Seguramente había llegado en el transbordador siguiente al mío. Estaba arrebatadora, como en el banquete. Aunque lucía un vestido increíblemente fino, el resto de su cuerpo estaba cubierto por cadenas de oro que le caían sobre el escote y los brazos, mientras que las puntas de sus largas pestañas parecían estar decoradas con fragmentos de diamante.

—¿Decías? —le pregunté.

Nikki sonrió, pero con frialdad. No la pillaba para nada, pero sí me quedaba claro que no íbamos a ser amigas.

—Todo el Espejo va a estar observando atentamente cada uno de tus pasos, reconocerán la más mínima debilidad. Así que, cuando pongas un pie en la tribuna, es mejor que tengas la piel ya no gruesa, sino de acero.

Y, dicho esto, avanzó y saludó majestuosa a la multitud. Yo me quedé un momento como congelada, pero el ruido rápidamente me trasladó de regreso al presente. Seguí a Nikki hasta el final de la alfombra. Desde ahí se accedía a la entrada acristalada del heptadomo, donde esperaban los demás.

Iban todos de punta en blanco. Matt vestía una chaqueta lila de corte especialmente elegante con pantalones negros y camisa gris; Dina, un entallado traje de chaqueta verde oliva, y Celine, un vestido azul zafiro tan ajustado que parecía haberse fundido con su cuerpo. Cedric también lucía los colores de su familia: una chaqueta azul oscuro de cuello alto.

Y luego estaba Adam.

Como para compensar la relativa sencillez de su vestimenta negra, el cuello de su ropa estaba decorado con cristales heptagonales. Desde lejos parecía alto e imponente, cada centímetro encarnaba al severo Señor del Espejo, pero al acercarme a él, su expresión era extrañamente tierna y seria, y la luz dorada rojiza del falso atardecer aportaba calidez a sus ojos grises.

Nos miramos fijamente, al menos hasta que el magistrado Vandal se detuvo frente a mí.

—Señorita Harwood, ¿me concede el honor…?

Adam negó con la cabeza.

—Hoy la llevo yo —explicó, y continuó con cierta torpeza—. Si ella quiere…

No pude evitar mirar a Celine. Sabía por Cedric que ella había acompañado a Adam a todos los eventos oficiales de los últimos meses. Y, efectivamente, se había quedado con la boca abierta de la sorpresa. Pero la mano de Adam no se movió ni un milímetro. Se extendía ante mí como un ofrecimiento…, o mejor dicho, como un desafío.

Cuando puse mis dedos sobre los suyos, la expresión de Celine se transformó en odio.

«No importa», me habría encantado decirle. «Ninguna de las dos va a poder estar con él de verdad, nunca».

Me agarré a su brazo, y juntos, caminamos hacia una hilera de ascensores que estaban listos para trasladarnos. El heptadomo era tan alto que nos llevó un minuto completo llegar a la cima. Una vez allí, subimos los últimos escalones hasta alcanzar nuestra tribuna. Los otros Superiores emitieron un respingo colectivo al vernos. Sabía que en ese momento la tela de mi vestido caía sobre las escaleras como un río de cobre y oro, un efecto que pareció embelesar a quien nos rodeaba.

Adam me agarró la mano con fuerza y ralentizó el paso para ayudarme. Lo miré, y él esbozó una sonrisa divertida.

—Intenta subir tú las escaleras apretujado en esta cosa.

—Creo que paso —susurró. Noté en su voz que estaba sonriendo—. Es mucho más interesante observarte a ti intentarlo.

—Ya está el señor Asquerosito.

Abrí los ojos como platos al darme cuenta de que había pronunciado aquellas palabras en alto. ¡Y tan en alto!

Adam dudó antes de dar el siguiente paso.

—¿Cómo?

—Nada.

—Rayne…, ¿me acabas de llamar «señor Asquerosito»?

—Yo… Es… es que se me ha quedado.

Me detuve e hice una mueca. Mierda, ahora iba a saber cuántas veces se lo había llamado mentalmente.

—Vaya. —Adam sacudió la cabeza, pero luego sonrió más abiertamente—. Creo que me gustaba más «déspota sonado».

—Tomo nota —repliqué con magnanimidad—. Soy flexible en mis calificativos negativos hacia ti.

Ahora se reía. Bajito, pero se reía, y el sonido todavía me resultaba tan novedoso que me dio un vuelco el corazón.

El murmullo de la multitud aumentó cuando alcanzamos el final de la escalera. Entonces, la arena del heptadomo apareció ante mí en todo su esplendor. ¡Menuda pasada! En comparación, los de mi mundo parecían un teatrillo. Sentí una punzada en el corazón al pensar en la última vez que había estado al lado de Lily en un heptadomo. En aquel momento había estado segura de que íbamos a dejar Londres y de que, a partir de entonces, daríamos todos nuestros pasos juntas. Y ahí estaba ahora, con aquella ropa glamurosa al lado del Señor del Espejo mientras que a ella la tenían encerrada en alguna parte.

Como si pudiera leerme la mente, Adam dejó que su mano me bajara por el brazo hasta agarrarme un dedo. Lo miré sorprendida, pero en vez de soltarme, me acarició con el pulgar suavemente el dorso de la mano... Y no dejó de hacerlo ni siquiera cuando, al llegar al final del pasillo, quedamos expuestos, y decenas de miles de cabezas se giraron repentinamente hacia nosotros.

Los participantes del combate inaugural tardaron casi una hora en entrar a la arena. Primero tuvo lugar un discurso del magistrado Pelham; luego, un desfile de bailarines y artistas que se movían por la superficie heptagonal con vistosos vestidos.

Durante todo ese rato, no pude evitar recorrer el heptadomo con mirada nerviosa. Nikki y Sebastian no estaban por ningún sitio, pero se suponía que se encontraban en la tribuna inferior a la nuestra. Y, por el momento, no había el más mínimo indicio de que el Ojo estuviera aquí.

Casi no aguantaba los nervios, pero intenté que no se me notara.

Tras los números inaugurales, toda la atención se dirigió a los participantes del torneo. Sus rostros se iban proyectando en el aire uno tras otro, de manera que se veían desde todas las esquinas del heptadomo. Después emitieron un montón de combates individuales. Era justo como aquella vez en el heptadomo de Brent: vítores y abucheos llovían sobre los luchadores desde todos lados mientras combatían ferozmente por la victoria. Algunos usaban gestos que nunca había visto, y a una velocidad que nadie en las ligas profesionales de Prime podía dominar. De los veinte participantes, al final quedaron solo cuatro. El último duelo terminaría cuando el perdedor tuviera que salir de la arena en camilla.

—A continuación pelean dos de los mejores luchadores del último año —cuchicheó Matt—. Como aperitivo para la gran final. No es un combate real, solo un espectáculo.

Asentí y miré hacia abajo mientras se vaciaba la arena. Los focos descendieron dramáticamente sobre uno de los pasillos arqueados que conducían desde las entrañas del heptadomo a la arena. Sonaron tambores y, a nuestro alrededor, los Superiores se inclinaron para ver por primera vez a los dos luchadores.

Por mi parte, aproveché para echar un vistazo a nuestra tribuna y luego hacia atrás, hacia la salida. Pero no vi nada sospechoso. Solo había algunos camareros de pie y, junto a ellos, Zorya, Jarek y unos cuantos guardias que vigilaban a todo aquel que se acercara demasiado a nosotros.

De repente, el público pareció contener la respiración. Desde las gradas se oyó un grito ahogado, e incluso Adam se puso rígido a mi lado.

A pesar de lo que Matt me acababa de decir, no entraron dos personas a la arena, sino solo una. Se dirigió hacia el centro y se detuvo para mirar directamente a nuestra tribuna.

Era Sebastian.

—¿Qué coño…? —soltó Matt a mi lado.

Miré a Dina y a Celine. También estaban atónitas. Una sombra recorrió el rostro de Adam.

—¿Los Siete participan en los combates? —pregunté, y Dina negó con la cabeza.

—No, nunca.

—¿De qué va? —preguntó Matt—. ¿Quiere alardear ante todo el mundo de su sello?

Cedric asintió.

—Típico de un megalómano.

La estupefacción del público se transformó en un frenético aplauso. Los gritos de entusiasmo atronaban el heptadomo, había quien saltaba de alegría al reconocer que el primer contrincante era uno de los Siete.

—A la gente le encanta —murmuré.

—Por supuesto —era la voz de Adam, susrrante pero llena de ira—. Por fin obtienen lo que siempre han deseado: ser testigos directos de lo que es capaz de hacer un sello oscuro.

Sebastian hizo una reverencia en el centro de la arena y luego se llevó el micrófono a la boca.

—Mis estimados Superiores —gritó con aire condescendiente—, ¡sois un público maravilloso! Hoy, para celebrar el trescientos setenta y cinco aniversario de la creación del Espejo, me ha parecido que era hora de acortar por fin las distancias entre nosotros, los Siete, y vosotros. A fin de cuentas, vosotros sois el motivo por el que protegemos el poder de los sellos oscuros.

El aplauso casi hizo vibrar literalmente el heptadomo. En las gradas veía manos levantadas en éxtasis por todas partes. Apenas podían esperar a lo que se iba a anunciar. ¿Contra quién quería combatir Sebastian? Antes de que pudiera hacer la pregunta en voz alta, volvió a llevarse el micrófono a la boca.

—Y quién mejor para festejar con nosotros este logro tan fenomenal, esta celebración de nuestra fundación, este evento, el más hermoso de todos, que... —contuve la respiración; Sebastian dejó que su mano estirada diera la vuelta al recinto, buscando, para terminar en nuestra tribuna, justo donde estaba sentado Adam— ¡nuestro amado Señor del Espejo! —En los monitores, Sebastian sonreía encantador—. En su infinita magnanimidad, hoy ha decidido demostraros sus poderes. Por primera vez en la historia del Espejo.

Los aplausos adquirieron nuevas proporciones. Una gigantesca ola de emoción se apoderó del heptadomo. Todos los Superiores se habían girado hacia Adam, mientras que Sebastian seguía allí de pie, haciendo una profunda reverencia y... esperando.

Porque acababa de percatarme de que no tenía que hacer nada más. Lo único que le quedaba era esperar y todo saldría como él quería.

—No hablará en serio —siseó Celine.

Matt puso los ojos en blanco.

—No entres al trapo, Adam. Es ridículo.

Él suspiró. Los aplausos del público se habían acompasado para animarlos.

—No puedo dejarlo pasar —dijo, antes de ponerse en pie muy lentamente.

—Adam. Déjalo —insistió Celine.

Pero él se limitó a sacudir la cabeza imperceptiblemente y a dar un paso adelante. Los demás se miraron unos a otros, pero yo sabía que Adam tenía razón. No le quedaba más remedio que hacer exactamente lo que Sebastian quería; de lo contrario, el Espejo lo percibiría como débil. Y entonces Sebastian habría ganado.

Seguí a Adam con la vista mientras recorría el largo camino hacia la arena entre el griterío indescriptible de las masas. Mientras subía las escaleras mágicas cuyos escalones se aceleraban bajo sus pies, su rostro se proyectaba en todas las superficies del heptadomo, en todas partes, en todos los recovecos.

—¡Madre mía, Harwood! —Dina me observaba desde el lateral—. No pongas esa cara. Adam no es de plastilina. Y solo es un espectáculo. Ni siquiera Sebastian osaría tocarle un impecable pelo al Señor del Espejo.

—Menuda idea ha tenido Sebastian. Casi parece listo —oí musitar a Cedric.

—Es más listo de lo que te imaginas.

Cedric esbozó una sonrisa.

—Tu opinión no es objetiva, Matthew.

—Vaya si lo es, créeme. —Matt se inclinó hacia delante—. Esperemos que Adam le patee su dorado culo.

—¿De verdad es dorado? —quiso saber Dina—. Hay rumores, pero nunca has confesado hasta dónde llegan los tatuajes de Sebastian.

—Ni voy a hacerlo ahora, Dina. Pero podemos hablar sin problema sobre tus múltiples líos.

Sonrió lisonjera.

—Claro. Pero luego tendría que matarte.

Matt iba a responder, pero en ese momento se hizo un súbito silencio sobre el heptadomo.

Adam había llegado abajo. Jarek y Zorya, que lo habían seguido a una cierta distancia, se quedaron en la banda mientras Adam caminaba hacia la arena entre aplausos.

Sebastian se quitó la fina camisa que le cubría el torso y cogió el espejo de los ángeles, en el que se reflejaba su piel cubierta de doradas líneas luminosas. Le gritó algo a Adam, que no pude oír desde donde estaba, pero el grito se fue extendiendo desde las filas inferiores hacia nuestra tribuna.

—¡Oh, por favor! —exclamó Dina rápidamente al descifrar las palabras. Querían que Adam también enseñara sus marcas.

—Si ahora cada año uno de nosotros va a tener que prestarse a este paripé, me cargo a Sebastian con mis propias manos. —Matt apretó la mandíbula—. No soy un mono de feria.

Adam le dijo algo a Sebastian, pero no se quitó ni la chaqueta ni la camisa, tan solo cogió los dados en la mano derecha y empezó a dar vueltas alrededor de él. Sebastian blandió el espejo, y el mango empezó a hacerse cada vez más largo hasta convertirse en una especie de lanza de luz. En su mano todavía se veía el espejo, pero el resto se había transformado en un arma que lentamente hacía girar ante sí.

Adam rotaba los dados en círculos cada vez más amplios, pero sin adoptar ninguna posición de combate. Solo cuando Sebastian se abalanzó sobre él, lanzó a Alius y Etas al aire, tensando la cuerda que los unía.

Sebastian le disparó su lanza a Adam. Él la esquivó con un movimiento casi aburrido. El arma de Sebastian se enredó en su cuerda, que usó para arrojar la lanza lejos de sí. Aquello se repitió varias veces, pero los ataques de Sebastian eran cada vez más potentes. Empecé a darme cuenta de cuándo Adam utilizaba los dados; no solo porque el resplandor de sus líneas de luz se marcaba más claramente, sino también por la naturalidad con la que interceptaba las estocadas de Sebastian. Hubo otro violento embate, que Adam detuvo con un escudo mágico. Un murmullo recorrió la multitud, seguido de vítores de ánimo a su Señor.

—Venga —oí rezongar a Matt.

Dina, Cedric y Celine parecían mucho más tensos.

Sebastian y Adam se movían con tal rapidez sobre la arena que casi no podía seguirlos. Sebastian le gritó algo que no entendí, algo que hizo que la mirada de Adam se desviara unas décimas de segundo hacia mí. Entonces, Sebastian le propinó el primer golpe.

Un nuevo murmullo recorrió la multitud, aunque Adam contratacó de inmediato. En los rostros de algunos de los Superiores que nos rodeaban podía ver la sed de escándalo, la sed de ver a Adam fracasar en su papel de la persona más poderosa del

Espejo. El magistrado Pelham, que se sentaba en una grada a nuestra izquierda, con el padre de Matt, mostraba una sonrisilla de superioridad.

Allá abajo, en la arena, Adam hizo girar sus dados y, por primera vez, atacó a Sebastian con todo su ímpetu. Él no tenía nada que hacer. Adam estaba compensando con creces su despiste: anticipaba cada ataque de Sebastian, lo bloqueaba o contrarrestaba tan rápido que lo tiró varias veces al suelo.

No pude evitar pensar en lo que me había dicho Adam durante el entrenamiento: que nuestra magia era eterna, pero que usarla con demasiada frecuencia requería mucha energía, aunque no se notase. O, por lo menos, a él no se le notaba. Estaba poniendo a Sebastian en su sitio simplemente esquivando sus ataques, hasta los más elegantes.

Adam acababa de derribar a Sebastian con una estocada y caminaba dándole la espalda, como si quisiera avergonzarlo aún más. Sin embargo, Sebastian se recuperó más rápido de lo que esperaba y se acercó a Adam con la lanza de luz en la mano, pero la giró de tal modo que no fue el filo, sino el espejo de los ángeles, lo que quedó orientado hacia él.

Recordé el poder de aquel sello: si alguien se miraba en él, Sebastian conseguía acceso a su mente, dándole la capacidad de reforzar o debilitar todos los deseos, miedos y anhelos que estaban ocultos en el subconsciente de esa persona.

Si alcanzaba a Adam, ni siquiera los dados del destino podrían ayudarle.

«¡Detrás de ti!», le grité mentalmente, mientras él, abajo en la arena, ya se giraba. Su mirada se dirigió una décima de segundo hacia mí: vi su rostro en el monitor. «¡No me mires! ¡Ten cuidado con el espejo!».

En el último segundo, Adam se hizo a un lado y le lanzó tal estocada a Sebastian que se le cayó el espejo de la mano. Luego, ondeó su cuerda de luz en el aire y la enroscó alrededor del torso de Sebastian. Finalmente, lo golpeó en la espalda con una onda de presión de magia tan fuerte que cayó al suelo. Y allí se quedó.

Los vítores se hicieron ensordecedores. Adam se detuvo frente a Sebastian, que estaba arrodillado, mientras los Superiores comenzaban a corear su nombre por todo el recinto.

—Ha ganado. —Miré a Dina esperando ver su amplia sonrisa gatuna, pero, al contrario, la expresión de su rostro era lúgubre. Apretaba los puños—. ¿Qué pasa?

—Ha sido demasiado fácil —contestó—. Puede que el poder de Sebastian no se equipare a los dados de Adam, pero nunca había peleado tan mal.

Volví a dirigir la vista a la arena. La mirada de Adam estaba sobre mí, y detrás de él, Sebastian se inclinaba. Al principio me pareció que aquella reverencia tan pronunciada era un signo de respeto hacia Adam. Pero entonces, la cámara se giró y vi una sonrisilla satisfecha en los labios de Sebastian. Apoyó ambas manos en el suelo, sobre el cual, de repente, apareció un grabado azul invernal gigante, que resplandeció hasta cubrirlo por completo.

36

En ese mismo momento, Matt echó mano de su anillo, mientras Dina y Celine aferraban también sus sellos. Apretaron los puños con una expresión intensa en los rostros, pero no ocurrió nada. Ni magia ni líneas brillantes.

—¿Qué está pasando? —masculló Dina, confusa.

—¿No lo veis? —Celine señaló el suelo de la arena.

El símbolo de varios metros que había activado Sebastian brillaba en el suelo. No había duda: conocía el grabado... porque lo había visto durante días en las monedas que me habían colocado en el brazo.

—Estamos justo encima de un enorme inhibidor de magia —susurré.

Apenas había pronunciado aquellas palabras cuando se desató el caos a nuestro alrededor.

En algún lugar a mi izquierda, a un camarero le arrancaron una bandeja de las manos. Se estrelló contra el suelo junto con los vasos en una cacofonía de cristales rotos. En cuestión de segundos empezaron a aparecer figuras encapuchadas entre el público, por todos lados. Incluso las vi en las filas de la tribuna inferior a la nuestra, entre un auténtico rebaño de Superiores en estampida.

El Ojo.

Estaban aquí de verdad.

Le lancé una mirada a Adam. Jarek y Zorya habían corrido hacia él y ya lo flanqueaban. Lo escoltaron, guiándolo hacia la banda mientras el espacio que los rodeaba se iba llenando rápidamente de gente.

Los rebeldes del Ojo inundaban las gradas. El magistrado Pelham, Tynan Coldwell y los demás Superiores corrían hacia las salidas. Yo también me puse de pie de un salto, cagándome en el maldito vestido y en su enorme cola, que casi no me dejaba moverme.

—¡Venga! —gritó Dina.

En cuestión de segundos, Celine y ella habían convertido nuestros asientos en una barricada. Los rebeldes ya habían llegado a nuestro piso: a mi lado, Matt le hizo una llave a uno de ellos y luego lo tumbó de un codazo.

Sin la ventaja de los sellos, aquello parecía una pelea de bar. Dina usaba los puños, los codos e incluso los dientes a discreción. Era un auténtico caos. Estábamos en clara inferioridad numérica, incluso con los guardias de la magia de nuestra parte. Pero lo peor era que los sellos oscuros no funcionaban, y nadie había previsto algo así.

El cepo se había cerrado, pero, en lugar de atrapar al Ojo, habíamos sido nosotros quienes habíamos caído en él.

Más rebeldes empezaban a acercarse desde las esquinas del heptadomo. Nosotros descendíamos, flanqueados por algunos guardias. Tras unos escalones, tiré mis taconazos y continué descalza. Un atacante se nos abalanzó desde un lateral, pero Dina lo esquivó y le propinó tal ducha de puñetazos que cayó al suelo entre gimoteos.

Solo la fuerza de voluntad me impulsó durante los siguientes minutos. De camino a la planta baja, Dina iba dejando un reguero de cuerpos inconscientes. Dos atacantes más saltaron sobre Cedric y Matt mientras alguien me agarraba por el hombro. Oía el ruido dos veces más fuerte. Se me aceleraba el pulso. Con aquel vestido no tenía cómo defenderme, pero tampoco me hizo falta: mi oponente fue noqueado por un golpe certero y un disparo en la pierna de Jarek y Zorya, que marchaban firmes hacia nosotros, armados hasta los dientes.

—¿En apuros tal vez, alteza? —bromeó Zorya, y suspiré aliviada cuando vi a Adam entrar corriendo tras ella, acompañado de una avalancha de personas con uniformes oscuros y heptágonos en la frente.

Agitado, me miró fijamente. Noté cómo lamentaba que las cosas no hubieran salido según el plan..., pero también vi que buscaba una salida.

—Mi Señor, creo que es hora de que lo saquemos de aquí —gruñó Jarek mientras se colocaba delante de nosotros con sus amplios hombros en un gesto protector.

Adam negó con la cabeza.

—No. Me quedo.

—No es buena idea. Los rebeldes quieren verlo muerto. Deberíamos...

—Jarek. Me quedo. —Adam volvió a mirarme y me di cuenta de que lo hacía por Lily. A fin de cuentas, era nuestra única oportunidad.

—Yo también me quedo —dije de inmediato—. Quiero...

—Sacad a Rayne de la ciudad —les dijo Adam a Jarek, Matt y Cedric—. Id por el sótano. Cuando estéis a suficiente profundidad, el inhibidor debería dejar de funcionar. —Miró a Celine—. Tú ve con ellos, y en cuanto sea posible, abre el corredor que conduce directamente a Septem. Quedaos allí hasta que tengáis noticias mías.

—¡No me voy a ningún sitio! —protesté—. ¡Tengo que quedarme!

Adam me agarró por el brazo y tiró de mí. Me puso una mano en la mejilla, y noté las miradas del resto sobre nosotros, pero en ese momento me dio igual.

—Has cumplido tu función, ahora deja que yo me ocupe de encontrar su base.

—Pero...

—Tu unión con Ignis todavía no se ha afianzado. Si te atrapan, intentarán quitarte el sello, y no sobrevivirás. Rayne, por favor. Puedo recuperar el control de la situación y, en cuanto el inhibidor haya perdido su efecto, seguir a los rebeldes a su base. Confía en mí.

Lo observé. No quería me rescatara. Yo no era así. Pero, justo cuando estaba a punto de replicar, los focos del recinto parpadearon. Entonces, todo el heptadomo se quedó a oscuras, como si un pesado telón se hubiera cernido sobre el mundo.

—¡Sacadla de aquí! —le gritó Adam a Jarek—. ¡De inmediato!

Antes de que pudiera reaccionar, Jarek me agarró del brazo. Lo empujé, pero poco podía hacer frente a tal armario. Dina, Zorya y una parte de los guardias se quedaron con Adam, y el resto se puso en marcha con nosotros.

Jarek me obligó a seguir caminando, mientras refunfuñaba «¡Vaya tía testaruda!» y parecía de todo menos contento. Solo pude robarle una última mirada a Adam antes de que desapareciera con el resto de los guardias.

La ira me corría por las venas. Seguro que lo había planeado desde el principio, lo de dejarme fuera de juego en cuanto apareciera el Ojo. Y había tomado esa decisión sin contar conmigo.

¡Otra vez!

«¡Me cago en el Señor del Espejo! ¡Me cago en el señor Asquerosito y en su arrogancia!».

—Déjelo ya, Llamarada —me gritó Jarek por encima del estruendo—. Ir en contra de la cadena de mando solo ralentiza las cosas. Pronto llegarán los refuerzos para rescatar a Su Alteza, no se preocupe.

Me arrastró hacia la salida de la arena y de ahí empezamos a descender. Algunos criados venían corriendo en sentido contrario. Porque, claro, no había ninguna manera de salir del sótano..., aparentemente.

Celine tenía bien agarrada su llave de zafiro, pero estaba claro que todavía no la podía utilizar. Al llegar al segundo nivel del sótano, todo el túnel se tambaleó. Las luces de la pared parpadearon, y el polvo cayó del techo mientras yo intentaba mantener el equilibrio. El suelo crujió peligrosamente con las réplicas.

—¿Qué ha sido eso? —grité.

—El inhibidor de magia ha afectado a la estabilidad del edificio —musitó Cedric con una voz débil—. Se pudo levantar un heptadomo tan grande solo porque lo sostienen los sellos.

Maldiciendo en voz baja, Jarek sacó un spectrum. Miró en su interior, pero parecía estar bloqueado por el inhibidor de magia, al igual que nuestros sellos. Siguió tirando de mí mientras el miedo me recorría todo el cuerpo. ¿Qué pasaría si el edificio se derrumbaba antes de que saliéramos? ¿Y qué le ocurriría a Adam?

Jarek me sujetó más fuerte. Matt, Cedric y Celine no se separaban de mí. Estábamos dejando otro piso atrás cuando...

—¡Parad! ¡Ya es suficiente! —Celine levantó la llave de zafiro ante sí. El núcleo de magia azul estaba iluminado.

Nos dirigimos a la puerta más cercana, que estaba más allá de un cruce de pasillos. Pero justo entonces la puerta se abrió y un grupo de figuras enmascaradas corrió hacia nosotros.

Jarek ordenó a sus guardias que se enfrentaran a los rebeldes del Ojo mientras nos arrastraba a mí y a los demás hacia atrás. Los cinco nos dirigimos al siguiente pasillo, donde nos esperaba otra puerta.

Justo cuando Celine iba a meter su llave en la cerradura, Matt la agarró del hombro. Sacó algo del bolsillo de su chaqueta: un spectum. Se lo puso delante a Celine.

—Llévanos a esta dirección.

No podía ver lo que le estaba mostrando. ¿Algún tipo de mapa? Celine frunció el ceño con gesto confundido.

—¿A cuento de qué?

—Adam quiere que nos reunamos con él allí.

—Eso es una locura. Adam ha dicho que debemos ir a Septem.

—Celine —gruñó Matt y se irguió ante ella—, haz lo que te digo. ¡Llévanos aquí!

El gesto de ella se oscureció y negó lentamente con la cabeza.

—No.

Matt levantó la mano de repente. Las marcas lilas de sus brazos se iluminaron, y vi cómo Celine ponía los ojos en blanco mientras la envolvía en una ilusión.

—Matt —susurró Cedric, alarmado—, ¿qué haces?

—Llévanos a esta dirección —repitió él, y esta vez Celine obedeció de inmediato.

Le temblaba todo el cuerpo. No tenía ni idea de en qué tipo de ilusión estaba sumida, pero resultaba obvio que era algo terrible, porque no dudó un segundo. Introdujo la llave de zafiro en la cerradura hasta que las líneas azules se iluminaron y la magia de su sello nos envolvió con toda su energía.

—¡Libérala, Matt! —grité.

Celine temblaba cada vez más fuerte. Un gemido escapó de sus labios, y tragué saliva mientras las lágrimas rodaban por sus mejillas. De pronto, se desplomó.

—Matthew, ¡basta! —Cedric estaba tan consternado como yo.

Intentó levantarle la mano, pero Matt lo envolvió en otra ilusión. Luego, se giró hacia mí. Me agarró del brazo e intentó tirar de mí por el corredor mágico, y entonces supe que estaba perdida.

—Suéltala de inmediato, jovencito.

Jarek encañonó a Matt en el pecho.

—No tengo ni idea de lo que se te está pasando por esa cabecita bonita, pero vamos directamente y sin desvíos a Septem. Y si no obedecéis, niñitos, os llevo de las orejas.

El rostro de Matt se cubrió de una maldad que no encajaba para nada con él. No con aquel joven alegre y despreocupado que se había convertido en mi amigo. Miró a Jarek con tal odio que incluso él, que podía vencer a cualquiera, con su tamaño y sus anchos hombros, retrocedió.

Matt, sin embargo, avanzó rápidamente hacia Jarek. El guardia jadeó, tambaleándose. Yo no entendía qué pasaba, solo vi la espalda de Matt, que respiraba rítmicamente. Vi también la mirada de Jarek por encima del hombro de Matt, atónita, como si ya no entendiera el mundo.

Entonces, las piernas de Jarek cedieron.

Vislumbré la daga de luz lila. Había surgido de la mano de Matt. Y entonces descubrí el reguero de sangre que goteaba desde el abdomen de Jarek.

Matt lo había apuñalado.

—¡No! —grité con voz ronca, congelada ante el puro terror que me recorrió el cuerpo entero, convirtiendo mis huesos en plomo.

Yo no entraba en pánico fácilmente, pero aquello era demasiado. No podía pensar con claridad, el mundo se estaba desdibujando ante mis ojos.

¿Cómo... cómo era posible? ¿Qué acababa de pasar?

—Corre, Llamarada —me exhortó Jarek. Todavía intentaba levantar la mano, pero en ese momento, sus ojos se quedaron sin vida. Jarek había dejado de respirar.

Las lágrimas manaban de mis ojos cuando Matt me agarró del brazo. Intenté acceder a la magia de mi sello, intenté visualizarme destruyendo la ilusión de las mentes de Celine y Cedric, alejando a Matt con una estocada, pero no pasó nada. Mi mente estaba nublada, mi cuerpo en estado de *shock,* y el agarre de Matt era férreo. Me arrastró más lejos, hacia el pasillo que Celine nos había abierto.

«Adam», pensé desesperada. Intenté enviarle un mensaje telepático, aunque no sabía si funcionaría. «Adam, me han capturado».

Me pareció sentir una vibración en nuestra conexión, pero no hubo respuesta. Matt me empujó por el pasillo hasta que solo nos rodearon finas y brillantes líneas azules. Algo tiró con fuerza de mi cuerpo. Era como si todo diera vueltas a mi alrededor. Matt me arrastró con paso veloz por el pasillo para llegar al otro lado, donde, sonriendo tan tranquilo, nos esperaba Sebastian.

37

Parecía de tan buen humor que me dieron ganas de escupirle en la cara nada más verlo. La puerta se cerró detrás de mí, y el brillo mágico desapareció. De inmediato, Matt me agarró los brazos y me los inmovilizó a la espalda. Tomó un puñado de monedas que Sebastian le había tendido y me las colocó en el brazo.

Antes de que Sebastian dijera nada, yo ya sabía qué tipo de trites eran.

—Inhibidores de magia —me sonrió divertido—. Seguramente no sean necesarios. Por lo que sé, todavía no eres capaz de controlar a Ignis, pero... más vale prevenir. Y, por supuesto, no queremos que te hagas daño.

Ya. Lo que no quería era que le hiciera daño a él.

Desesperada, intenté recuperar la conexión con Adam, pero los trites la habían interrumpido definitivamente. Me retorcí en los brazos de Matt mientras miraba por todas partes como loca. Habíamos salido a una habitación espaciosa y bastante oscura, debía de haber sido una oficina; los escritorios todavía estaban ahí, aunque parecían llevar abandonados mucho tiempo. Las paredes estaban cubiertas de grafitis y eran tan altas que no podía ver lo que había más allá de los focos que se balanceaban en el techo. Las ventanas tenían los cristales tintados, y algunas incluso estaban tapiadas. Les habían colocado grandes sellos con grabados resplandecientes, todo un arsenal de monedas con diseños que no había visto nunca.

¿Dónde coño estábamos?

Gemí al notar que Matt me apretaba las muñecas con más fuerza.

—Matt, por favor —jadeé, pero él no reaccionó. Lo miré por encima del hombro y, por primera vez, me di cuenta de lo transfigurado que parecía. Tenía la mirada desenfocada y la frente perlada de sudor. Estaba claro que no se encontraba bien. Indignada, fulminé a Sebastian con la mirada—. ¿Qué le has hecho?

Dio unos golpecitos con el dedo en su espejo.

—Solo he reforzado lo que siempre había estado ahí, ¿cierto, Matthew? —Vino caminando hacia nosotros y le puso una mano en el rostro a Matt—. En lo más profundo de su corazón, anhelaba cumplir todos mis caprichos. Siempre lo ha deseado.

A pesar de aquellas palabras, me inundó el alivio, porque eso significaba que Matt, en realidad, no se había vuelto en nuestra contra: ¡Sebastian lo controlaba con su sello!

—Eso no es cierto —contesté—. Ya no te quiere.

—Ya. —Sebastian emitió un sonido reflexivo—. Eso es lo que le gusta decir. Pero mi sello se aferra a los pensamientos que ya están ahí, Rayne. Yo tan solo me aprovecho de ellos.

—Matt no ha escogido estar contigo. Pero claramente a alguien tan creído como tú eso le da absolutamente igual.

Sebastian simplemente se rio. Bastó un guiño suyo para que Matt me apretara la garganta hasta el punto de saltársele las lágrimas. Me estaba ahogando, y no pude respirar hasta que Sebastian chasqueó los dedos al cabo de unos segundos.

—Un paso en falso y hago que te mate —me dijo con un tono oscuro y maligno que hasta entonces no le había oído. Se marchó hacia un pasillo y Matt me arrastró detrás de él.

Las lágrimas me emborronaban la visión, pero me negaba a llorar ante Sebastian. Era una de los Siete, era la portadora del brazalete del dragón. No me vendría abajo tan fácilmente.

Matt me hizo descender por unas escaleras hasta un piso inferior sin ventanas. Dejé de resistirme. No podía acceder a Ignis, el inhibidor de magia me lo impedía, y Matt era demasiado fuerte para poder liberarme de él. Mi vestido susurraba al arrastrarse por el suelo, probablemente estaba hecho jirones, pero ¿a quién le importaba? Sentí la desesperación hervir en mi interior al recordar el rostro sin vida de Jarek. Había intentado protegerme... y había muerto por ello.

Llegamos a nuestro destino. Sebastian activó un interruptor y una bombilla que colgaba solitaria del techo comenzó a crepitar. Era una habitación pequeña con un catre en el que yacía...

—¡Lily! —masculló mientras intentaba liberarme de Matt, que cedió ante un gesto de Sebastian. Tropecé y caí de rodillas delante de mi amiga. Estaba dormida... o inconsciente. En cualquier caso, no se movió cuando la abracé tan fuerte como pude—. Lily —susurré entre sus rizos una y otra vez—. Lo siento mucho. Lo siento muchísimo.

Le recorrí la espalda con los dedos, apretándola fuerte contra mi cuerpo. Se la notaba tan delgada, tan frágil... Solo de pensarlo se me hizo un nudo en la garganta tan insoportable que me eché a llorar.

Oí voces y pasos. La puerta se abrió y cerró de golpe, solo quedó encendida la luz que inundaba la sala con el zumbido quedo de la bombilla.

Me giré lentamente. Matt todavía estaba de pie contra la pared, al lado de la puerta, con aquella expresión transfigurada en el rostro, mientras Sebastian permanecía a su lado sonriendo ampliamente. Y ante ellos dos estaba... Dorian Whitlock.

Ahora lo entendía todo: estaba en la base del Ojo. El lugar que Adam y yo pretendíamos encontrar. Y todos aquellos sellos que había visto antes debían de haber sido forjados por Nessa Greenwater. ¿Qué había dicho Adam? Que era la herrera del Espejo. Seguramente todo este maldito edificio estaba hasta los topes de sellos protectores.

Mi mirada se fijó en Dorian. Llevaba el mismo atuendo que el día que nos habíamos visto en el orfanato. Me observó mientras yo les lanzaba miradas asesinas a él y a Sebastian.

Así que ambos estaban en el ajo. Sebastian no solo había querido luchar contra Adam delante de todos los Superiores con la esperanza de avergonzarlo públicamente...; lo había hecho para apartarme de él. Seguramente había sospechado que Adam nos mandaría por el sótano y nos separaría a Matt, Cedric, Celine y a mí del resto de los guardias.

Pero ¿para qué? Por supuesto, entendía qué quería el Ojo de mí: mi sello. Pero ¿qué sacaba Sebastian?

—¿Y bien? —Levantó una de sus cejas cubiertas de polvos dorados—. ¿Vamos a seguir observándola o hacemos algo por fin?

—Te puedes marchar —dijo Dorian.

—¿Perdón? —Sebastian se rio—. ¿*Tú* me estás diciendo a *mí* que me puedo marchar? ¿Has perdido el juicio?

—Teníamos un trato, Lacroix. Tú nos la traías y nosotros te ayudábamos a derrocar al Señor del Espejo. Lo que pase a partir de ahora no tiene nada que ver contigo. Así que te pido algo de privacidad. Llévatelo. —Señaló a Matt—. No me importa lo que hagas con él, pero no lo hagas aquí.

De inmediato, Sebastian echó mano del espejo de los ángeles, que llevaba atado al cinturón, y dio un paso amenazante hacia delante.

—Como te atreves a hablarme en ese tono solo una vez más...

—Perdona. —Dorian levantó las manos en señal de rendición—. Solo quería decir que te necesitamos en otra parte. Yo me ocupo de Rayne.

Sebastian ladeó la cabeza y observó a Dorian con desconfianza.

—Quiero estar al tanto en todo momento de si Adam se acerca a vuestra base.

—No te preocupes, no acabaremos con él sin ti.

Las palabras de Dorian me pusieron la carne de gallina, al contrario que a Sebastian, que sonrió satisfecho por fin antes de volver a acercarse a mí e inclinarse para hablarme al oído.

—Voy a quedar de miedo en su trono.

—Nunca serás el Señor del Espejo.

—¿De verdad crees —murmuró Sebastian— que Matthew es el único que en su interior sueña con unirse a mí? No. Muchos Superiores veneran a mi familia, y nuestros contactos están bien arraigados en Septem. En el corazón mismo de los Siete. Simplemente, Adam no quiere admitirlo.

Sebastian me pasó el índice por la mejilla, pero lo retiró justo antes de que pudiera darle un manotazo.

Caminó hacia Matt, que todavía tenía la mirada perdida en el infinito, ausente. El corazón me martilleaba el pecho mientras intentaba pensar frenéticamente en cómo liberarlo del influjo del espejo de los ángeles. No era él mismo, seguramente ni siquiera era consciente de lo que estaba pasando. Pero Sebastian se lo llevó por la puerta y ambos desaparecieron de mi campo de visión.

—¿Qué le habéis hecho a Lily? —le pregunté a Dorian nada más cerrarse la puerta. Estaba inconsciente… ¡y no se despertaba!

Dorian estaba tan pancho.

—No te preocupes, estaba demasiado agitada y le hemos administrado un trite para dormir. Nada más.

Automáticamente le pasé la mano por el brazo a Lily. Parecía que decía la verdad: tenía una moneda en el antebrazo. Por lo demás, no era capaz de identificar ninguna lesión en su cuerpo.

—Puede que el efecto le dure todavía unas horas —continuó Dorian—. No te preocupes, no le pasa nada.

Quise replicar, pero en realidad daba igual si me lo creía o no. Sentía un dolor palpitante en la cabeza, y también en el cuello, donde me había agarrado Matt.

Dorian se pasó una mano por la cresta morena. La mirada que me lanzó no era calculadora, sino pensativa, y recordé la imagen del niño pequeño que me había mostrado Sebastian. Había sido testigo de algo inimaginable. Habían asesinado a su madre delante de sus narices.

Inspiré profundamente e intenté recomponerme.

—¿Cómo lo supiste? —le pregunté—. En el heptadomo de Brent... ¿Cómo supiste que era la portadora de Ignis?

Dorian arqueó las cejas.

—No lo sabíamos. En la inscripción te dimos la réplica porque podías pagarla, no porque tuviéramos grandes esperanzas puestas en ti. —Hizo una mueca—. No te lo tomes a mal, pero no tenías pinta de poderle interesar al Ojo. Pero si las cosas hubieran ido de otra forma, seguro que te hubiera intentado reclutar tras nuestro combate. No hay duda de que, de todos mis contrincantes, has sido la mejor.

Dejé caer la cabeza contra la pared que estaba detrás del catre.

—Pues muchas gracias.

Dorian puso otra mueca y sentí cómo me temblaban con fuerza las manos de lo agitada que estaba. ¿Cómo podía estar ahí de pie y hacerme cumplidos? Había usado a Lily para llegar a mí. Matt era ahora la marioneta de Sebastian hasta quién sabía cuándo. Y por culpa suya y de su gente seguramente había un montón de heridos graves en el heptadomo. Jarek había muerto... ¡solo porque el Ojo quería hacerse con mi sello!

Y Adam... No tenía ni idea de qué había sido de él. ¿Estaría bien? ¿Habrían llegado los refuerzos de los que había hablado Jarek? ¿Habrían tenido oportunidad de encontrar la base del Ojo? Que, por cierto, ni yo misma sabía si estaba en Prime o en el Espejo.

Llamaron a la puerta. Una mujer le dio a Dorian un vaso de agua, que él me pasó asintiendo con la cabeza. Lo cogí y me lo bebí. No servía de nada resistirse.

—Hace mucho tiempo que queríamos echarle el guante a Ignis —indicó Dorian en cuanto volvimos a quedarnos a solas—. Sabíamos que llevaba años en Septem, pero no había manera de acercarse a él.

—¿A pesar de espías como Sarisa?

Sonrió ante mi tono audaz.

—Sí, a pesar de personas valientes como Sarisa. Pero ahora se ha abierto una ventana. Gracias a ti tenemos la posibilidad de destruir Septem y todo el sistema de los Siete para siempre.

—¿Acabando con Adam?

Dorian se encogió de hombros.

—Si tiene que ser, será. Se lo ha ganado a pulso, créeme. Su familia...

—¡¿Perdón?! —grité—. ¿Por qué estáis tan obsesionados con su familia? Adam no es su madre ni su abuelo ni sus bisabuelos. ¡No se nace malo!

—Sebastian te enseñó lo que le hicieron a mi madre, ¿no?

Dorian me miró con urgencia, y entonces lo entendí: Sebastian y él lo habían planificado todo juntos. Él había querido que yo viera el recuerdo.

—Sí, ¿y?

—Tenías que saber de qué clase de cosas son responsables los Tremblett. Pero esto no va de venganza, ni para mi abuela ni para mí. Tal vez ese fue el principio de todo, pero no es nuestro objetivo real. ¿Te han contado los Siete que los sellos tienen atrapados fragmentos de las almas de los portadores anteriores?

Me tragué un suspiro de hastío.

—Sí.

—Pero no te han explicado qué significa eso, ¿verdad? —Callé y Dorian simplemente continuó—: En vuestros archivos no se dice gran cosa sobre el tema. Aun así, mi abuela recopiló toda la información. —Se cruzó de brazos y su expresión se volvió seria—. Los sellos oscuros han desarrollado una especie de conciencia mágica a través de las muchas almas que residen en su interior. Y esa conciencia repercute en los nuevos portadores. El eco conecta contigo. En tu caso probablemente no tenga ningún efecto: la línea Harwood siempre ha estado llena de gente de buen corazón, Rayne. Ninguno de tus antepasados asesinó ni hizo daño a nadie.

—Ah, ¿no? ¿Se lo has preguntado personalmente?

Dorian no se dejó despistar.

—Al contrario, el linaje de Adam Tremblett está lleno de psicópatas. Muchos de ellos han torturado, aterrorizado y asesinado. Y ese eco también ha contagiado al Señor del Espejo, lo acepte o no. Al usar su sello, cada día está más expuesto a esa oscuridad. Es un círculo vicioso.

—No te creo —susurré.

Dorian me observó durante un buen rato, y luego señaló la salida.

—Ven, quiero mostrarte algo.

Reticente, solté a Lily. Aunque su respiración era tranquila y regular, odiaba dejarla sola en un momento así. Pero no me quedaba otra opción. Si quería encontrar una salida para ambas, tenía que aprovechar cualquier oportunidad para explorar aquel edificio.

Rasgué mi falda y me quedé solo con la combinación de seda, que me permitía moverme mejor, antes de que Dorian me llevara dos pisos más arriba. Durante el camino por los oscuros corredores, únicamente iluminados por unos tubos de neón en las paredes, me mantuve alerta por si veía a Matt. Pero en el fondo sabía que hacía tiempo que ya no estaba allí. Sebastian se lo habría llevado consigo, o bien de regreso a Bella Septe o a algún otro lugar.

¿Qué planes tendría para él? No iba a hacerle daño a Matt, o por lo menos eso esperaba. Pero ¿cuánto tiempo podía manipular sus pensamientos? Al fin y al cabo, el espejo de los ángeles no funcionaba como una ilusión, sino que hacía que Sebastian pudiera aprovecharse de los sentimientos de Matt. ¿Y si podía mantenerlo en ese estado tanto tiempo como quisiera?

Finalmente, llegamos a una planta desde cuyas ventanas tintadas de negro se veía el exterior.

Debí de pasarme varios minutos inmóvil, escrutando la ciudad hasta asegurarme de que no era una alucinación. Estábamos en Londres, un Londres con un cielo nocturno plagado de estrellas. ¡Un cielo de verdad! ¡Habíamos regresado a Prime!

Y no solo eso: había vuelto a donde había empezado todo, porque justo debajo del edificio se encontraba la obra del heptadomo donde se había celebrado la fiesta de Lazarus. La base del Ojo era uno de los rascacielos que estaban siendo demolidos.

—Ahí detrás están los barrios pobres. —Dorian señaló un punto a lo lejos. Yo sabía que tenía razón, aunque no podía ver las torres—. Creo que hace tiempo que entiendes cómo va la cosa, ¿no? A los Superiores les importa una mierda la gente de tu mundo. Solo les interesa enriquecerse todavía más. Más influencia, más poder, así son todos allá arriba. Así que te diré exactamente lo que va a pasar: nadie se toma en serio la magia del caos que está invadiendo Prime. ¿Por qué iban a hacerlo? Total, solo se mueren personas que ellos consideran prescindibles. Pero poco a poco han empezado a formarse abismos. Cada vez se pierden más vidas, pero vuestro gobierno idolatra la magia, así que se les ocurrirán otras razones para someterse a los Siete del Espejo. —La voz de Dorian estaba llena de odio—. Solo reaccionarán cuando se den cuenta de que es su propio culo el que está en juego. Pero entonces ya será demasiado tarde…

»¿Alguna vez has visto una concentración de magia del caos? —Negué con la cabeza—. Hasta ahora no ha pasado nunca en Prime, pero llegará. Los abismos carecen de razón, solo conocen la ambición y la ira. Y en una concentración te atacan tantos a la vez que en unos segundos ya no puedes ni respirar. —La mirada de Dorian era muy intensa.

»Eres una de nosotros, Rayne. Alguien que ha tenido que luchar por todo, siempre. Alguien que solo sabía una cosa con seguridad: que la seguridad no existe. No para las personas como tú y como yo. —Sus palabras me calaron tanto que retrocedí sin querer.

»El Ojo es la resistencia contra el poder de los Siete —continuó Dorian—. Contra los Superiores que dejan que esta ciudad se vaya a pique poco a poco mientras ellos, en su mundo del Espejo, celebran su propia debacle.

—Adam es diferente. Quiere ayudarnos. Sé que tal vez no os haya dado esa impresión, pero hace todo lo posible para luchar contra la magia del caos, tanto aquí como en el Espejo. Detesta a los magistrados. Denunció las acciones de su propia madre. ¡Leanore Tremblett fue responsable del estallido de magia del caos en Prime! ¡Y Adam quiere acabar con todo eso!

Dorian me puso una mano en el brazo y me miró.

—Escúchame, Rayne. El Ojo no colaborará nunca con el Señor del Espejo. No nos fiamos de él y él no se fía de nosotros. Pero a ti sí queremos hacerte una oferta. Y esperamos que la aceptes. —Dio un par de pasos hacia una puerta entornada—. Pero antes, hay alguien que quiere hablar contigo.

Señaló al interior de la habitación. Avancé hasta descubrir una figura que salía de entre las sombras.

Era una mujer con una melena castaña rizada hasta los hombros. Llevaba una chaqueta blanca con tachuelas plateadas, botas y pantalón negro. Pero no fue su ropa la que me reveló quién era, sino sus ojos. Eran los mismos que me habían mirado en el orfanato mientras se llevaba a Lily a rastras por el corredor mágico. No había podido ver su rostro a través del pasamontañas, pero su mirada me había parecido extrañamente intensa. Ahora sabía por qué: porque me estaban mirando mis propios ojos verdes.

De pie frente a mí estaba la mujer que tanto había significado para mí en otro tiempo, y que ahora no era más que una extraña.

Mi madre.

38

La última vez que había visto a mi madre fue en una de sus visitas al orfanato. Habían pasado muchos años, pero todavía recordaba lo feliz que me había sentido y cómo de inmediato me había hecho ilusiones de que esa vez sí se quedaría. Pero a la mañana del tercer día me desperté sola, sin despedida, sin una carta. A partir de ahí, desapareció como si se la hubiera tragado la tierra, y me enfurecí y rabié y, sobre todo, lloré. Me afectó tanto que, durante días, Lily me tuvo que traer comida a la cama del dormitorio comunitario y quedarse a mi lado todas las noches.

Con los años fui desterrando los últimos recuerdos de mi madre. Desde entonces, se había quedado con el aspecto que tenía en la foto con mi padre: una mujer delgada y discreta que no sería capaz ni de matar a una mosca.

Pues bien, ahora la tenía ante mí, con aquellos brazos musculosos y el tatuaje del Ojo en la muñeca que tenía descubierta. Había envejecido, se le notaban arrugas alrededor de los ojos, pero no había duda de que era ella.

—Rayne —musitó antes de acercársame con una sonrisa. Me abrazó con fuerza, acunándome, y yo le dejé hacer por un único motivo: una parte de mí estaba esperando despertarse—. ¡Cariño, mírate! —Mi madre se apartó ligeramente, me agarró por los hombros y me contempló de arriba abajo—. Qué guapa estás, tesoro. Y qué mayor.

Estaba allí de verdad. Nora Sandford, mi madre. Su sonrisa vaciló cuando di un tambaleante paso atrás al tiempo que una ira sin límites burbujeaba en mi interior, borrando cualquier confusión y desconcierto a su paso.

Mi madre estaba allí: ¡en el Ojo! En vez de estar buscando a mi padre, como siempre había creído, se había unido a los rebeldes. Eso significaba que había oído hablar de los Siete y que formaba parte del plan de Dorian. Con lo cual debía de entender qué significaba el brazalete del dragón que yo portaba. Pero… ¿desde cuándo?

—¿Lo sabías? —masculló—. ¿Has sabido desde siempre que Melvin Harwood era del Espejo?

Mi madre hizo una mueca de dolor.

—Ray, cariño…

—¡No me llames así! —Apreté los puños—. ¡Contéstame!

Nora suspiró. Inspiró, miró brevemente al techo, y luego volvió a esbozar una sonrisa forzada.

—No es tan sencillo…

—Claro que sí. —Mi voz era solo un siseo—. Empieza desde el principio y no pares hasta que me lo hayas explicado todo. Me parece bastante sencillo.

Vaciló un momento, luego asintió.

—Cuando conocí a tu padre, el Espejo no existía —comenzó—. O mejor dicho, yo no sabía que existía. Nada de ciudades en el cielo, nada de magia. Me fijé en tu padre durante el primer año de carrera. Era un chico normal. Tal vez con una ropa algo distinta, pero ¿cómo iba yo a sospechar…? Me dijo que era un estudiante de… «de fuera». —Se rio con esfuerzo—. ¡Quién podía haberse imaginado que hablaba de un mundo mágico paralelo! —Esperó unos segundos, tensa, para ver si le devolvía la sonrisa, pero solo se acabó esfumando la suya. Se aclaró la garganta y respiró hondo—. Poco después de quedarme embarazada, simplemente desapareció, Rayne. Yo sabía que no me había abandonado, tu padre no era así. Pero se había marchado, y luego, sin más, la facultad nos comunicó su muerte. No hubo ni entierro ni esquela, y la dirección que me había dado era solo un hotel. Dos años más tarde, aparecieron las ciudades en el cielo, y con ellas, los Superiores. Y sí —apretó los puños—, ahí sospeché. Muchas de las cosas que me había dicho sobre cómo era su vida cobraron sentido por fin. Pero seguía sin estar segura. Tú solo eras una niña.

—Aun así, me lo debías haber dicho. Que sospechabas que era uno de los Superiores. ¡Me lo tendrías que haber dicho!

—Sí, tienes razón —concedió mi madre—. Quería decírtelo cuando fueras mayor. Solo… que te pusiste mala de repente, empezaste con los temblores.

—¡Y todavía me duran!

—Lo sé, tesoro. Yo… —La voz de mi madre transmitía un dolor real—. ¡Lo siento mucho! Entiéndeme, por favor. Nadie me creía. Ningún médico había encontrado nada. Así que busqué una vía para ir arriba. Tenía que encontrar a tu padre, porque estaba convencida de que los Superiores te podrían ayudar. De hecho, había previsto llevarte conmigo cuanto antes, pero entonces… —Su rostro se ensombreció, y su mirada se fijó en el brazalete del dragón de mi brazo—. Entonces conocí el Ojo. Y supe quién había sido Melvin. Y quién ibas a ser tú. Me quedó claro qué vida ibas a verte obligada a llevar, con todas sus consecuencias. Que nunca serías libre. Y eso no podía permitirlo. Así que no le hablé a nadie de ti, ni siquiera a la gente del Ojo.

—Te olvidaste de mí —musité—. Ni una carta me enviaste.

—¡No podía! —Durante un segundo me pareció que Nora quería cogerme de la mano, pero en el último momento cambió de opinión—. Si alguien hubiera descubierto tu existencia, la noticia habría llegado más tarde o más temprano a los Siete. Así que busqué una solución. Algo que te liberara de ese destino horrible antes de que te encontraran.

—¡Me hubiera muerto! —Las manos me temblaron con fuerza, descontroladas—. El temblor empeoró y, sin el sello, más tarde o más temprano me hubiera muerto.

Mi madre se quedó pálida.

—No tenía ni idea, Rayne, créeme… Pensaba que en el orfanato estabas a salvo. Solo quería que tuvieras una vida normal…

—¡Eso no es suficiente! —Me retiré con enfado las lágrimas—. ¡Ni de cerca!

—Lo hice por ti.

—¡Pero yo te necesitaba a ti! Si supieras cómo ha sido mi vida…

Me callé, impotente. No había palabras para describir el daño que me había hecho. ¿Cuántas veces me había quedado despierta por la noche preguntándome por qué no regresaba a Londres, o qué había hecho yo mal para que ella me hubiera rechazado así? Pensando que tal vez, simplemente, no me merecía su amor.

—Escúchame, Rayne… —Mi madre me miró con urgencia—. La dirigente del Ojo es muy… dura. Pero Nessa Greenwater, en el fondo, es una buena mujer. Quiere ofrecerte la libertad. —Dejó que las palabras me calaran, y luego señaló el sello del dragón que portaba en el brazo derecho—. El Ojo te quiere ayudar a separarte de Ignis. De esa manera, tú y yo podremos volver a vivir una vida normal.

Eso era justo lo que había dicho Adam. Que el Ojo quería mi sello.

—Entonces, ¿quieren asesinarme? —pregunté—. ¿Es ese su plan? Porque ya sabrás que el sello y yo somos inseparables, ¿no?

Los ojos de Nora albergaban esperanza.

—No, tesoro. La cosa no es así. Como te he dicho, he buscado una solución para evitarte esa vida. Y, por supuesto, hubiera preferido que los Siete no te hubieran encontrado nunca, pero ya es demasiado tarde para eso.

¿De qué coño hablaba? Solo me libraría del sello cuando mi descendencia tuviera edad suficiente para portarlo, eso me había quedado más que claro.

Pero antes de que pudiera continuar con las preguntas, alguien abrió la puerta de un empujón, sin llamar. Solo en ese momento me di cuenta de que Dorian había desaparecido. En su lugar, por la puerta entraba una mujer mayor con semblante serio. Llevaba la canosa melena castaña cortada al milímetro a la altura de los hombros. También ella lucía un tatuaje del Ojo en la muñeca y sus labios estaban o bien tatuados o bien maquillados totalmente de negro.

—La portadora de Ignis —dijo la mujer, con voz fría, antes de darles la orden a los dos rebeldes de uniforme que aparecieron detrás de ella—: Llevadla arriba. Tenemos mucho de que hablar.

Así que esa era Nessa Greenwater.

Nos encontrábamos en una sala amplia del piso superior del edificio. En medio había una mesa con algunas sillas y, sobre ellas, un techo extrañamente bajo, todo ello rodeado de ventanas cuyos cristales no estaban ni cegados ni tintados, y a través de las cuales se podían observar los rascacielos del centro de Londres.

Los únicos presentes, además de Nessa y de mí, eran Dorian, mi madre y los dos rebeldes que me habían escoltado hasta allí y que ahora me miraban con escepticismo.

El rostro de Nessa Greenwater había permanecido muy serio todo el camino, y así seguía cuando se sentó a la mesa y me indicó que hiciera lo mismo. Vi algunos mapas sobre ella, y también ordenadores portátiles, tabletas y una cantidad aparentemente interminable de sellos y trites que supuse que la propia Nessa habría forjado.

—Bienvenida a nuestra base —dijo finalmente.

—No se le da la bienvenida a una rehén. —Ladeé la cabeza con toda la tranquilidad que pude—. Pero mis últimos secuestradores tampoco estaban al corriente.

Nessa me observó estupefacta unos segundos antes de mirar a Dorian.

—Una impertinente, la canija. Empiezo a entender por qué estás tan fascinado con ella. —Me dedicó una sonrisa calculadora—. Muy bien. Dejémonos de formalismos, por mí adelante. Tenemos una oferta para ti.

—Vaya —bufé, burlona—. Una oferta para quitarme el sello. Qué magnánima es vuestra merced.

La sonrisa se desvaneció del rostro de Nessa. Se dejó caer en la silla y cruzó las piernas.

Seguramente había esperado que la cosa fuera a ser fácil. Que estuviera harta de mi sello y de los Siete y que le agradeciera profusamente su ayuda. Y tal vez ese habría sido el caso si no hubiera secuestrado a Lily y luego la hubiera usado en mi contra. Con eso había perdido cualquier posibilidad conmigo.

—Hay algo que a los antepasados de los Siete les hubiera gustado borrar de la memoria del mundo —comenzó Nessa—. Algo que escondieron tan bien hace siglos que desde entonces casi ha sido imposible de rastrear. Algo que nos permitiría separar a Ignis de ti sin que te pasara nada y sin que Ignis sufriera daños. La conexión se interrumpiría de forma permanente y el sello podría volver a transferirse, y tú seguirías con tu vida como si nada de esto hubiera sucedido.

—No te creo —respondí—. Si existiera esa opción, los Siete me lo habrían dicho hace tiempo.

—Ya... —Nessa me lanzó una mirada casi de compasión y supe de inmediato lo que pensaba: «¿Estás segura?».

Mi cabeza empezó a dar vueltas como un tiovivo. No. Dina, Matt, Cedric..., Adam... No me lo habrían ocultado.

—Como te puedes imaginar, lo que te voy a contar es el mayor temor de los Siete. Expone todas las mentiras que siempre han defendido: que solo ellos pueden controlar los sellos oscuros, solo sus familias y sus herederos y nadie más, que solo los usan por altruismo...

—¿Y cómo se supone que sería eso posible?

Nessa me miró fijamente.

—Lo descubrirás cuando te unas a nosotros.

—No me dejo chantajear.

—No te chantajeo. Te estoy haciendo una oferta.

—¿Y si digo que no?

Nessa me miró unos segundos todavía más fijamente. En sus ojos verdes había algo que no me gustaba: además de su ambición y su perspicacia, reflejaban una falta de escrúpulos que me daba la sensación de que, poco a poco, estaba cayendo en una trampa.

—Entonces... seguiré preguntando hasta que aceptes la oferta.

Se levantó de la silla y se acercó a mí. En sus brazos y su cuello se veían numerosos sellos. Me recordaba un poco al magistrado Pelham: estaba claro que ella también sentía la necesidad de protegerse con aquellos chismes.

—Los Superiores creen firmemente que su mundo está por encima de este, y no solo literalmente —dijo Nessa—. Por eso es hora de darles un aviso. Tendrán que darse cuenta de que la magia no es su derecho de cuna, sino algo que pertenece a ambos mundos. —Respiró hondo—. Están convencidos de que nadie puede atacarlos en el Espejo, pero no es así.

—¿Qué quieres decir? —susurré y, ante el silencio de Nessa, me giré hacia mi madre, que me sostuvo la mirada, pero no contestó. Tampoco Dorian.

Entonces se oyó una especie de chirrido estridente en la sala. La mano de Nessa, arrugada pero fuerte, descansaba sobre una palanca montada en la pared, cerca de la mesa. La bajó sin más y, de repente, se abrió el techo.

Ahora entendía por qué era tan bajo: porque constituía una especie de falso techo que se iba abriendo desde el centro hasta dejar a la vista el tejado de cristal que lo cubría. A través de él se distinguían el cielo nocturno y los contornos brillantes del Espejo. Y debajo... debajo habían instalado una bola dorada con varios puntales.

Sentí un escalofrío al caer en la cuenta de que conocía esa máquina integrada por sellos. La había visto antes, el día de mi ritual de conexión.

El Nexo.

Nessa debía de haber replicado el sello; por lo menos, desde fuera parecía exactamente igual. Me quedé sin palabras. Aturdida, mi mirada vagó hacia las ventanas y escudriñé los tejados del centro de Londres para orientarme. El Támesis, la Elizabeth Tower, el London Eye. La base del Ojo estaba en Westminster, en el corazón de la ciudad. Las siluetas del Espejo resplandecían sobre nosotros. Los edificios no eran visibles desde allí abajo, por supuesto, pero si lo fueran, entonces...

Entonces Septem estaría directamente encima de nosotros.

—¿Qué has tramado? —balbucí.

Mis palabras no fueron más que un susurro, pero Nessa las oyó igualmente.

—Establecer una conexión entre Prime y el Espejo. Para eso se creó realmente el Nexo.

¿Conectar los dos mundos? ¿Era posible? Recordé cómo la esfera del Nexo se había abierto durante mi ritual para formar una pantalla. La magia no fluyó a la pila hasta que el Nexo no estuvo apuntando a Prime.

—Pero ¿para qué? —pregunté, aunque la respuesta estaba impresa en la cara de Nessa. Una determinación lúgubre que se había ido acumulando a lo largo de los años. Desde el día en el que Leanore Tremblett había asesinado a su hija—. Quieres atacar Septem —dije entrecortadamente.

—Atacarla no. Quiero destruirla —me corrigió. Su mirada se dirigió a lo alto mientras se le dibujaba una sonrisa en los labios—. Le dediqué la mayor parte de mi vida a ese palacio, como debes saber. Lo construí, lo mejoré. Todos sus sellos los forjé yo. Así que creo que tengo derecho a arrasarlo.

—¡Pero los Siete no son los únicos que viven ahí! Asesinarías a los criados, a los guardias y a otras personas que no tienen nada que ver contigo.

—Se trata de una advertencia. Una advertencia que necesitan con urgencia tanto en el Espejo como en Prime.

Me aferré a Ignis.

—Adam no es como esos Superiores de los que has hablado. Solo lleva unos meses como Señor del Espejo. Debes darle tiempo. Seguro que él…

—No confío en él. Su madre…

—¡Lo sé! —grité—. He visto lo que hizo Leanore Tremblett. Y lo siento muchísimo, de veras. ¡Pero Adam no tiene la culpa! —Nessa me dedicó una mirada ausente. Yo enterré las manos temblorosas en la seda de mi combinación—. ¿De verdad crees que las cosas mejorarían si alguien como Sebastian fuera Señor del Espejo?

—¡Qué tontería! —respondió Nessa, fría—. Era un medio para el fin de traerte aquí. Ni más ni menos. —Señaló a Dorian—. Hemos terminado.

Él se me acercó y me agarró del brazo, pero me liberé. Aunque solo durante un segundo, porque los rebeldes armados corrieron inmediatamente en su ayuda y me agarraron entre todos. Mientras me arrastraban, seguí gritándole a Nessa que no podía hacerlo, que se estaba convirtiendo en una asesina, pero a ella no parecía importarle. Estaba demasiado ocupada mirando de nuevo al cielo en el que el Espejo resplandecía en la noche con su brillo plateado.

39

Dorian me devolvió a la pequeña sala en la que Lily todavía dormía tranquilamente y me quitó los trites del brazo. Luego cerró la puerta tras de sí y le dio una vuelta a la llave.

Inmediatamente, intenté alcanzar la puerta con una estocada. Se me iluminaron las líneas de las manos mientras las alzaba. Dos poderosas bocanadas de magia estallaron y se estrellaron contra el metal, y en la habitación resonó un crujido y un cacho de yeso se desprendió del techo. Retrocedí a trompicones, pestañeé y vi cómo parpadeaba uno de los grabados de los sellos de la puerta.

Eran sellos barrera. Su brillo mágico atravesó las paredes durante unos segundos y luego volvió a desaparecer.

Jadeando, volví a alzar las manos. ¡Maldita sea, tenía que hacer algo! ¡Nessa quería destruir Septem! Me costaba imaginar que fuera posible atacarla desde Prime, pero la sensación de impotencia me abrumaba igualmente.

¡Tenía que salir de allí! Pero ¿cómo? Era evidente que la maldita habitación estaba protegida con sellos, ¿cómo se suponía que iba a atravesarlos todos?

«Ignis destruye la magia», me dije. ¡Tendría que valer para algo!

Miré fijamente la puerta. El grabado ya no se veía, pero sabía que estaba ahí. «Visualiza el resultado. Hazlo real». Me lo repetí una y otra vez, imaginándome cómo la barrera que rodeaba la sala simplemente se desmoronaba.

Las marcas de luz brillaron en mi piel, al igual que el núcleo de cristal del brazalete del dragón. Sentí el poder de Ignis hervir en mi interior, inundarme, pero aun así me resultaba difícil domarlo. La magia fluyó incontrolable desde mis manos, agrietó la pared, la perforó por todas partes...

Los sellos se activaban uno tras otro. Me daba la sensación de que se iban turnando para que la barrera aguantara. Sucedió tan rápido que no pude seguir el ritmo, y mi magia se desvaneció antes de que pudiera surtir efecto.

Lentamente, me hundí en el catre junto a Lily, incapaz de moverme. Ella seguía con su respiración tranquila y acompasada, su hermoso rostro en paz, aunque a mí esa paz no me suponía alivio alguno, al contrario. El agotamiento y la desesperación se deslizaron sin piedad por cada milímetro de mi cuerpo.

Miré a Ignis, impotente. Nessa tenía que haberme mentido sobre mi sello. Después de todo, Adam era el Señor del Espejo. Si hubiera una manera de separar los sellos de sus linajes sin que los portadores murieran, él lo sabría. ¿O igual ni siquiera se lo había planteado?

«Si rompo las reglas, destruyo el mundo», me había dicho. Y luego estaba aquella horrible historia de los dos portadores y su hijo. ¿Qué pasaba si Adam simplemente estaba tan convencido de que los sellos tenían que permanecer en sus linajes que ni siquiera era capaz de concebir una alternativa?

Solté un bufido de frustración. No podía permitir que Nessa me arrastrara en su locura, pero tampoco podía hacer nada contra aquellos pensamientos que se agolpaban en mi cabeza. El único que podía responder a mis preguntas era Adam.

«Está a salvo», me dije. Después de todo, se había mostrado totalmente seguro de que podría controlar la situación.

Enfadada, arrastré hacia mí los restos de mi vestido, que yacía desgarrado en el suelo. Rápidamente busqué entre las capas de tela, pero el spectum que había llevado conmigo todo el tiempo en un bolsillo de la falda no estaba por ninguna parte. ¡Mierda! ¿Lo habría perdido durante el caos del heptadomo?

Recorrí la habitación con la vista. No había nada que pudiera ayudarme, nada que pudiera hacer. Así que me hundí en el catre junto a Lily.

Enterré mi rostro en su cabello y aspiré su aroma floral. Lamentaba tanto tantas cosas... Nunca había sido mi intención que se quedara atrapada en el fuego cruzado entre todas aquellas personas poderosas por mi culpa, pero era exactamente lo que había sucedido. Y, al final, Lily había pagado un precio muy alto.

Un pensamiento oscuro entró en mi mente sin apenas resistencia: por primera vez desde que conocía a Lily, ya no estaba segura de ser bienvenida a su lado.

Pasó una hora. De alguna manera, pasó otra. Me trajeron comida, incluso vino mi madre e intentó conversar conmigo. La ignoré todo el tiempo que estuvo allí.

Lily dormía mientras yo la abrazaba, como solíamos hacer cuando alguna no se encontraba bien. Seguí mirando la puerta. En algún lugar de la base, Nessa podría estar cumpliendo su amenaza. Era posible que Septem llevara ya un rato en llamas. El único consuelo que sentía era que Adam, Dina, Matt, Cedric y Celine no estarían allí. Sin duda, Celine y Cedric se las habrían arreglado para regresar junto a Adam después del ataque de Matt, y no podía imaginarlos regresando al palacio después de todo lo que había sucedido.

El tiempo pasaba, minuto a minuto. Entonces, por fin, Lily empezó a parpadear.

—¿Ray? —susurró con voz ronca.

No dudé. La abracé con toda la fuerza del mundo. Nos aferramos la una a la otra como habíamos hecho por última vez en el orfanato, antes de que todo se fuera al traste.

—¿Estás bien? —murmuré mientras me separaba con cuidado. Sabía que Lily no estaba herida, era lo primero que había comprobado. Pero de cómo se sentía en su interior…, de eso no tenía ni idea.

Lentamente, ella asintió. Se fijó en los trites que llevaba en el brazo.

—Creo que me los dieron porque gritaba como una desgraciada —indicó—. No me han hecho daño, pero en algún momento entraron y… ya no recuerdo más. ¿Cuánto tiempo llevo aquí?

—Más de una semana —contesté con dulzura.

—Me ha parecido más tiempo. —Entonces, unas lágrimas brotaron de sus ojos—. La central… ¿Están… están todos muertos? ¿Isaac? ¿Enzo? Lo vi antes de que se me llevaran.

Asentí.

—Adam intentó liberarte, pero llegó demasiado tarde.

—¿Adam? —Lily frunció el ceño—. ¿Era uno de aquellos Superiores?

Suspiré en mi interior. ¿Por dónde demonios empezar? ¿Cómo podía explicarle todo lo que había ocurrido en los últimos días?

—En realidad… —busqué las palabras con esfuerzo— en realidad no es solo un Superior. Es… el Señor del Espejo.

Los profundos ojos castaños de Lily me miraron atónitos. En la cara tenía escrito: «¿Que es qué?». Y vi claramente cómo recapitulaba en su memoria el encuentro con Adam. Entonces tragó saliva, se incorporó y asintió.

—Vale. Cuéntamelo todo. Desde el principio y con pelos y señales, para que yo lo entienda.

Igual que antes, no tenía ni idea de cómo expresar todo lo que había ocurrido, pero empecé donde había dejado a Lily: en el heptadomo en obras. No hice ninguna pausa, para no tener que pensar mucho en lo loca que sonaba cada sílaba. Le hablé de Matt, de Celine, de mi llegada al Espejo. De Ignis, de mi padre, de su legado y de la vida que yo tenía por delante. Y también le hablé de Adam, aunque intenté que no se me notara mucho la agitación que me provocaba todo lo que tenía que ver con el Señor del Espejo.

Al ir relatándolo, una parte de mí se avergonzó de estar tan metida en la vida de los Superiores, después de todos los comentarios despectivos que había compartido con Lily sobre el Espejo.

Al principio, ella escuchaba con una expresión neutra; asentía en el momento correcto y fruncía el ceño cuando no entendía algo. Pero, cuanto más le contaba, más de piedra se iba quedando. Al final, se me quedó mirando fijamente. Pasó un rato desde que terminé de hablar hasta que Lily por fin dijo algo.

—Ay, Ray...

—Lo he echado todo a perder —continué—. Todo este poder que se supone que tengo es totalmente inútil. Ni siquiera puedo sacarnos de aquí. —Hundí el rostro en las manos—. Hace un par de semanas estaba todo tan claro... Tú y yo teníamos un objetivo. Queríamos largarnos de los suburbios. En vez de eso, lo único que he conseguido es que casi te aplastaran los escombros del heptadomo, luego permití que un grupo de rebeldes te secuestrara, y ahora ni siquiera puedo...

Lily me volvió a agarrar de las manos.

—Ya vale. ¡No me ha pasado nada! Al contrario. Sabes perfectamente lo que habría ocurrido en la fiesta. Independientemente de todo eso, has conseguido llegar hasta mí, ¿o no? Así que deja de lamentarte.

Emití un sonido que era medio sollozo, medio risa. Solo Lily podía hacer que me recompusiera en una situación así.

—Es todo terriblemente complicado —susurré, y ella asintió.

—Tal vez, pero puedes estar segura de una cosa: hagas lo que hagas, estaré a tu lado. Y ahora, antes de nada, tenemos que salir de aquí.

Miré hacia la puerta. Lily tenía razón. No podíamos quedarnos de brazos cruzados. Debía intentar controlar el poder de Ignis, no importaba lo difícil que me resultara. Pero en este momento, al volver a levantar las manos, me detuve.

Ahí estaba: una mariposa. Justo a la derecha de la cabeza de Lily. Abría las alas y… las cerraba. Y las abría. Pestañeé, pero seguía estando ahí. Así que cerré los ojos. Al volverlos a abrir, la mariposa había volado al otro lado de la cabeza de Lily. Agitaba sus alas negras y desprendía una luz azul invernal.

—¿Cómo ha podido entrar aquí? —susurré, mientras Lily me miraba inquisitiva.

—¿Quién?

—La mariposa.

—Pues… —Lily me miró preocupada, y por un momento pareció que iba a ponerme la mano en la frente para tomarme la fiebre. Pero, al girarse, soltó un gritito—. ¡Ray, mira, una mariposa!

Con mucho cuidado, acerqué mi mano al insecto. Sus alas negras estaban divididas en un lado por un punto blanco con forma de estrella.

Fruncí el ceño. ¿No había visto aquella mancha antes? ¿No sería el espectral del jardín de Septem? Entonces, el cuerpo de la mariposa empezó a moverse y, en un abrir y cerrar de ojos, se había transformado en un pájaro.

Mis labios dibujaron una sonrisa. Sí, no cabía duda: era el espectral que me había dejado acariciarlo.

—¿Qué haces tú aquí? —le susurré. Creía que esas criaturas solo podían vivir en el Espejo, pero estaba claro que me equivocaba—. ¿No habrás venido volando desde tan lejos?

El pájaro se posó en mi mano. Bajé la vista para observarlo, tan incrédula como fascinada. Entonces se elevó de nuevo y aleteó hasta la puerta. Se quedó sobrevolando la cerradura y, al acercarme a él, reconocí un pequeño grabado, que se había hecho visible al rozarlo las alas del espectral.

—¿Esto de aquí? —susurré, y levanté una mano. No tenía ni idea de si era eso lo que quería mostrarme aquel ser, pero tenía que intentarlo. Dejé que la magia se me acumulara en las yemas de los dedos e hice lo mismo que había hecho con las monedas de los magistrados. Me concentré en el punto que tenía delante y, sin más, me imaginé cómo mi magia destruía la suya.

El grabado desapareció y, unos segundos más tarde, la cerradura hizo clac. La puerta se entreabrió y el pájaro espectral salió volando por la ranura.

—Larguémonos —masculló mientras agarraba a Lily de la mano.

Atravesamos la puerta de inmediato, pero nos detuvimos, porque en el pasillo nos esperaba un… gato. Y no un gato doméstico, sino un gato montés. Tenía un pelaje negro azulado, salvo por la frente, donde lucía una mancha blanca en forma de estrella.

Estaba claro que el espectral había vuelto a cambiar de forma. Sus orejas eran casi tan afiladas como las de un lince; su cola y el resto de su cuerpo, sin embargo, eran largos como los de una pantera.

Igual que el pájaro, el gato irradiaba un resplandor azul. Ronroneó levemente y me miró, como si quisiera asegurarse de que tenía mi atención. Luego, se paseó por el pasillo vacío.

Seguimos al espectral. Quizás nos llevara a la salida de la base. Yo no conocía el edificio, pero el espectral avanzaba decidido; esquivaba a cada guardia antes siquiera de que nosotras pudiéramos oírlos. En aquel piso, las ventanas volvían a estar cegadas, lo que me impedía tener ni idea de en qué parte del edificio estábamos.

En cualquier caso, ni habíamos subido ni bajado ninguna escalera, por lo que aún teníamos que encontrarnos a dos o tres niveles por debajo del piso superior.

Después de algunas vueltas, finalmente llegamos a una puerta cerrada, pero no con llave. La abrí y dejé que pasara primero el espectral, luego Lily, y finalmente yo. Cerré la puerta detrás de nosotras y nos dimos la vuelta lentamente.

Nada más activar el interruptor reconocí dónde estábamos: era un almacén. Uno no muy grande, equipado con estanterías en las que se amontonaban recipientes de cristal en los que inmediatamente identifiqué anillos, brazaletes y amuletos.

—Alucinante —balbució Lily mientras le acariciaba la cabeza al espectral, justo donde tenía la mancha blanca—. Buen trabajo, Estrellita.

Me acerqué a unos frascos de cristal que contenían hermosos anillos. Identifiqué algunas réplicas del sello de Matt, pero dudaba de que pudiéramos encontrar la salida de la base luchando. El piso más elevado, en el que se encontraba el Nexo de Nessa, estaba totalmente protegido por sellos, y el resto de la base bullía de rebeldes.

El enorme cuerpo del gato se desintegró ante nuestros ojos en partículas de magia y volvió a adoptar la forma de un pájaro. Aleteó hasta una de las estanterías y, casi en el mismo instante, entendí por qué nos había llevado hasta allí. En los recipientes, además de anillos, había innumerables spectums. ¡Sellos espejo!

—¡Ayúdame! —le pedí a Lily, y juntas bajamos con esfuerzo uno de los pesados contenedores de cristal. La tapa estaba cerrada con presillas, pero una breve estocada de Ignis fue suficiente para que el recipiente se abriera y pusiera a nuestro alcance sus muchos espejos—. Tal vez alguno sea el mío —murmuré. Quizás no lo había perdido en el caos del heptadomo, sino que Dorian me lo había quitado de alguna manera—. Con estos cacharros nos podemos comunicar y pedir ayuda. Pero deben estar conectados a la persona correcta.

Y mi spectum lo estaba: antes de salir hacia Roma, Cedric lo había vinculado a los espejos de los demás.

Hurgué entre los numerosos sellos, pero todos me parecían iguales.

—Ni idea de cuál es —dije, desanimada.

Lily se mordió el labio inferior, pensativa. Luego soltó un sonido que conocía muy bien, y cuya mejor traducción era «a la mierda todo». Volcó el contenedor, de manera que todos los spectums se esparcieron por el suelo.

—Los abrimos todos y ya.

Y lo hicimos. La mayoría de las superficies de los espejos no mostraban nada, es decir, que no había ninguna conexión activa. Aquellos en los que aparecían rostros desconocidos los tiraba lejos rápidamente. Así nos pasamos algunos minutos, hasta que todos los spectums estuvieron abiertos delante de nosotras. No había visto a Adam en ninguno, ni a Dina, ni siquiera a Celine.

—Vaya mierda —masculló, y estaba a punto de ponerme de pie cuando, de repente, la puerta del almacén se iluminó con una luz azul.

De la sorpresa, nos pusimos de pie de un salto. Se formó un corredor mágico, y una figura avanzó hacia nosotras. ¡Adam! Sus pasos eran decididos, y la expresión de sus claros ojos grises, agitada.

No paró hasta tenerme delante. Entonces, puso ambas manos en mi cintura, y lo siguiente que supe es que el tiempo se había congelado a mi alrededor.

El pájaro espectral, que todavía revoloteaba, se quedó estático en el aire, y Lily tampoco se movió ni un centímetro.

—Rayne —me dijo Adam con la voz tomada.

De inmediato, mi magia vibró, deseosa de alcanzarlo. Así que puse mi mano en su mejilla, tiré de él hacia mí y lo besé.

40

El beso me dejó sin aliento.

Las manos de Adam enmarcaban mi rostro mientras pegaba cada milímetro de mi cuerpo al suyo. Durante un momento me permití dejarme llevar por el subidón de alegría de volverlo a tener a mi lado. Me sentía increíblemente ligera, como si pudiera tocar el cielo.

—Estaba tan preocupada por ti... —musité finalmente, mi boca solo a unos milímetros de la suya, mientras le golpeaba el pecho con una mano—. ¿Cómo pudiste alejarme de ti?

—Precisamente porque quería evitar esto... —Resopló largamente—. Lo siento. Al encontrar a Jarek pensé que tú...

—Fue Sebastian. De alguna manera controlaba a Matt con su sello. Adam, creo que se lo ha llevado.

—Lo encontraremos. Sebastian no le haría daño.

—Hizo que Matt asesinara a Jarek.

Adam apretó los labios. Solo podía imaginarme qué le pasaba por la cabeza. Jarek era su subordinado, pero no me había pasado desapercibida la cercanía con la que trataba a sus dos guardaespaldas.

—¿Estás bien? —me preguntó—. ¿Han...?

Al sentir cómo acariciaba ligeramente la cabeza del brazalete del dragón, suspiré.

—No, no han tocado tu querido sello.

Adam puso cara de incomprensión.

—Ignis me da absolutamente igual. Pero si te lo hubieran arrancado, ahora estarías muerta. —Miré al suelo. Al no contestar, Adam puso un dedo en mi mentón y dirigió con cuidado mi rostro hacia él—. Rayne, ¿qué pasa?

Me giré. Lily todavía estaba en el centro de la sala, y tan congelada como el espectral.

—He conocido a Nessa Greeenwater. Me ha hecho una oferta. Me ha dicho que había una posibilidad de quitarme a Ignis sin que me pasara nada.

Adam bufó.

—Te habría dicho cualquier cosa con tal de hacerse con Ignis. Pero es mentira. No existe esa posibilidad.

—Incluso si no es así... —inspiré profundamente—, ¿no crees que tal vez tiene razón en que el poder de los Siete debería estar más repartido?

—Lo dices como si fuera fácil —dijo Adam—. Y lo entiendo perfectamente. Pero si ahora mismo renunciara al trono, si permitiera que el Ojo cuestionara todo el sistema de los sellos oscuros..., entonces, la magia del caos destruiría el Espejo, y luego Prime. Créeme.

—¿Por qué? Quiero decir que, si existe la posibilidad de transferir los sellos, entonces alguien de Prime podría portar uno y...

—No.

—¿No? —resoplé—. ¿Y ya está? ¿No?

Adam hizo una mueca. Acababa de darse cuenta de que el espectral estaba volviendo lentamente a batir las alas. Adam dio un paso hacia mí, y permití que me pusiera una mano en la mejilla. Luego tiró los dados, cuyas líneas se iluminaron: el tiempo volvió a detenerse.

—Por supuesto que hay que cambiar cosas —dijo entonces—. Créeme, me encantaría poder transferir los sellos que portamos. También a Celine, a Matt, a Dina y…, bueno, seguramente Sebastian y Nikki no querrían, pero… —Suspiró—. La cuestión es que ninguno de nosotros quiere esta vida. Pero nos prepararon para ella, para seguir las normas que son necesarias para controlar la magia de los sellos oscuros. Conocemos las consecuencias. No tienes ni idea de cuántas veces ha estado el mundo al borde del colapso por culpa de nuestros sellos. Nuestros antepasados solo fueron capaces de domar su magia cuando instauraron este sistema. La historia que te conté es solo una de muchas. Tú misma eres el mejor ejemplo de lo que ocurre cuando no seguimos las normas. Ignis ha liberado una enorme cantidad de magia del caos en el Espejo por culpa del tiempo que estuvo sin portadora… Y tú casi te mueres. ¿No lo entiendes? Debemos seguir las normas de los sellos oscuros. Sé que el Ojo quiere ayudar a Prime, y tal vez con algo de tiempo encontremos la vía para hacerlo juntos. Pero los sellos oscuros se quedan en nuestras manos. De ese tema no hay más que hablar.

—Pero… —Miré fijamente a Adam, se me encogía el corazón—. Tú y yo… nunca podremos estar juntos.

Adam me sostuvo la mirada con una mueca dolida.

—Lo sé.

Las lágrimas empezaban a nublarme la vista, pero las contuve. La voz de Adam no dejaba lugar a dudas, y seguramente nada de lo que yo dijera tendría la más mínima trascendencia. No iba a cambiar de opinión.

—Por favor, Rayne. —Adam me sostuvo por los brazos—. Me gustaría que hubiera justicia en el Espejo. Y en Prime. Quiero que los magistrados vuelvan a cumplir con su deber. Es decir, que la magia sea accesible para todas las personas por igual, y ayudar con ella a la gente. El Ojo es una bomba de relojería porque los rebeldes están furiosos. Pero precisamente gracias a que me detestan, a mí y a los Siete y a todo lo que representamos, puedo utilizarlos para proteger Prime y para volver a reducir el poder de los magistrados.

—¡Pero te odiarán todavía más! ¿Por qué no decirles simplemente que fuiste tú quien hizo llegar la magia robada a Prime? Podrías unirte a Nessa contra Pelham....

Pensativo, Adam acarició mi rostro hasta que sus yemas se detuvieron sobre mi mejilla, inquisitivas.

—Si lo hago, pierdo a los Superiores. No lo entenderían. El Ojo quiere terminar con el gobierno del Espejo. Solo haría que los Superiores se acercaran más a los magistrados. Créeme.... —Me miró con urgencia—. Si quiero que ambos mundos se aproximen, debo mantener el *statu quo* un poco más. Y en cuanto a mí: si el mundo necesita alguien a quien odiar para redescubrir su humanidad, no me importa ser yo.

No sobreviviría. No si el Ojo y los magistrados se rebelaban contra él. Y tal vez él también lo sabía.

—Sé que hace poco que formas parte de este mundo —me dijo en voz baja—, pero te necesito a mi lado en todo esto.

A su lado. Pero no *con él*.

Intenté suprimir el dolor que amenazaba con hacerme caer de rodillas. Lo conseguí a duras penas. Al lado de la cabeza de Adam, el espectral empezó a aletear a cámara lenta mientras me separaba de él.

Suspiró. Al dar un paso hacia atrás, su mirada se quedó prendida del espectral. Sonrió débilmente.

—Nunca había oído que ninguno de estos seres hubiera seguido a una persona. ¿Cómo es posible que seas la excepción para todas las reglas?

No contesté. Sentí un nudo en la garganta, todo estaba en tensión en mi interior. Así que me limité a esperar hasta que el espectral y Lily volvieron a moverse.

Lily pestañeó, miró a su alrededor, confusa por un momento, como si se hubiera quedado traspuesta. Luego abrió mucho los ojos, a fin de cuentas, yo ya le había contado quién era Adam. Pero antes de que se lo pudiera presentar, la bombilla del techo parpadeó. Solo una vez. Durante los siguientes segundos no pasó nada, hasta que, de repente, el edificio entero crujió. Parecía como si... como si se tambaleara. Y tuve claro que no había aprovechado bien el tiempo extra que Adam y yo habíamos compartido.

—¡Nessa! —exclamé—. Ha construido una máquina como el Nexo. Tiene previsto atacar Septem.

Adam me miró con calma, pero lo conocía lo suficientemente bien para saber que no estaba al tanto de aquello.

—¿Ha creado un sello Nexo?

—Sí, lo tienen en el piso superior.

Adam sacó un spectrum del bolsillo de su chaqueta. Lo abrió y el grabado se iluminó de azul invernal. Quien fuera que estuviera conectado al sello pareció reaccionar de inmediato, pues solo unos segundos después se abrió de nuevo un corredor mágico en la puerta. Un montón de guardias entraron corriendo hacia nosotros, liderados por Celine y Dina.

Agarré la mano de Lily y me juré no soltarla más. Todo el edificio se tambaleaba. Las paredes vibraban, incluso los granos de magia de los sellos que colgaban entre grafitis parpadeaban, amenazantes.

El sello de Celine nos había transportado lo más alto posible, a ella, a Adam, a Dina, a Lily, a mí y a innumerables guardias. Luego tuvimos que subir a pie las escaleras, porque el piso superior estaba protegido por los inhibidores de magia de Nessa. El espectral caminaba, nuevamente transformado en un imponente gato, justo a mi lado, igual que Zorya. Por su mirada vacía entendí hasta qué punto se hallaba en estado de *shock* por la pérdida de Jarek, aunque se había recompuesto.

Al llegar arriba, vimos un corredor ancho que desembocaba en la sala en la que antes había estado cara a cara con Nessa Greenwater. Se encontraba a unos metros de nosotros, pero desde entonces habían llegado un montón de rebeldes. Nos apuntaban con sus armas, pero ninguno disparaba. Esperaban una orden, igual que los guardias de la magia que estaban a nuestro lado.

Más allá de todas esas cabezas, me pareció ver que en la sala anexa se había abierto el Nexo. Desde el pasillo pude distinguir claramente la pantalla dorada que empezaba a abrirse.

¡Nos habíamos quedado sin tiempo!

Como en un acto reflejo, Adam volvió a coger los dados del destino, pero su magia también estaba anulada por los sellos de Nessa. Finalmente, le lanzó una elocuente mirada a Zorya y asintió. Me las arreglé para retroceder con Lily de la mano cuando una sacudida recorrió la multitud. Los guardias de la magia cargaron justo cuando los rebeldes se ponían en movimiento. Empezaron los disparos, pero muchos se lanzaron también a la lucha cuerpo a cuerpo. En cuestión de segundos, el tumulto nos alcanzó. Lily le metió un puñetazo en toda la cara a un rebelde, y casi se sorprendió al verlo caer de rodillas ante nosotras.

Los rebeldes nos superaban en número, pero los guardias de la magia los hicieron retroceder con todas sus fuerzas. Solo necesitaron unos minutos para dejarlos a todos por los suelos.

Entramos en tropel en la sala, donde el resto de los rebeldes se reunían alrededor de Nessa, Dorian y mi madre. Durante un momento reinó un silencio omnipresente e impresionante. Solo se oía el zumbido de la pantalla dorada. Ya hacía rato que el techo de cristal del edificio se había abierto por la mitad, dejando ver el cielo nocturno y los contornos plateados detrás de los cuales se ocultaba Septem.

Mi madre dio un paso hacia delante, como considerando correr hacia mí y separarme de Adam, Dina y el resto, pero Dorian la retuvo por el brazo. Por su parte, Nessa, con expresión tranquila, estaba de pie al lado de la consola que estaba conectada al Nexo, con una mano en el interruptor. Estaba segura de que, si lo activaba, la magia del sello atravesaría la barrera del Espejo y golpearía Septem.

Adam pareció entenderlo también, porque levantó las manos en son de paz.

—Quiero hablar —dijo por encima del zumbido del Nexo.

—¿Hablar? —gritó Dorian—. ¿Después de todo lo que ha pasado? ¿Estás de coña?

Adam lo ignoró y se dirigió a Nessa.

—Si atacas Septem, ya no te podré ayudar.

—Me parece perfecto —contestó ella con aspereza—. Nunca me ha interesado tu ayuda, jovencito. Tu familia es el origen de todo el mal de este mundo. Es hora de hacer algo al respecto.

Di un paso adelante para tomar a Adam de la mano. «Díselo», pensé con todas mis fuerzas, y sentí que él me podía oír. «Dile que no sabías nada de la muerte de su hija».

La mandíbula de Adam se tensó. Durante un momento, estuve segura de que me iba a ignorar, pero luego lo oí decir:

—No tengo ni idea de lo que ocurrió aquella noche entre mi madre y Violet. Pero si mi madre realmente es la responsable de su muerte, entonces...

—¿La responsable? —Dorian marcó cada sílaba al dirigirse a Adam—. ¡La asesinó!

Adam inspiró profundamente.

—Si eso es así, quiero disculparme. Y reparar el daño.

—No te preocupes —contestó Nessa con frialdad—, hoy vas a saldar tu deuda.

Y con esas palabras, activó el interruptor. Arriba, por encima del Nexo, por encima del tejado de aquel alto edificio, se creó una enorme acumulación de magia: se formó una columna que salió disparada hacia el cielo y retumbó, ensordecedora, a través del silencio. Nos alcanzó una violenta onda expansiva que hizo pedazos la mesa del centro de la sala y nos tiró a todos al suelo. Los cristales de las ventanas se hicieron añicos, y la columna de magia fue ascendiendo, lenta pero potente, cada vez más y más alto.

Directamente hacia el Espejo.

Unas luces estridentes centelleaban tras mis párpados. Me quedé ahí tirada un momento, sin poder respirar, antes de ser capaz de ponerme en pie y mirar hacia arriba.

Parpadeé una y otra vez: allí, en el cielo nocturno, se veía Septem. No solo sus contornos plateados, sino toda ella. El Nexo había abierto un agujero en la barrera; una ventana a través de la cual se podía ver con total claridad el mundo del Espejo.

Los ojos de Nessa brillaban, aunque ella también había caído al suelo. Sin embargo, todavía tenía la mano posada sobre el interruptor. La pantalla del Nexo zumbó, la columna de magia aumentó más y más y más, imparable, hasta que...

Una explosión hizo temblar el cielo, justo donde la torre del palacio colgaba bocabajo. Pero estaba tan lejos de nosotros, separada por tantos kilómetros de nuestro mundo, que no nos llegó ningún sonido, ningún temblor, ningún lamento, ningún olor a humo. Era como si hubiera observado la explosión en televisión, como si todo fuera solo una película sin ninguna consecuencia.

Incrédula, miré hacia arriba, a aquel punto diminuto en el cielo donde había estado el enorme palacio, y lo vi derrumbarse entre las llamas.

—Había dado aviso —explicó Nessa con voz desenfadada—. Todavía me quedaban un par de espías entre vuestros criados. Han evacuado Septem, así que no debería haber víctimas.

Miré a Adam. Hacía rato que se había puesto en pie y miraba hacia arriba, su expresión se había congelado.

—¿Se supone que te tengo que dar las gracias?

Nessa negó con la cabeza.

—Créeme, no quiero nada de ti.

Adam suspiró. Tras él vi la conmoción en las caras de Dina y Celine. Pensé en el ala de Ignis, en las fotos de mi familia, en los pasillos vacíos. Septem no significaba nada para mí, pero aquel palacio había sido su hogar. Por lo menos una parte de él, el bastión, el lugar donde habían podido ser ellos mismos.

La magia del Nexo volvió a parpadear. Allí donde se acumulaba, el azul se hacía más oscuro... y cada vez se tornaba más sombrío.

—Imposible —balbuceó Nessa—. No había magia del caos flotando sobre Septem. ¡Lo he comprobado!

—La magia del caos no es estática —gruñó Celine—. Se mueve. Toda esa magia que has liberado con la explosión ha atraído a todos los abismos de varios kilómetros a la redonda. ¡No se puede estar más loca!

Aturdida, observé cómo se cernía sobre nosotros una penumbra que empezaba a cubrirlo todo. Algo nos graznó desde el cielo y, en la oscuridad, reconocí cuerpos con garras y ojos blancos que se nos acercaban cada vez más rápido.

—Una concentración —se me escapó. No podía mirar hacia arriba, donde las sombras y la magia del caos devoraban la magia azul y se lanzaban a toda velocidad contra nosotros.

—¡Desactiva los sellos! —gritó Dina mientras señalaba las grandes monedas que colgaban de las paredes y que seguían bloqueando nuestra magia en la sala—. ¿O quieres que muera todo el mundo?

Nessa apretó los puños. Miró alrededor como si tuviera que haber otra solución, pero finalmente emitió un gruñido enfadado:

—De acuerdo, desactivad la protección.

De inmediato, algunos rebeldes salieron corriendo de la sala, y solo tardaron un par de segundos en hacer que los sellos que colgaban de las paredes se apagaran.

Adam miró a Celine.

—Tienes que detenerlos. No pueden llegar a Prime bajo ningún concepto. ¿Serás capaz?

Celine inspiró profundamente y extendió ambas manos hacia el cielo.

—Voy a intentarlo.

Apreté a Lily contra mí con todas mis fuerzas mientras el tejado de cristal se cubría de repente con el brillo azul de magia, una especie de pantalla de sombras que temblaban violentamente. ¡La magia de Celine! La llave de zafiro brillaba con intensidad en su collar. Tenía la frente perlada de sudor: estaba usando la magia de su sello como barrera, envolviéndonos en una esfera protectora invisible que mantenía a raya a los abismos. El panorama alrededor de la torre se había convertido en un atronador infierno de sombras, pero ahí dentro... nada.

Al principio, no pude hacer nada más que mirar a Celine, impresionada. Pero entonces me di cuenta: todos teníamos armas mágicas, simplemente, nunca había visto la suya. «Porque lleva un medallón», caí en la cuenta. «Porque su sello es defensivo».

—¡Deja que vayan entrando poco a poco! —le gritó Adam, y Celine asintió.

Se abrió un agujero en el escudo, y uno de los abismos que acechaban se separó del resto del enjambre. La criatura, una figura semejante a un ser humano hecho de sombras, entró por la grieta de la barrera y se nos acercó a toda velocidad. Inmediatamente intentó atacar a Celine, pero Adam y Dina se lanzaron sobre él. Dina blandió su látigo y lo enredó alrededor de la cabeza del abismo, que emitió un silbido antes de disiparse.

Celine siguió dejando entrar así a una docena de abismos, uno a uno, pero cada vez le costaba más.

—¡No puedo seguir reteniéndolos! ¡Preparaos!

Nessa se arremangó, dejando a la vista sus brazaletes con sellos, igual que mi madre, que se colocó justo a mi lado. Invoqué la magia que había en mí, sintiendo cómo se iban iluminando las líneas de mi piel.

—¡Defended la base! —gritó Nessa justo antes de que se desatara el caos.

En un abrir y cerrar de ojos, un enjambre de abismos nos asedió. Nos rodearon a Lily y a mí, y yo me defendí como una posesa: la espada mágica que había invocado cortó extremidades y torsos oscuros, mientras lanzaba ráfagas de magia con la mano libre. Lamenté no haberle dado a Lily un par de amuletos con sellos del sótano, así al menos hubiera podido intentar defenderse.

Por suerte, el espectral volvió a acudir en nuestra ayuda un par de veces, mordiendo a los abismos en las piernas hasta hacerlos caer al suelo ante Lily. Dina también se puso a nuestro lado, pero había demasiadas criaturas, y eran implacables. No importaba lo rápido que redujéramos el número de abismos, no dejaban de llover más. Aunque el Ojo tenía sellos muy avanzados y luchaba con réplicas, no era suficiente. Un desánimo abrumador se fue extendiendo por la sala. Toda la base estaba cubierta por las franjas de sombras de los abismos. Y Dorian tenía razón: aquellas criaturas solo conocían la codicia y la ira.

Por el rabillo del ojo vi cómo varios abismos rodeaban a Adam, pero no tenía de qué preocuparme: la cuerda que unía sus dados partía a los abismos en dos y su magia terminaba de desintegrarlos.

«El Señor del Espejo —pensé mientras me liberaba de las garras de un abismo y le atravesaba el pecho con la espada de Ignis hasta deshacerlo en partículas oscuras— puede cuidar de sí mismo».

Sin embargo, no estaba tan segura de que se pudiera decir lo mismo de nosotras. Pocos segundos después, dos abismos nos arrinconaron a Lily, Dina y a mí. Sus garras oscuras me sujetaban del brazo, mientras que un tercero había barrido al espectral.

No me podía mover. La garra del abismo pasó a apretarme la garganta. Estaba a punto de darme un zarpazo cuando…

—¡Rayne!

Vi una luz que se dirigía hacia mí y, justo antes de que me alcanzara, reconocí que era uno de los dados de Adam. Lo agarré y lo volteé, y la cuerda mágica se tensó y decapitó al abismo. Recuperé la respiración mientras aquella cosa se desplomaba. Se quedó en el suelo, inmóvil.

El pecho de Adam subía y bajaba, y en sus ojos había un brillo desatado, pero también una profunda preocupación.

No creía que lo fuéramos a conseguir.

Apreté los puños y miré a Ignis. Me temblaban las manos de miedo, tanto que todo lo demás a mi alrededor también temblaba. La luz rojiza de mi piel se hizo más y más brillante. La piel de mis brazos y piernas que no cubría el camisón de seda empezó a encenderse bajo el resplandor de las líneas mágicas.

Era casi como si mi sello me quisiera decir algo.

—Ray… —susurró Lily, incrédula. Buscaba mi mirada, pero yo cerré los ojos con fuerza e intenté tranquilizarme.

Ignis podía destruir magia. Era el arma más poderosa que teníamos en ese momento. Y era hora de usarla.

«Nuestra magia es calor», dijo una voz en mi interior. Era igual que la mía y, al mismo tiempo, distinta. Era el clamor de los cientos y cientos de almas que habían portado a Ignis, y que ahora se encendían como estrellas fugaces en la oscuridad: una línea interminable de antepasados que me hablaban, que hablaban a través de mí. Ahora, múltiples generaciones convivían en mi interior. Sebastian y Dorian creían que era una maldición, pero yo no opinaba igual. Porque, al levantar la mano y liberar la magia de Ignis, todos sus portadores y portadoras se unieron para decir una única cosa con una voz temblorosa de ira:

«Vuestra magia termina aquí».

41

Varios abismos explotaron de inmediato. El poder de Ignis era sobrecogedor, y todo ocurrió tan rápido que casi ni lo procesé. La magia se liberó de las yemas de mis dedos, salió de mí sin un objetivo, sin un plan, como una ola que demolía la magia enemiga a su paso.

Pero no sirvió de nada. A cada abismo que destruía le seguía otro, como si pudieran recomponerse a partir de la masa que los había engendrado.

¡Joder! Tenía que alcanzarlos a todos al mismo tiempo, pero mi magia estaba demasiado desatada y, como siempre, no era capaz de controlarla.

Volví a mirar a Adam. Sí, ahí estaba. Mi magia era pura potencia. Y la suya… «Puro control».

—Ayúdame —jadeé tendiéndole la mano.

Me devolvió la mirada.

—¿Cómo?

—Tienes que controlarla por mí. Me tienes que ayudar a dirigir la magia. Yo destruyo…, ¡tú diriges!

Adam frunció el ceño. Esperaba que se negara, pero, al contrario, asintió. Él también lo sentía, estaba segura. Que era parte de mí, y yo, parte de él.

—Intentémoslo —me dijo con voz firme.

Dina, Celine, Lily e incluso algunos rebeldes nos rodearon de inmediato, supuse que para protegernos de los abismos.

Cerré los ojos e invoqué mi magia. Me la imaginé como un denso bosque: los árboles estaban conectados por las raíces, y allí, en el centro, se encontraba la fuente, como un corazón palpitante. Concentré todos mis pensamientos en aquel rincón recóndito de mi alma. Luego extendí una mano con los dedos estirados, mientras Adam imitaba mi postura. Su mano tocó la mía, nuestros dedos se entrelazaron, y ese contacto fue lo último que sentí antes de desaparecer en algún lugar de mi interior.

Me lo imaginé como... minas de magia. Mi gesto favorito, con el que había ganado muchos combates. Pero esta vez, en lugar de plantar minas que crearan magia, quería crear unas que la destruyeran. Y gracias a la capacidad de alterar el tiempo de Adam, podría detonarlas todas al mismo tiempo, tantas que podrían destruir cualquier estructura, incluso una tan colosal y poderosa como una concentración.

Con dificultad, intenté imaginarme los puntos y olvidar todo lo que me rodeaba. Las explosiones y los gritos y los pasos apresurados. Los graznidos de los abismos, el jaleo de la lucha de los rebeldes y de los guardias para proteger la base. No podía permitirme ninguna distracción. Al contrario, tenía que aferrarme al núcleo de mi magia como me había aferrado siempre a la idea de que mi madre vendría a buscarme algún día. Como había esperado poder vivir una vida libre y...

«Rayne». Era la mente de Adam, sus pensamientos reverberaban claros en mi cabeza. Era la primera vez que lo oía de esta manera. Su voz entró en mi mente como una piedra en aguas tranquilas. «Concéntrate en lo que tienes delante. Visualiza el resultado. Hazlo real. Tú puedes».

De repente, volví a ver el lago de montaña ante mis ojos, y allí, en sus profundidades…, una fuerte columna de luz. Sabía dónde estábamos Adam y yo, a dónde nos había llevado nuestra magia.

A su mismo núcleo. Ya no existían dos fuentes separadas, sino una sola. Unida.

Me giré hacia Adam, que estaba de pie a mi lado, allí, en aquel lugar que habíamos creado juntos en nuestro interior. Me observaba admirado mientras el viento le agitaba el pelo y el extremo de la chaqueta. Su firma de magia traslucía incertidumbre, pequeñas dudas de que nuestra conexión fuera lo suficientemente estable para lo que yo tenía en mente.

—Solo porque con otras personas haya sido algo temporal, no significa que vaya a ser igual con nosotros —le dije—. Solo porque en otros terminase en tragedia, no tiene por qué pasarnos a nosotros.

Lo decía de verdad, y deseaba que lo entendiera por encima de cualquier otra cosa que le hubiera dicho antes. Lo mucho que me importaba. Lo mucho que merecía que lo amaran.

—No somos nuestros antepasados. Esta magia nos pertenece, y lo que hagamos con ella es decisión nuestra.

Adam se quedó en silencio durante lo que me pareció una eternidad, porque ahí, en aquel lugar, el tiempo no contaba. Entonces se enderezó y asintió ante mí, ante sí mismo y ante sus dudas, y se deshizo de ellas.

—Vale. —Me tomó de la mano—. Acabemos con esto… —su tono era tan suave como la expresión de sus ojos— juntos.

Creé unos puntitos de magia en el aire. Docenas de ellos, sembrados por toda la concentración de magia del caos, dispersos como estrellas en el cielo. Todo lo demás se quedó congelado en el tiempo. Así, pude dirigir mi magia a las fisuras y luego ver cómo empezaban a despedazarse. Por fin, la acumulación estalló, explotaron sus puntos de unión y se consumió.

Y mientras tanto, en lo más profundo de mi interior, donde la esencia de la magia de Adam y la mía se fundían la una con la otra..., me adentré en el lago y me hundí hasta desaparecer.

Lo primero que recuerdo fueron el calor y el dolor. Había salido volando por los aires de espaldas. La onda expansiva me había alcanzado y me había arrojado al otro extremo de la sala. Debía de haberme golpeado la cabeza, me había quedado sin conocimiento. Y ahora estaba...

¿Dónde demonios estaba?

Me incorporé gimoteando hasta sentarme e intenté distinguir lo que me rodeaba. Me dolían las manos, y me di cuenta de que tenía muchos cortes en los brazos y las piernas. Pero en ese momento, esa era la menor de mis preocupaciones, porque...

El tejado había desaparecido.

Una vez más, gateaba por las ruinas de un edificio. Me rodeaban un montón de cascotes y cristales rotos, y el aire estaba turbio por las nubes de cenizas y polvo. Un olor acre flotaba sobre cada centímetro del vasto espacio, y los restos del Nexo yacían por el suelo.

Me puse de pie. Lily estaba tirada más lejos, parpadeando confusa. La ayudé a levantarse, la abracé y me aseguré de que estuviera bien.

Algunos rebeldes habían creado una barrera de magia con sus sellos, uno de esos muros impenetrables, como en el orfanato. Se estaban dando a la fuga, intuí. Los primeros corredores ya estaban abriéndose.

Quise girarme para buscar a Adam y los demás, pero entonces me recorrió una sensación, como si se hubiera abierto una puerta en mi cabeza.

«¿Rayne?». La conexión entre Adam y yo vibró, débil, pero lo bastante estable como para que pudiera oírlo. «Creo que puedo controlarlo. Te he invocado y... ahí estás».

No pude contener la sonrisa de alivio que se me dibujó mientras caminaba entre los escombros. Hacia él.

«Tenías razón», me susurró. «Tenías razón en tantas cosas...».

«Podrías darme las gracias y ya».

Lo escuché reír fuera de nuestra conexión.

«Gracias».

Pero antes de encontrar a Adam entre el caos, otra persona me agarró la mano. Era mi madre.

Estaba muy desmejorada, con restos de sangre por el pelo castaño. Miraba hacia algún punto por encima de mí, incrédula, y entonces tomó mi rostro entre sus manos.

—Rayne... Yo... —Tragó saliva—. Ven con nosotros. Ven conmigo. —Puso una mano en el hombro de Lily—. Venid las dos.

—No voy a dejar que me utilicéis para matar a Adam.

—Esto no tiene nada que ver con el chico —dijo con urgencia—. El Ojo encontrará una vía para separar a los portadores de los sellos oscuros. Así que, si quieres decidir por ti misma qué pasa con él, ¡ven con nosotros! Es tu vida, Rayne. —Quería soltarme, pero ella me seguía agarrando con fuerza mientras me miraba con lágrimas en los ojos—. Escúchame bien, tesoro. Puedes vivir con su verdad o encontrar la tuya. ¡No tienes otra opción!

La miré fijamente, a aquella mujer desconocida que era mi madre. Entonces escuché pasos a mi alrededor. Nessa, Dorian y el resto de los rebeldes se preparaban para marcharse. Los corredores de magia que habían abierto con sus réplicas estaban listos y a la espera.

Lily me miró llena de esperanza, y sus hermosos ojos castaños transmitían las mismas palabras que me había dicho antes:

«Hagas lo que hagas, estaré a tu lado».

Sabía que si me iba con Adam no me podría librar de las normas de los Siete. Nunca estaríamos juntos, porque él jamás se lo permitiría. Porque no creía que hubiera otra opción. Ahora bien, con el Ojo... Si Nessa no me había mentido, había una oportunidad de hacer lo que Adam quería en el fondo de su corazón: cambiar el Espejo. Cambiar el legado de los Siete.

«Ser libre».

Mi mirada se elevó hacia el espacio que separaba el Espejo de Prime. Vi un grupo de pájaros espectrales volando ahí. La magia azul les iluminaba las plumas en hermosas ondas que se parecían un poco a las auroras boreales. Entonces, los pájaros aletearon y se desvanecieron en todas direcciones.

Mi madre tenía razón en una cosa: debía encontrar mi verdad. El camino que Adam había tomado tal vez lograra la justicia para el Espejo y para Prime, pero no para él. Se destruiría a sí mismo para quebrar el poder de los magistrados. Se ofrecería de chivo expiatorio ante todo el mundo, y seguramente moriría en el intento.

Lo vi todo con claridad, a dónde lo llevaría el camino que él mismo había allanado.

«Si el mundo necesita alguien a quien odiar para redescubrir su humanidad, no me importa ser yo».

Me recorrió un escalofrío al entender lo que significaba.

Tenía que irme con los rebeldes.

Lentamente, miré a mi madre y puse una mano firme sobre el brazalete del dragón.

—Esto perteneció a mi padre... y ahora me pertenece a mí. No me lo quitaréis en contra de mi voluntad.

El rostro de mi madre se iluminó de esperanza y alivio. Asintió, solemne.

—Te lo prometo. No lo permitiré.

Asentí. No sabía si podía confiar en ella, pero por ahora tendría que bastar.

—Vale. Os ayudaré, pero no a derrocar a Adam. Y lo que hagamos con Ignis se hará según mis condiciones.

Detrás de mí, Nessa resopló mientras se alejaba. Una gran parte de los rebeldes ya había desaparecido por los corredores mágicos. En la mirada de Nessa vi perfectamente lo que pensaba: «Ya veremos».

La magia de la barrera se había solidificado tanto que mi madre tuvo que embestirla para atravesarla. Las ayudé a ella y a Lily y observé cómo las seguía el gato espectral. Luego me detuve una vez más.

«Lo siento», dije telepáticamente. «Por favor, perdóname».

Y, acto seguido, atravesé la barrera. Justo en ese momento, lo oí:

—Rayne.

Era Adam. Había aparecido con Dina, Celine y todos los guardias, que se apelotonaron sobre la barrera y empezaron a golpearla. Querían liberarme. Porque creían que me habían vuelto a secuestrar.

Solo Adam lo entendió. Se acercó a la barrera, y en su mirada no había duda. «No te vayas», me dijo. «Cambia de opinión».

Cogió los dados del destino, pero no hizo ademán de usarlos.

—Tengo que irme.

Me falló la voz, pero incluso si no me podía escuchar a través de la barrera, mis palabras le llegaban por nuestra conexión. No hacía mucho, tenía la certeza de que me castigaría severamente si alguna vez me atrevía a llevarle la contraria. Pero esa preocupación no era nada comparada con lo que sentía en ese momento.

Vi cómo se le endurecía la expresión, cómo se obligaba a enterrar todas las emociones en lo más profundo de su ser.

«Te quiero», dije en el espacio que compartíamos, y en ese momento, algo en mi interior se encabritó como una ola que me arrastraba.

Era la verdad. Me había enamorado de Adam. Lo amaba por su calma, porque siempre iba diez pasos por delante, al contrario que yo, toda ira e impulsividad. Porque él, a pesar de su linaje que lo ponía por encima de todo el mundo, no veía en mí a la niña de la calle que había sido toda la vida. «Te quiero», volví a pensar. «Y lo siento».

La barrera de magia que nos separaba se resquebrajó bajo los golpes de los guardias. Entonces, Adam movió una mano. La levantó hacia el techo, y el resplandor frío de su magia se le reflejó en los ojos. Todos sus soldados se quedaron congelados. Los había congelado con un solo gesto…, incluso a Zorya.

Ni me di cuenta de cómo Lily me arrastraba por el corredor. Solo seguí mirando a Celine y a Dina, que eran las únicas que todavía podían moverse y que me observaban atónitas. Miré a Adam, que en ese momento se dio la vuelta y se marchó sin más.

«Lo siento», fue lo único que pude pensar. «Lo siento muchísimo».

Adam bajó la mano en un movimiento abrupto y cortante. Los guardias que habían intentado llegar a nosotras a través de la barrera cayeron al suelo.

—¡Rayne! —me gritó mi madre desde el corredor mágico—. ¡Rayne, tenemos que irnos!

Unos fuertes dedos me agarraron del brazo: Dorian tiró de mí, sin dejar de repetir que no teníamos tiempo. Mis ojos se quedaron clavados en la espalda de Adam, mientras aguardaba desesperada a que me dijera algo más, cualquier cosa.

Pero no lo hizo. Se alejó mientras sus guardias se recuperaban, demasiado lento como para poder detenernos.

Adam nos había dejado escapar, a los rebeldes y a mí. Y no se había dignado mirarme.

42

¿Cuántas veces se puede poner patas arriba una vida? Respuesta: muchas más de las que nos gustaría.

Miré dentro del armario de chapa abollado lleno de pantalones deshilachados, camisas deshilachadas y jerséis deshilachados de tantas tallas diferentes que estaba segura de que todos los rebeldes habían donado una de sus prendas para que los novatos tuvieran qué ponerse.

Seguramente debería considerarme afortunada, porque, por lo menos, las prendas estaban lavadas.

Me froté la frente, cansada, cogí uno de los pocos pantalones que estaban colgados y me los enfundé. Con una camiseta en la mano, me giré y miré a Lily.

Estaba sentada en la cama con las piernas cruzadas, con los ojos bien cerrados en señal de concentración. Alrededor de su cuello podía verse el medallón con el sello que Dorian le había regalado hacía apenas unos días. Estaba creando pequeñas bocanadas parpadeantes de magia que se pasaba de una mano a la otra. Al principio no le salía, pero cada vez se le daba mejor. Seguramente pronto podría entrenar con los demás rebeldes.

—Ya que nos hemos unido al Ojo, no quiero estar de brazos cruzados —había dicho. Desde entonces, casi todos los días se sentaba en la habitación con el sello al cuello y practicaba un gesto tras otro.

Me sentía infinitamente feliz de que Lily siguiera conmigo. Al llegar, los rebeldes nos habían ofrecido habitaciones individuales. Las rechazamos al unísono. Y, al cabo de un tiempo, fue como si nunca nos hubiéramos separado.

Se oyó un gruñido suave: era el espectral, que estaba tendido en la cama, junto a Lily. Su cuerpo felino transformado por la magia subía y bajaba tranquilamente. Me había ido acostumbrando a esa imagen, porque él no se había separado de nuestro lado desde aquel día en Londres. En ese momento movía una pata como si estuviera soñando algo extraño, y arañaba levemente la parte superior del brazo de Lily.

—Para ya —murmuró ella, y dejó caer las manos con un suspiro. Luego me lanzó una mirada cortante—. Ponle un nombre de una vez para que pueda insultarle. Si no, se va a acabar acostumbrando a Estrellita.

—A mí me parece que Estrellita le va al pelo.

Ante la mirada indignada de Lily, sonreí y me puse al lado del espectral para poder acariciarlo. La magia llameó suavemente en su interior, como en ondas, y sus ojos oscuros me miraron con curiosidad.

Lo cierto era que hasta ese momento no había tenido el valor de bautizarlo, porque estaba segura de que cualquier día se volvería a convertir en mariposa o en pájaro y desaparecería de mi vida igual de rápido que había entrado en ella, hacía semanas, en el jardín de Septem.

«Semanas». Ese era el tiempo que había transcurrido desde la última vez que había visto a Adam, Dina y los demás. Dos semanas enteras.

—¿Qué te parece «Eco»? —le susurré al espectral—. Después de todo, llevas dentro de ti tantas almas como yo.

Eco gruñó y se volvió a echar, lo cual hizo reír a Lily. No dejó de reírse hasta que la miré, y entonces se calló y frunció el ceño.

—¿Te acompaño? —preguntó—. Si quieres, puedo quedarme mirando amenazante a Nessa mientras habláis.

Sonreí de oreja a oreja.

—No, no pasa nada. Te lo cuento todo luego.

Lily asintió, relajó el cuello, cerró los ojos y empezó a crear nuevas bocanadas de magia.

Salí, cerrando la puerta suavemente tras de mí. La nueva base estaba totalmente en silencio. Solo un par de rebeldes caminaban por ahí y me miraban, a mí y al brazal de cuero negro en el que se ocultaba Ignis. La mayoría eran escépticos en cuanto a mi estancia con ellos, o eso me había dicho mi madre. Pero había insistido en que nadie me causaría problemas, y en que pronto se sentirían agradecidos de que me hubiera unido a ellos.

«¿Te has unido a ellos?».

Se me escapó un sonido de sorpresa y me quedé parada de golpe. Una mujer que venía en sentido contrario me lanzó una mirada confusa. Solo cuando hice un gesto con la mano y balbucí que no pasaba nada prosiguió. Inspiré profundamente y negué con la cabeza.

«Tienes que dejar de darme estos sustos».

Mi magia zumbó y, como siempre que abríamos la conexión, mis líneas mágicas se iluminaron. Abrí la puerta más próxima; daba a una especie de trastero, y me apoyé en ella desde dentro para cerrarla.

«No lo hago a propósito. Lo de asustarte, digo», fue la única contestación. «Solo intento ponerme en contacto contigo».

«¿Y por qué estás todo el rato en mi cabeza?».

Fue como si pudiera escuchar a Adam suspirar. En mi interior lo veía caminar de un lado a otro mientras se pasaba los dedos por el pelo.

«Ya sabes por qué».

Claro, lo sabía. Exactamente por la misma razón por la que yo ya no me molestaba en mantenerlo alejado de mis pensamientos. La razón por la que la puerta que separaba su magia y la mía esos días estaba siempre abierta de par en par.

Porque no quería excluirlo de mi vida.

Porque mi magia cantaba cada vez que oía su voz.

«Lo que persiguen tu madre y Nessa no es más que una fantasía —dijo—. El Ojo reducirá a escombros el Espejo y vuestro mundo si separa los sellos de sus linajes».

«Precisamente eso es lo que quiero descubrir. Quiero saber si hay alguna posibilidad de librarnos de esa carga. Nada más. Adam…, no soy tu enemiga».

«Van a intentar que lo seas. Pero bueno, se van a llevar un buen chasco».

Se hizo el silencio, pero seguía sintiendo la presencia de Adam. Ante mí, en el trastero, veía algunas estanterías caóticas repletas de bultos que parecían paquetes de medicamentos.

Sabía que debería darme la vuelta, salir de la habitación y cerrar a cal y canto aquella puerta de mi mente que conducía a Adam. Era una rebelde con una causa; quería mi libertad, no quería vivir esa vida de la que me había hablado Celine, una vida entera decidida por otro.

No quería ser la placa de un cuadro. Quería escoger a quién amar.

Y quería que esa persona también me eligiera a mí.

Una vibración pasó por la magia que se había asentado firmemente en mi sangre. Bufé, sorprendida, cuando de repente el trastero se transformó en una gruta subterránea sobre la que flotaba agua clara en el aire.

—¿Qué coñ…? —solté, y luego noté unas manos en la cintura. Me giré y me topé estupefacta con los claros ojos grises de

Adam. Era como si estuviera ahí de verdad, justo delante de mí—. ¿Cómo... cómo es posible?

—¿Magia? —sugirió—. Bueno... Y algo de práctica. Este lugar lo hemos creado nosotros, así que supongo que por eso podemos regresar a él.

Seguramente me debería dar miedo hasta qué punto se habían disuelto las barreras entre nosotros, con qué facilidad Adam podía interferir en mi mente... Pero no era así.

—Si solo dependiera de mí, sin el Espejo, sin sellos oscuros... —Adam puso una mano en mi mejilla—. Entonces te escogería a ti, Rayne. Haría todo lo posible para merecer que tú también me escogieras.

«Hace tiempo que lo hice —pensé mientras notaba cómo esta idea pasaba con esfuerzo de mi parte de la puerta a la suya—. Acéptalo, Adam. No puedes hacer que te odie».

Sonrió. Luego rozó mis labios con un beso, y desapareció de delante de mis ojos junto con la gruta subterránea.

«No prometas nada que no puedas cumplir», me susurró justo antes de que nuestra conexión se cortara.

Temblando, bajé la manilla de la puerta que llevaba al pasillo y resistí el impulso completamente estúpido de arreglarme la ropa. Adam no había estado allí, no me había tocado. Estaba a kilómetros de distancia, en algún lugar del Espejo.

Caminé con pasos rápidos hasta la sala de mando, situada en el piso superior de la nueva base. Allí, ante los monitores que mostraban la actualidad informativa, solo encontré a Dorian.

—Buenos días —dije por fin.

Él me miró brevemente por encima del hombro y me hizo un gesto con la cabeza. Eché un vistazo a los titulares que aparecían en las pantallas. No había noticias del Espejo, claro, pero a través de los espías de Nessa sabíamos lo que había ocurrido desde el ataque a Septem.

Casi la mitad de los magistrados habían sido destituidos. Adam parecía haberse impuesto, de hecho, había reemplazado al magistrado Pelham por Agrona Soverall. Pero ya se habían registrado los primeros disturbios. Algunos Superiores estaban de todo menos contentos con su gobernante.

Solo esperaba que Adam supiera a qué se enfrentaba. Y que Dina, Celine y Cedric estuvieran a su lado, apoyándolo, mientras yo no pudiera.

Ni yo... ni Matt. Porque dos semanas después, todavía no había regresado al Espejo. Adam ordenó que lo buscaran, eso sí lo sabía, pero parecía que a Matt, Nikki y Sebastian se los había tragado la tierra.

—¿No te parece extraño? —le pregunté a Dorian—. Que Sebastian se dejara engañar así.

Dorian me miró sorprendido.

—¿Qué quieres decir?

—Bueno... —Me encogí de hombros. Aquello no terminaba de cuadrarme—. Me quería como moneda de cambio, ¿no? Yo a cambio del trono del Espejo. Pero ni lo ha conseguido ni teníais intención de dárselo. Así que... ¿por qué no se venga?

Dorian sonrió.

—Lo sobreestimas. Sebastian Lacroix es un tipo tan egocéntrico que no ve más allá de sus narices.

No estaba yo tan segura. Sebastian podía ser un creído, pero no era tonto. Nunca había creído que los rebeldes lo fueran a llevar al trono simplemente porque Nessa Greenwater estuviera en guerra con los Tremblett.

No merecía la pena discutir con Dorian sobre el tema, de eso ya me había percatado a lo largo de las dos últimas semanas. Dos semanas en las que mis pensamientos no habían dejado de dar vueltas, intentando asimilar la información que tenía hasta ahora. Por ejemplo, ¿por qué había querido la madre de Adam traer semejantes cantidades de magia a Prime? ¿Por qué había ordenado adulterarla? Se había arriesgado a que la magia del caos invadiera Prime…, ¿para qué? ¿De verdad desconocía las consecuencias? ¿O había algo que se me escapaba?

Se oyeron unos pasos y Nessa entró en la sala, con mi madre de perrito faldero, como siempre. Me hizo un gesto con la cabeza al pasar y se sentó a la cabecera de aquella mesa en la que cada día abría mapas, ordenadores y sellos.

—¿Me vas a explicar por fin cómo pretendes separarme del sello oscuro?

Los labios pintados de negro de Nessa dibujaron una sonrisa. Durante las últimas semanas, siempre me había ignorado, alegando que el Ojo tenía que recuperarse después del ataque de los abismos. Pero se me había acabado la paciencia.

—No tengo ningún motivo para ocultártelo, por si es eso lo que estás pensando —dijo—. A fin de cuentas, te vamos a necesitar si te queremos rescatar.

—¿Rescatar? —repetí, desconfiada.

Nessa asintió. Cogió uno de los portátiles y lo abrió. Tecleó, probablemente buscando algo, antes de darle la vuelta hacia mí.

Podía verse una imagen. Parecía un… escaneado de la página de un libro muy antiguo, de hecho, ni siquiera podía descifrar la letra. Pero sí distinguí que en medio de la página aparecía dibujado un cuchillo… No, una daga.

—Hace muchos años se escondió un objeto —empezó Nessa—. Un objeto que tiene el poder de cercenar la unión entre un portador y su sello oscuro hasta el punto de lograr transferirlo libremente a otra persona sin que el portador inicial muera.

—¿Y dónde se supone que está ese… objeto?

—Todavía no lo sabemos. Por lo menos, no con precisión. En los archivos de Septem no hay ningún registro, sin duda a propósito, pero sí hemos podido recuperar algunos escritos antiguos de Prime. Escritos sobre el origen de la magia. Ahí encontramos algunas pistas sobre dónde se puede hallar.

—¿Dónde? —Clavé la mirada en el dibujo de la daga—. ¿Y cómo es?

Nessa se reclinó en la silla. Dudó, como había dudado los últimos días. Ni yo me fiaba de ella ni ella de mí, y las dos lo sabíamos, pero ambas queríamos algo de la otra que no podríamos conseguir de otra manera. Éramos el epítome de una relación de conveniencia, así que, más tarde o más temprano, tendría que confiarme sus conocimientos, tal y como pareció aceptar en ese momento.

—El objeto del que hablo es… el octavo sello oscuro.

No podía haber oído bien.

—¿Un… octavo sello oscuro?

—Exacto. —Nessa señaló a Ignis—. Y cuando estés dispuesta a renunciar a tus sentimientos por los Siete, por todos y cada uno de ellos, entonces, gracias a tu brazalete, por fin tendremos la oportunidad de encontrarlo.

Apreté los labios. Nessa veía mi interior, eso lo había sentido desde el principio. Sabía que yo apreciaba a los demás portadores, y también lo que significaba Adam para mí.

Sin embargo, lo que desconocía era lo mucho que sufrían Dina, Matt e incluso Celine por la vida que llevaban. Por supuesto, todos estaban dispuestos a hacer lo que consideraban que era su deber. Así los habían criado, era lo único en lo que creían. Pero yo tenía claro que, en el fondo, soñaban con poder elegir su vida, cómo vivir y a quién amar.

¿Nessa me exigía que renunciara a mis sentimientos por los Siete? ¿Por Adam? Eso no podía hacerlo. Pero sí podía dejarlos a un lado, por lo menos durante un tiempo… para hacer lo que había que hacer ahora.

EPÍLOGO

Los abismos flotaban como espíritus por las estrechas calles. Espíritus oscuros, maravillosos, pero cuyo movimiento carecía de propósito. Zumbaban sin más, un caos sin fin ni objetivo.

Era esa falta de propósito la que siempre la había indignado. Tanto poder, tanta magia desperdiciada... Desde que su padre le mostró por primera vez los abismos, cuando tenía cuatro o cinco años, estas figuras de sombras la habían fascinado. Más tarde, al hacerse mayor, había empezado a estudiarlos, y había hecho algunos hallazgos increíbles.

La mayoría creían que los abismos eran como animales, movidos por el instinto. Y era cierto en algunos casos, pero no en todos. Los había con razón y perspicacia. No eran animales, sino criaturas hermosas y mortíferas.

Su padre no había querido ni oír hablar del tema. Había tachado de absurdas sus sugerencias de usar a los abismos en beneficio propio; no quería tener nada que ver con aquellos seres.

Su padre, a pesar de lo poderoso que había sido, nunca había sabido tomar la decisión correcta en el momento correcto.

Una sonrisa se posó sobre sus labios. Sacó el sello del bolsillo de su chaqueta y lo acarició con cariño. Luego se lo colocó en la muñeca, insertó un grano de magia en la placa y dejó que la aguja entrara en su cuerpo.

El intercambio inundó su organismo de magia mientras cerraba los ojos de placer. No como la magia a la que estaba acostumbrada, aquella sensación sublime de perfección. Pero bastaría.

Una vez que el grano hubo desaparecido totalmente en su cuerpo, se levantó y relajó el cuello. Tanta preparación, tantas víctimas, tantas renuncias… Ahora iba a descubrir si había merecido la pena.

Se oyeron pasos detrás de ella. Era aquel atroz mocoso. Si no fuera porque todavía lo necesitaba, lo habría agarrado de su perfecto pelo y lo habría arrojado a los callejones llenos de abismos por tener la audacia de molestarla en un momento tan solemne.

—Harwood ya está con el Ojo. —Sebastian se puso a su lado. Su mirada reflejaba el mismo asco que todos los Superiores sentían en presencia de la magia del caos. Eran demasiado estúpidos para ver la belleza que ocultaba—. Todo ha ido según lo previsto. Greenwater y su nieto piensan que me han engañado, y Rayne…, después de todo lo que le hemos dicho y mostrado, está más que dispuesta a reclamar su libertad.

Asintió.

—¿Y los Siete?

—Los Tres, querrás decir. —Sebastian sonrió despectivo—. Imagino que a Adam le llevará un tiempo lamerse las heridas. Pero si quieres mi opinión, creo que está colado por esa canija.

—Vaya. —Acarició su sello. Aquellas palabras le provocaron una sensación pesada en el pecho. No estaba en sus planes hacer sufrir a Adam, pero había sido inevitable.

«Los Tremblett siempre han sentido debilidad por los Harwood».

Por supuesto, estaba abocado al fracaso. Y, por lo que conocía a Adam, él también lo sabía.

—¿Qué pasa ahora? —preguntó Sebastian; por el tono ligeramente quejumbroso de su voz, intuía que lo que iba a decir la iba a irritar hasta la médula—. Septem ha quedado reducido a cascotes y cenizas, incluido el trono.

El impulso de lanzarlo a los abismos para que lo devoraran alcanzó cotas inimaginables, pero logró controlarse. Si algo había heredado de su padre, era el autocontrol.

—Cada cosa a su tiempo. Dejemos que el Ojo busque diligentemente el octavo sello, y luego ya nos preocuparemos de tu trono.

Sebastian la observó fijamente, desconfiado.

—Como me traiciones...

Tuvo que reprimir una risa.

—Jamás —le aseguró en tono serio—. Nunca habríamos llegado tan lejos sin ti, Sebastian. Cuando llegue el momento y los abismos se extiendan por todo el mundo, los Superiores te suplicarán que los lideres.

La autocomplacencia se impuso a su expresión antes dudosa. La familia Lacroix siempre se había dejado enredar en halagos. Era la ironía de su linaje: poseían el sello de la manipulación, pero eran más vulnerables a ella que cualquier otra persona.

Relajó los hombros mientras notaba la magia pulsar por sus venas, antes de ponerse al borde del tejado.

—Venga —dijo—, intentémoslo.

Dicho eso, extendió la mano hacia delante, con los dedos relajados hacia abajo. De golpe, cerró el puño.

Todos los abismos se detuvieron. Sus cuerpos vacíos se quedaron como congelados en la calle, y poco a poco, muy lentamente, giraron sus cabezas hacia arriba y... la miraron.

Podría haber llorado de felicidad. Deseó haber estado sola para poder proclamar su dicha a los cuatro vientos, sobre todo en dirección al Espejo.

Todos aquellos años, todo el trabajo, todo el dolor que había tenido que soportar... Todo a cambio de aquel momento: miles de ojos brillantes clavados en ella, esperando su orden.

Sebastian, incrédulo, murmuró alguna chorrada, pero lo ignoró. Simplemente, movió su puño con suavidad a un lado y a otro, y los abismos la imitaron.

La obedecían.

«Por fin».

Una sonrisa se dibujó en sus labios. ¿Sebastian quería saber cuándo se sentaría en su trono? Bueno. Si todo salía como ella imaginaba, pronto no habría ningún trono.

Ni ningún Espejo.

Les haría pagar por todo lo que le habían hecho. Finalmente liberaría la ira que se había tragado durante tanto tiempo. Todos los peones estaban sobre el tablero. Y Septem no había sido más que el principio.

Su padre siempre decía que tenía ambiciones demasiado grandiosas. Demasiado peligrosas. Le ordenó que asumiera su papel: hacer de Señora del Espejo y complacer a los magistrados. Quiso que ella encajara en el molde, que se hiciera más pequeña de lo que era y que sirviera a los Superiores.

Todo lo que haría una buena persona.

Pero Leanore Tremblett nunca había sido buena persona.

AGRADECIMIENTOS

Pues sí, los agradecimientos serán breves y concisos, porque necesito empezar a trabajar urgentemente en *Los sellos oscuros 2*. Mi agradecimiento (un paquete de galletas de canela y los dados del destino en préstamo) para Christiane Düring, porque eres mi roca, y sin ti probablemente nunca me hubiera animado a dar este paso.

Gracias al equipo de Fischer Verlag, especialmente a Julia, Charlotte y Jessy. No tengo ni idea de cuál sería vuestro sello, pero los comparto todos con vosotras, porque sois maravillosas y lo dais todo por mis libros.

Gracias a Max Meinzold por haber obrado «la magia de Max» una vez más con mi libro. La cubierta ha quedado fenomenal.

Gracias a Philipp por recorrer este camino conmigo, y por recordarme de vez en cuando que hay otras habitaciones en nuestro apartamento además de mi despacho.

Gracias a Jana… por TODO, la verdad. Por ser una compañera de escritura, por cruzar los dedos, por pensar conmigo. No tengo ni idea de cómo te podías seguir alegrando después de mi vigésimo mensaje de «Ahora sí que he acabado». ¡Gracias!

Gracias a Chris y Katja por la lectura de prueba, a Dagmar y Angela por animarme, y a Emily y Cara por permitirme interrogarlas para que esta historia fuera lo más auténtica y sólida posible.

Gracias a mis maravillosos seguidores y seguidoras de Instagram, especialmente a quienes le pusieron nombre a Sebastian: ¡Gracias, Alina, Dakota, Lara, Laura, Lisa, Marlene y Pia!

Y por último: ¡Gracias a ti! Que tengas este libro en tus manos significa mucho para mí. Estoy deseosa de seguir compartiendo contigo el resto de la historia de Rayne y Adam.